Collection dirigée par Glenn Tavennec

L'AUTEUR

Amy Ewing a obtenu sa licence d'écriture créative pour la jeunesse et sa maîtrise à l'université de New York. Elle contribue régulièrement aux chroniques du blog TeenWritersBloc.com. *Le Joyau* était au départ un sujet de thèse pour l'auteur avant que cette dernière ne décide d'en faire une trilogie romanesque. Amy vit aujourd'hui à New York.

Retrouvez tout l'univers de
LE JOYAU
sur la page Facebook de la collection R :
www.facebook.com/collectionr

LE JOYAU

AMY EWING

LIVRE I

traduit de l'anglais (États-Unis) par Cécile Ardilly

roman

R

Titre original : THE JEWEL

ISBN 978-2-221-24011-3
ISSN 2258-2932
(édition originale : ISBN 978-0-06-223579-4, HarperCollins Children's Books, a division of HarperColins Publishers Ltd., New York)
Loi n° 49-956 du 16 juillet 1949 sur les publications destinées à la jeunesse et aux jeunes adultes
Dépôt légal : janvier 2019

À Jess. Merci pour tout.

1.

Aujourd'hui, Violet Lasting vit ses dernières heures. Demain, mon nom me sera pris, remplacé par un numéro de lot.

L'aube s'éveille. À cette heure, les rues du Marais baignent encore dans le silence. Un silence à peine troublé par le bruit des sabots d'un âne tirant une charrette à lait. Je rabats ma couverture et enfile ma robe de chambre. Bleu nuit, usée aux coudes, elle appartenait à ma mère. Avant, je nageais dedans ; les manches me couvraient les mains et l'ourlet traînait par terre. Mais j'ai grandi. À présent, elle est pile à ma taille. J'y tiens comme à la prunelle de mes yeux. C'est l'une des rares choses qu'on m'a autorisée à emporter avec moi à Southgate. Je ne vais pas m'en plaindre, j'ai déjà de la chance d'avoir pu garder quelques objets de chez moi. Dans les trois autres instituts, le règlement est beaucoup plus strict. À Northgate, par exemple, les effets personnels sont rigoureusement interdits.

Je colle mon front contre la grille de la fenêtre – un ouvrage de ferronnerie en forme de rosier. À croire que ce motif floral suffirait à nous faire oublier le but premier de cet ouvrage : nous couper du monde extérieur.

Les premières lueurs du jour balaient les ruelles en terre battue, déposant sur le sol un voile nacré. Le Marais tire son nom des méandres des chemins qui le sillonnent et d'où émane une odeur nauséabonde de soufre. Tous les matériaux de construction – pierre, béton et asphalte – étaient jadis réservés à l'édification des cercles les plus riches de la Cité.

Mon cœur s'emballe dans ma poitrine, comme un ballet de papillons. Aujourd'hui, je vais revoir ma famille pour la première fois depuis quatre ans. Ma mère, mon frère Ochre et la petite Hazel – enfin, elle a dû beaucoup grandir depuis le temps. J'ignore s'ils attendent ce moment avec impatience. Peut-être qu'ils me considèrent aujourd'hui comme une étrangère. Tant de mois se sont écoulés depuis que j'ai intégré Southgate que je me demande parfois si je suis toujours la même. Par moments, j'en viens à oublier qui j'étais avant. Et s'ils ne me reconnaissaient pas, tout simplement ?

L'angoisse monte en moi tandis qu'à l'horizon le soleil apparaît derrière le Grand Mur, le rempart qui entoure la Cité solitaire et nous protège de l'océan, l'empêchant de nous engloutir. Le rempart qui nous maintient en sécurité, en vie. J'ai toujours préféré l'aurore au crépuscule. Elle symbolise à mes yeux un moment empli d'espoir. Un moment où le monde s'éveille dans une explosion de couleurs. Une palette chaude qui me ravive le cœur. Pourvu que j'aie l'occasion d'en contempler d'autres une fois dans le Joyau.

Si seulement je n'étais pas née mère porteuse.

Quand Patience surgit, je suis recroquevillée sur mon lit. Encore emmitouflée dans ma robe de chambre, j'observe mon logement pour qu'il s'imprime en moi. Réduit au strict minimum, il n'a rien d'exceptionnel : un lit étriqué, une petite armoire et une vieille commode en bois défraîchi. Dans un coin de la pièce, mon violoncelle. Sur la commode, un vase dont on change les fleurs tous les deux jours, une brosse à cheveux, un peigne, quelques élastiques et une ancienne chaîne à laquelle pend l'alliance de mon père. Ma mère m'a forcée à la prendre, après que les médecins m'ont diagnostiquée, juste avant que les régimentaires viennent me chercher.

La bague a dû beaucoup lui manquer. J'espère que moi aussi. Un nœud se forme dans mon ventre.

En quatre ans, la chambre n'a pas beaucoup changé. Pas un tableau. Pas un miroir. Ces derniers sont interdits dans l'enceinte des établissements. La seule touche personnelle : mon violoncelle. Et encore, ce n'est même pas le mien, il est la propriété de Southgate. Je me demande qui en jouera après mon départ. Bizarre : aussi morne et dépouillée que soit cette pièce, elle me manquera.

— Comment ça va, ma puce ? s'enquiert Patience.

Patience est la gardienne en chef de Southgate depuis des années. À ce titre, elle a probablement vu défiler dans cette chambre des centaines de filles. Elle passe son temps à nous couvrir de petits surnoms affectueux tels que « ma puce », « mon cœur », « ma belle », et j'en passe. Comme si elle craignait de nous appeler par notre prénom. Peut-être qu'elle a peur de s'attacher à nous, tout simplement.

— Ça va, dis-je, laconique.

Inutile de lui parler de mon appréhension. En vérité, ma peau est parcourue de fourmillements désagréables et un poids terrible m'accable.

Elle m'examine de la tête aux pieds en faisant la moue. Patience est une femme rondelette aux cheveux châtains clairsemés, striés de mèches poivre et sel. On lit en elle comme dans un livre, et je sais d'avance ce qu'elle va ajouter :

— Tu tiens vraiment à porter ces vêtements-là ?

Je hoche résolument la tête tout en roulant le tissu soyeux de la robe de chambre entre le pouce et l'index. Puis je glisse les pieds par terre et me lève. Être mère porteuse a certains avantages. On s'habille comme on veut, on mange ce dont on a envie et on a le droit de faire la grasse matinée le week-end. En outre, on reçoit une éducation. Une bonne éducation. On mange à notre faim, on a l'eau courante et l'électricité, et on ne travaille pas. La misère et la pauvreté ne nous atteignent pas. D'après les gardiennes, une fois que nous vivrons dans le Joyau, nous serons encore plus gâtées. Nous aurons tout. Absolument tout.

Sauf notre liberté. Étrangement, on oublie toujours de nous mentionner ce détail.

Patience quitte ma chambre et je lui emboîte le pas. Les murs de Southgate sont lambrissés de palissandre et de teck ; des tableaux abstraits y sont suspendus, des barbouillis de couleurs qui ne représentent rien en particulier. Le couloir distribue une succession de portes identiques en tout point. Cependant, je sais exactement où nous allons. Patience ne réveille les pensionnaires que pour trois raisons : un rendez-vous chez le médecin, une urgence, et à l'occasion du Jour du Jugement. À part moi, il n'y a qu'une seule fille à cet étage qui participe à la Vente aux Enchères, demain. Ma meilleure amie. Raven.

La porte de sa chambre est grande ouverte, et Raven est déjà prête. Elle porte un pantalon noir taille haute et un chemisier blanc. J'ignore si Raven est plus jolie que moi car cela fait quatre ans que je n'ai pas vu mon reflet dans un miroir. En revanche, une chose est sûre, elle est l'une des plus belles créatures de Southgate. Comme moi, elle est brune. Seulement, elle arbore un carré court, des cheveux raides comme des baguettes et ultra-luisants tandis que les miens, bouclés, tombent en cascade dans mon dos. Elle a la peau caramel. Ses yeux en forme d'amande, presque aussi noirs que ses cheveux, sont sertis dans un visage parfaitement ovale. Elle est plus grande que moi, qui suis déjà au-dessus de la moyenne. Ma peau d'une blancheur d'albâtre contraste avec ma chevelure de jais, et j'ai l'iris violet. Pas la peine de me regarder dans un miroir pour le savoir. C'est de mes yeux que me vient mon prénom.

Elle nous rejoint dans le couloir et m'inspecte d'un air critique.

— Alors, c'est le grand jour ? Tu as l'intention de rester habillée comme ça ?

J'ignore sa dernière question pour me concentrer sur la première.

— Le grand jour, ce sera surtout demain.

— Oui. Mais demain, on ne pourra pas choisir notre tenue. Ni le jour d'après. Ni celui de… Bref, plus jamais, lâche-t-elle en coinçant ses cheveux derrière ses oreilles. Pourvu que mon acquéreur me permette de porter des pantalons.

— Ne compte pas trop là-dessus, mon chou, tu risques d'être déçue, réplique Patience.

Malheureusement, je partage son avis. Ça m'étonnerait que les femmes portent des pantalons dans le Joyau. Et même en admettant qu'on nous vende à une famille de négociants du Commerce, les robes seront sans doute obligatoires.

La Cité solitaire se divise en cinq cercles, séparés les uns des autres par un mur. À l'exception du Marais, tous portent un nom relatif à leur secteur d'activité. Le Marais est l'anneau extérieur, le plus pauvre. C'est une zone dortoir où vivent les ouvriers. Le quatrième cercle, la Ferme, est le lieu de production des récoltes. Puis vient la Fumée, où sont implantées les usines. Le deuxième cercle se dénomme le Commerce ; il regroupe les marchands. Enfin, il y a le noyau, qu'on appelle le Joyau. Le cœur de la Cité, où réside la royauté. Et où, à partir de demain, Raven et moi vivrons aussi.

Patience nous escorte jusqu'à l'escalier que nous dévalons. Depuis la cuisine nous parviennent des effluves de petits pains chauds à la cannelle. Ça me rappelle les brioches que ma mère préparait pour mon anniversaire, un luxe réservé aux grandes occasions. Aujourd'hui, je peux en manger à discrétion, mais ils n'ont pas tout à fait le même goût.

Nous passons devant une salle de classe ; la porte est ouverte et je m'arrête pour observer ce qui s'y passe. Les filles sont jeunes, âgées de douze ans tout au plus. Ce sont de nouvelles recrues. Comme moi, à l'époque. Avant que le mot *Augure* prenne sens, avant qu'on m'explique que j'étais différente, que toutes les pensionnaires de Southgate l'étaient. Qu'en vertu de quelque bizarrerie génétique, nous étions à même de sauver la royauté.

Les élèves sont assises chacune à un pupitre, un petit seau à portée de main ainsi qu'un mouchoir soigneusement plié. Sur chaque table, face à elles, cinq cubes rouges sont alignés. À l'avant de la salle, une gardienne les scrute depuis son propre bureau, où elle prend des notes. Derrière elle, un tableau sur lequel est inscrit le mot VERT. Elles sont en train de passer le test du premier Augure, la Couleur. Je me revois à leur place, et une grimace m'échappe. Je contemple la fille la plus proche de moi et, tandis qu'elle tourne un cube rouge dans ses mains, j'esquisse le même geste dans ma tête et reproduis mentalement l'exercice.

Un : voir l'objet tel qu'il est. Deux : se le représenter mentalement. Trois : le plier à sa volonté.

Au contact de ses doigts le cube rouge change de couleur. Le vert s'étend peu à peu sur la surface. Concentrée, elle plisse les yeux, refoule la douleur. Encore un petit effort, et elle aura atteint son but. Mais la douleur prend le dessus, et, dans un cri, la fille lâche le cube qui redevient aussitôt rouge. Elle saisit le seau et y crache un mélange de sang et de salive. Un mince filet rouge coule de son nez. Elle l'essuie avec le mouchoir.

Le premier Augure est le plus facile des trois, pourtant elle a seulement réussi à transformer deux cubes sur cinq. Elle n'est pas au bout de ses peines. Une longue journée l'attend.

— Violet, m'appelle Raven.

Je me dépêche de la rattraper.

Le réfectoire est à moitié plein, la plupart des filles étant déjà en cours. À notre apparition, les conversations cessent. Les filles présentes dans la salle posent leurs cuillers, se lèvent à l'unisson, croisent l'index et le majeur et les pressent contre leur cœur. La tradition veut que, le Jour du Jugement, on salue ainsi les futures mères porteuses qui quittent l'établissement pour se rendre à la Vente aux Enchères. J'ai beau avoir suivi ce rite à la lettre année après année, il me paraît aujourd'hui très étrange. Car il m'est destiné. Une boule se forme dans ma gorge et mes yeux piquent. Près de moi, je sens Raven se crisper. La plupart des filles qui nous saluent participeront elles aussi aux Enchères, demain.

On prend place à notre table habituelle, à un angle de la salle, près de la fenêtre. Je me mordille la lèvre en prenant conscience que, sous peu, ce ne sera plus « notre table ». C'est mon dernier petit déjeuner à Southgate. Demain, à cette heure-ci, je serai dans le train.

Les autres filles attendent que nous soyons assises pour nous imiter. Les conversations reprennent à voix basse.

— Je sais que c'est une marque de respect, grommelle Raven, mais je déteste me trouver dans cette position.

Une jeune gardienne prénommée Mercy se précipite à notre table, munie d'une cafetière.

— Bonne chance pour demain, glisse-t-elle d'une voix timide.

J'esquisse un sourire. Raven ne répond rien. Les joues de Mercy rosissent.

— Qu'est-ce qui vous ferait plaisir ce matin ? s'enquiert-elle.

— Deux œufs sur le plat, une galette de pommes de terre, un toast avec du beurre et de la confiture et une tranche de bacon croustillant mais pas brûlé, énumère Raven à toute vitesse, comme pour piéger Mercy.

Elle aime bien jouer avec les nerfs des gens, surtout quand elle est stressée.

Mercy prend note avec un sourire.

— Et toi, Violet ?

— Une salade de fruits.

Elle retourne dans la cuisine en trottinant.

— Tu es sûre que tu vas pouvoir avaler tout ça ? dis-je à Raven. Moi, je n'ai pas vraiment d'appétit. J'ai l'impression que mon estomac a rétréci pendant la nuit.

— C'est parce que tu réfléchis trop, rétorque-t-elle en ajoutant deux bonnes cuillers de sucre à son café. Franchement, tu vas finir par faire un ulcère à force de t'inquiéter.

J'avale une gorgée de café tout en observant les filles présentes dans la salle. Surtout celles qui vont participer aux Enchères. Certaines ont l'air de n'avoir qu'une envie, comme moi : retourner au lit et se cacher sous leur couette ; d'autres frétillent d'excitation. Je n'ai jamais compris ces dernières, celles qui gobent tout ce que nous rabâchent les gardiennes – à savoir que notre rôle est crucial, que nous perpétuons une longue et noble tradition. Un jour, j'ai demandé à Patience pourquoi nous ne retournerions pas chez nous après l'accouchement. « Vous êtes trop précieuses à la royauté. Pour vous remercier de votre contribution, ils désirent prendre soin de vous jusqu'à la fin. N'est-ce pas merveilleux ? Ils sont si généreux ! »

Ce à quoi j'ai répondu que je préférerais mille fois retourner auprès de ma famille que de bénéficier de la générosité de la royauté. Mes propos n'ont pas beaucoup plu à Patience.

À la table voisine, une jeune fille très fluette pousse soudain un cri de surprise tandis que dans son verre l'eau se transforme en glace. Le verre s'échappe de ses mains et se brise par terre. Son nez se met à saigner. Elle attrape une serviette et s'élance hors du réfectoire. Une gardienne équipée d'une pelle et d'une balayette s'empresse de venir ramasser les éclats.

— Comme je suis contente que ce genre d'incident ne m'arrive plus, remarque Raven.

Au début de l'apprentissage, les Augures sont difficiles à contrôler. Et la douleur est d'autant plus aiguë qu'on ne s'y attend pas. La première fois que j'ai craché du sang, j'ai cru que j'allais mourir.

Heureusement, cet effet secondaire cesse au bout d'environ un an. Aujourd'hui, je saigne du nez de temps à autre, c'est tout.

— Tu te rappelles le jour où j'ai pris une corbeille de fraises et qu'elles sont devenues bleues à mon contact ? demande Raven en éclatant de rire.

Ce souvenir me fait frémir. Au début, c'était drôle. Le problème, c'est qu'elle ne maîtrisait rien. Tout ce qu'elle touchait devenait bleu, le temps d'une journée. À la suite de ça, elle est tombée très malade et les médecins ont dû la mettre en quarantaine.

Je contemple Raven, qui verse du lait dans son café, et me demande comment je vais pouvoir vivre sans elle à mes côtés.

— Tu connais ton numéro de lot ? demandé-je.

Sa cuiller retentit contre sa tasse et sa main tremble un instant.

— Oui.

Ma question est stupide. Nous avons toutes appris notre classement la nuit dernière. Si je tiens à connaître le sien, c'est pour avoir une idée du temps qu'il nous reste à passer ensemble.

— Et donc ?

— Je suis le lot 192. Et toi ?

— Le numéro 197.

Raven affiche un grand sourire.

— Apparemment, on est des produits très recherchés.

Le nombre de mères porteuses varie en fonction des Ventes aux Enchères, et toutes les filles sont numérotées. Les dix dernières sont considérées comme la fine fleur de la Vente et donc la marchandise la plus désirable. Cela fait des décennies que la Vente aux Enchères n'a pas enregistré un nombre si élevé de mères porteuses. Au total, nous sommes deux cents à être présentées cette année.

Dans le fond, je me fiche pas mal de mon classement. Je préfère me retrouver avec un couple agréable plutôt que riche. Mais ce numéro signifie que Raven et moi allons être ensemble jusqu'à la toute fin.

Trois filles pénètrent dans le réfectoire et les bourdonnements de voix s'interrompent. On se lève toutes et on salue celles qui se joindront à nous demain dans le train. Deux d'entre elles vont s'installer au centre de la salle. Quant à la troisième, une blonde aux immenses yeux bleus, elle se précipite à notre table.

— Bonjour les filles ! s'exclame Lily en se laissant choir sur un siège, un magazine people entre les mains. Vous êtes nerveuses ? Moi, je trépigne d'impatience ! Demain, on découvrira le Joyau ! Vous imaginez un peu ?!

J'aime bien Lily malgré son enthousiasme frénétique et sa naïveté. Elle appartient à la catégorie de filles qui se représentent le Joyau comme le paradis sur terre. Issue d'une famille peu recommandable, elle n'a pas eu la vie facile. Son père lui cognait dessus et sa mère était alcoolique. Qu'elle ait été diagnostiquée mère porteuse lui a sans doute rendu service.

— C'est sûr que ça va être un sacré changement, répond sèchement Raven.

— Tu m'étonnes ! s'écrie Lily qui ne détecte pas l'ironie de la remarque.

— Tu rentres chez toi, aujourd'hui ? demandé-je.

Ça m'étonnerait que Lily veuille revoir sa famille.

— Patience m'a dit qu'on n'était pas obligées. Mais j'aimerais bien voir ma mère, précise Lily. En plus, je vais être escortée par un régimentaire. Au cas où papa serait tenté de me frapper…

Elle ponctue ses paroles d'un large sourire et une pointe de compassion monte en moi.

Je change de sujet.

— Tu as ton numéro de lot ?

— Oui. Le 53, tu imagines ? Sur 200 ! Je vais sûrement tomber sur une famille de riches négociants du Commerce.

Chaque année, les membres de la royauté autorisent un nombre limité de familles du Commerce, le deuxième cercle, à assister aux Enchères. En revanche, ils peuvent seulement enchérir sur les mères porteuses les moins bien classées. Les femmes du Commerce n'ont pas un besoin absolu de mères porteuses. Contrairement à celles de la royauté, elles peuvent porter elles-mêmes leurs enfants. Pour elles, nous ne sommes qu'un signe extérieur de richesse.

— Et vous, les filles, vous avez eu quel numéro ?

— Le 192, répond Raven.

— Moi, 197.

— Je m'en doutais ! Je savais que vous obtiendriez toutes les deux un super score. Je vous envie tellement !

Mercy déboule avec notre petit déjeuner.

— Bonjour, Lily. Bonne chance pour demain.

Le visage de Lily s'illumine.

— Tu es adorable, Mercy. Oh, est-ce que je pourrais avoir des crêpes aux myrtilles ? Et un jus de pamplemousse ? Et quelques lamelles de mangue ?

Mercy hoche la tête.

Lily m'examine en fronçant les sourcils.

— Tu as l'intention de porter ça ?

— Oui, dis-je, exaspérée par la question. C'est mon vêtement favori. Et puisque c'est la dernière fois que j'ai l'occasion de choisir ma tenue, j'ai décidé de porter cette robe de chambre car je l'adore et elle m'appartient. Je me fiche de ce que pensent les gens !

Raven étouffe un rire en enfournant une bouchée de galette. Lily paraît d'abord un peu décontenancée, mais elle se reprend vite.

— Vous avez entendu la nouvelle qui circule dans le Joyau ?

Elle attend une réaction de notre part, mais Raven semble davantage intéressée par son petit déjeuner.

Quant à moi, je n'ai jamais vraiment prêté attention à ce qui se passe dans le Joyau. Certaines filles, en revanche, suivent de près les potins du beau monde.

— Non, dis-je poliment en plantant ma fourchette dans un morceau de melon.

Lily pose le magazine sur la table. Sur la couverture du *Quotidien du Joyau*, le visage frais de l'Électrice nous contemple. En gros titre : L'ÉLECTRICE ASSISTERA AUX ENCHÈRES.

— Vous vous rendez compte ? L'Électrice en personne sera présente à notre Vente aux Enchères !

Lily est dans un état second. Elle adore l'Électrice, comme bon nombre de filles à Southgate. Il faut dire que cette femme a une histoire peu commune : issue d'une famille du Commerce, elle n'est pas de sang royal. L'Exéteur l'a repérée alors qu'il visitait l'une des entreprises de son père. Ce fut le coup de foudre. Une histoire hyper romantique, qui a fait jaser. À la suite de cette union, la famille de l'Électrice s'est installée dans le Joyau et a gagné un rang. Beaucoup de jeunes filles voient en cette femme le symbole de l'espoir, celui de pouvoir changer sa destinée. Moi, ça ne me fait ni chaud ni froid. Qu'y a-t-il de mal à rester fille de commerçant ?

— Jamais je n'aurais pensé qu'elle viendrait, poursuit Lily. Son petit garçon est né il y a quelques mois à peine. Imaginez un peu qu'elle choisisse l'une d'entre nous pour porter son futur enfant !

J'ai envie de déchiqueter la nappe pour en faire des confettis. Ma parole, à entendre Lily, nous devrions nous sentir honorées ! Comme si nous avions le choix dans cette histoire ! Je ne veux porter le bébé de personne, que ce soit celui de l'Électrice ou celui d'une autre. Et je refuse qu'on me vende comme un vulgaire objet.

Et Lily qui semble si ravie… Comme s'il y avait une chance pour que l'Électrice enchérisse sur elle ! Elle semble oublier un détail : elle n'est que le lot 53.

À peine cette pensée m'a-t-elle effleurée que je la regrette. Elle n'est pas le lot 53. Elle s'appelle Lily Deering. Elle adore le chocolat, les ragots, les robes roses au col en dentelle, et elle joue du violon. Elle a beau venir d'une famille horrible, jamais on ne le devinerait en la voyant. Elle ne dit que du bien des gens, elle est la gentillesse incarnée. Elle s'appelle Lily Deering, répété-je en moi-même.

Et demain, elle sera vendue, partira vivre dans une étrange maison et sera soumise à l'autorité d'une femme inconnue. Une femme qui ne comprendra peut-être pas l'enthousiasme effréné de Lily. Une femme qui ne se souciera probablement pas d'elle, et ne saura pas dialoguer avec elle.

Une femme qui forcera Lily à porter son enfant, qu'elle le veuille ou non.

Une rage folle s'empare soudain de moi. J'ai tout le mal du monde à la contenir. Sans même m'en rendre compte, je me suis levée, les poings crispés.

— Qu'est-ce qui... ? balbutie Lily.

Je n'entends pas le reste de sa phrase. J'aperçois tout juste l'expression surprise de Raven avant de me frayer un chemin entre les tables. Puis, sans prêter attention aux regards curieux qu'on m'adresse, je m'élance en dehors de la salle et grimpe les marches quatre à quatre en direction de ma chambre. Je claque la porte derrière moi.

J'attrape l'alliance de mon père et l'enfile à mon pouce ; elle est si grande qu'elle y flotte. J'enroule la chaîne autour de mes doigts et les crispe.

Puis je me mets à faire les cent pas dans la petite pièce. Mon cachot. Comment ai-je pu imaginer ne serait-ce qu'un instant que cet endroit me manquerait ? C'est une prison, un centre où l'on m'a détenue contre ma volonté pendant des années en attendant de m'expédier chez une femme que je ne connais ni d'Ève ni d'Adam et pour laquelle je vais devenir une couveuse. Les murs se rétrécissent. Je bute contre ma commode et renverse tous les objets par terre. La brosse et le peigne produisent de petits bruits secs en atterrissant sur le plancher, le vase vole en éclats et les fleurs s'éparpillent sur le sol.

Ma porte s'ouvre en grand. Le regard de Raven navigue de mon visage aux objets par terre. Le sang martèle mes tempes, mon corps est saisi de tremblements. Elle me rejoint et m'enlace par les épaules. Les larmes emplissent mes yeux et débordent, dégoulinant le long de mes joues et imprégnant sa chemise.

Un long silence s'ensuit.

— J'ai peur, murmuré-je. J'ai peur, Raven.

Elle me serre fort avant de me lâcher pour mettre un peu d'ordre dans cette pagaille. Prenant conscience de ce que j'ai fait, je me sens tout à coup honteuse. Je me baisse pour l'aider.

Nous déposons les morceaux du vase sur la commode. Raven s'essuie les mains sur son pantalon.

— On va te débarbouiller, lance-t-elle.

Nous empruntons le couloir jusqu'à la salle de bains commune. La fille qui a transformé son eau en glace s'y trouve. Elle se tamponne le nez avec un linge humide. Elle ne saigne plus ; en revanche, son front est couvert d'une fine pellicule de sueur. En nous apercevant, elle sursaute.

— File ! lui ordonne Raven.

Elle lâche son mouchoir et sort sans demander son reste.

Raven prend un gant de toilette propre et l'imbibe d'eau et de savon à la lavande.

— Tu n'es pas nerveuse... à l'idée de revoir tes parents ? dis-je.

— Pourquoi le serais-je ? rétorque-t-elle en passant le gant sur ma figure.

Le parfum de lavande m'apaise.

— Parce que tu ne les as pas vus depuis cinq ans, bredouillé-je d'une voix timide.

Raven est arrivée à Southgate avant moi.

Elle hausse les épaules, tapotant le gant sous mes yeux. Je la connais par cœur, donc je n'insiste pas. Après avoir rincé le gant, elle se met en devoir de me peigner. En songeant à ce qui nous attend à partir de demain, les battements de mon cœur se précipitent.

— Je ne veux pas partir, avoué-je. Je ne veux pas aller à la Vente.

— C'est normal, réplique Raven. Tu n'es pas folle, contrairement à Lily.

— Sois plus indulgente avec elle.

Raven lève les yeux au plafond et pose le peigne. Elle arrange alors mes boucles sur mes épaules.

— Qu'est-ce qu'on va devenir ?

Raven me prend le menton et plante son regard dans le mien.

— Écoute-moi bien, Violet Lasting. Tout va bien se passer. On a plus d'un tour dans notre sac et on n'est pas des gamines. On va s'en sortir.

Ma lèvre inférieure frémit et je hoche la tête. Raven lâche mon menton et me tapote une dernière fois les cheveux.

— Parfait, déclare-t-elle. Maintenant, il est l'heure d'aller dire adieu à notre famille.

2.

Nous filons à travers les chemins de terre du Marais dans des diligences électriques. De lourds rideaux de velours nous protègent de la poussière qui tourbillonne dans les airs, soulevée par les roues. La crasse omniprésente qui me collait sans cesse à la peau quand j'étais enfant. Rongée par la curiosité, j'écarte un peu le rideau et hasarde un coup d'œil à l'extérieur. Il faut dire que je n'ai pas quitté l'enceinte de l'institut depuis que j'y suis entrée, à l'âge de douze ans.

Les rues sont flanquées de maisons en brique d'argile d'un étage ; sur certaines, le toit menace de s'affaisser, à moins qu'il ne soit carrément en train de pourrir. Des flopées d'enfants à moitié nus dévalent les ruelles en trottinant ; des hommes ventrus se prélassent dans les allées ou sur les pas de porte en sirotant des bouteilles d'alcool emballées dans des sacs en papier. Nous passons devant un hospice. Les volets sont fermés, les portes cadenassées. Le dimanche venu, une longue file se formera dans cette rue. Des familles entières viendront chercher la nourriture, les vêtements et les médicaments que la royauté distribue aux plus miséreux. Mais peu importe la quantité de vivres qu'ils envoient dans le Marais, ce n'est jamais suffisant.

Quelques rues plus loin, j'aperçois un trio de régimentaires en train de chasser d'une épicerie un garçon émacié. Cela fait des lustres que je n'ai pas posé les yeux sur un homme, exception faite des médecins de Southgate. Les régimentaires sont jeunes, ils ont des mains immenses et de larges épaules. Au passage de la diligence, ils cessent brusquement de malmener le garçon pour se mettre au garde-à-vous. Je rabats vivement le rideau contre la vitre de peur qu'ils me surprennent à les épier.

Nous sommes quatre dans cette voiture. Raven n'est pas là. Sa famille réside de l'autre côté de Southgate. Situé en bordure de la Cité solitaire, le Marais entoure la ville. Si d'aventure le Grand Mur venait à s'effondrer, nous serions les premiers à disparaître, engloutis par l'océan formidable qui nous entoure.

Chaque cercle de la Cité, à l'exception du Joyau, est divisé en quatre districts – nord, sud, est, et ouest. Au centre de chaque quartier, dans le Marais, se dresse un institut – ou centre de détention – destiné aux futures mères porteuses. La famille de Raven vit à l'est de Southgate, la mienne à l'ouest. Nos chemins ne se seraient sans doute jamais croisés si nous n'avions pas toutes deux été diagnostiquées mères porteuses et envoyées à Southgate.

Un silence bienvenu règne dans la voiture. Je me palpe le poignet, où affleure le transmetteur qu'on vient de m'implanter sous la peau. Nous en avons toutes reçu un avant de quitter l'établissement. Le dispositif est seulement temporaire. La puce s'autodétruira dans environ huit heures. Une manière pour Southgate de veiller à l'observation du règlement : tout ce qui se passe à l'intérieur de l'établissement est top secret. Interdiction de parler à notre famille des Augures. Interdiction de lui parler de la Vente aux Enchères.

La diligence nous dépose les unes après les autres. Je suis la dernière.

Parvenue devant chez moi, je me mets à trembler comme une feuille. Je tends l'oreille, à l'affût du moindre signe m'indiquant que ma famille est là, qu'elle m'attend. Je n'entends rien si ce n'est les battements frénétiques de mon sang dans mes tympans. Prenant mon courage à deux mains, je m'apprête à tourner la poignée quand les doutes m'assaillent. Et si ma famille avait fait mon deuil depuis longtemps ? Et si elle ne m'aimait plus, voire, pire, m'avait oubliée ?

Alors, la voix de ma mère me parvient depuis l'extérieur du carosse. Elle m'appelle timidement.

— Violet ?

J'ouvre la portière.

Ils se tiennent tous trois en ligne, vêtus de leurs plus beaux vêtements. Ochre dépasse désormais ma mère, ce qui me cause une vive surprise. Son torse et ses bras sont musclés, ses cheveux coupés ras et son visage buriné par le soleil. Ce qui signifie qu'il travaille désormais à l'extérieur. À la Ferme, sans doute.

Les années n'ont pas épargné ma mère, mais sa chevelure d'un blond vénitien est exactement comme dans mes souvenirs. De profondes rides soulignent ses yeux et entourent sa bouche.

Hazel en revanche… Hazel est quasi méconnaissable. Elle avait sept ans au moment de mon départ. Aujourd'hui, elle en a onze. Tout en jambes, elle n'a que la peau sur les os. Un tablier en lambeaux pend sur son buste décharné. Quant à son visage, il ressemble à s'y méprendre à celui de Père. Elle a hérité de ses yeux. Comme moi, elle a de longues boucles noires. Je refrène un sourire. À cet instant, Hazel esquisse un mouvement de recul et se réfugie auprès d'Ochre.

— Bonjour, dis-je, surprise par mon propre formalisme.

Je descends de voiture. Mes orteils s'enfoncent dans l'épais tapis de poussière de la rue. Hazel écarquille les yeux, étonnée par ma tenue. Ils sont tous trois pieds nus. Par chance, je ne porte pas de chaussures non plus. J'ai envie de sentir sous mes talons la terre que j'ai foulée toute mon enfance.

Un silence embarrassant plane entre nous pendant quelques secondes, puis ma mère s'approche de moi en boitillant – je ne me rappelais pas qu'elle boitait – et me prend dans ses bras. Elle est maigre comme un fil de fer.

— Mon bébé, fredonne-t-elle. Comme je suis heureuse de te voir !

Je la serre fort contre moi et j'en profite pour humer son parfum à plein nez, un mélange de pain, de sel et de transpiration.

— Tu m'as manqué, maman.

Elle chasse ses larmes et s'écarte d'un pas.

— Combien de temps avons-nous ?

— On revient me chercher à vingt heures.

Elle ouvre la bouche et la referme en secouant très légèrement la tête.

— Eh bien, dans ce cas, profitons-en au maximum. Ochre, Hazel, venez saluer votre sœur.

Ochre s'approche à grands pas. C'est un géant à présent ! Et dire que je ne l'ai pas vu grandir. Il avait à peine dix ans quand je suis partie. En quatre ans, c'est devenu un homme.

— Hé, Vi !

Il se ravise aussitôt, gêné de s'être adressé de manière si peu solennelle à une mère porteuse.

— Ochre, le taquiné-je. Tu es immense. Qu'est-ce que Mère t'a donné à manger ?

— Je fais deux mètres, déclare-t-il avec fierté.

— Un vrai monstre.

— Hazel, insiste ma mère. Viens dire bonjour à ta sœur.

Alors Hazel, ma petite Hazel, à qui je chantais des comptines le soir au moment du coucher, à qui j'apportais des biscuits en secret la nuit après l'extinction des feux, avec qui je chahutais dans la cour, me tourne soudain le dos et s'élance en courant dans la maison.

— Donne-lui un peu de temps, dit maman quelques minutes plus tard en me servant une tasse de thé au chrysanthème.

Hélas, du temps, je n'en ai quasiment pas.

J'aspire une gorgée de liquide, réprimant une grimace de dégoût pour ne pas offusquer ma mère. J'avais oublié à quel point ce thé était amer. En quatre ans, mes papilles se sont habituées au café et au jus de fruits frais de Southgate. Je me force à avaler ma gorgée, en proie à une certaine culpabilité.

Ma mère et moi sommes attablées, assises sur des chaises confectionnées par mon père. La maison me semble plus petite qu'à l'époque. La cuisine et le salon sont réunis en une seule et même pièce. Le mobilier et l'équipement sont réduits au strict minimum : un évier, un petit poêle à paraffine, un vaisselier. La pièce comporte aussi un canapé éventré par endroits et une chaise à bascule près de l'âtre, où ma mère avait l'habitude de tricoter. Peut-être le fait-elle toujours, d'ailleurs.

— Hazel ne se souvient pas de moi, dis-je d'un ton morose.

— Bien sûr que si, réplique Mère. Seulement... elle a du mal à te reconnaître. Tu as beaucoup changé, Violet. Regarde-toi !

Je baisse la tête. Suis-je si différente ? Mes bras sont plus charnus que les siens, et la carnation de ma peau, rosée, est signe de bonne santé.

— Je veux parler de ton visage, ma chérie, précise ma mère en partant d'un rire léger.

Ma gorge se noue.

— Ça fait un moment que je ne me suis pas vue dans un miroir.

Elle s'assombrit.

— Tu aimerais te regarder ?

Nerveuse, je fourre les mains dans mes poches et serre l'alliance de mon père.

— Non, dis-je dans un murmure.

J'ignore pourquoi, je suis terrifiée à l'idée de voir mon reflet. Mes yeux se posent sur les mains de ma mère, croisées sur ses genoux. Elles sont noueuses d'arthrite, parcourues de grosses veines bleues qui ressortent comme des fleuves sur une carte topographique.

Je remarque qu'elle ne porte plus sa bague.

— Où est ton alliance ?

Ses joues s'empourprent ; elle hausse les épaules sans répondre.

— Mère, où est passée ton alliance ?

— Je l'ai vendue.

Vendue ? Je n'en crois pas mes oreilles. Mes yeux manquent sortir de leurs orbites.

— Quoi ?! Mais pourquoi ?

Elle m'adresse un regard dur.

— Nous avions besoin d'argent.

— Mais..., bafouillé-je en secouant la tête. Et la pension ?

Une somme annuelle est versée aux familles des mères porteuses en compensation de la perte de leur fille.

Elle pousse un soupir las.

— La pension ne suffit pas à couvrir tous nos frais, Violet. Pourquoi penses-tu qu'Ochre a dû arrêter l'école ? Regarde dans quel état sont mes mains : je ne peux plus travailler autant qu'avant. Tu voudrais peut-être que j'envoie Hazel à l'usine ? Ou dans les vergers ?

— Bien sûr que non.

Comment peut-elle suggérer ça ? Hazel est trop jeune pour supporter le rude labeur de la Ferme ; elle n'a aucun muscle. Quant à l'usine, c'est impensable. Elle ne survivrait jamais dans l'univers de la Fumée. Je l'imagine en train de manipuler une énorme machine en métal, crachant ses poumons dans une usine à l'air saturé, et une grimace me déforme les traits.

— Alors ne juge pas la manière dont je subviens aux besoins de cette famille. Ton père, paix à son âme, me comprendrait, lui. Ce n'est qu'un morceau d'or, dit-elle en s'essuyant le front. Ce n'est qu'un morceau d'or, répète-t-elle comme pour se convaincre.

J'ignore pourquoi je suis si contrariée. Elle a raison, ce n'est qu'un objet. Ce n'est pas mon père.

Je serre son alliance une dernière fois avant de la sortir de ma poche pour la poser sur la table.

— Tiens. Je te la rends. De toute façon, je ne vais pas pouvoir l'emporter avec moi.

Une lueur illumine son regard. Elle prend l'anneau et le regarde, les yeux humides. Je prends alors conscience du sacrifice qu'elle a fait en vendant la sienne.

— Merci, murmure-t-elle.

— Je peux garder ta robe de chambre ?

Elle éclate de rire.

— Évidemment ! Elle est pile à ta taille maintenant.

— On va sûrement me la prendre et la jeter une fois que je serai dans le Joyau, mais j'aimerais la porter le plus longtemps possible.

Elle me prend la main et la serre très fort.

— Elle est à toi, Violet. Cela dit, ça m'étonne qu'on t'autorise à nous rendre visite en pyjama.

— Au contraire, on s'habille comme on veut. Surtout aujourd'hui.

Le silence s'abat sur nous comme un oreiller, étouffant toutes les choses que j'aimerais lui dire.

Une mouche bourdonne contre le carreau, au-dessus de l'évier. Du bout des doigts ma mère me caresse le dos de la main, songeuse. Ses sourcils se froncent.

— On prend bien soin de toi, là-bas, n'est-ce pas ?

Je détourne la tête. Je n'ai pas le droit de lui parler de ce qui se passe dans l'enceinte de Southgate.

— Violet, je t'en prie. Dis-moi quelque chose. Tu n'imagines pas à quel point ça a été dur pour moi, pour Hazel et pour Ochre. D'abord ton père qui nous quitte, puis toi... Regarde-toi, tu es devenue une jeune femme et... je ne t'ai pas vue grandir. (Une larme déborde de son œil et roule le long de sa joue.) Je n'étais pas à tes côtés, ma petite fille. Comment suis-je censée vivre avec un tel poids sur la conscience ?

Une énorme boule se forme dans ma gorge.

— Ce n'est pas ta faute, dis-je en scrutant ses mains. On ne t'a pas laissé le choix.

— C'est le moins qu'on puisse dire, murmure-t-elle. Quoi qu'il en soit, je t'ai perdue il y a quatre ans. Alors je t'en supplie, dis-moi au moins que tu en as tiré quelque chose de positif. Que tu mènes une vie meilleure que celle que j'avais à t'offrir.

Si seulement je pouvais me confier à elle, lui parler des trois Augures et des années de souffrance que j'ai subies au centre, des tests incessants et des visites médicales à n'en plus finir. Si seulement je pouvais lui dire à quel point elle m'a manqué, lui avouer que par sa simple caresse, elle me donne plus de tendresse que toutes les gardiennes de l'institut réunies en l'espace de quatre ans. Si seulement je pouvais lui dire combien j'aime jouer du violoncelle, et comme j'y excelle. Je crois qu'elle serait fière de moi, si elle savait ce dernier point. Elle voudrait sûrement m'entendre jouer.

Dans ma gorge, la boule est telle que je suis surprise d'arriver à respirer. Je songe à ce jour épouvantable où les régimentaires sont venus me chercher, un souvenir nébuleux, comme un puzzle auquel il manquerait des pièces. Moi qui pleure, qui hurle, qui supplie ma mère de ne pas les laisser m'emmener. Les yeux d'Hazel, écarquillés, implorants, ses petites mains s'agrippant à ma robe en lambeaux. La lumière se reflétant sur la crosse métallique du pistolet d'un régimentaire. Et ma mère, pressant ses lèvres contre mon front, le visage ravagé par les larmes : « Tu dois les suivre, Violet. Tu n'as pas le choix. Obéis. »

J'ai subitement la sensation de suffoquer dans cette pièce trop petite.

— J'ai besoin de prendre un peu l'air, dis-je en écartant ma chaise de la table pour sortir dans la cour par la porte arrière.

C'est un carré de terre sèche parsemé ici et là de quelques touffes d'herbe jaune. Une brise fraîche me frôle la peau et remue les feuilles du seul arbre planté au milieu de la cour. Un citronnier chétif qui n'a jamais produit un seul fruit. Quelle est cette chanson que mon père me fredonnait ?

Si joli le citronnier
Et sa fleur est toute de douceur

C'était une sorte de métaphore sur la nature dangereuse de l'amour, mais tout ce dont je me souviens, c'est que chaque fois qu'il la chantait, je mourais d'envie de manger un citron. C'est la première chose que j'ai essayée à mon arrivée à Southgate. Dans mon empressement, j'ai mordu l'écorce à pleines dents. Une expérience mémorable. Je ne m'attendais pas à ce que le fruit soit si acide.

— Tu as changé.

Je pivote sur moi-même. Contre le mur de la maison, Hazel est assise sur un seau retourné.

— C'est aussi l'avis de Mère, dis-je d'une voix un peu saccadée.

Elle m'examine un instant. Son regard est vif, pétillant. Sa ressemblance avec notre père est vraiment frappante.

— D'après elle, tu pars à la Vente aux Enchères demain, dit Hazel. C'est pour ça qu'on t'autorise à nous rendre visite aujourd'hui.

J'acquiesce.

— Ils appellent ça le Jour du Jugement. Parce que nous sommes censées… régler nos comptes avec notre passé avant d'embrasser notre avenir.

J'ignore pourquoi j'ai répété cette phrase comme une automate. Rabâchée des centaines de fois par les gardiennes, elle laisse un goût âpre sur ma langue.

Hazel se lève.

— C'est ce qu'on représente à tes yeux ? Des « comptes à régler » avant de partir vivre dans un palais, dans le Joyau ? En gros, on appartient au passé.

— Non, dis-je, troublée. Bien sûr que non.

Elle crispe les poings, exactement comme moi lorsque je suis en colère.

— Alors qu'est-ce que tu fiches ici ?

Abasourdie, je secoue la tête.

— Hazel, je suis venue parce que je t'aime. Parce que vous m'avez manqué, Mère, Ochre et toi. Il n'y a pas un jour qui passe sans que je pense à vous.

— Alors pourquoi tu ne m'as jamais écrit ? s'emporte Hazel dont la voix se brise en même temps que mon cœur. Tu m'avais pourtant promis de le faire. « Juré, craché », tu m'avais dit. J'ai attendu et attendu une lettre qui n'est jamais venue. Pas une seule fois tu ne m'as écrit !

Ses paroles me font l'effet d'un coup de poing en pleine poitrine. Et moi qui avais cru qu'elle aurait oublié ma promesse ! Une fois à Southgate, j'ai compris que je ne pourrais pas la tenir. Et je m'y suis résignée.

— Hazel, je n'ai pas pu. C'est interdit.

— Je parie que tu n'as même pas essayé, crache Hazel. Tu t'en fichais de toute façon. Pendant qu'on luttait pour joindre les deux bouts ici, toi, tu vivais comme une princesse. Tu portais de beaux vêtements, tu mangeais de bons petits plats et tu avais l'eau chaude. Ne mens pas, je sais que tu as droit à tout ça là-bas.

— C'est vrai, je l'avoue. Mais tu ne penses pas que je laisserais tomber cette vie en un battement de cils si je pouvais revenir vivre avec vous ? Te border le soir et te chanter des berceuses ? Nous pourrions faire des pâtés de boue quand il pleut et les lancer sur Ochre dès qu'il aurait le dos tourné.

Ces images s'amoncellent dans mon esprit, menaçant de m'engloutir. Ces images de la vie que j'aurais pu mener. La vie qui m'a été volée. Une vie pauvre, certes, mais heureuse.

— Tu crois vraiment qu'à choisir, j'abandonnerais ma famille pour des habits et de l'eau chaude ? Je n'ai pas eu le choix, Hazel. On ne me l'a pas laissé.

Ma petite sœur ne répond rien ; elle semble sceptique. Je fais un pas vers elle.

— Je fête ton anniversaire tous les ans, dis-je. (Je prends le risque de déclencher le transmetteur, mais peu m'importe.) Je leur fais faire un gâteau au chocolat avec un glaçage à la vanille. Dessus, je fais écrire ton nom en vert et j'y plante une bougie. Je chante ensuite « Joyeux anniversaire » avec mon amie Raven. On le fait aussi pour l'anniversaire du frère de Raven, et pour celui d'Ochre.

Hazel cligne des yeux.

— Pour de vrai ?

Une larme roule le long de ma joue et se glisse dans la commissure de mes lèvres.

— Parfois, allongée dans mon lit, je te parle après l'extinction des feux. Je te raconte des blagues que j'ai entendues, je te confie des anecdotes sur mes amies et ma vie au centre. Je pense tout le temps à toi, Hazel.

Brusquement, elle franchit la distance qui nous sépare et enroule ses bras autour de moi. Je la serre fort. Son corps si frêle est secoué de sanglots. Les larmes ruissellent le long de mes joues pour se perdre dans sa chevelure.

— Je pensais que tu n'en avais rien à faire, dit-elle d'une voix étouffée par ma robe de chambre. J'étais persuadée que tu m'avais abandonnée pour toujours.

— Non. Je ne cesserai jamais de t'aimer, Hazel. Je te le promets.

Ce moment m'est précieux. Je l'emporterai avec moi et le chérirai. Peu importe ce que la Vente aux Enchères me réserve, je suis reconnaissante de pouvoir partager ces derniers instants en compagnie de ma petite sœur.

Ce soir-là, le dîner consiste en un canard rôti rachitique, des pommes de terre à l'eau et quelques haricots filandreux.

Au souvenir de tous les repas que j'ai engloutis à l'institut, du choix infini de mets les plus frais qui m'étaient chaque jour proposés, une pointe de culpabilité me transperce. Et ma famille qui déguste ce souper frugal comme s'il s'agissait d'un festin digne de l'Électrice !

— Ochre a rapporté de la crème de la laiterie, s'exclame Hazel en tirant sur ma manche. On aura de la crème glacée en dessert.

— On est gâtés, dis-je avec un sourire en passant le plat de pommes de terre à Ochre. Tu travailles donc dans une exploitation laitière ?

— Oui. La plupart du temps, répond-il en se servant une cuillerée généreuse de patates (Mère lui arrache le plat des mains avant qu'il ne le vide). J'aime bien travailler avec les bêtes. Le contremaître dit que dans un an je pourrai commencer à apprendre à labourer les champs, ajoute-t-il en bombant le torse. Du moment que je peux continuer à travailler pour la Maison de la Flamme, ça me va. Ce sont des employeurs décents. Ils nous accordent des pauses convenables, et les horaires de travail sont raisonnables. Tu te souviens de Sable Tersing ? Il bosse à présent pour la Maison de la Lumière. Apparemment, c'est l'enfer. Les contremaîtres ont des fouets et n'hésitent pas à les employer. Et si jamais un ouvrier se fait surprendre en train de fumer, il a une retenue sur sa paye…

— Comment ça ? s'insurge Mère. Sable Tersing s'est mis à fumer ?

Ochre devient cramoisi.

— Je ne parlais pas de lui en particulier, c'est juste que...

— Ochre, je jure sur la tombe de ton père que si jamais je te vois avec une cigarette à la bouche...

— Mère, l'interrompt Ochre en roulant les yeux. Tout ce que je cherche à dire, c'est que pour nous autres, ouvriers, ce n'est pas juste. On ne sait jamais comment on sera traités. Les règles varient d'une Maison à l'autre alors qu'il devrait y avoir un règlement unique. On devrait avoir le droit d'en référer à l'Exéteur en cas d'injustice.

— Bien entendu. Je suis certaine que l'Exéteur n'a rien de mieux à faire que d'écouter les doléances d'une bande d'adolescents, rétorque Mère.

Un sourire m'échappe.

— Tu me fais penser à Père quand tu t'exprimes ainsi, dis-je à Ochre.

Il se gratte la nuque, gêné, et enfourne une bouchée de patates.

— Il faisait souvent des remarques justes, marmonne Ochre tout en mâchant.

Hazel tire sur ma manche pour attirer mon attention.

— Je suis dans les premiers de la classe à l'école, m'apprend-elle fièrement.

— Ça ne m'étonne pas. Tu n'es pas ma petite sœur pour rien !

Mère éclate de rire.

— Comparée à Hazel tu étais un ange. L'année scolaire vient à peine de commencer et elle a déjà trouvé le moyen de se retrouver mêlée à deux bagarres.

Je me tourne vers ma petite sœur en fronçant les sourcils.

— Des bagarres ? Contre qui t'es-tu battue, Hazel ?

Elle décoche un regard noir à notre mère.

— Personne. Des crétins, c'est tout.

— Oui, et si jamais ça se reproduit, tu seras punie. Tu auras droit à une double corvée de ménage et tu seras privée de jeux pendant une semaine, réplique Mère d'un ton sévère.

Hazel baisse le nez dans son assiette et fait la moue.

Un sentiment de jalousie m'assaille tandis que j'assiste en spectatrice à cette scène. La vie quotidienne dont je suis exclue. Un amour palpable flotte à cette table, un amour véritable, palpitant, vivant. Ochre et Hazel sont en train de se chamailler et Mère les dispute en riant. Je les observe en silence, imaginant la place que j'aurais occupée, la manière dont j'aurais complété cette famille.

J'ai subitement envie de rassurer Mère. Même si c'est un mensonge. Je ne veux pas démolir le bonheur qui règne dans cette pièce.

— Ne vous en faites pas pour moi.

Le silence tombe et trois paires d'yeux se braquent sur moi. J'aurais peut-être dû prendre plus de pincettes. Je regarde ma mère.

— Tout ira bien.

Elle pose sa fourchette. J'affiche un sourire.

— À partir de demain, je vais vivre dans le Joyau. C'est excitant, non ? Je suis sûre qu'on va être aux petits soins pour moi. Mais je tiens à ce que vous sachiez... je vous en supplie, n'oubliez pas à quel point je vous aime. Tous les trois.

Ma voix se brise et j'avale une gorgée d'eau. Les yeux emplis de larmes, ma mère se couvre la bouche d'une main.

— Si seulement je pouvais rester avec vous... Je suis si fière de faire partie de cette famille. Tâchez de ne pas l'oublier.

Ils me dévisagent tous trois en silence. Leur regard devient vite un supplice et je détourne le mien, incapable de soutenir le leur. Les braises rougeoient à peine dans l'âtre. Je me lève brusquement.

— Le feu est en train de s'éteindre, dis-je avec embarras. Je vais chercher du bois.

Je me précipite dans la cour, plongée dans la nuit, et prends une grande goulée d'air frais. Mes mains tremblent.

Ne pleure pas. Si je pleure, ils sauront que je suis terrifiée. Or pas question de le leur montrer. Il faut qu'ils croient à mon bonheur à venir.

Je m'appuie contre le mur de la maison et lève la tête pour contempler le ciel parsemé d'étoiles. Au moins, quel que soit l'endroit où je finirai, ce sera sous le même ciel. Hazel et moi scruterons toujours les mêmes astres.

Je me tourne vers le tas de bois, et mon regard se pose sur le citronnier. À cette heure-ci, caressé par la lune, il paraît argenté.

Une idée germe dans ma tête.

Le troisième Augure, la Croissance.

Je m'approche de l'arbre et en effleure l'écorce familière. Le processus ne sera pas indolore, mais tant pis. Pour une fois, la douleur en vaudra la peine. Je sais que je peux le faire : à Southgate, c'est moi qui ai obtenu le meilleur score à cet Augure-là.

Je repère un nœud sur l'une des branches et appuie la paume dessus tout en me répétant ces mots en boucle :

Un : le voir tel qu'il est. Deux : se le représenter mentalement. Trois : le plier à sa volonté.

Une image apparaît dans ma tête ; une chaleur naît au creux de ma paume. Au même instant, une douleur aiguë me transperce l'arrière du crâne. Je ressens la vie qui anime cet arbre. C'est un flux irradiant. Je l'attire à moi. Une bosse se forme au creux de ma paume ; une feuille verte se faufile entre mes doigts. L'arbre me résiste un peu, et une brûlure me déchire la colonne, m'arrachant un cri. J'ai l'impression qu'on me plante des aiguilles dans le cerveau. Mon dos s'arc-boute et ma tête se met à tourner. Cependant, j'ai connu bien pire à Southgate, et je ne céderai pas tant que je n'aurai pas atteint mon objectif. Je me mords la lèvre inférieure jusqu'au sang pour ne pas crier. Focalisée sur la branche, je poursuis mon ouvrage, telle une araignée tissant sa toile, façonnant l'arbre en suivant le modèle qui s'est créé dans ma tête jusqu'à ce que la forme emplisse ma paume.

Un citron.

Je laisse retomber mon bras et mes jambes se dérobent sous moi. Je me plie en deux, à bout de souffle. Quelques gouttes de sang arrosent le sol. Je m'essuie le nez du revers de la main. J'appuie le front contre le tronc et compte à l'envers à partir de dix, comme Patience nous l'a enseigné. Peu à peu, la douleur s'atténue. Bientôt, je ne ressens plus qu'une faible pulsation derrière mon oreille droite. Je me lève, les jambes flageolantes.

Le citron est parfait. Son écorce est jaune vif ; son corps rond pend à la branche. Hazel sera ravie.

L'arbre continue de vibrer en moi. À l'inverse, je sais que je lui ai offert une partie de moi-même dans le processus. Ce citronnier ne sera plus jamais stérile.

Je m'en détourne pour aller ramasser quelques bûches au sommet de la pile. Puis je retourne à l'intérieur rejoindre ma famille.

3.

L'institut au complet est présent sur le quai pour nous dire adieu.

Southgate possède sa propre gare ferroviaire, de même que Northgate, Eastgate et Westgate. Les stations d'où partent les trains transportant les ouvriers se trouvent ailleurs, à proximité du mur qui sépare le Marais de la Ferme. Je me rappelle y avoir un jour accompagné mon père, quand j'étais petite. Avec son sifflement perçant et son nuage de vapeur blanche, l'énorme locomotive noire m'avait terrifiée.

Il est encore très tôt ; l'aube s'est à peine levée, et la plupart des pensionnaires, le regard encore embrumé, bâillent à s'en décrocher la mâchoire. Mais la cérémonie d'adieu est obligatoire. Je me souviens de ma première : j'étais gelée, fatiguée, et je ne connaissais aucune des filles qui nous quittaient. Je n'avais qu'une envie, retourner me coucher.

C'est d'autant plus étrange de se retrouver aujourd'hui de ce côté-ci de la barrière. Pour le voyage, nous portons toutes l'uniforme de l'institut, une robe mi-longue marron avec les initiales du centre, « SG », à l'endroit du cœur. Pour l'occasion, on y a ajouté notre numéro de lot.

C'est officiel, je suis désormais le numéro 197. Violet Lasting n'existe plus.

Sur une estrade face à nous, un représentant du Joyau débite le discours d'usage. C'est un homme corpulent, le nez chaussé de lunettes et vêtu d'un veston en brocart. À la main gauche, il porte un énorme rubis, semblable à une grosse cerise luisante, serti de petits diamants. Impossible d'en détacher les yeux. Cette bague pourrait nourrir trois familles du Marais pendant une année.

Il s'exprime d'une voix monotone et mécanique. Le vent emporte la plupart de ses mots. De toute façon, je ne l'écoute que d'une oreille. Chaque année, c'est le même discours, à quelques détails près : on nous vante la noblesse de la tradition des mères porteuses, on souligne combien nous sommes essentielles à la perpétuation de la lignée royale, on nous assure que notre action nous vaudra le respect et la vénération du reste des habitants de la Cité.

Je ne sais pas ce qu'il en est du Commerce et du Joyau, mais je suis quasiment certaine que le reste de la ville se fiche pas mal des mères porteuses. À moins de vivre dans le Marais, où cette tradition implique presque inexorablement la perte d'une fille. Seuls le Joyau et le Commerce sont autorisés à utiliser les services d'une mère porteuse. Parfois, les parents tentent de cacher leurs filles, ou bien de graisser la patte des médecins qui leur font passer le test.

Le test sanguin est obligatoire. Dans le Marais, toute fille parvenue à l'âge de la puberté y est soumise. On ignore pourquoi seules les filles du cercle le plus miséreux présentent les étranges mutations génétiques qui génèrent les Augures. Toujours est-il que la royauté ne laisse passer personne entre les mailles du filet. Quiconque tente de s'y soustraire encourt la peine de mort.

Je frémis en songeant à la première et dernière exécution publique à laquelle j'ai assisté. C'était il y a sept mois de cela. Une fille s'était fait arrêter après trois ans de cavale. Elle fut traînée de force sur la place, devant les portes de Southgate – nous nous tenions de l'autre côté d'une vitre teintée de manière à ce que la foule ne nous voie pas. J'ai balayé le public du regard, à la recherche de ma mère, sans succès. Il y a près d'une heure de marche de chez nous à Southgate. En outre, elle préférait sans doute épargner ce triste spectacle à Ochre et Hazel. Père et elle ont toujours boycotté les exécutions publiques – « grotesques », d'après Père. Mais moi, j'étais curieuse de voir à quoi ça ressemblait.

Après ça… j'ai compris ce que mon père voulait dire.

La fille dégageait quelque chose de féroce, d'indomptable. De longues boucles noires encadraient son visage serti de deux yeux étincelants, d'un bleu étonnant. Elle avait à peine quelques années de plus que moi.

Deux régimentaires la tenaient fermement. Elle n'a pas cherché à se débattre. Elle n'a pas versé une larme, elle n'a pas imploré. En réalité, elle paraissait étrangement en paix avec elle-même. Lorsqu'on l'a forcée à s'agenouiller et à poser la tête sur le billot, elle a esquissé un sourire. Alors, le juge lui a demandé si elle souhaitait dire un dernier mot.

— Ce n'est que le début, a-t-elle lancé. Je n'ai pas peur.

La tristesse s'est alors peinte sur son visage et elle a ajouté :

— Dites à Cobalt que je l'aime.

Puis on lui a tranché le cou.

Je me suis forcée à regarder jusqu'au bout. J'ai fixé son corps mutilé sans grimacer, sans détourner la tête, contrairement à Lily et à tant d'autres pensionnaires. Je me suis dit qu'elle méritait que quelqu'un soit aussi courageux qu'elle. C'était peut-être stupide – après cela, j'ai fait des cauchemars pendant plus d'un mois –, pourtant je ne regrette pas de l'avoir fait.

Chaque fois que je songe à elle, je me demande qui était ce dénommé Cobalt et s'il a su que c'était à lui qu'elle avait accordé ses dernières pensées.

Je reporte mon attention sur le représentant du Joyau qui, parvenu à la fin de son discours, ôte ses lunettes et les essuie avec un mouchoir en soie.

Cette année, nous ne sommes que vingt-deux pensionnaires de Southgate à nous rendre à la Vente. La grande majorité des filles vient de Northgate et de Westgate. Notre train est aubergine ; il est beaucoup plus petit et accueillant que celui que mon père prenait pour se rendre au travail.

Le médecin en chef de l'institut, le docteur Steele, serre la main du mandataire avant de se tourner vers nous pour nous adresser quelques mots. C'est un homme d'aspect long et gris – un long menton, un long nez, de longs bras, des cheveux gris, des sourcils gris, des yeux gris. Même son teint est grisâtre. Lily m'a un jour rapporté avoir entendu dire que le docteur Steele est accro aux opiacés, raison pour laquelle il aurait si mauvaise mine.

— À présent, mesdemoiselles, il est temps de se dire adieu, lance-t-il à la cantonade.

Il agite une main aux longs doigts, et les portières du train s'ouvrent dans un crissement désagréable. On se range en file indienne et on entre dans les wagons au compte-gouttes. Je jette un coup d'œil par-dessus mon épaule : Mercy est en train de se tamponner les yeux ; Patience affiche un air aussi placide que de coutume. Je lance un ultime regard aux grilles des fenêtres du dortoir, et considère le bâtiment en brique rose une dernière fois. Puis je parcours les visages des pensionnaires, ces filles qui, après notre départ, rentreront à l'institut et nous effaceront de leur mémoire. Mes yeux se posent sur une fillette de douze ans avec des yeux globuleux. Elle est si maigre... De toute évidence, elle souffre de malnutrition. C'est sûrement une nouvelle recrue. Elle me regarde, croise deux doigts de la main droite et les presse contre son cœur.

Je grimpe dans le wagon ; la portière se ferme derrière moi.

Comme nos chambres à Southgate, les voitures sont impersonnelles.

Des rideaux mauves couvrent les vitres, et une banquette court le long des parois dans l'espace rectangulaire, agrémentée de coussins couleur aubergine. Nous ne sommes ici que sept filles. Nous demeurons debout pendant quelques instants, agglutinées les unes contre les autres, au milieu du compartiment, sans trop savoir quoi faire.

Brusquement, le train se met en branle et nous nous éparpillons. Raven, Lily et moi nous installons dans un coin. Raven écarte les rideaux.

— Tu crois qu'on a le droit ? chuchote Lily.

— Qu'est-ce que tu veux qu'ils nous fassent ? Qu'ils nous abattent ?

Lily se mordille la lèvre.

Le trajet jusqu'au Joyau dure deux heures. À mesure qu'on s'éloigne du Marais, mes certitudes s'étiolent et le doute m'envahit. Je sais que ce train va nous faire traverser la Ferme, la Fumée, et le Commerce, pour nous mener jusqu'à la Salle des Ventes dans le Joyau. Je sais qu'on va me faire passer par une salle de préparation avant d'être exhibée. Mais c'est tout. L'inconnu s'étend devant moi comme une vaste page blanche. Dehors, les paysages défilent à toute vitesse. Les maisons en brique d'argile se dressent, sombres, contre le ciel gris pâle.

— Il n'y a pas grand-chose à regarder, hein ? fait remarquer Raven.

J'ôte mes chaussures et replie mes jambes sous mes cuisses.

— Non. Mais c'est chez nous.

Raven part d'un petit ricanement.

— Tu es trop sentimentale.

Elle a beau faire bonne figure, je la connais par cœur. Le Marais va lui manquer à elle aussi.

— Comment s'est passé ton Jour du Jugement ?

Elle hausse les épaules, pourtant ses lèvres se crispent.

— Bien. Ma mère n'en finissait pas de s'extasier sur ma bonne mine, le fait que j'avais grandi. Elle n'a pas cessé de me demander si je n'étais pas excitée à l'idée de me rendre dans le Joyau. Comme si je partais en vacances.

— Et Crow ?

Crow est le petit frère de Raven.

Elle triture une de ses mèches.

— Il m'a à peine dit deux mots, marmonne-t-elle. (Nouveau haussement d'épaules.) Il était impressionné. Je suppose qu'il ne savait pas trop comment s'adresser à une future mère porteuse.

Je me rappelle comment je considérais les mères porteuses avant d'en devenir une. Je me disais qu'elles étaient différentes, à part. Spéciales. J'ai l'impression d'être tout sauf ça en ce moment.

Subitement, Lily se met à chanter. Sa petite main s'enroule autour de la mienne, ses yeux pétillent tandis qu'elle regarde le Marais défiler par la fenêtre. Elle fredonne d'une voix douce un chant traditionnel du Marais que nous connaissons toutes.

Prenez garde, exquises jeunes femmes,
À la manière dont vous séduisez les hommes…

Deux filles se joignent à elle. Raven roule les yeux.

— Vous trouvez que c'est le moment ? grommelle-t-elle.

— Non, dis-je à voix basse. Pas vraiment.

La plupart des chants du Marais parlent de filles qui meurent jeunes ou sont rejetées par l'homme qu'elles aiment. Aucun ne s'applique franchement à notre situation.

— N'empêche, c'est quand même agréable à entendre, ajouté-je.

Ô, que l'amour est admirable, qu'il est charmant,
Que l'amour est beau à ses balbutiements ;
Mais avec le temps, l'amour s'étiole et s'éteint,
Et se volatilise telle la rosée du matin.

À la fin de la chanson, le silence retombe. On n'entend plus que le mouvement cadencé des roues du train. Soudain, Lily pouffe de rire, un rire nerveux proche des larmes. Elle me serre la main. Alors je prends conscience que c'est sans doute la dernière fois que j'entends un chant du Marais.

Le train ralentit progressivement. J'entends coulisser les immenses portes blindées qui séparent le Marais de la Ferme. J'ai beau connaître la Ferme pour l'avoir étudiée en cours d'histoire, je ne l'ai jamais vue en vrai.

Le premier détail qui me frappe, c'est la richesse des couleurs. Jamais je n'aurais imaginé qu'une gamme si diversifiée de verts existe dans la nature. Et pas seulement du vert, d'ailleurs, mais un éventail de nuances chaudes s'étalant du rouge au jaune pâle en passant par l'orange, l'ocre et le rose vif.

Je songe à Ochre. Il est sans doute en train de travailler dans l'une de ces exploitations laitières. Pourvu qu'il reste au service de la Maison de la Flamme. L'idée qu'il subvienne seul aux besoins de notre famille me hérisse.

Le paysage est magnifique. Alors que le Marais consiste en une vaste étendue de plaines, ici, le terrain est tout en relief. Le train passe sur un pont reliant deux collines entre lesquelles coule une rivière. À flanc de coteau, des ceps de vigne disposés en rangées bien alignées et soutenus par des tuteurs. Un vignoble. C'est ainsi que s'appellent les terroirs de raisin destinés à produire du vin. J'en ai bu en de rares occasions. Les gardiennes nous y autorisaient de temps à autre, notamment pour notre anniversaire et lors de la Nuit la plus longue.

Raven n'en croit pas ses yeux.

— C'est immense !

Elle a raison. La Ferme s'étend à l'infini ; un peu plus, et j'en oublierais presque le Marais, le Joyau, et la Vente aux Enchères. L'espace d'un instant, j'arrive à me convaincre qu'il n'existe rien en dehors de ce paysage sans fin.

À peine a-t-on franchi la porte séparant la Ferme de la Fumée que la lumière faiblit, comme si le soleil était une lampe modulable à volonté.

Le train progresse lentement sur des rails surélevés à travers un dédale de monstres de fonte, des usines qui surplombent les rues et dont les cheminées immenses crachent une fumée grise. Les rues grouillent de gens au visage émacié et au dos courbé. Une sirène retentit et la foule se disperse tandis que les ouvriers s'engouffrent dans les usines.

Je prends soudain conscience qu'il ne reste plus qu'un seul cercle après celui-ci, et mon cœur se serre douloureusement. Combien de temps avant de parvenir au Joyau ? Combien de minutes de liberté me reste-t-il ?

— Ooooh ! s'extasie Lily quand nous pénétrons dans le Commerce. C'est tellement beau !

Le soleil se remet à briller de mille feux. Éblouissant, il se reflète dans les façades des boutiques qui flanquent les rues pavées de pierre blanche. Les fenêtres voûtées sont habillées de volets argentés, les devantures des magasins surmontées d'enseignes rutilantes en fer forgé. Des rangées d'arbres au tronc fin et au feuillage vert taillé en boule bordent les rues. Partout, des diligences électriques. Des hommes coiffés de chapeaux melon et vêtus de costumes trois pièces arpentent les rues, escortant des femmes en robe chamarrées de soie et de satin.

— Patience avait raison, dis-je. Je ne vois pas de femme en pantalon.

Raven ronchonne.

— C'est charmant, non ? s'exclame Lily en collant son front contre la vitre. C'est dans l'une de ces boutiques que l'Exéteur a rencontré l'Électrice !

Raven secoue lentement la tête.

— C'est dingue. Cet étalage de richesse. Ces gens ont tellement d'*argent*.

— Et nous n'avons pas encore atteint le Joyau, dis-je dans un murmure.

— Allons les filles, on s'assied, nous ordonne Charity, une gardienne d'un certain âge, en entrant dans notre compartiment suivie du docteur Steele.

Elle porte un plateau où sont disposés des comprimés de diverses couleurs. J'interroge Raven du regard et lui chuchote :

— À quoi servent les cachets ?

Elle se contente de hausser les épaules, aussi dubitative que moi.

— Fermez les rideaux, commande Charity.

Lily s'empresse d'obéir tandis que certaines filles se jettent des coups d'œil inquiets, obtempérant à contrecœur. La voiture se retrouve aussitôt plongée dans une lumière mauve qui n'augure rien de bon.

— Allons, allons. Inutile de se mettre la rate au court-bouillon, intervient le docteur Steele d'une voix blanche qui est loin d'être rassurante. Ce n'est rien de plus qu'un médicament fait pour vous détendre un peu à l'approche du grand événement. Je vous demanderai de bien vouloir rester assises.

Mon cœur s'emballe. J'agrippe la main de Raven. Le médecin fait le tour de notre groupe d'un pas calme. Sur les comprimés sont inscrits nos numéros de lot. Chaque fille à tour de rôle ouvre la bouche. Le médecin dépose le cachet sur leur langue à l'aide d'une pince en argent. Certaines toussotent, d'autres s'humectent les lèvres en faisant la grimace.

C'est bientôt au tour de Raven.

— 192, dit-il en sélectionnant un comprimé bleu pâle.

Raven lui lance un regard noir. L'espace d'une seconde, j'ai l'impression qu'elle va refuser de prendre le médicament. Puis elle ouvre la bouche et il place le cachet sur sa langue. Elle continue de le scruter en silence, le visage impassible. C'est sa manière à elle de lui tenir tête.

Le docteur Steele ne s'en rend même pas compte.

— 197.

J'ouvre la bouche et il dépose un comprimé violet sur ma langue. Ça pique. Un goût acide se répand dans ma bouche, ce qui me rappelle la fois où j'ai mordu dans le citron. La seconde d'après, le cachet s'est dissous. Je passe la langue sur mes dents et déglutis. La sensation de picotements demeure.

Le médecin hoche la tête d'un air satisfait.

— Merci, mesdemoiselles.

Sur ces mots, il quitte le wagon, Charity sur ses talons.

— Qu'est-ce que ça veut dire ? s'insurge Raven.

— Je n'en sais rien. En tout cas, ça avait un drôle de goût, grommelé-je. J'ai bien cru que tu allais l'envoyer promener.

— Ça m'a traversé l'esprit. Mais à quoi bon ? Ça ne m'aurait menée nulle part. Ils m'auraient forcée à…

Je ne connaîtrai jamais la fin de sa phrase car je sombre brutalement dans le néant.

4.

Quand je reviens à moi, je suis seule.

Une lumière crue, aveuglante, brille au plafond. Je suis couchée sur une surface glaciale. Des sangles me retiennent les poignets et les chevilles. Lorsque je m'aperçois que je suis nue comme un ver, une bouffée de panique m'envahit.

D'instinct, je cherche à me libérer de mes liens pour me couvrir le corps. Un cri se forme dans ma gorge, mais avant que j'aie le temps de le lâcher, une voix douce me murmure :

— Ne vous affolez pas. Je vais vous détacher dans un petit instant. C'est pour votre propre sécurité.

— Où suis-je ? dis-je d'une voix râpeuse.

— Vous êtes dans une salle de préparation. Calmez-vous, 197. Autrement, je ne vais pas pouvoir défaire vos liens.

C'est une voix étrange, trop aiguë pour un homme mais trop grave pour une femme. Ma poitrine se gonfle et je tâche de détendre mes muscles, de ralentir ma respiration et d'oublier que je suis exhibée et vulnérable.

— Voilà qui est mieux, remarque la voix en se rapprochant. Je ne vous veux aucun mal, 197, vous avez ma parole.

Une pression s'exerce autour de mon bras et un objet froid s'insinue au creux de mon coude.

— Je prends seulement votre tension, m'explique la voix avec calme.

Bientôt, la pression diminue et disparaît. J'entends le griffonnement d'un crayon sur du papier.

— Regardez en l'air, je vous prie.

J'obtempère. Ce n'est pas comme si j'avais le choix. Soudain, une lumière vive me transperce l'œil gauche, puis le droit. J'ai la sensation qu'on vient de m'enfoncer une aiguille dans la rétine. Une marque verte s'imprime dans mon champ de vision. Je cligne des paupières. Le crayon griffonne à nouveau sur le papier.

— Très bien, 197. C'est presque fini. À présent, je vais vous palper. Vous n'allez rien sentir, je vous le promets.

Je crispe les poings et cligne de plus belle mais, encore éblouie, je ne distingue rien. On me presse le bas du ventre, d'abord à gauche, puis à droite.

— Voilà. L'examen est fini.

Peu à peu, ma vision redevient nette et le visage à qui appartient la voix se penche sur moi.

C'est celui d'un homme, curieusement enfantin. Des traits délicats, un nez étroit, une bouche fine, une peau laiteuse. Il a la tête rasée, à l'exception d'une touffe de cheveux châtains nouée au sommet de son crâne en une houppe élégante. Une coupe que je reconnais pour l'avoir étudiée en classe, à l'occasion d'un cours sur la culture et le style de vie de la royauté. Elle indique sa qualité de cameriste.

Les caméristes sont les domestiques les plus haut placés – mais pas seulement : ils remplissent également la fonction de confident et de conseiller de leur maîtresse. Sélectionnés et formés dès leur plus jeune âge, les caméristes comportent certains hommes, castrés. Ainsi, ils travaillent auprès des femmes de la royauté sans représenter le moindre « danger ».

À l'idée de me trouver nue face à un homme, un sentiment de honte me balaie. Je me tortille sur la table. Il patiente sans sourciller les yeux fixés sur mon visage, ignorant mon corps. Je crois déceler dans son regard une lueur de compassion. Je me demande s'il se met à ma place en ce moment. Je cesse de me débattre et il m'adresse un sourire bienveillant.

— Bonjour, je m'appelle Lucien. Je vais maintenant vous détacher. D'accord ?

Ma voix me fait défaut. Sans attendre ma réponse, il se penche sur moi pour dénouer les sangles. Je remarque qu'il porte une robe blanche au col de dentelle et aux manches longues. Ses mains sont manucurées, son corps fin et quasiment dépourvu de muscles.

— Vous avez de très beaux yeux, dit-il en défaisant le dernier lien. Asseyez-vous, je vous prie. Je vais vous apporter un vêtement.

Sur ces mots, il s'éclipse. Je redresse le buste tant bien que mal et ramène les genoux contre ma poitrine pour cacher le haut de mon corps. Ma vision a encore du mal à s'accommoder à la lumière brutale. Je porte une main en visière pour me protéger les yeux du plafonnier.

— L'éclairage vous dérange. Je vais arranger ça tout de suite.

La lampe s'éteint brusquement. Puis une lumière tamisée se diffuse lentement. Des luminaires de diverses couleurs fixés aux murs se mettent à luire. Les couleurs se fondent jusqu'à ce que la salle baigne dans une atmosphère aux tons chauds, une sorte de halo jaune teinté de rose.

— Voilà. C'est beaucoup mieux.

Lucien me tend une robe de chambre de soie bleu électrique. Je l'enfile en vitesse. Le tissu est satiné, semblable à une caresse sur ma peau. Je m'imagine qu'il s'agit de la robe de chambre de ma mère. Il m'offre sa main mais je la dédaigne et me glisse par terre, les jambes encore flageolantes.

— Chaque chose en son temps. Commençons par nous débarrasser de cette horrible table d'examen, déclare-t-il en m'adressant un sourire de connivence.

Je tente de le lui renvoyer mais les muscles de mon visage sont ankylosés. Du coup, je le scrute sans mot dire. Il appuie sur un bouton fixé au mur. Le plancher situé sous la table s'ouvre et la table s'enfonce progressivement jusqu'à disparaître. Une trappe en bois coulisse sur le trou rectangulaire béant et le camoufle de manière si parfaite qu'on n'y voit que du feu.

— J'imagine qu'il n'y a pas beaucoup de faux plancher dans le Marais ?

En guise de réponse, je clignote des paupières. Mon regard navigue de Lucien à l'endroit où se trouvait la table. J'ai l'impression d'avoir de nouveau douze ans, à mon arrivée à Southgate, où tout me paraissait si incroyable.

Lucien pousse un soupir.

— Vous n'êtes pas une grande bavarde, 197 ?

Je m'éclaircis la voix.

— Je m'appelle…

Il brandit l'index et secoue la tête.

— Désolé, mon sucre d'orge. Votre prénom est confidentiel.

Bien que cet homme ne soit rien pour moi, et même si je ne le reverrai sans doute jamais, le fait qu'il n'ait pas le droit de connaître mon prénom, *mon* prénom, et non pas un numéro qu'on m'a attribué, me fait monter les larmes aux yeux. Ma poitrine se serre tristement.

— Ne pleurez pas, dit-il d'une voix à la fois douce et paniquée. Je vous en prie.

Je prends une profonde inspiration, refrénant les larmes qui se sont accumulées sur mes cils et menacent de déborder. La seconde d'après, elles se sont évaporées.

À quoi bon larmoyer ?

— D'accord, dis-je d'une voix inébranlable. Je ne vais pas pleurer.

Lucien hausse un sourcil.

— C'est ce que je constate. C'est bien, je suis fier de vous.

— Alors, dis-je d'un ton courageux, que se passe-t-il maintenant ?

— Maintenant, vous allez vous regarder dans un miroir.

Mon sang ne fait qu'un tour. Le décor chavire autour de moi.

Lucien place une main sur mon épaule.

— Ça va aller. Ce que vous allez voir va vous plaire, j'en suis sûr.

Il me conduit dans un coin de la pièce où se trouve une sorte d'estrade. Il m'invite à monter dessus. Mes jambes tremblent toujours.

— Vous préférez peut-être fermer les yeux ?

— Est-ce que ça aide ?

— Parfois.

Je hoche la tête et clos les paupières. Je me remémore alors la dernière fois que j'ai vu mon reflet.

J'avais douze ans. Un petit miroir était disposé sur la commode de la chambre que je partageais avec Hazel, et je me peignais les cheveux en m'y contemplant. J'avais les traits tirés, mon nez, mes pommettes, mes lèvres et mon menton étaient fins. À l'exception de mes yeux. De grands yeux violets qui semblaient manger la moitié de ma figure. Mais ce souvenir est vieux ; je l'ai ressassé des milliers de fois, de même qu'une lettre lue et relue à tant de reprises qu'elle finit par être froissée.

Un léger courant d'air me balaie le visage lorsque Lucien soulève le drap qui couvre la glace.

— Quand vous vous sentirez prête, me dit-il.

Mon souffle se suspend ; mon cœur martèle ma poitrine. Je prends mon courage à deux mains et rouvre les yeux.

Je suis cernée par trois femmes identiques. L'une me regarde droit dans les yeux, les deux autres m'apparaissent sous différents angles. À part le menton en pointe, le reste du visage est rond. Les joues sont pleines, les lèvres pulpeuses, légèrement entrouvertes sous le coup de la surprise. Une chevelure noire de jais tombe en cascade sur les épaules. Mais ses yeux… ses yeux sont exactement comme dans mes souvenirs.

Cette étrangère, c'est moi.

Cette pensée m'imprègne doucement tandis que j'approche les mains de mon visage. La fille dans la glace imite mes gestes. Je pars d'un petit rire nerveux. Pour une raison que j'ignore, je trouve cela drôle.

— Ce n'est pas la réaction habituelle. Mais c'est mieux qu'un cri.

Sa remarque me ramène au moment présent.

— Certaines filles poussent des cris ?

Il esquisse une légère grimace.

— Bon, nous n'avons pas toute la journée devant nous. Il va falloir commencer à vous préparer. Asseyez-vous, je vous prie.

Il m'indique un siège près d'une table où est disposé un arsenal de maquillage. Je jette un dernier regard à l'étrangère dans le miroir avant de descendre de l'estrade pour rejoindre la table. L'assortiment de pots de crème et de poudre est impressionnant. Tout cela pour une seule personne… Trois sabliers de tailles et de couleurs différentes reposent sur une étagère au-dessus de la table.

Lucien plonge les mains dans une bassine remplie d'une eau délicatement parfumée avant de les essuyer sur une serviette moelleuse d'un blanc immaculé. Puis, avec mille précautions, il retourne le premier sablier, le plus grand, contenant un sable vert pâle.

— Mettons-nous au travail.

J'ai toujours imaginé que la phase de préparation serait la seule étape agréable de la Vente aux Enchères. Se faire choyer, maquiller et coiffer…

En fait, c'est à mourir d'ennui.

Il commence par me faire les mains et les pieds avant de me couvrir le corps d'une poudre argentée, partie durant laquelle je dois brièvement ôter ma robe de chambre. En résumé, je passe la majeure partie du temps à me tourner les pouces sur mon siège. Je songe à Raven. J'espère qu'elle va bien ; je me demande qui la prépare. Elle doit fulminer.

— Où sont les autres salles de préparation ?

Lucien dépose une fine couche de poudre pailletée sur mon décolleté.

— Elles se trouvent toutes à cet étage ou à celui d'en dessous.

Les sourcils froncés, il repère un léger défaut au niveau de mon cou et s'empresse de le camoufler.

— Quand débute la Vente ? dis-je d'une voix faussement désinvolte.

— Elle a déjà commencé.

Sa réponse me fait l'effet d'un coup de poing dans l'estomac. Combien de temps ai-je dormi ? Je ne sais même pas quelle heure il est.

— Ça fait longtemps ?

Lucien mélange différentes poudres sur une palette.

— Oui, répond-il d'un ton désolé.

Mes ongles s'enfoncent dans les accoudoirs en cuir rembourré. Même si je tâche de ne rien laisser paraître, je ne peux m'empêcher de songer à Lily. *À l'heure qu'il est, Lily a été vendue.*

Lily est partie. Je ne la reverrai plus jamais.

— Je vais maintenant m'attaquer à votre visage, m'avertit Lucien. Essayez de rester immobile. Et fermez les yeux.

Je le remercie en silence. Il me donne l'occasion de me réfugier dans mes pensées. Elles vagabondent alors vers ma mère, Hazel et Ochre. Notre maison apparaît dans mon esprit, et je me figure Mère en train de tricoter au coin du feu. Ochre est au travail. Hazel à l'école. Je me demande si elle a remarqué le citron que j'ai fait pousser sur l'arbre à son attention.

Je songe à Raven, à notre première rencontre. Elle avait treize ans. À mon arrivée à Southgate, elle y était depuis un an déjà. Pourtant, elle échouait systématiquement à l'examen des Augures (exprès, m'a-t-elle avoué plus tard). Pour ma part, j'apprenais tout juste à maîtriser le premier Augure, la Couleur, et nous étions dans la même classe. J'avais beau essayer, je n'arrivais pas à faire passer mon cube du bleu au jaune – on commence avec un seul cube et on ne peut passer au niveau supérieur qu'après l'avoir transformé. J'étais maladroite, hésitante, je ne savais pas comment m'y prendre. Raven m'a donné un coup de pouce. Elle m'a appris à faire le vide dans mon esprit pour me concentrer sur l'objet. C'est elle qui a porté le seau à ma bouche quand j'ai craché du sang, elle qui m'a essuyé la bouche ; elle qui m'a montré comment me pincer l'arête du nez pour faire cesser les saignements. Ce jour-là, elle m'a promis que ce ne serait pas toujours aussi désagréable. Mes tempes tambourinaient et j'étais percluse de courbatures, mais en fin de compte, le cube était devenu jaune.

Je me demande ce que Lucien trafique. Pourvu qu'il ne cherche pas à me métamorphoser ! J'aimerais quand même reconnaître mon reflet après cela. À l'aide de différents pinceaux, il badigeonne mes joues, mes lèvres, mes paupières, mes sourcils, et mes oreilles. Je remarque qu'il consacre beaucoup de temps à mes yeux.

— C'est fini, déclare-t-il au bout d'une éternité. Vous avez été d'une patience d'ange, 197.

— Et maintenant ?

— Je vais m'occuper de vos cheveux.

J'examine le sablier. Le mince filet de sable vert se déverse lentement dans l'ampoule inférieure. Lucien manipule ma chevelure d'une main experte et délicate. Il utilise rouleaux et fer à friser. J'espère que je ne sauterai pas au plafond en découvrant ma nouvelle tête dans le miroir. Si ça se trouve, je n'aurai même pas l'occasion de me voir à nouveau. Peut-être qu'on me conduira directement à la Salle des Ventes.

À cette pensée, mon estomac se serre.

— Puis-je vous poser une question, 197 ?

Si seulement il cessait de m'appeler par mon numéro de lot !

— Allez-y.

Il hésite un long moment avant de lâcher dans un murmure :

— Est-ce que cette vie vous convient ?

Je me raidis. Mon petit doigt me dit que sa question est déplacée, voire défendue. Qui se soucie des desiderata d'une mère porteuse ? Peut-être que, dans le fond, Lucien est moins indifférent qu'il n'en a l'air.

— Non. Cette vie, ce n'est pas moi qui l'ai choisie.

Il finit de me coiffer sans un mot.

Le deuxième sablier, rempli de sable mauve, est plus petit.

Je me tiens face à l'une des trois armoires où Lucien sélectionne des robes qu'il me fait ensuite essayer. Bien qu'elles soient un brin trop ajustées, il m'assure que c'est la bonne taille. Afin de souligner mes courbes, précise-t-il. Certaines robes sont ornées d'ailes ou de nageoires. On dirait des déguisements. Heureusement pour moi, il les juge inappropriées.

— Ce n'est vraiment pas votre style.

J'ignore quel est mon style, mais je partage volontiers son avis.

J'enfile ensuite une série de robes confectionnées dans un lourd tissu de brocart. À mon grand soulagement, Lucien rejette également celles-là – elles me donnent la sensation de peser une tonne. Puis se succèdent les robes longues, courtes, à manches longues, bustier, de soie, de damas, de taffetas, de dentelle, de toutes les couleurs et motifs possibles et imaginables. À mesure que je les passe, Lucien se rembrunit. Par terre, la pile de vêtements n'en finit pas de grandir. Il jette un coup d'œil au sablier et des perles de transpiration se forment sur son front : le sable mauve a quasiment rempli l'ampoule inférieure. Nous n'avons plus le temps de tergiverser.

Un sourire lui fend alors le visage et il me décoche un regard qui éveille ma méfiance.

— Vous savez quoi ? C'est *vous* qui allez choisir votre tenue.

— Pardon ?

— À vous de décider. Allez farfouiller dans l'armoire et choisissez la robe qui vous plaît le plus.

Je demeure interdite. La tenue que je porte pour la Vente n'est-elle pas d'une importance capitale ? Ne va-t-elle pas influencer les acquéreurs ? N'est-ce pas *son* travail de me vêtir ? de faire de moi la plus désirable ?

Peut-être est-ce une faveur qu'il m'accorde, m'offrant l'occasion d'exercer une dernière fois ma volonté. Comme l'a si justement souligné Raven hier, à partir du moment où nous serons vendues, nous devrons nous plier aux caprices de nos maîtresses et, soumises à leur bon vouloir, nous habiller comme elles le désireront.

— D'accord.

J'ignore la première armoire, où se trouvent les déguisements, pour me diriger directement vers la deuxième. Je passe la main le long du portant pour caresser les tissus. Plus j'avance, plus les robes sont épurées.

À l'instant où je la touche, je sais qu'il s'agit de la bonne.

Une robe de mousseline fluide, d'un mauve si pâle qu'il me rappelle l'aurore que j'ai observée la veille, l'horizon juste avant qu'il ne se teinte d'une infinité de couleurs. C'est une coupe Empire ; elle dégringole jusqu'au sol, droite. Elle est sobre, sans fioritures.

J'ai le coup de foudre.

Voyant le vêtement sur lequel j'ai jeté mon dévolu, Lucien éclate de rire.

— Essayez-la.

Je m'exécute. Alors, il rit de nouveau en applaudissant mon choix.

— Je pense que c'est la première fois dans toute l'histoire de la Vente aux Enchères que cette robe est portée par une jeune fille. Mais, mon sucre d'orge, elle vous va comme un gant.

5.

— Et maintenant ?

— Vous allez vous regarder à nouveau dans le miroir.

Ma gorge se serre.

— Je suis obligée ?

Lucien me prend la main. Sa peau est douce comme celle d'un bébé.

— Oui. C'est le protocole. Vous vous êtes vue telle que vous étiez avant. Vous devez maintenant accepter la personne que vous êtes à compter de ce jour. C'est une sorte de rite initiatique censé vous encourager à embrasser votre nouvelle vie.

Il m'explique cela d'un ton mécanique, à croire qu'il débite un discours appris par cœur. Pourtant, son regard compatissant contraste avec ses paroles. J'ai l'impression qu'il cherche en réalité à me dire qu'il est navré.

— Puisqu'il faut le faire, allons-y.

Je m'approche du miroir en respirant à fond.

Les yeux rivés au sol, je monte les quelques marches de l'estrade, compte jusqu'à trois, et lève la tête.

L'étrangère de tout à l'heure a subi une véritable métamorphose.

Je clignote des paupières, tâchant de faire le rapprochement entre cette image et l'ancienne. Fini l'adolescente au visage rond et aux yeux immenses. C'est une jeune femme qui se trouve face à moi. Elle est d'une beauté remarquable. Ses joues sont plus fines, ses pommettes saillantes, ses sourcils mettent en valeur des yeux brillants soulignés de paillettes. Sa bouche est relevée d'un gloss rose pâle et ses cheveux dégringolent sur ses épaules en d'épaisses boucles noires, attachées d'un côté par une barrette, un papillon serti d'améthystes. Sa peau est chatoyante, couverte d'un voile doré. La couleur de sa robe rehausse son teint ; la simplicité de sa coupe met en valeur son visage.

— Qu'en dites-vous ?

Je suis sans voix.

Il fait un pas vers moi et son reflet apparaît près du mien, dans la glace.

— Je n'ai pas cherché à vous transformer complètement. Je voulais faire dans le naturel.

— Merci.

Lucien saisit le dernier sablier, minuscule en comparaison des deux autres. À l'intérieur, le sable est grenat.

— Ce dernier sablier est à vous. Le temps qui s'écoule vous appartient. Libre à vous de l'employer comme bon vous semble. Contemplez votre reflet dans le miroir. Chantez. Méditez. Faites tout ce qui vous passe par la tête à condition de ne pas esquinter votre maquillage et votre coiffure.

— Et vous, qu'allez-vous faire pendant ce temps ?

Il m'adresse un regard triste.

— Je vais me retirer, 197. Un régimentaire vous escortera jusqu'à la salle d'attente une fois le temps imparti écoulé.

Une boule se forme dans ma gorge.

— Vous partez ?

Lucien acquiesce d'un hochement de tête.

— Navré pour la pagaille, s'excuse-t-il en désignant les vêtements qui jonchent le sol et le maquillage éparpillé sur la table. Les domestiques ne viendront faire le ménage qu'après votre départ. Ce fut un plaisir de vous préparer, 197.

Il se dirige vers la porte après avoir renversé le sablier.

— Lucien, attendez.

Il marque une pause.

J'ignore comment je désire occuper mes dernières minutes de liberté. Par contre, une chose est sûre : pas question de les passer seule.

— Vous dites que… je peux faire tout ce que je veux ?

Il opine du chef.

— Dans ce cas, j'aimerais bavarder un peu avec vous. Je veux que vous restiez.

Il hésite un instant. Puis un sourire éclaire son visage.

— C'est une première ! s'exclame-t-il en lissant sa houppe.

Il s'assied sur le sofa, croise délicatement les jambes et tapote le canapé près de lui, ce qui m'arrache mon premier sourire depuis mon réveil.

— Voilà la petite touche qui manquait ! À présent, vous êtes parfaite.

Je m'installe près de lui. Un silence gêné flotte pendant quelques instants entre nous. Pour un peu, je distinguerais presque le bruissement du sable dans le sablier.

— De quoi aimeriez-vous parler ?

— Je ne sais pas. Je ne... voulais pas que vous partiez, c'est tout.

Ses traits s'adoucissent.

— Prenez votre temps, dit-il en effleurant le tissu soyeux de ma robe.

Une fois encore, je remarque à quel point sa peau semble douce.

— Quel âge avez-vous ?

Il éclate de rire.

— Mon sucre d'orge, on ne pose pas ce genre de questions d'entrée de jeu. Jamais vous ne survivrez ici, si vous commencez de cette manière.

Mes joues s'enflamment.

— Navrée. J'ai vécu pendant si longtemps dans un endroit où l'âge n'était un secret pour personne. Et limité à un certain nombre d'années, qui plus est.

Lucien me tapote gentiment la main.

— Ne vous en faites pas. Vous vous en sortez déjà beaucoup mieux que la plupart des filles que j'ai préparées par le passé.

— Ça fait longtemps que vous faites ça ?

— Neuf ans. Mais je ne participe pas à toutes les Ventes. Voilà tant d'années que j'exerce cette fonction que j'ai obtenu le droit de sélectionner qui je prépare.

Il bat des cils.

— C'est vous qui m'avez choisie ?

— En effet.

— Pourquoi ?

Il marque une longue pause.

— À cause de vos yeux.

Je tombe des nues.

— Vous m'aviez déjà vue ?

— En photo. On nous distribue des portraits de toutes les participantes. Accompagnés des mensurations, cela va sans dire. Autrement, comment aurais-je pu avoir à disposition trois armoires pleines à craquer de robes pile-poil à votre taille ?

Je l'imagine, passant en revue une montagne de photographies de jeunes filles réduites à un numéro et à des mesures. Je me sens subitement insignifiante.

Je jette un coup d'œil au sablier : la moitié du temps s'est déjà écoulée.

— Vous avez peur ? me questionne-t-il.

— Je ne sais pas.

C'est vrai. J'ignore si c'est le terme le plus approprié. Je me sens étrangement détachée de tout. J'ai la sensation de nager en plein rêve. Comme si j'assistais à cette épreuve en tant que simple spectatrice.

— Je ne me fais pas de souci pour vous, 197.

Le sable file inexorablement dans le sablier.

— Je me demande à quoi ça ressemble, dehors.

Mais avant que Lucien n'ait le temps de répondre, le dernier grain de sable est tombé dans l'ampoule inférieure.

C'est l'heure.

— Lot 197, me somme un régimentaire d'une voix très grave.

Il se tient sur le seuil. Sa silhouette massive emplit l'encadrement ; ses muscles tendent sa veste militaire rouge au niveau des épaules ; son regard est impassible.

— Veuillez me suivre.

J'ai la bouche très sèche. Réunissant mes forces, je me mets debout. Lucien se lève en même temps que moi. Pendant une seconde, il se place entre le soldat et moi et me presse la main. Puis il s'en va, sans un mot.

Neuf pas me séparent du militaire. La scène se déroule au ralenti. Chaque foulée me prend une éternité. Le garde pivote soudain sur ses talons et s'éloigne. Je lui emboîte le pas, la mort dans l'âme.

Le couloir est tapissé d'une moquette fuchsia qui camoufle le bruit de mes escarpins et de ses bottes. Des appliques sont fixées à intervalles réguliers le long du mur, diffusant une faible lumière. Nous traversons un dédale de couloirs identiques, plongés dans un silence angoissant.

Le régimentaire s'arrête brusquement devant une porte en bois indiscernable des autres. Il fait un pas en arrière et se met au garde-à-vous. Si seulement il m'adressait la parole. Un mot, n'importe lequel. J'attends ses consignes, mais il reste muet.

Je m'avance et pousse la porte.

À peine ai-je pénétré dans la pièce qu'un bourdonnement m'assaille.

Mon apparition est accueillie par un bref silence. Puis les conversations reprennent de plus belle.

La pièce est saturée de couleurs. Les mères porteuses sont rassemblées là, semblables à des poupées. Une jolie blonde se distingue du groupe par sa chevelure bouclée nouée en un chignon gigantesque. Elle porte une robe de dentelle rose qui dégouline jusqu'au plancher en une multitude de plis. Ainsi vêtue, elle ressemble à un gâteau. Une pièce montée, plus précisément. Elle est en pleine discussion avec une brune hautaine à la peau mate et aux traits félins. Elle me fait aussitôt penser à une tigresse.

Sa toilette, une robe-bustier ornée de pompons chatoyants s'apparente plus à un déguisement qu'à une tenue de gala. Sa crinière tressée est entrelacée de fils d'or et d'argent. S'apercevant que je la scrute, elle me jette un regard hostile et me jauge à son tour.

Je lui tourne le dos. Mes yeux se posent alors sur une petite créature qui se tient à l'écart, dans un coin de la pièce. À cet instant, on me saisit par le coude.

— C'est pas trop tôt ! s'écrie Raven. Je commençais à m'inquiéter.

Sa voix, si familière, me procure un immense soulagement. Je la contemple, médusée. Elle est vêtue d'une longue robe-kimono taillée dans un tissu très fluide, orné de motifs rouge et or. La taille haute accentue ses longues jambes. Ses yeux en forme d'amande sont soulignés de khôl. Le centre de ses lèvres est peint de rouge carmin, si bien qu'on dirait qu'elle fait la moue. Ses cheveux sont tirés en arrière et relevés en un chignon déployé en éventail d'une oreille à l'autre. Des rubis pareils à des gouttes d'eau pendent à ses oreilles.

J'en reste béate d'admiration.

— Ne dis rien. J'ai l'air d'une imbécile, c'est ça ?

J'ai envie de pleurer et de rire à la fois. Sacrée Raven.

— Tu es sublime. Ces boucles d'oreilles valent sans doute une fortune.

— Ce n'est pas comme si j'allais les garder. Au moins, toi, on te reconnaît. Comment as-tu fait pour convaincre ton préparateur de te laisser porter cette robe ?

— Je n'ai rien eu à faire. C'est lui qui a pris le parti de me laisser le choix.

Elle ouvre des yeux ronds.

— *Lui ?* Tu as eu affaire à un homme ?

Ce détail m'avait échappé. Pour moi Lucien n'est ni un homme, ni une femme. Il est... Lucien, tout simplement.

Raven est perplexe. Les expressions qui défilent sur son nouveau visage me perturbent.

— Comment était-il ?

— Il était... (je cherche le mot juste) gentil. Il a été très gentil avec moi. Et toi ? Ça s'est bien passé ?

— Beurk ! Je me suis retrouvée avec une espèce de vieille sorcière qui, à elle seule, fait sûrement fonctionner l'industrie cosmétique tout entière. Elle était épouvantable, précise-t-elle en frémissant. Bref, n'en parlons plus.

— Ça fait longtemps que tu es là ?

— Je ne sais pas trop. Environ cinq minutes ? Nous n'étions pas aussi nombreuses à mon arrivée.

— Nous sommes les dernières, dis-je en balayant la salle du regard.

— Oui. Les lots 190 à 200. La fine fleur de la Vente aux Enchères, réplique Raven d'un ton ironique. On fait plutôt peur à voir si tu veux mon avis. À part toi.

Brusquement, une porte située à l'opposée de la salle s'ouvre. Un régimentaire d'un certain âge avec des cheveux poivre et sel s'avance.

— Lot 190, appelle-t-il. Lot 190.

Une fille frêle vêtue d'une robe écaille argentée se fraie un chemin jusqu'à lui. Sa tête paraît étrangement disproportionnée par rapport au reste de son corps. Le soldat lui adresse une brève révérence avant de pivoter sur ses talons. Sa robe scintille tandis qu'elle lui emboîte le pas.

Je serre la main de Raven.

— Nous y sommes, dit-elle.

— On se reverra. C'est forcé.

La porte se rouvre. Un autre régimentaire apparaît.

— Lot 191. Lot 191.

Une jeune fille corpulente en robe de velours noir le suit sans attendre. Je me cramponne à la main de Raven.

La porte s'ouvre.

— Je ne t'oublierai jamais, dit Raven. Jamais, Violet.

— Lot 192. Lot 192.

La tête haute, le port fier, Raven se faufile parmi les autres candidates.

En un clin d'œil, elle a disparu.

Mon cœur se brise en un millier de morceaux et la pièce se met à chavirer. Mon souffle s'accélère.

Raven est partie.

Mon corps est saisi de tremblements. Je ne lui ai même pas dit adieu. Pourquoi ne lui ai-je pas dit adieu ?

— C'était ton amie ?

La fille qui se tenait tout à l'heure à l'écart s'est rapprochée de moi. Je ne lui donne pas plus de treize ans. Son visage décharné est auréolé d'une chevelure fauve. Elle est maigre comme un clou. Bizarrement, elle porte une robe déchirée. À l'exception d'un soupçon de blush sur les joues et d'une touche de gloss sur les lèvres, elle n'est pas maquillée. Elle me paraît terriblement chétive. Et ordinaire. En revanche, je lis de la compassion dans ses énormes yeux marron.

— Oui. C'était mon amie.

Elle hoche la tête.

— Je suis aussi venue avec ma meilleure amie. Mais elle était le lot 131. Je ne l'ai pas revue depuis le train.

— Tu viens de quel institut ?

— Northgate. Elles aussi, ajoute-t-elle en désignant la pièce montée et la tigresse. Mais ce ne sont pas mes amies.

— Je m'appelle Violet.

Ses yeux s'ouvrent grand.

— Tu crois qu'on a le droit d'échanger nos prénoms ?

Je pousse un long soupir.

— Probablement pas.

Elle paraît très nerveuse.

— Je m'appelle Dahlia. Je trouve que tu es la plus belle d'entre nous, dit-elle avec un sourire timide. Tu as des yeux incroyables. Tu as sans doute bénéficié d'un artiste hors pair.

— Ce n'est pas faux. Et toi ?

C'est à se demander si elle est passée par la salle de préparation.

— La mienne a voulu que j'aie l'air pathétique. Que je m'attire la pitié des enchérisseurs – ce sont ses propres mots. Afin de les intriguer.

Elle se ronge le pouce.

La porte par laquelle Raven a disparu se rouvre. Le lot 193 s'en va à son tour. Suivi, quelques secondes plus tard, du numéro 194.

Nous ne sommes plus que six filles. Une atmosphère sépulcrale règne dans la salle. Au plafond, un lustre en cristal baigne la pièce d'une lumière rose. Pas un seul meuble. Rien que la moquette fuchsia et les murs aubergine. J'ai l'impression de me trouver dans la bouche d'un géant.

— Tu as peur ? demande Dahlia d'une petite voix.

Maintenant que mon tour arrive, la sensation vertigineuse que je n'arrivais pas à identifier dans la salle de préparation se précise enfin. Oui, j'ai peur. Je suis terrifiée. Mon sentiment d'appréhension est tel qu'il me transperce les poumons, me tenaille l'estomac, s'enfonce à la base de mon crâne. Mes paumes sont parcourues de picotements et des perles de transpiration se forment sous mes aisselles.

— Oui.

— Moi aussi, réplique Dahlia en se mordillant l'index.

Elle s'est rongé les ongles de tous les doigts jusqu'au sang.

— Quel est ton numéro de lot ?

Son corps se raidit.

— Le tien ?

— 197.

Elle se gratte le nez et baisse la tête.

— 200, marmonne-t-elle.

Comment ? Cette petite créature frêle vêtue de guenilles est donc la chose la plus désirable de la Vente ? Sans que j'aie le temps de comprendre, la porte se rouvre.

Tout s'accélère. Les filles 195 et 196 s'en vont successivement, trop vite. Il y a sans doute erreur. Elles ne devraient pas partir si rapidement. L'intervalle n'était-il pas plus long entre les autres filles ? Alors, la porte se rouvre une fois encore et le régimentaire qui m'a escortée jusqu'ici se présente dans l'encadrement et appelle mon numéro. Mais mes pieds sont rivés au sol.

Dahlia me donne un petit coup de coude.

— C'est à ton tour, Violet.

La tigresse esquisse un sourire narquois et murmure quelque chose à la pièce montée, qui pouffe de rire.

Je redescends brutalement sur terre.

— J'ai été contente de faire ta connaissance, Dahlia.

Puis je mets un pied devant l'autre, me rapprochant peu à peu de la silhouette menaçante du régimentaire. Nos yeux se croisent et mes doigts se mettent à trembler. Sans un mot, il virevolte et disparaît dans l'obscurité du couloir. Je le suis.

6.

La porte se ferme derrière moi et je me retrouve plongée dans l'obscurité pendant quelques secondes. Un frisson désagréable me saisit.

Puis un faible bourdonnement s'élève et un couloir étroit apparaît face à moi, éclairé par de petites lampes vertes indiquant au sol le chemin. Devant moi, la silhouette massive du régimentaire qui avance à pas lents et réguliers. Je le suis tant bien que mal, la poitrine comprimée. J'ai la sensation que les murs se resserrent peu à peu sur moi. La voix de Lucien résonne dans ma tête, réconfortante, m'assurant que tout va bien se passer, et celle de Raven aussi, me jurant qu'elle ne m'oubliera jamais. Je m'y raccroche comme à des talismans, m'efforçant de chasser la peur qui m'étreint.

Le couloir s'incurve sur la gauche. L'éclairage au sol s'interrompt net et le régimentaire marque un arrêt. Silence.

— Où sommes-nous ? dis-je d'une voix étranglée.

Dix secondes passent sans que le militaire ouvre la bouche. Puis, comme obéissant à un ordre invisible, il se tourne vers moi.

— Lot 197, au nom de la royauté, je vous remercie pour le service que vous rendez à la Cité. Votre place est indiquée. Vous devez vous y rendre seule.

Il m'adresse une profonde révérence et va se positionner derrière moi.

Une porte dorée arborant les divers écussons des familles royales s'illumine soudain. Une bouffée de panique me tétanise. Je suis au bord de l'évanouissement. Alors, mes pensées se tournent vers mes amies, et je me ressaisis. Raven a franchi cette porte avant moi. Lily aussi.

J'effleure les ornements en métal d'une main tremblante. Et, comme si le contact de mes doigts avait enclenché un mécanisme, la porte s'ouvre et je me retrouve sous une lumière aveuglante.

— Notre lot suivant, mesdames, est le numéro 197. Lot 197, veuillez vous avancer.

La voix a beau être polie, voire agréable, j'ai toutes les peines du monde à me concentrer sur ce qu'elle dit.

Je suis dans un amphithéâtre. Des rangées de fauteuils se succèdent jusqu'au plafond. En plein milieu du public, un siège qui ressemble à un trône. Les gradins sont occupés par des femmes qui ont les yeux braqués sur moi, toutes vêtues de tenues plus extravagantes les unes que les autres. Des satins vifs, des soies délicates, de la dentelle, des plumes, des jupes à crinoline, des draps d'or – des tissus brodés de bijoux. Ces femmes sont des œuvres d'art, des sculptures vivantes, incarnations de l'élégance et de la noblesse.

— Lot 197, veuillez vous avancer jusqu'à la marque, répète la voix.

Elle appartient à un géant en costume, sur ma gauche, debout sur une estrade, derrière un pupitre en bois. Ses cheveux gominés sont ramenés en arrière. Il croise mon regard et incline la tête.

Au centre de la scène est dessinée une croix argentée. Je m'en approche, les jambes tremblotantes. Ces quelques pas sont de loin les plus éprouvants de tous ceux que j'ai faits aujourd'hui. Une vague de murmures balaie l'amphithéâtre. L'homme attend que j'aie atteint la croix pour sortir du pupitre une bougie blanche qu'il place dans un chandelier en cuivre. Après avoir parcouru des yeux l'assemblée, il frotte une allumette et allume la mèche. La flamme émet une lumière bleu vif.

— Je vous présente le lot 197, mesdames. Seize ans, un mètre soixante-dix, cinquante-huit kilogrammes. Une couleur d'yeux peu ordinaire, comme vous pouvez le constater. Quatre années de formation, avec un score de 9,6/10 au premier Augure, 9,4/10 au deuxième, et un résultat stupéfiant de

10/10 au troisième. Il s'agit en outre d'une violoncelliste prodigieuse.

Le portrait qu'il brosse de moi est à la fois étrange et inquiétant. Comme si je me résumais désormais à un ensemble de chiffres et de statistiques, ainsi qu'à un instrument de musique.

— La mise à prix est à cinq cent mille diamants. Cinq cent mille diamants ?

Une femme en robe de soie bleue, un énorme collier de diamants au cou, brandit une plume argentée.

— Cinq cent mille pour lady de la Plume. Cinq cent cinquante mille ?

Une femme mate de peau agite une minuscule balance en bronze d'une main tandis que, de l'autre, elle porte une coupe de champagne à ses lèvres.

— Cinq cent cinquante mille. Qui dit mieux ? Six cent mille ?

Les enchères se poursuivent. Mon prix grimpe à sept cent, puis huit cent, pour atteindre *neuf cent mille diamants.* Une somme mirobolante que j'ai beaucoup de mal à me représenter. Mon souffle est saccadé, superficiel. Les femmes brandissent à tour de rôle l'objet symbolisant leur appartenance à une Maison. Je ne les reconnais pas toutes, d'autant plus que le commissaire-priseur ne s'adresse pas systématiquement à elles par leur titre. Si seulement j'avais été plus attentive en cours, je saurais les distinguer les unes des autres.

— Neuf cent cinquante mille, ai-je bien entendu ?

La femme assise sur le trône lève un petit sceptre surmonté d'un diamant de la taille d'un œuf. Son enchère provoque la stupeur générale. Je surprends le commissaire-priseur à jeter un coup d'œil à la bougie, qui s'est consumée de moitié.

— Un million de diamants à Sa Majesté l'Électrice. Un million cinq ?

L'Électrice ! Elle fait si jeune, encore plus que sur les photos que j'ai aperçues d'elle dans la presse à sensation. En fait, elle me fait penser à une petite fille portant les vêtements de sa mère. Elle est vêtue d'une robe à manches bouffantes en brocart ; ses lèvres sont rehaussées d'un rouge très vif. Je tente de déceler chez elle le signe, n'importe lequel, de son appartenance originelle au Commerce. Mais elle me paraît identique au reste de l'assistance.

Une femme assise un rang au-dessus de l'Électrice la toise avec dédain. Ses yeux en forme d'amande me rappellent ceux de Raven.

— Un million cinq à la comtesse de la Rose, déclare le commissaire-priseur, me ramenant brusquement à la réalité.

Une vieille dame étendue avec nonchalance sur une méridienne est en train de remuer une rose dorée. Quelques sièges plus loin, une grosse femme, boudinée dans une robe de satin noire, lui jette un regard incendiaire. Au milieu de son visage gras brillent de petits yeux cruels.

— Deux millions ? s'enquiert le commissaire-priseur.

Le sceptre s'élève aussitôt. Suivi de la rose. Puis du sceptre, à nouveau. Mon cœur tambourine contre mes côtes, le sang bat à mes tempes. Y a-t-il une chance pour que je finisse entre les mains de l'Électrice ? Bizarrement, l'idée ne m'a jamais effleurée. Je suis toujours partie du principe qu'elle n'enchérirait que sur le lot 200. Pourquoi chercher à décrocher le numéro 4 quand on peut s'offrir le gros lot ?

La mèche de la bougie vacille ; la cire blanche dégouline le long du chandelier en cuivre, la flamme bleue brillant d'une lumière plus vive maintenant qu'elle approche de la fin. Les enchères continuent. Mon prix monte à cinq millions de diamants, une somme impensable. La partie se joue désormais entre l'Électrice et la comtesse de la Rose. Ce soir, je repartirai avec l'une ou l'autre. Le reste de la salle a cessé d'enchérir. Ma poitrine se serre.

— Six millions de diamants ? Dernière chance. Six millions ?

La femme aux yeux en forme d'amande brandit soudain un petit miroir bleu.

À cet instant, la bougie s'éteint. Mon souffle se suspend.

— Adjugée ! s'écrie le commissaire-priseur. Vendue pour la somme de six millions de diamants. À la duchesse du Lac.

VENDUE.

Le mot résonne dans ma tête sans que j'en comprenne vraiment la signification.

J'ai été vendue.

Le regard noir de la duchesse du Lac, mon acquéreur, se pose sur moi juste avant que je m'enfonce dans le sol.

La croix se trouve sur une plate-forme qui s'abaisse et disparaît sous la scène. Cette fois-ci, j'accueille l'obscurité avec soulagement. Je me sens plus en sécurité ici que dans l'amphithéâtre. Une trappe coulisse au-dessus de moi, refermant le trou béant par lequel je suis descendue et bloquant la lumière. La voix du commissaire-priseur me parvient juste avant.

— Je vous présente maintenant le lot 198, mesdames. Numéro 198, avancez-vous jusqu'à la marque, je vous prie.

Je me demande laquelle, de la tigresse ou de la pièce montée, est ledit numéro.

Les Enchères reprennent tandis que j'attends dans le noir.

— Lot 197 ?

Je sursaute. La plate-forme s'est arrêtée. Dans la pénombre, je devine une pièce circulaire aux murs criblés de portes.

— Lot 197 ? répète-t-on.

Une femme vêtue d'une robe grise toute simple me regarde, les sourcils froncés. Elle tient un blocnotes qu'elle parcourt rapidement des yeux.

Je me contente de hocher la tête, encore abasourdie par la vente.

La femme m'adresse une brève révérence.

— Vous êtes désormais la propriété de la duchesse du Lac. Veuillez me suivre.

Elle ouvre une porte donnant sur un couloir étroit, éclairé par quelques torches. Les flammes projettent d'étranges ombres sur les parois.

Le tunnel débouche sur une petite pièce voûtée constituée de dalles octogonales. J'ai l'impression de me trouver dans une ruche. Des braises rougeoient dans un foyer, produisant un faible éclairage. Le mobilier se résume à une table et une chaise.

— Asseyez-vous, m'ordonne-t-elle.

À peine me suis-je installée sur la chaise que mes membres se mettent à trembler. J'enfouis mon visage dans mes mains et prends une profonde respiration.

J'ai été vendue. J'appartiens à quelqu'un. Jamais je ne reverrai ma famille, Southgate, le Marais.

— Allons, dit la femme d'une voix mécanique. Tout va bien.

Au contraire. Tout va mal. Je n'ai jamais eu le moral aussi bas. J'appuie mes paumes contre mes yeux sans me soucier d'étaler mon maquillage. Je veux rentrer chez moi.

Des mains froides s'enroulent autour de mes poignets.

— Écoutez-moi, dit la femme d'une voix adoucie.

Je lève la tête. Elle s'est agenouillée face à moi et a rapproché son visage.

— Mon opinion ne compte pas, vous savez. Que je sois d'accord avec ce qui se passe ici ou non, ça ne change rien. Ce n'est pas moi qui dicte les règles. Quoi qu'il en soit, la royauté a décrété que les mères porteuses ne doivent en aucun cas voir le chemin par lequel elles arrivent et repartent de la Salle des Ventes.

Elle se met debout et dénoue un linge noir qui contient une seringue et une ampoule bleue.

— Vous n'allez rien sentir. Si vous rechignez, nous serons obligés d'employer la manière forte. C'est à vous de voir. Soit je vous administre le sédatif en douceur, soit j'appuie sur ce bouton et quatre régimentaires débarqueront dans cette pièce et vous immobiliseront, le temps que je vous injecte le produit. On se comprend ?

Un jet de bile me monte à la gorge. Je déglutis tout en hochant la tête.

— Que décidez-vous ?

Je devrais m'estimer heureuse qu'on me pose la question, je suppose.

— Je vais me laisser faire.

La femme esquisse un sourire. Elle aspire le liquide bleu avec la seringue et palpe mon bras pour trouver la veine au creux de mon coude. L'aiguille s'enfonce dans ma peau et je tressaille. Les piqûres faisaient partie de notre quotidien à Southgate, pourtant je ne m'y suis jamais habituée.

— Vous êtes une fille intelligente. Peut-être assez pour survivre dans cet endroit.

Ses paroles me donnent la chair de poule. Mais, déjà, le liquide bleu se répand dans mes veines, engourdissant mes jambes et alourdissant mes paupières. Avant que j'aie le temps de lui demander plus de précisions, je sombre dans un profond sommeil.

7.

— Elle revient à elle. Va chercher milady.

Des bruits de pas qui s'éloignent, une porte qui s'ouvre et se referme. Je reprends peu à peu connaissance… Ma tête remue légèrement et s'enfonce un peu plus dans un oreiller moelleux. Je suis comme dans un cocon, chaud et douillet. J'entrouvre les yeux et flotte tout d'abord dans un halo brumeux.

— Comment vous sentez-vous ? me demande une voix lointaine.

Je cligne des paupières ; le décor se précise peu à peu. L'espoir renaît dans ma poitrine en apercevant une longue robe blanche au col de dentelle, la tête surmontée d'une houppe. Mais ce n'est pas Lucien. Cette fois, j'ai affaire à une femme d'âge mûr, le regard scrutateur, la chevelure auburn. C'est étrange de voir une femme avec le crâne en partie rasé. À sa taille est nouée une fine ceinture en cuir où pend un trousseau de clés.

— Où suis-je ? dis-je en redressant maladroitement le buste, la gorge enrouée.

— Dans votre nouvelle chambre, évidemment.

Si c'est une plaisanterie, elle est de mauvais goût. La pièce est immense. Des lumignons y diffusent un éclairage doux ; le mobilier est tapissé de brocart émeraude et or. Il consiste en une commode, une armoire, une coiffeuse, des fauteuils rembourrés accompagnés de repose-pieds, un sofa, une petite table, et une grande cheminée. Des rideaux vert bouteille sont tirés devant les fenêtres avec, de part et d'autre, des cordelettes dorées ornées de pompons. Ils sont si épais que je n'arrive pas à deviner s'il fait jour. Même dans mes rêves les plus fous, je ne m'étais pas imaginé une chambre pareille. Et cette femme qui m'annonce qu'elle est à moi ! J'esquisse un sourire malgré moi.

La camériste sourit à son tour et des pattes-d'oie se dessinent au coin de ses yeux.

— Bienvenue au palais du Lac.

— Tout ça, pour moi ?

J'étais pourtant persuadée que mes conditions de vie dans le Joyau seraient plus ou moins similaires à celles de Southgate. Strictes, voire austères.

— Ce n'est pas tout. Vos appartements comprennent aussi une salle de bains, un petit salon et un dressing.

— Vous voulez dire qu'il y a d'autres pièces en plus de celle-ci ?

Elle me toise, comme offusquée par ma remarque.

— Ma chère enfant, c'est la duchesse du Lac qui vous a achetée, et non pas une vulgaire famille de négociants du Commerce.

La duchesse du Lac... Je fouille ma mémoire à la recherche de tout ce que j'ai pu entendre au sujet de cette femme. D'après mes souvenirs, elle appartient à l'une des quatre Maisons fondatrices. Le problème, c'est que je confonds systématiquement les deux duchesses et les deux comtesses qui composent les quatre grandes familles à l'origine de la création de la Cité.

Il y a des siècles de cela, avant la mise en place du Marais et des autres cercles, cette île se divisait en deux cités : les duchesses dirigeaient l'une, les comtesses l'autre. Jusqu'au jour où un accord fut passé : la fille d'une duchesse épousa le fils d'une comtesse. Les jeunes mariés devinrent les premiers Exéteur et Électrice, et les deux villes fusionnèrent, donnant naissance à la Cité solitaire, formée de cinq cercles distincts, au centre desquels se trouve le Joyau.

Lily a récemment évoqué la duchesse du Lac. Il me semble qu'elle s'est retrouvée liée à un scandale... Lequel ? Impossible de me le rappeler. Le sujet ne m'intéressait guère, du coup je n'y ai prêté qu'une oreille très distraite. Je regrette aujourd'hui de ne pas avoir écouté Lily.

Jusque-là, l'amertume m'aveuglait. J'en voulais tellement à la royauté que je n'avais pas imaginé que vivre en son sein comporterait certains avantages. Mais à présent que je parcours ma chambre des yeux, je songe pour la première fois que, peut-être, ma vie dans le Joyau ne sera pas si pénible.

— Allons, levez-vous, me presse la cameriste. Milady ne va pas tarder à venir vous rendre visite.

Mon ventre se noue.

Mon lit est immense. Je me faufile à quatre pattes jusqu'au bord pour en descendre. Le matelas est confortable et souple. La couverture émeraude me caresse les genoux et la paume des mains. J'écarte le voile suspendu aux colonnes du baldaquin et pose la plante des pieds par terre. Mes orteils s'enfoncent dans la moquette épaisse. Je m'aperçois qu'on m'a changée. Je porte une chemise de nuit de soie blanche ornée de broderies émeraude et or. La caméristе me tend une robe de chambre jade que j'enfile sans poser de questions. Je suis maintenant parfaitement assortie à ma chambre.

Ma chambre.

— Merci. Comment vous appelez-vous ?

— Cora.

— Moi c'est...

— La mère porteuse de la Maison du Lac. C'est tout.

Lucien avait raison. Mon prénom est confidentiel. Je suis tentée de le lui dire quand même.

— Vous avez faim ? me demande-t-elle, changeant de sujet.

Je me rends compte que, en effet, j'ai l'estomac dans les talons. Elle me conduit jusqu'à la table où m'attend une assiette pleine. Une grosse grappe de raisin vert accompagnée d'un morceau de fromage à pâte molle, de quelques tranches de pain et d'un verre d'eau.

J'engloutis les grains de raisin et je tartine le pain d'une généreuse couche de fromage, l'enfourne et fais passer le tout avec une bonne gorgée d'eau fraîche.

— J'ai dormi longtemps ? demandé-je entre deux bouchées. (Cora sort une brosse de la coiffeuse et se met à me peigner les cheveux.) C'est inutile. Je peux le faire toute seule.

J'essaie de lui prendre la brosse des mains sans succès.

— Mangez. La duchesse va arriver d'une minute à l'autre. Vous avez besoin de reprendre des forces.

Sa remarque me coupe brutalement l'appétit. J'avale encore un peu d'eau et repousse l'assiette.

— Pour répondre à votre question, poursuit Cora, vous avez dormi d'une traite depuis votre départ de la Salle des Ventes, hier soir. Et il est dix-huit heures.

Autrement dit, j'ai dormi une journée entière.

— Vous n'avez plus faim ?

— Non… Merci.

Cora m'amène au milieu de la chambre ; les clés pendues à sa taille cliquettent au gré de ses pas. Trois portes se présentent à ma vue : une sur ma gauche, deux sur ma droite. Elles mènent sans doute au reste de mes appartements.

— Quand vous rencontrerez la duchesse, veillez à garder la tête baissée. À moins qu'elle n'exprime elle-même le désir que vous la regardiez droit dans les yeux. Lorsque vous vous adresserez à elle, ponctuez toutes vos phrases par « milady ». C'est très important. Vous avez bien entendu ? (Je lui fais signe que oui.) Elle est d'humeur imprévisible, je vous suggère donc, en tout cas pour le moment, d'en dire le moins possible.

Le martèlement de talons résonne dans le couloir et mon souffle se suspend. Cora file reposer la brosse sur la coiffeuse et revient se poster derrière moi en quatrième vitesse.

Les bruits de pas cessent subitement. Une porte sur ma droite s'ouvre et une voix d'homme annonce : « Sa Majesté la duchesse du Lac. »

Flanquée de six régimentaires, la duchesse pénètre dans la chambre, vêtue d'un nuage de mousseline argenté. Je la fixe d'un air béat avant de me raviser. Je baisse les yeux et scrute mes pieds.

La duchesse s'approche sans un bruit, la moquette étouffant ses pas. L'ourlet de sa robe finit par apparaître dans mon champ de vision. Elle marque un arrêt. Je suis dans mes petits souliers. Sa main frôle mon visage, son long index se place sous mon menton et elle me force à relever la tête.

Je reconnais aussitôt ses yeux en amande. Ils me rappellent ceux de Raven. Sa peau a la même carnation caramel, un brin plus clair peut-être, que celle de mon amie. Mais son regard n'est en rien comparable à celui de Raven ; je n'y décèle aucune chaleur, aucune étincelle rieuse. Il est glaçant.

Je la dépasse de quelques centimètres. Sa chevelure de jais est relevée en un chignon, parsemée de diamants. Sans un mot, elle m'examine de la tête aux pieds. Puis elle se met à tourner lentement autour de moi comme un prédateur jaugeant sa proie. J'ai toutes les peines du monde à garder mon calme.

Elle revient se planter face à moi et soutient mon regard pendant de longues secondes.

Et elle abat le dos de sa main sur ma joue, en une gifle violente.

Une douleur cinglante me transperce la pommette et ma vision se voile un instant. Je pose la main sur ma joue, brûlante. Mes yeux s'embuent de larmes. C'est la première fois de ma vie qu'on me frappe.

Le poing crispé, je songe brièvement à lui rendre la monnaie de sa pièce. Mais un coup d'œil aux régimentaires postés derrière elle suffit à me faire changer d'avis. Je me contente de la foudroyer du regard, les mâchoires serrées.

La duchesse affiche un sourire déconcertant.

— J'espère que c'est la première et la dernière fois que j'ai à faire cela, ronronne-t-elle. Que cela vous serve de mise en garde.

Elle va ensuite prendre place dans un fauteuil avec une grâce extrême. Les mouvements de son corps sont d'une élégance presque féline. Les gardes se déploient en éventail tout autour d'elle. Leur veste rouge est estampillée à l'endroit du cœur d'un minuscule cercle bleu barré de deux tridents.

— Oui, approuve la duchesse dans un murmure. Je crois que vous correspondez exactement au profil que je recherchais. Qu'en pensez-vous, Cora ?

— Seul le temps nous le dira, milady.

— Certes, acquiesce la duchesse en se frottant le menton d'un air songeur. Cela fait longtemps que je vous attendais, ajoute-t-elle en vrillant sur moi ses yeux noirs. Dix-neuf ans exactement. Vous n'auriez pas pu tomber plus à pic.

J'observe le silence.

— On m'a dit que vous jouiez du violoncelle ?

Je ne réponds pas. Ses traits se durcissent.

Je m'empresse de répondre :

— Oui. (Cora se racle la gorge.) Milady.

Ce mot me laisse un goût amer dans la bouche. Ma joue palpite encore.

La duchesse semble se radoucir. Elle se lève avec grâce.

— Nous nous reverrons pour le dîner, dans une heure. Ma caméριste se chargera de vous préparer. N'est-ce pas, Cora ?

— Oui, milady.

La duchesse se dirige vers la porte dans un froufrou de mousseline. Juste avant de quitter la pièce, elle marque une pause.

— On n'a pas exagéré. Vous avez vraiment des yeux extraordinaires.

Sur ces mots, elle sort suivie de ses gardes.

Mes épaules s'affaissent et mes muscles se décrispent. Des larmes me picotent les yeux. Ma joue gauche m'élance. Mes jambes tremblotent et manquent se dérober sous moi. Cora me saisit fermement par le coude.

— Ça va aller. Vous allez vous en remettre. Asseyons-nous.

Elle me conduit jusqu'au sofa et s'installe près de moi.

— Voyons voir, dit-elle en orientant mon visage vers elle. Ce n'est rien. Un peu d'onguent et de glace et on n'y verra que du feu.

Je scrute le lustre en cristal massif où scintillent des émeraudes. Cette pièce a beau être magnifique, elle me semble soudain glaciale et des frissons me parcourent les membres.

Une porte s'ouvre.

— Attends dans le dressing, ordonne Cora à une personne que je ne vois pas.

J'ignore à qui elle s'adresse et je ne me sens pas la force de tourner la tête. D'autres portes s'ouvrent et se referment. Cora revient auprès de moi avec un pot contenant une substance bleu pâle. Elle le dévisse et applique un peu de pommade sur ma joue endolorie. L'effet est immédiat. La brûlure s'atténue et les palpitations de mon œil se calment.

— Merci.

— Vous vous en êtes très bien sortie.

— Pourquoi m'a-t-elle frappée ?

Ma voix se brise et une larme roule le long de ma joue.

Cora l'essuie du pouce.

— Vous n'êtes plus dans le Marais, mon enfant. Ce n'est pas moi qui fais les lois. Pourtant il y a bel et bien des règles. Et vous êtes désormais la propriété de la duchesse. Ce n'est pas une mauvaise maîtresse, je vous assure. Vous auriez pu tomber plus mal, croyez-moi. Mais vous êtes une fille forte, je le sens. Tout va bien se passer… Oui, tout va bien se passer, répète-t-elle, le front plissé.

Elle se lève brusquement, un grand sourire aux lèvres.

— Il est temps de vous préparer pour le dîner ! s'exclame-t-elle comme pour changer de sujet.

J'accepte la main qu'elle me tend mais un mauvais pressentiment m'habite à présent. L'expression qui est passée sur son visage quand elle m'a assuré que tout irait bien ne me dit rien qui vaille.

La salle de bains est immense. Elle fait la moitié de ma chambre.

Le revêtement est constitué de carreaux bleu marine. La baignoire pieds de lion prend tout un pan de mur. Des serviettes bleues molletonnées sont suspendues à des barres en cuivre et le tapis de bain pervenche s'enfonce sous mes pieds. La baignoire n'a pas de robinets. Cora actionne une manette et, à ma grande surprise, l'eau jaillit du plafond comme une averse.

Je tends la main, captivée. L'eau chaude dégouline entre mes doigts. Cora esquisse un sourire amusé.

— C'est la première fois que vous prenez une douche ?

— Oui. Jusque-là, je n'ai pris que des bains.

— Vous allez être gâtée alors. Allez-y, faites-vous plaisir, mais ne traînez pas trop. Nous n'avons qu'une heure.

Elle se laisse choir dans un fauteuil bleu près du lavabo.

Je rajuste ma robe de chambre autour de mon buste.

— Vous… vous avez l'intention de rester ?

— Ne faites pas la timide, mon enfant. Je ne suis pas tombée de la dernière pluie. J'ai déjà vu tout cela avant.

Comme je reste immobile, elle lâche un soupir et se couvre les yeux d'une main.

— Tirez le rideau une fois que vous serez dans la baignoire.

J'ôte ma nuisette et pénètre dans le bac. La vapeur me colle à la peau et finit de défaire les boucles savamment travaillées par Lucien. Je tire le rideau assorti au tapis et me place sous le jet.

Je nage en pleine extase.

L'eau dégringole en cascade sur ma tête, ruisselle le long de mon visage, s'enroule autour de mes lèvres et s'écoule sur mes épaules. La chaleur humide dénoue les muscles de mon dos et de mes jambes. J'exhale un soupir de plaisir.

De l'autre côté du rideau, Cora éclate de rire.

— C'est agréable, n'est-ce pas ?

Je glisse les doigts dans mes cheveux encore et encore, savourant le contact voluptueux de l'eau sur mon cuir chevelu. Sur le mur est fixée une étagère remplie d'un assortiment de savons, de crèmes et de shampoings. La tentation est trop forte, je les essaie tous les uns après les autres. Les parfums de lavande, de freesia et d'eau de rose, de menthe et de pastèque emplissent la pièce.

— Je crois que ça va suffire, déclare Cora même si je pourrais m'attarder sous la douche toute la soirée.

La gifle de la duchesse est un souvenir lointain.

— Comment est-ce que je coupe l'arrivée d'eau ?

— Il suffit d'abaisser la manette.

Le jet cesse aussitôt et le changement de température déclenche des frissons sur ma peau. Cora me tend une serviette. Je me dépêche de m'essuyer, la drape autour de mon buste et écarte le rideau. Elle brandit une serviette plus petite, qu'elle enroule autour mon crâne comme un petit chapeau. Je la suis jusqu'au dressing tapissé dans les tons pêche. J'aperçois un miroir à trois volets semblable à celui de ma salle de préparation, ainsi qu'une coiffeuse couverte de tubes de maquillage.

Devant la table se tient une jeune fille d'environ mon âge, vêtue d'une longue robe blanche au col de dentelle, comme Cora. Elle, en revanche, n'a pas de houppe. Ses cheveux cuivrés sont noués en un chignon. À sa ceinture pend un rectangle noir retenu par une chaînette en or. Elle me présente une robe Empire similaire à celle que je portais pour la Vente, quoique taillée dans un tissu chamarré très raffiné.

Cora procède aux présentations.

— Voici Annabelle. C'est votre femme de chambre.

La jeune fille s'incline.

Je ne m'attendais pas à avoir ma propre servante.

— Bonjour.

Les joues d'Annabelle rosissent. Elle ne répond rien.

Cora m'indique un fauteuil face à la coiffeuse tandis qu'Annabelle suspend la robe au miroir à trois volets. Puis elles se mettent toutes deux en devoir de me préparer. Elles commencent par peigner ma chevelure encore humide pour la démêler, puis elles m'appliquent une multitude de crèmes et de poudres sur le visage, après quoi elles me liment les ongles. Annabelle travaille en silence. Pas une seule fois elle n'ouvre la bouche. Cora ne s'adresse à elle que pour lui donner des ordres.

Tout du long, je garde les yeux rivés sur mon reflet. Le visage que j'y vois me paraît plus ingénu, plus juvénile que jamais.

8.

— Il est l'heure, m'annonce Cora.

Annabelle tamponne une goutte d'élixir parfumé sur mes poignets et apporte une dernière touche à mes boucles qui tombent librement sur mes épaules.

— Merci.

Elle m'adresse un sourire timide.

Cora m'escorte jusqu'à la salle à manger. Nous descendons une volée de marches et enfilons un couloir orné de natures mortes, suivi d'un autre où sont suspendus d'immenses portraits aux cadres dorés. J'ai l'étrange impression que les personnages me suivent des yeux. Puis nous empruntons une étroite cage d'escalier faiblement éclairée. J'entrevois une galerie où sont exposées des sculptures de marbre juste avant de parvenir à un immense hall d'entrée surmonté d'une coupole en verre, et au centre duquel coule une fontaine. Nous le traversons pour nous engager ensuite dans un autre corridor.

Alors Cora s'arrête devant une porte munie d'une poignée en argent.

Elle pivote face à moi pour inspecter une dernière fois ma mise. Elle lisse un pli invisible sur ma robe puis me fait pénétrer dans une petite étude aux murs couverts de livres. La duchesse se prélasse dans un fauteuil au coin de la cheminée où crépite un feu. Elle sirote un liquide ambré. Elle a revêtu une robe bleu pâle chatoyante. À mon entrée, elle lève la tête et esquisse un sourire.

— Bonsoir.

— Bonsoir, milady.

Elle se met debout et s'avance vers moi d'un pas nonchalant. D'instinct, je me raidis. Son sourire s'élargit.

— Ne craignez rien. Je ne vais pas vous gifler.

Elle effleure ma joue. Sa main est froide comme une peau de serpent. Une lueur d'espoir passe dans ses yeux.

— L'expérience m'a appris qu'il valait mieux commencer par agiter le bâton que la carotte. Nous ne voudrions pas nous retrouver avec un autre Garnet sur les bras. N'est-ce pas, Cora ?

— Ça non, milady.

— J'étais alors victime de la mode, soupire la duchesse. Une erreur que je ne suis pas près de reproduire.

À l'autre extrémité de la pièce, une porte s'ouvre, et un vieil homme vêtu d'un pantalon à fines rayures et d'une queue-de-pie noire s'avance en esquissant une révérence. Derrière lui s'élève un bourdonnement de voix.

— Toutes vos invitées sont arrivées, milady, annonce-t-il d'une voix poussive. Y compris l'Électrice.

— Merci, James. Dites-leur que je ne vais pas tarder à les rejoindre.

Le barbon referme la porte après s'être incliné.

— Ce dîner est un rituel, m'explique la duchesse. Des banquets similaires ont lieu à travers le Joyau et le Commerce, ce soir, pour célébrer les nouvelles acquisitions. Des banquets auxquels sont conviées les amies proches, ajoute-t-elle avec une pointe de sarcasme. Accompagnées de leurs mères porteuses.

Elle pose son verre sur un guéridon puis se retourne brusquement et me décoche un regard qui me glace le sang.

— Vous n'ouvrirez pas la bouche. Vous ne mangerez pas plus que moi. En outre, je vous interdis de communiquer de quelque manière que ce soit avec les autres mères porteuses. Suis-je claire ?

Je déglutis avec peine.

— Oui, milady.

Un sourire insaisissable se dessine sur ses lèvres.

— Bien. Prouvez-moi que vous êtes digne de confiance et vous serez récompensée. Transgressez une seule de ces règles, et je serai très déçue. Et croyez-moi, vous ne voulez pas voir de quoi je suis capable quand je suis déçue.

Un frisson désagréable remonte le long de ma colonne.

— Maintenant que nous avons mis les points sur les *i*, allons retrouver nos convives, conclut-elle d'une voix réjouie.

Cora ouvre la porte par laquelle est apparu James, et la duchesse pénètre dans la salle à manger. Je lui emboîte le pas.

J'ai l'impression d'entrer dans une caverne. La pièce est éclairée à la chandelle. Les bougies sont réparties sur les divers meubles, alignées sur la longue table en chêne et fixées aux lustres. Elles projettent des ombres sur les murs tapissés d'un papier peint brun ; leur lueur se reflète dans le mobilier noir ébène. De petits bouquets sont disposés entre les chandeliers, diffusant dans la salle un parfum délicat. Tous ces détails se volatilisent en un éclair lorsque j'aperçois le visage de Raven.

Raven !

Je n'ai qu'une envie, me jeter dans ses bras. Mais songeant aux menaces de la duchesse, je refrène mon élan. Elle est vêtue d'une toilette semblable à celle qu'elle portait à la Salle des Ventes. En revanche son maquillage et sa coiffure sont beaucoup plus discrets. Elle est juste sublime. Quand je découvre à côté de qui elle se tient, mon estomac se vrille. La femme énorme aux petits yeux cruels qui se prélassait sur une méridienne. Son corps monstrueux est engoncé dans une robe gris anthracite, ses cheveux châtains relevés en un étrange chignon carré. Elle est en pleine conversation avec une petite femme vêtue d'une robe fuchsia. Synchrones, elles se tournent vers la duchesse pour la saluer, et je reconnais aussitôt l'Électrice. Elle semble si jeune.

Et derrière l'Électrice se tient Dahlia, si frêle que j'ai bien failli ne pas la remarquer.

Sa silhouette rachitique est drapée d'une robe dorée et ses cheveux tombent en boucles flamboyantes sur ses épaules. Ce style ne lui sied pas du tout. Il la vieillit. La tenue misérable qu'elle portait pour la Vente me semblait plus appropriée.

— Bonsoir mesdames, s'exclame la duchesse à la cantonade.

Nous sommes en tout cinq femmes et cinq mères porteuses. Parmi lesquelles la pièce montée et la tigresse.

Je devine que nous avons toutes reçu la même consigne, celle de ne communiquer sous aucun prétexte. Un spectacle affligeant. Nous nous efforçons toutes de suivre les instructions sans vraiment y parvenir. Lorsque Raven croise mon regard, j'ai du mal à contenir un sourire. Elle exsude la frustration par tous les pores. Quant à Dahlia, elle me lance un regard plein d'espoir. La tigresse nous toise toutes trois avec méfiance.

La duchesse s'approche de l'Électrice.

— Votre Majesté. Je suis ravie que vous ayez choisi d'assister à mon humble dîner. C'est un honneur. D'autant que vous crouliez sans doute sous les invitations.

Sur ces mots, elle lui adresse une profonde révérence. Les autres convives l'imitent, ployant les genoux, leurs robes bouffant tout autour d'elles. Nous suivons leur exemple avec quelques secondes de décalage. Seule la tigresse et la pièce montée font une démonstration convaincante. Je plie les genoux et manque perdre l'équilibre. Pourtant je suis l'incarnation de la grâce en comparaison de Raven qui, empêtrée dans son kimono, tâche de s'incliner, la mine déconfite. Prise d'un fou rire, je me mords la lèvre jusqu'au sang pour ne pas éclater.

— Tout le plaisir est pour moi, réplique l'Électrice d'une voix aussi enfantine que son visage. Je ne pouvais pas décliner un dîner où sont présentes les maîtresses des quatre Maisons fondatrices. Et si nous nous asseyions ?

Un éclair d'agacement passe sur le visage de la duchesse.

— Bien sûr, s'exclame-t-elle en affectant un air affable.

Elle désigne la table autour de laquelle les sièges sont disposés par paires : à côté de chaque fauteuil rembourré se trouve une chaise en bois. Les valets, jusque-là immobiles comme des statues le long des murs, s'animent brusquement et s'approchent de la table pour écarter les sièges à l'attention des convives. Une fois assise, j'examine avec stupéfaction les couverts en argent qui entourent mon assiette. J'ai beau avoir appris à me servir de chacun, je suis bien incapable de les distinguer les uns des autres. Je jette un coup d'œil à Raven, qui a l'air perdue elle aussi.

J'observe ensuite les invitées. Les quatre Maisons fondatrices. Ces femmes sont les descendantes des familles qui ont érigé la Cité solitaire. La duchesse du Lac est l'une d'elles. Il me semble qu'une autre porte le nom d'une fleur, laquelle, je ne m'en souviens pas.

— Combien d'années se sont écoulées depuis la dernière fois que vous avez acheté une mère porteuse ?

La duchesse adresse un sourire malveillant à celle qui a lui a posé la question.

— Allons, Ebony, ne faites pas comme si vous l'ignoriez.

— Depuis la naissance de votre fils, si je ne m'abuse, Pearl ? intervient l'Électrice. Dix-neuf ans, c'est une longue attente. Vous êtes d'une patience admirable !

— Merci, Votre Majesté, réplique la duchesse.

Entre-temps, on nous sert l'entrée, une salade de radis, de poire et d'asperges, le tout assaisonné d'une vinaigrette crémeuse. C'est un vrai délice. J'aurais volontiers englouti toute mon assiette, mais la duchesse ne picore que quelques bouchées avant de repousser la sienne. Le piquant de la sauce mêlé à la douceur de la poire s'attarde sur ma langue.

On nous apporte ensuite le plat de résistance, un canard rôti accompagné de quelques feuilles de salade frisée et de figues caramélisées. L'Électrice s'adresse alors à la propriétaire de la pièce montée :

— Dites-moi, Alexandrite, qu'avez-vous pensé de la Vente ? C'était la première fois que vous vous y rendiez, si je ne m'abuse.

— J'ai trouvé cela merveilleux ! s'exclame une jeune femme à la peau mate et vêtue d'une robe de soie bronze.

C'est celle qui avait brandi la mini-balance aux Enchères.

— Le duc de la Balance est ravi de mon achat, poursuit-elle. Nous avons toutes les raisons de penser que notre fille sera parfaite. Il n'y a qu'à regarder notre mère porteuse.

La duchesse du Lac, la duchesse de la Balance... ce qui veut dire que les deux autres invitées sont les comtesses. Mon regard passe de la maîtresse de Raven à celle de la tigresse, une femme âgée, la doyenne du dîner. Sa peau est très ridée, ses cheveux presque blancs. Elle porte une robe rouge carmin et de longs gants qui lui couvrent les avant-bras. Son visage me revient en mémoire. C'est elle qui a enchéri contre l'Électrice au moment de ma vente. La comtesse de la Rose.

— Il semblerait que tout le monde s'apprête à avoir une fille cette année ! s'écrie l'Électrice.

— La naissance récente de votre fils n'est pas sans rapport. Elle a influencé les dames du Joyau, rétorque sèchement la duchesse non sans ironie.

L'Électrice éclate de rire.

— Oui, je suppose que vous avez raison. De surcroît, l'Exéteur a hâte de trouver une fiancée à mon petit Larimar.

— Il n'a pas le choix, Majesté, réplique la duchesse avec un soupçon de condescendance. Une fois qu'il aura désigné officiellement votre fils comme successeur au trône – une annonce que nous nous attendons tous à entendre lors du Bal de l'Exéteur –, l'enfant devra être fiancé dans l'année. C'est la loi.

— Inutile de me le rappeler. Je connais les lois de la Cité, rétorque sèchement l'Électrice.

— Vous avez acheté une mère porteuse, remarque la comtesse de la Rose. Pourquoi vouloir une fille si rapidement après la naissance de Larimar ?

— Mon mari souhaite que ce soit notre fils qui perpétue sa lignée, mais pour ma part, j'ai toujours espéré que ce serait ma fille qui dirigerait cette Cité après ma mort. J'ai le sentiment qu'une femme serait plus sensible aux besoins de notre peuple. En outre, j'aimerais offrir à un jeune homme du Commerce la même opportunité que m'a offerte à l'époque mon cher Exéteur. Il me semble normal de rendre la pareille au cercle où j'ai grandi. Vous ne partagez pas mon avis, Pearl ?

Cette remarque provoque un certain malaise autour de la table. La duchesse du Lac crispe les doigts autour de sa fourchette.

— La décision vous revient, Majesté, dit-elle en se tournant ensuite vers la maîtresse de Raven. Et vous, Ebony ? La Maison de la Pierre accueillera-t-elle aussi une fille cette année ? Ou bien aurons-nous l'honneur de vous revoir parmi nous l'année prochaine à la Vente aux Enchères ?

Ça y est, je me rappelle. La comtesse de la Pierre ! Lac, Rose, Balance, Pierre. Lily serait fière de moi. Je parie que Raven ne prête aucune attention aux enjeux que soulève la conversation. La comtesse de la Pierre enfourne une figue, qu'elle mâche lentement.

— Oui, je crois que je vais commencer par une fille, répond-elle. Les garçons peuvent s'avérer très difficiles à éduquer, vous ne pensez pas ?

Ma maîtresse devient rouge cramoisi et ses yeux se plissent.

L'Électrice pouffe de rire.

— Au fait, comment se porte Garnet ? s'enquiert-elle. J'espère qu'il reste à l'abri des ennuis ?

— Il est en ce moment même dans sa chambre, Majesté. Il étudie.

Pile à cet instant, la porte à double battant s'ouvre à la volée et un jeune homme pénètre dans la salle à manger en titubant. Je n'ai pas été en contact avec un garçon de mon âge depuis mes douze ans, exception faite d'Ochre, mais il compte pour du beurre. Ce garçon est… eh bien, il est beau. De sa tignasse blonde ramenée en arrière s'échappent quelques mèches rebelles qui lui couvrent le front. Il est grand et athlétique. Le col de sa chemise blanche est déboutonné, révélant le haut de son torse. Mes joues me brûlent, pourtant je ne peux pas détacher les yeux de lui. Il tient un verre en cristal vide.

— Mère ! s'exclame-t-il en levant son verre comme pour porter un toast à la duchesse du Lac.

Ce jeune homme, le fils de la duchesse ? Il ne lui ressemble pas du tout. Il balaie des yeux la salle, le regard légèrement confus.

— Pardonnez mon intrusion, mesdames. J'ignorais qu'il y avait un dîner ce soir. (Ses yeux bleus se posent sur moi, et un déclic semble se produire.) Ah, c'est vrai. La fameuse Vente aux Enchères !

L'Électrice et la duchesse de la Balance partent d'un fou rire qu'elles dissimulent en se couvrant la bouche de leur serviette. Un sourire satisfait fend le visage bouffi de la comtesse de la Pierre. La comtesse de la Rose quant à elle a l'air consternée.

— Garnet chéri, dit la duchesse d'un ton glacial. Qu'est-ce qui t'amène ?

— Ne faites pas attention à moi, réplique-t-il en agitant la main. Je venais juste me resservir un verre.

Il se dirige d'un pas chancelant vers un buffet où il saisit une bouteille qu'il débouche. Il verse un liquide sombre dans son verre. La duchesse se dresse comme un ressort.

— Veuillez m'excuser un petit instant, dit-elle à ses invitées en s'approchant de Garnet pour l'empoigner par le coude et l'entraîner hors de la pièce.

Il lâche un cri de surprise.

— Mesdames, voilà précisément pourquoi je préférerais que cette cité soit dirigée par une femme ! s'exclame l'Électrice.

La duchesse de la Balance et la comtesse de la Pierre lâchent un petit ricanement.

Je croise brièvement le regard de Raven. Elle arque un sourcil, l'air de dire : « Ces femmes sont complètement siphonnées ! » J'acquiesce d'un signe du menton.

— Mais cette décision n'est pas de votre ressort, s'insurge la comtesse de la Rose, qui est la seule que le comportement irrévérencieux de Garnet n'amuse pas. C'est l'Exéteur qui tranche. Vous ne faites partie de la famille royale que depuis peu, aussi les subtilités de la succession doivent-elles encore vous échapper.

L'Électrice se raidit.

— Visiblement, Ametrine, cela fait un moment que vous n'avez pas connu les plaisirs de la chair. Mais sachez qu'il n'y pas de meilleure arme de persuasion que le corps d'une femme. Je suis parfaitement capable d'influencer mon époux.

Son allusion me met curieusement mal à l'aise. Les valets viennent débarrasser nos assiettes et je profite de l'absence de la duchesse pour enfourner quelques bouchées de canard avant qu'on ne me retire la mienne.

— Loin de moi l'idée de vous offenser, Majesté, réplique la comtesse de la Rose. Toutefois, n'oubliez pas que le recours à une mère porteuse nous réserve parfois des surprises. Le résultat n'est pas sûr à cent pour cent. Les scores obtenus par les jeunes filles aux tests des Augures ne vous garantissent pas le succès. Peut-être que vous finirez par changer d'avis, et que vous jugerez votre fils plus apte à diriger cette Île.

— J'en doute, répond l'Électrice. Allez me chercher Lucien, ordonne-t-elle à un valet.

Mon oreille se tend.

Les domestiques nous apportent le plat suivant : des tranches de saumon fumé parsemées de câpres et agrémentées de citrons confits. La duchesse resurgit au même instant.

— Mes plus plates excuses, Majesté, dit-elle en s'inclinant.

— Oh, inutile de vous excuser. J'ai trouvé ce petit interlude plutôt divertissant. En comparaison, les dîners au Palais royal me paraissent bien monotones.

La comtesse de la Pierre affiche un rictus infect. J'aspire une gorgée de vin en attendant que la duchesse se rassoie. J'ai une faim de loup ; j'espère que ce plat-là sera davantage à son goût, histoire que je puisse enfin avaler quelque chose de consistant.

J'aperçois alors une longue robe blanche et une tête surmontée d'une houppe, et mon cœur s'emballe. Lucien traverse la salle et vient placer un bol en argent et une noix devant l'Électrice.

— Merci, Lucien. Attendez ici.

— Majesté, dit-il en allant se poster près du mur.

Dahlia ouvre des yeux ronds. Elle implore sa maîtresse du regard. Le souffle suspendu, je me demande quel numéro de cirque l'Électrice s'apprête à lui faire faire. Face à moi, Raven affiche une expression tout aussi dubitative.

— Elle m'a montré un tour absolument magnifique un peu plus tôt, s'exclame l'Électrice en se tournant vers Dahlia d'un air extatique. Allez-y.

La lèvre tremblotante, Dahlia recueille la noix au creux de sa main. Quelques secondes s'écoulent sans que rien se passe. L'Électrice lui coule un regard dur.

— Qu'attendez-vous ?

Les doigts de la jeune fille s'enroulent autour de la noix. Quand elle les rouvre, la coque est presque translucide. Elle a recours au deuxième Augure, la Forme. Ses sourcils se froncent sous l'effet de la concentration et, soudain, la noix se met à onduler et se détend comme si elle était devenue liquide.

Je m'attends à ce qu'elle lui donne une forme toute bête, celle d'une étoile ou d'une fleur, par exemple.

Mais au lieu de cela, elle la sculpte jusqu'à obtenir une miniature de l'Électrice. C'est une prouesse d'une difficulté extrême.

Dalhia pousse un cri et la statuette lui échappe des mains. Elle saisit le saladier en argent et crache dedans un mélange de glaire et de sang.

L'Électrice brandit fièrement la miniature, d'un réalisme surprenant. Un parfaite réplique d'elle-même. Les femmes applaudissent.

J'ai le cœur au bord des lèvres. Comment l'Électrice a-t-elle pu lui faire subir cela devant tout ce monde ? Ces femmes sont ignobles. Elles se réjouissent de voir souffrir Dahlia. C'est un spectacle révoltant.

— N'est-ce pas merveilleux ? commente l'Électrice.

Lucien s'approche de la table et ôte le saladier des mains de la jeune fille. Il en profite pour lui glisser un mouchoir dans la main. Reconnaissante, elle s'essuie vite la bouche et le nez. Lorsqu'elle relève la tête, son visage est impeccable.

— Ce sera tout, Lucien. Vous pouvez disposer.

— Bien, Majesté.

Il pivote sur ses talons en me jetant un coup d'œil. Un demi-sourire éclaire son visage.

— C'est impressionnant, remarque la duchesse du Lac en découpant son saumon. En revanche, j'espère que vous ne tenez pas trop à votre linge de maison.

— Ça n'arrive pas systématiquement, réplique l'Électrice.

Je deviens livide. Combien de fois l'Électrice a-t-elle forcé Dahlia à recourir à cet Augure ? Voilà à peine un jour que nous sommes arrivées au Joyau.

La duchesse avale une bouchée de saumon et se tamponne le coin de la bouche avec sa serviette.

— Il est préférable de l'échauffer un peu avant de lui faire courir un sprint.

— Je tâcherai de m'en souvenir, rétorque l'Électrice en tapotant sur le sommet du crâne Dahlia comme on félicite un animal de compagnie.

Ses joues s'empourprent.

— A-t-elle un talent particulier ? demande la duchesse en prenant une gorgée de vin. Elles n'en ont pas forcément un, comme vous le savez. Mais j'ai toujours préféré opter pour une mère porteuse avec un penchant artistique. La mienne joue du violoncelle.

Je serre ma fourchette de toutes mes forces ; mes épaules se contractent. Tous les yeux sont braqués sur moi. Sauf ceux de Raven, qui foudroie la duchesse du regard.

— J'aimerais beaucoup l'entendre jouer, dit l'Électrice.

Pétrifiée, je scrute la porte, m'attendant à ce qu'un valet surgisse à tout instant pour m'apporter un violoncelle.

Mais la duchesse se contente de sourire.

— Un jour vous l'entendrez, Majesté.

La conversation se poursuit. Les femmes évoquent l'une après l'autre les dons singuliers de leur mère porteuse – la pièce montée est danseuse ; la comtesse de la Pierre se vante des facilités de Raven en mathématiques. Très vite, elles en viennent à mentionner nos résultats au test des Augures. Elles parlent de nous comme si nous n'étions pas dans la pièce.

Une éternité plus tard, le dîner s'achève et les femmes se font la bise... enfin, pas tout à fait. Elles font mine de, mais semblent réticentes à se toucher les unes les autres. Les servantes apportent les manteaux. Le valet de la comtesse de la Pierre a l'air aussi désagréable que sa maîtresse, avec son nez camus et sa bouche à l'envers.

Raven me fixe d'un air résolu, comme pour me dire : « Nous nous reverrons, je te le jure. » Je lui adresse un regard affectueux.

L'Électrice est la dernière à prendre congé. Dahlia me jette un coup d'œil terrifié. Je prends mon air le plus rassurant possible. J'espère que l'Électrice ne va pas lui mener la vie trop dure au Palais royal.

La duchesse glisse lentement son index sur le rebord de son verre, regardant ses invitées s'en aller comme un chat observant ses proies. Et pousse un soupir.

— Ce sera tout pour ce soir, dit-elle sans m'accorder un regard.

Puis, sans un mot, elle s'engouffre dans son étude, me laissant seule et totalement déconcertée.

9.

Cora vient me chercher quelques instants plus tard.

Je la suis en silence à travers les couloirs. À cette heure-ci, le palais baigne dans une atmosphère onirique. J'ai l'impression d'errer dans un labyrinthe doré. Elle pousse la porte de mes appartements, et nous pénétrons dans le boudoir, où m'attend Annabelle.

— Mets-la directement au lit, ordonne Cora.

— Où allez-vous ? dis-je.

— M'occuper de la duchesse, répond Cora comme si cela coulait de source.

— Ah… Eh bien, bonne nuit.

À Southgate, les gardiennes avaient pour habitude de nous border.

Un sourire étire ses lèvres et des ridules se dessinent au coin de ses yeux.

— Bonne nuit.

Annabelle me conduit dans ma chambre. Je me repasse mentalement le souper, qui m'a permis de distinguer deux camps très nets : d'un côté l'Électrice, la comtesse de la Pierre et la duchesse de la Balance. De l'autre, la duchesse du Lac et la comtesse de la Rose. Visiblement, appartenir à la royauté n'est pas de tout repos. Pourquoi inviter des gens chez soi si on ne les apprécie pas ?

Perdue dans mes pensées, c'est à peine si j'ai remarqué qu'Annabelle m'a ôté mes bijoux et a commencé à dégrafer ma robe. Une chemise de nuit en soie est déployée sur mon lit.

— Ne vous donnez pas cette peine. Je peux me déshabiller seule.

Annabelle secoue vigoureusement la tête.

Face à son mutisme, j'éprouve une légère déception.

— Vous n'avez pas le droit de me parler ?

Annabelle attrape le rectangle noir qui pend à sa taille et tire un bâtonnet blanc jusque-là dissimulé dans sa ceinture.

Un morceau de craie.

Le rectangle est une ardoise, où elle gribouille une phrase.

Je ne parle pas.

— Comment ça ? Pas du tout ?

Elle me fait signe que oui.

— Que vous est-il arrivé ?

À peine les mots ont-ils jailli de mes lèvres que je prends conscience de la grossièreté de ma question. Annabelle me tend à nouveau l'ardoise.

De naissance.

— Vous n'avez jamais pu parler ? Jamais ?

J'ai connu une fille dans le Marais qui était muette. Mais contrairement à Annabelle, elle était également sourde.

Elle secoue la tête et tapote une fois sur l'ardoise, qui s'efface.

— Ouah ! Cet appareil est génial !

Elle ne partage pas complètement mon enthousiasme mais hoche poliment la tête en finissant de dégrafer ma robe. Puis elle me fait enfiler la chemise de nuit.

Nous gagnons la salle de bains, où Annabelle me débarbouille le visage. De retour dans la chambre, elle m'installe face à la coiffeuse et se met à me brosser les cheveux. J'étudie son reflet dans le miroir. Sa peau est presque diaphane, parsemée de taches de son. Elle a les épaules menues et les attaches fines, ce qui lui donne une apparence très délicate, presque fragile. Elle glisse la brosse dans mes boucles avec douceur.

— Est-ce que ça vous manque ?

Elle m'interroge du regard.

— De parler.

Annabelle se mordille la lèvre. Et voilà, j'ai encore gaffé. La prochaine fois, je tournerai la langue sept fois dans ma bouche avant de parler. Elle pose la brosse et prend son ardoise.

Tout le temps.

J'essaie de me mettre à sa place. Comment me sentirais-je si j'étais dans l'incapacité de m'exprimer ? Alors je tressaille, prenant conscience de ma situation. C'était précisément le cas ce soir. Or jamais je ne me suis sentie aussi impuissante.

Annabelle finit de me coiffer et s'approche du lit. Elle rabat la couverture. Même si j'ai l'impression d'avoir passé les deux derniers jours à dormir, je suis encore fatiguée. Je me faufile sous l'édredon en velours et enfonce ma tête dans l'oreiller en plumes d'oie. Annabelle m'indique une cordelette qui pend près de ma table de chevet. Elle fait mine de l'agiter et se désigne ensuite de l'index.

— Si j'ai besoin de vous, je tire sur la corde ?

Elle acquiesce.

— Et vous, où allez-vous dormir ?

Elle pointe le doigt vers le bas pour m'indiquer un étage inférieur, avant d'écrire sur son ardoise.

Bonne nuit.

Une peur panique m'envahit à l'idée de me retrouver seule dans cette pièce extravagante où je ne me sens pas chez moi.

— Annabelle ? Est-ce que… vous voulez bien vous asseoir près de moi pendant un petit moment ?

Elle hésite. Cora lui a donné des consignes strictes. Pourtant, elle finit par céder. Elle se perche au bord du lit.

— Merci.

Ça doit être t étrange.

« T » pour très. Évidemment, elle ne va pas s'amuser à tout écrire.

— Ça fait longtemps que vous habitez ici ?

Depuis toujours.

Je fais courir mon doigt le long de la frange de l'oreiller.

— C'est un très bel endroit.

Annabelle acquiesce sans réel enthousiasme.

— Pendant le dîner, dis-je, tâtant le terrain, les femmes... n'avaient pas l'air... enfin, elles n'étaient pas très tendres les unes avec les autres. C'est toujours comme ça ?

Annabelle esquisse une grimace, que j'interprète comme un oui.

— L'Électrice fait très jeune, vous ne trouvez pas ? Elle m'a paru encore plus jeune que sur les photos des magazines.

Annabelle partage mon avis.

— La duchesse ne semble pas la porter dans son cœur.

Elle s'agite, visiblement mal à l'aise ; ses joues rosissent. Je m'empresse de changer de sujet.

— J'ai aperçu le fils de la duchesse. Il ne lui ressemble pas du tout.

Une bouffée de chaleur me monte au cou au souvenir de ce beau jeune homme à l'aspect négligé.

Un sourire amusé se dessine au coin de ses lèvres.

— Comment s'appelle-t-il ?

Garnet.

— Ah oui. Garnet.

Je songe à ce que la duchesse a sous-entendu juste avant le repas, à savoir qu'elle ne voudrait pas se retrouver avec un autre Garnet... Que voulait-elle dire, au juste ?

— Vous vous êtes déjà occupée d'une mère porteuse ?

Annabelle me fait signe que non.

— Je vais faire de mon mieux pour vous faciliter la tâche.

Avec un sourire, elle me presse la main. Blottie sous la couverture, je sombre peu à peu dans le sommeil. Un bâillement m'échappe.

Dormez.

— Oui.

Elle se lève et se met en devoir d'éteindre les lampes. Je roule sur le dos et contemple le dais bleu pâle tendu au-dessus de ma tête. Je songe à ma famille. Je les imagine dans notre maison minuscule, ma mère préparant le dîner, Hazel occupée à faire ses devoirs à la table de la cuisine, Ochre dans la cour en train de couper du bois. Je me les figure assis tous ensemble, partageant un repas très frugal, riant à gorge déployée et parlant librement. Je me demande s'ils ont eu ne serait-ce qu'une pensée pour moi depuis mon départ. Une boule se forme dans ma gorge.

— Bonne nuit, Hazel, dis-je dans un murmure. Bonne nuit, Ochre. Bonne nuit, Mère.

Je perçois le crissement de la craie sur l'ardoise, mais je sombre dans un profond sommeil sans avoir lu le message d'Annabelle.

Cette nuit-là, je rêve que je suis de retour à Southgate. Dans la salle de musique, j'essaie de jouer un duo avec Lily.

Mais j'ai beau faire mon possible, je n'arrive pas à tenir mon violoncelle correctement. Il ne cesse de glisser sur le côté et mon archet dérape contre les cordes, produisant un grincement sinistre. Lily pose son violon et me décoche un regard désapprobateur.

— Tu aurais mieux fait de m'écouter, Violet.

En baissant la tête, je m'aperçois que mon ventre est énorme, rond comme un ballon. Je suis enceinte du bébé de la duchesse.

Un hurlement atroce jaillit de mes lèvres.

Le lendemain matin, je me réveille en nage. Je rejette ma couverture et me palpe le ventre.

Je ne suis pas enceinte. Je ne suis pas enceinte, me répété-je, en proie à un désespoir sans nom.

Je me dirige dans la salle de bains et me contemple dans le miroir du lavabo. Mes yeux sont injectés de sang, mes cheveux ébouriffés, mon teint livide. C'est à ça que je ressemble au saut du lit ? *Beurk.* Je ne suis pas belle à voir.

J'ouvre le robinet, passe un gant sous l'eau froide et m'en tamponne le front et la nuque. Mon estomac produit des gargouillis. Je noue mes boucles en une queue-de-cheval et retourne dans la chambre, où j'agite la cordelette. J'ignore encore comment se passe le petit déjeuner. Dois-je descendre dans la cuisine ? Ou bien me rendre dans la salle à manger pour tenir compagnie à la duchesse ?

Mon cauchemar continue de me tourmenter. Je me tâte à nouveau le ventre, hantée par la vision de mon ventre déformé. De moi, enceinte jusqu'aux yeux.

Si la duchesse m'a achetée, c'est dans ce but-là. Je le sais. Ce qui ne m'empêche pas de redouter le jour où ils décideront de procéder à l'insémination. Quand ? Je l'ignore...

Je ferme les yeux et tâche de penser à autre chose. En vain. À l'époque de Southgate, tout cela me paraissait lointain. Je n'y accordais pas trop d'importance. Mais à présent que je vis sous ce toit, à la merci de la duchesse, tout devient très réel. Et l'idée de sentir pousser en moi l'enfant d'une autre me terrifie.

La porte s'ouvre et Annabelle entre, munie d'un plateau couvert d'une cloche. L'odeur délicieuse du café me chatouille les narines. Elle place le plateau sur la table.

Le parfum de la nourriture me réconforte un peu. D'autant que j'ai une faim de loup après le piètre dîner de la veille. Cette succession de plats délicieux auxquels j'ai à peine eu le droit de goûter... Quel gâchis ! C'est comme si je n'avais rien mangé. Mère disait toujours qu'un bon repas apaise les esprits tourmentés. D'un geste, Annabelle m'invite à venir m'asseoir, puis elle soulève la cloche.

Des œufs dans des coquetiers en argent, un bol de fromage blanc accompagné de fruits frais, des tartines beurrées, des tranches de bacon croustillant, et un verre de jus d'oranges fraîchement pressées. Annabelle étale une serviette sur mes genoux et verse du café dans une tasse en porcelaine rose tandis que je me jette sur la nourriture.

Elle arque un sourcil.

Vous avez faim ?

— Je suis affamée, dis-je la bouche pleine. La duchesse a un appétit d'oiseau. À cause de ça, je n'ai pratiquement rien mangé hier soir.

Bien dormi ?

Ma fourchette se fige à mi-chemin entre mon assiette et ma bouche. Je hausse les épaules et la repose pour prendre à la place une gorgée de café.

— Le lit est très confortable.

Après le petit déjeuner, je file sous la douche. Puis Annabelle me fait revêtir une jolie robe de la couleur d'une pêche bien mûre et me fait un chignon structuré.

— Je vais sortir ?

Elle hausse les épaules.

— Est-ce que vous savez... est-ce que vous avez une petite idée de...

Comment amener la question ? Comment demande-t-on à quelqu'un s'il sait quand on a l'intention de vous féconder ?

— Est-ce qu'il y a un planning ?

Attendez D.

« D ». La duchesse.

Je triture les topazes qui pendent à mes oreilles.

Une fois qu'elle a fini de me préparer, je me mets debout et observe mon reflet dans le miroir de plain-pied. Avec cette coiffure qui me dégage la nuque et une robe coupée dans un tissu aussi raffiné, on me donnerait quelques années de plus.

Jolie.

Je m'apprête à lui répondre, avant de me raviser. Je suis jolie, certes, mais je ne me reconnais pas. La fille que je vois dans le miroir n'est pas moi.

Je passe la matinée à explorer mes appartements. Je possède trois armoires pleines à craquer de robes d'une myriade de couleurs, de tissus et de motifs différents, de la simple tenue de jour à l'élégante toilette de bal. Annabelle tire les rideaux de ma chambre et je découvre l'avant du palais. Une allée de gravier blanc borde un lac immense à la surface miroitante, semblable à du cristal bleu. Au loin, j'entrevois une grille dorée.

Au bout d'un moment, nous passons dans la pièce attenante à la chambre. Le salon de thé est agréable et ensoleillé ; le mobilier est tapissé dans les tons ocre ; des bouquets de soucis et de marguerites ornent les tables. Un pan de mur entier est recouvert de livres parmi lesquels certains titres me sont familiers. Un exemplaire de l'*Histoire complète des Maisons fondatrices* fait de l'ombre à un recueil pour enfants intitulé *Le Puits aux souhaits.*

Je le saisis, étonnée de le trouver ici, au sein du Joyau. Il me rappelle mon enfance.

— J'adore ce livre ! Mon père me lisait tout le temps ces contes. Vous les connaissez ?

Annabelle me fait signe que non.

Hazel et moi raffolions du conte éponyme, « Le Puits aux souhaits ». C'était notre préféré. J'ouvre le recueil et le feuillette, le sourire aux lèvres, repensant à l'époque où nous attendions près de la porte que Père rentre de l'usine, les vêtements empestant la fumée et le graillon. Alors, on se jetait sur lui et on le suppliait de nous faire la lecture pendant que Mère faisait réchauffer son souper. Il avait une voix de conteur merveilleuse. C'est l'histoire de deux sœurs qui tombent sur un puits magique. Elles libèrent la fée qui vit à l'intérieur. En contrepartie, celle-ci leur accorde à chacune un vœu. Hazel et moi nous blottissions contre lui et, captivées par le récit, nous poussions des cris de surprise et versions quelques larmes aux moments les plus critiques. J'avais environ dix ans, Hazel six. Un an plus tard, Père mourait.

Tandis que je parcours un autre conte, le déjeuner est servi. Une jeune servante en robe noire et tablier blanc apporte un chariot plein de mets. Moi qui trouvais que les repas à Southgate étaient succulents… Ce n'était rien en comparaison de ceux qu'on me sert aujourd'hui.

Après le déjeuner, je me mets à tourner en rond et commence à trouver le temps long. Pour le faire passer plus vite, je me lance dans la lecture du recueil. Mais mon attention s'égrène au fil des pages. Annabelle est assise dans un fauteuil non loin de moi, occupée à broder un mouchoir.

— J'aimerais bien visiter le reste du palais…

Attendez que D vienne.

— Et ce sera quand exactement ?

Annabelle hausse les épaules.

Dans un soupir, je m'avachis dans le canapé, mais les baleines de mon corset s'impriment dans ma peau et je me redresse aussitôt. Annabelle pose son ouvrage et prend son ardoise.

Halma ?

— Vous jouez à l'Halma ? m'écrié-je avec enthousiasme.

Le sourire d'Annabelle s'élargit.

— Je croyais que c'était un jeu qu'on ne pratiquait que dans le Marais, grommelé-je une heure après que nous avons commencé. Comment se fait-il que vous soyez si forte ?

Je scrute le plateau en forme d'étoile à six branches d'un air dépité.

Annabelle m'a déjà battue à deux reprises, et elle semble bien partie pour remporter une troisième partie. La quasi-totalité de ses billes se trouvent dans mon triangle tandis que les miennes sont éparpillées au centre du damier. Annabelle s'en sert pour progresser.

T vieux. Originaire de la F.

— Ce jeu vient de la Ferme ?

Je saute deux de ses billes et parviens enfin à placer l'une des miennes dans son triangle.

— Je l'ignorais.

Annabelle profite de ma nouvelle position pour sauter plusieurs cases et se retrouver au centre du damier.

Pas populaire dans le J, seuls serviteurs jouent.

— C'est ce que je constate.

Je n'ai pas l'habitude de perdre à ce jeu. Raven était une adversaire déplorable. Elle n'avait aucune patience. Nous jouions en général avec Lily, que je battais toujours à plate couture.

Trois coups plus tard, Annabelle remporte la partie.

— On rejoue !

La porte du salon s'ouvre à la volée. Un régimentaire entre et se met au garde-à-vous tandis que la duchesse du Lac s'avance avec sa grâce coutumière. Annabelle bondit de son fauteuil et je me lève avec maladresse. La duchesse porte une longue robe grenat en mousseline ajustée à la taille par un cordon de soie. Un éventail pend à son poignet au bout d'une dragonne en argent. Son visage est impassible, mais sa personne dégage une énergie féroce, comme si juste sous la surface bouillonnaient de violentes émotions.

Elle m'examine de pied en cap d'un air approbateur.

— Bon travail, dit-elle à Annabelle sans lui accorder un regard.

C'était sans doute une mise à l'épreuve pour ma femme de chambre.

— Bonjour, milady, dis-je en lui adressant une révérence gauche.

— Jusque-là, la journée s'est avérée plutôt bonne, répond la duchesse en s'approchant de moi, un mince sourire aux lèvres. Vous vous êtes très bien tenue hier soir. Je suis impressionnée.

Je tâche de ne pas bouger, bien que la proximité de cette femme me mette très mal à l'aise.

— Merci, milady.

Si seulement elle pouvait reculer de quelques pas. Je n'aime pas la sentir si près de moi.

Elle part d'un éclat de rire.

— Ne soyez pas si craintive. Je vous ai promis que si vous me prouviez votre bonne volonté, vous en seriez récompensée. Et je suis une femme de parole.

Elle agite son éventail à l'adresse du garde.

— Apportez-le.

À son signal, deux valets entrent dans le salon, chargés d'une caisse volumineuse qu'ils déposent par terre. À l'aide d'un pied-de-biche, ils soulèvent le couvercle, qu'ils rabattent et placent sur le sol, contre la boîte.

— Ce sera tout.

Les serviteurs s'inclinent et prennent congé.

Pendant quelques instants, un silence pesant règne dans la pièce. Mon regard passe successivement de la caisse à Annabelle puis à la duchesse.

— Eh bien, qu'attendez-vous pour aller voir ce que recèle la boîte ?

J'aurais préféré faire ça seule. Mais ce n'est pas comme si elle me laissait le choix. J'esquisse quelques pas hésitants et m'agenouille près de la caisse. Une couche protectrice de raphia couvre l'objet. Je l'écarte. Une surface vernie apparaît, et mon hésitation laisse aussitôt place à l'euphorie. Je dégage le violoncelle. Du bout des doigts, j'effleure les cordes et une série de sons étouffés s'en élève.

Je le soulève avec mille précautions. C'est la chose la plus belle qu'il m'ait été donnée de voir, et pourtant j'ai vu beaucoup de belles choses au cours des deux derniers jours. Le vernis confère au bois d'épicéa une nuance d'un rouge profond. La forme des ouïes en *f* est raffinée à l'extrême ; je fais courir ma main le long de la table d'harmonie, émerveillée par le travail du bois. À nouveau, je glisse les doigts sur les cordes, les pinçant une à une. Aux sons émis, ma gorge se serre.

— Il vous plaît ?

— Il est pour moi ?

— Bien évidemment. Il vous plaît ? répète-t-elle d'un ton impatient.

Je déglutis avec difficulté.

— Oui, milady. Il me plaît beaucoup !

— Bien. Jouez-moi un morceau.

Je prends l'instrument par le manche et le sors de la caisse ; quelques morceaux de raphia tombent du violoncelle et parsèment le sol. Un archet apparaît au fond de la boîte. Je le saisis de l'autre main et me dirige vers une chaise au dossier droit. Le poids de l'instrument me réconforte ; je le place entre mes cuisses et le serre légèrement tandis que le manche repose contre mon épaule. Je glisse l'archet sur les cordes et un flot de souvenirs resurgit, déclenché à la fois par le son et par l'odeur résineuse du bois : je pense au jour où j'ai décidé de me mettre au violoncelle ; à la première fois que j'ai tenu un archet, aux nuits où je jouais seule dans ma chambre, aux duos réalisés avec Lily dans la salle de musique…

— Avez-vous un compositeur favori, milady ?

La duchesse hausse un sourcil.

— Non. Jouez ce que vous voulez.

Je place mes doigts sur les cordes. (Note mentale : il va falloir que je me coupe les ongles.) Lentement, je glisse l'archet sur le *do*.

Le violoncelle est parfaitement accordé. Les notes, riches et vibrantes, m'enveloppent et emplissent la pièce. Je ferme les paupières.

Je joue le prélude d'une suite en *sol* majeur, l'un des premiers morceaux que j'ai appris. Les notes coulent avec fluidité, se succédant comme un ruisseau qui se faufilerait entre des galets. Mes doigts se déplacent avec dextérité, sans la moindre hésitation. Tout autour de moi, la pièce disparaît et je parviens à une paix intérieure ; lorsque je joue, mon être tout entier entre en transe. Je deviens la musique et les cordes, et mon corps vibre et résonne comme celui d'un violoncelle. Je fusionne avec l'instrument pour me retrouver propulsée dans un univers où rien ni personne ne peut m'atteindre, où il n'y a ni Joyau ni mères porteuses. Un endroit où seule la musique compte. Le tempo augmente ; je monte de plus en plus haut et achève le mouvement sur une quinte parfaite qui résonne longtemps à travers la salle.

Je rouvre les yeux.

La duchesse est subjuguée. Elle affiche une expression victorieuse.

— C'était… exquis.

— Merci, milady.

Elle agite son éventail quelques instants avant de le refermer d'un geste sec.

— Qu'elle se couche tôt ce soir, ordonne-t-elle à Annabelle en quittant la pièce, le garde sur ses talons. Demain, nous sortons.

10.

Ce soir là, pendant qu'Annabelle me peigne, j'essaie de lui tirer les vers du nez.

— Où la duchesse m'emmène-t-elle ? Dans le Joyau ?

Elle pose la brosse.

Ou le Commerce.

— Vous allez nous accompagner ?

Elle hausse les épaules. Je devine qu'elle n'en a sincèrement aucune idée.

— C'est pour un rendez-vous… chez le médecin ?

Annabelle me fait signe que non.

Doc vient ici.

Une onde de soulagement m'envahit.

Ce qui ne m'empêche pas de me manger le pouce.

Annabelle me retire la main de ma bouche et se met à étaler de la crème hydratante sur mes bras.

— Je ne me suis jamais vraiment intéressée au Joyau à l'époque de Southgate. J'avais une amie qui s'appelait Lily. C'était elle qui nous lisait les magazines people. Elle était obsédée par le Joyau et passait son temps à imaginer comment serait notre vie ici. J'ignore où elle a atterri. C'était une fille adorable. J'espère qu'elle a fini dans une famille attentionnée. Elle le mérite... Elle se plairait beaucoup ici.

Parler de Lily à voix haute me fait un bien fou. Ça m'aide à me rappeler qu'elle a existé, qu'elle existe toujours d'ailleurs, que nous étions amies, et que ça a compté malgré tout.

— Elle adore le luxe, les habits, et tout le tralala. Elle aurait fait une syncope en voyant cette chambre. Malheureusement, elle n'était que le lot 53. Elle vit probablement dans le Commerce à présent.

Le Commerce c'est bien.

J'éclate de rire.

— Vous ne connaissez pas Lily. Elle a des critères très spécifiques.

Puis, songeant à la veille :

— Hier soir, au dîner, j'ai vu Raven, ma meilleure amie. C'est la comtesse de la Pierre qui l'a achetée. Vous la connaissez ?

Annabelle fait mine que non, pourtant ses sourcils se froncent et elle affiche soudain des signes de nervosité. Ses mains s'agitent et elle se mordille la lèvre.

— Raven est une dure à cuire, dis-je pour me rassurer. C'est la fille la plus coriace qui soit. Je ne me fais pas de soucis pour elle.

Annabelle hoche la tête d'un air pensif tout en débouchant un pot de crème hydratante pour le visage.

Prenant soudain conscience d'un détail, je lui saisis le poignet.

— Vous ne savez toujours pas comment je m'appelle !

Personne ne le sait, d'ailleurs. Ce qui me perturbe le plus, c'est que jusque-là, je n'ai même pas pensé à le lui dire.

Annabelle écarquille les yeux et secoue énergiquement la tête.

— Je vous en prie, Annabelle. Ça me ferait tellement plaisir de vous le confier !

Elle baisse la tête, l'air navré.

— Bien, je comprends. Désolée. Ça n'a pas d'importance.

Ses épaules se détendent. Alors, sans lui laisser le temps de détourner les yeux, j'attrape l'ardoise et le bout de craie et j'écris *Violet* en toute hâte.

J'attends quelques secondes, tapote sur le rectangle. Et mon nom s'efface.

Mais je sais qu'elle l'a vu.

Le lendemain matin, Annabelle me fait enfiler une tenue noire.

Elle est d'étrange humeur. Elle utilise peu son ardoise et se contente de me répondre par de brusques signes de tête. La toilette qu'elle m'a choisie, une longue robe Empire, est très ressemblante à celle de la Vente. Elle me met ensuite un collier de velours ras du cou.

Je le palpe.

— C'est un bijou étrange…

Annabelle ignore ma remarque. Elle me fait une demi-queue pour me dégager le front et laisse le reste de ma chevelure tomber librement sur mes épaules.

Cora déboule dans la chambre, un voile de crêpe noir à la main.

— Elle est prête ? demande-t-elle en m'examinant. Très bien, dit-elle avant de fixer le voile sur le dessus de ma tête.

— Pourquoi dois-je porter ça ?

— Ne posez pas de questions. Suivez-moi.

— Annabelle ne vient pas avec nous ?

— Non.

Juste avant que Cora ne m'entraîne hors de la chambre, Annabelle me glisse un sourire timide. Un sentiment d'angoisse enfle en moi tandis que nous enfilons les couloirs pour nous rendre dans le vaste hall d'entrée. Les rayons du soleil filtrent à travers le dôme en verre et se reflètent dans l'eau miroitante de la fontaine. Tout de noir vêtue également la duchesse m'attend, entourée de ses gardes, qui forment autour d'elle un bouclier rouge. Elle porte une longue jupe et un chemisier de soie surmonté d'un blazer très chic. Sur sa tête, une toque noire ornée d'un voile qui lui couvre à peine les yeux. Elle m'examine d'un air désapprobateur.

— Cette robe est si… ordinaire.

— Toutes mes excuses, milady, répond Cora. Nous pouvons encore la changer.

La duchesse agite la main d'un geste dédaigneux.

— Non. Nous n'avons plus le temps.

Elle s'approche de moi en soutenant mon regard.

— Sachez que cela ne me plaît pas particulièrement, dit-elle en brandissant un objet argenté. À mon avis, ce n'est pas indispensable. Mais certains sauteraient sur n'importe quel prétexte pour me calomnier. Si vous vous tenez à carreau, je ne l'utiliserai plus jamais. Est-ce clair ?

Je ne comprends pas, mais ses paroles m'effraient.

Elle déplie l'objet argenté, et mon ventre se noue. C'est une laisse.

— Vous allez être sage, n'est-ce pas ? ronronne-t-elle.

Mon cerveau me hurle que c'est horrible, inhumain, mais mes muscles sont pétrifiés, m'empêchant de bouger, tandis que mon cœur cogne contre mes côtes comme s'il cherchait à s'échapper de mon thorax. Je me contente de la regarder fixement.

Les gardes s'avancent vers moi comme s'ils anticipaient une tentative de résistance de ma part. La duchesse lève la main.

— Non, murmure-t-elle sans détacher les yeux de mon visage. Restez où vous êtes. Nous nous sommes comprises.

La mort dans l'âme, je la laisse faire. Elle accroche une chaîne en argent à mon cou, sur le collier en velours, et relie la laisse à un bracelet fixé à son poignet. Je suis encore sous le choc. Toutefois je n'ai pas envie qu'elle me gifle, ni que les gardes me forcent à obtempérer. Son geste signifie que je lui appartiens.

Je la hais de tout mon cœur.

— Le voile, Cora.

Elle rabat le crêpe noir sur mon visage. Il me couvre le haut du corps.

Je suis enchaînée. Dissimulée sous un voile. Pour la première fois depuis mon arrivée, j'ai vraiment le sentiment d'être prisonnière.

— Venez, me somme la duchesse en se dirigeant vers la porte.

La laisse se tend et me tire brutalement. Je comprends aussitôt l'intérêt du collier en velours, qui empêche la chaîne de me meurtrir le cou.

Je n'ai pas d'autre choix que celui de la suivre. C'est profondément humiliant. Une bouffée de colère me saisit. Je crispe les poings si fort que mes ongles s'impriment dans mes paumes. La douleur suscitée m'aide à canaliser ma colère.

Deux valets nous ouvrent une porte à double battant. Les rayons lumineux du soleil filtrent à travers mon voile. Une brise fraîche me caresse la peau et des frissons me parcourent les bras et la nuque. La vue qui s'offre à moi est impressionnante. J'en oublie un instant ma rage et ma honte ainsi que l'injustice de ma situation. Le palais forme un U. Ses façades miroitantes semblent constituées de diamant et décomposent la lumière en prismes. Les nombreuses tourelles sont surmontées de drapeaux bleus, claquant au vent. Le lac translucide s'étend devant moi. Au loin, je distingue les grilles délimitant la propriété.

À une fenêtre du rez-de-jardin, un mouvement attire mon attention. Une silhouette féminine se profile derrière la vitre. Debout, les bras croisés sur la poitrine, elle pose sur moi un regard haineux. À moins que ce ne soit sur la duchesse. Difficile à dire.

La laisse se tend à nouveau, m'indiquant que la duchesse poursuit sa marche. Elle se dirige vers une automobile. Jusqu'à ce jour, je n'en avais vu de semblable qu'en photo. Blanche, élégante, le nez allongé, un design fuselé. En comparaison, les diligences électriques des autres cercles paraissent grossières et démodées. Un valet ouvre la portière et la duchesse se glisse sur la banquette arrière ; je la suis avec maladresse, manquant de me cogner la tête contre l'encadrement. Les sièges sont en cuir beige, chauffé par le soleil. Le valet referme la portière derrière moi. Un chauffeur installé au volant incline sa casquette pour saluer la duchesse avant de mettre le contact. Les roues crissent sur le gravier tandis que nous remontons la longue allée. C'est le moyen de transport le plus confortable que j'aie jamais emprunté. J'y prendrais sans doute plaisir si je n'étais tenue en laisse.

Je jette un coup d'œil en arrière, en direction du palais. La fille qui se tenait derrière la fenêtre a disparu.

La duchesse fait comme si je n'étais pas là. Elle pianote avec impatience sur l'accoudoir. Puis elle sort un poudrier de sa pochette en satin noir et applique une couche de rouge à lèvres carmin sur sa bouche, examinant son reflet dans le petit miroir de poche avec un long soupir.

— Vieillir est une chose terrible.

Je me réfugie dans le silence. C'est grotesque. La duchesse n'a pratiquement pas une seule ride.

La grille dorée est surmontée des armoiries de la Maison du Lac : un cercle bleu barré de deux tridents argentés. Cet emblème orne mes appartements, les cheminées de la demeure et certaines des horloges ainsi que les uniformes des gardes.

L'automobile s'engage sur une route d'asphalte si lisse que j'ai l'impression que nous glissons sur de l'eau. Je songe à mon dernier trajet dans le Marais, le jour où je suis allée faire mes adieux à ma famille. Les chemins criblés d'ornières, flanqués de maisons en brique d'argile ; l'odeur qui flottait dans l'air, un mélange de terre séchée et de soufre ; la poussière omniprésente. C'était un autre monde.

Le Joyau m'apparaît comme une enfilade de demeures plus somptueuses les unes que les autres. D'immenses manoirs se dressent derrière des grilles gigantesques surmontées de piques menaçantes.

Sur la route, d'autres véhicules se joignent à nous. J'ai l'impression qu'ils se dirigent tous au même endroit. Les palais n'en finissent pas de défiler, construits dans des matériaux semi-précieux de toutes les couleurs de l'arc-en-ciel. Certains sont flanqués de tours immenses, d'autres sont pourvus de dômes, d'autres encore possèdent des formes tout à fait surprenantes. Nous dépassons une demeure en pierre de jade de forme pyramidale qui n'est pas sans me rappeler un conifère. Devant le manoir pousse une roseraie géante. Malgré la venue de l'hiver, de rares fleurs s'agrippent encore aux branches. Sur la grille, les armoiries de la Maison : un diamant vert barré de deux roses. Une voiture noire est garée dans l'allée.

— Elle est en retard, comme d'habitude, marmonne la duchesse en jetant un coup d'œil à la demeure.

Nous poursuivons notre route. Notre chemin croise bientôt un édifice que je reconnais immédiatement. Toutes mes interrogations se volatilisent d'un coup. Ma colère s'évapore. La laisse, le voile, tout cela n'a plus aucune importance. Jamais je n'aurais cru voir ce bâtiment pour de vrai.

C'est le Royal Concert Hall !

Je contemple son immense façade en granit rose surplombée d'un dôme vert. De part et d'autre se dressent deux statues dorées, un homme et une femme, une trompette à la main. Des sculptures magnifiques. J'admire ce spectacle, yeux écarquillés, bouche bée, songeant aux célèbres musiciens qui ont joué dans cette salle : Cornett Strand et Gaida Balaban, notamment. Sans oublier mon grand favori, Stradivarius Tanglewood. Je ne peux qu'imaginer l'ivresse qu'on doit ressentir à jouer dans cet établissement.

Mon regard y reste vissé le plus longtemps possible. Je tourne la tête pour ne pas le perdre de vue, mais à mesure que nous avançons, il rétrécit, pour finir par disparaître.

La route s'élève peu à peu. Nous pénétrons dans une forêt, où une procession de voitures serpente à travers des arbres au feuillage mordoré. Notre chauffeur a beau maîtriser les virages, je m'agrippe à la poignée de la portière pour ne pas glisser contre la duchesse. Mieux vaut éviter son contact. Les yeux rivés à la vitre, elle affiche une mine maussade.

— J'adorais cette forêt quand j'étais petite. Mais mon père m'interdisait d'y jouer, prétextant que c'était trop dangereux, dit-elle en secouant la tête. Les hommes et leurs fusils, et leur besoin grotesque de tirer sur des êtres vivants pour s'amuser !

J'ai du mal à me représenter la duchesse enfant, encore moins en train de jouer, que ce soit dans une forêt ou ailleurs.

— Je parlais aux arbres, comme la cadette dans « Le puits aux souhaits ». Vous connaissez ?

La duchesse me prend de court. Elle a donc lu ce conte ?

— Vous avez perdu l'usage de la parole ?

— Non… Oui. Je le connais très bien… milady.

— Je m'en doutais. C'est un récit très… provincial. Ma gouvernante avait pour habitude de me le lire au moment du coucher. C'était une femme très simple. Quand mon père l'a appris, il est sorti de ses gonds. On était censé me faire lire les grands classiques, voyez-vous, et non pas des contes de fées. À la suite de cela, il a fait jeter ma gouvernante au donjon. Je ne l'ai plus jamais revue.

Comment peut-elle raconter cela d'un ton si détaché ?

— Je suppose que c'est votre mère qui vous racontait cette histoire ? reprend-elle. Il n'y a pas de gouvernantes dans le Marais, je me trompe ?

— C'est mon père qui me lisait ce conte, milady.

— Vraiment ? Dans quel cercle travaille-t-il, votre père ?

— Il est mort, réponds-je d'une voix glaciale, mettant un point d'honneur à ne pas ajouter « milady ».

La duchesse ébauche un sourire.

— Vous me plaisez beaucoup. Vous possédez un tel mélange de subordination et de fierté !

Les mâchoires serrées, je me tourne vers la vitre et porte le regard sur le paysage. Elle ne me laisse aucune marge de manœuvre. J'ai beau essayer, rien de ce que je fais ne la décontenance. Mon impertinence l'amuse autant que ma soumission.

On émerge de la forêt pour déboucher dans un parc extravagant. Une fois encore, la surprise prend le dessus sur ma colère. D'immenses massifs taillés en forme de créatures monstrueuses bordent la route.

— Nous sommes presque arrivées, annonce la duchesse.

Un bouchon se forme et la circulation ralentit. Au sommet de la colline, nous parvenons sur une grande place. Au centre trône une fontaine surmontée d'une statue représentant quatre angelots, dos à dos, jouant de la trompette. De chaque instrument s'écoule de l'eau qui se jette dans le bassin. Un palais éblouissant s'élève derrière. J'en déduis qu'il s'agit de la demeure de l'Exéteur et de l'Électrice. Le revêtement de la façade est une sorte d'or bruni qui rappelle de la lave incandescente. Piliers, colonnes, dômes et tourelles se dressent jusqu'au ciel. Un large escalier de grès mène à l'entrée principale, une porte massive à double battant.

Une véritable marée humaine a envahi la place. Des femmes accompagnées pour la plupart de leur mère porteuse affublée d'un voile et tenue en laisse. C'est un sinistre spectacle. Je me demande ce qui cause cette agitation.

Le chauffeur se gare et s'empresse d'aller ouvrir la portière à la duchesse. La chaîne se tend, me forçant à suivre le mouvement. Je fais mon possible pour rester près d'elle. Je déteste quand elle tire sur la laisse. Non seulement c'est douloureux, mais c'est extrêmement avilissant.

En apercevant la duchesse, ces dames s'inclinent en murmurant : « Madame la duchesse. » Je fouille les visages des mères porteuses un à un à la recherche de celui de Raven. Elle fait partie de la foule, je n'en doute pas. Si un événement a lieu au Palais royal, les quatre Maisons Fondatrices y ont forcément été conviées, non ?

La duchesse salut une femme rousse aux épaules drapées d'une étole noire. À son poignet brille un bracelet argenté auquel pend une laisse. Je remonte la chaîne, qui se perd sous le voile de sa mère porteuse.

— Bonjour, Iolite.

— Pearl ! Comment vas-tu ?

Elles se font la bise.

La duchesse lui répond poliment et elles se mettent à parler de la pluie et du beau temps. À peine ai-je posé les yeux sur la mère porteuse que tous les sons s'évanouissent.

La jeune fille est enceinte jusqu'au cou.

Le voile m'empêche de distinguer nettement son visage. Ses yeux sont baissés. Elle doit avoir à peu près mon âge.

La réalité s'abat sur mes épaules comme un bloc de béton.

Je suis en train de contempler mon avenir.

Les sons rejaillissent d'un coup. J'émerge de ma bulle.

— ... tellement déçue de ne pas avoir pu assister à la Vente aux Enchères, déplore la femme à l'étole.

— De toute façon, vous n'en aviez pas besoin, rétorque la duchesse.

— Je sais, mais la liste avait l'air prometteuse cette année, se lamente-t-elle. Laquelle avez-vous acquise ?

— Le lot 197, répond ma maîtresse d'un ton fier.

— Elle était très populaire, il me semble.

— Elle a suscité un certain intérêt, en effet, réplique la duchesse en posant les yeux sur la mère porteuse enceinte. À ce que je constate, la vôtre est presque arrivée à terme.

— Encore un mois environ, répond la femme en caressant le ventre énorme de la jeune fille.

Son geste me donne la nausée.

Les yeux rivés par terre, la mère porteuse se laisse faire sans broncher.

— J'ai l'impression que c'est hier que vous l'avez achetée ! s'exclame la duchesse.

— Ne m'en parlez pas, répond son interlocutrice. Le temps file à une vitesse !

— Avez-vous déjà trouvé un nom pour votre fils ?

— Lord Cristal et moi-même préférons attendre sa naissance. Mais nous avons quelques idées en tête, ajoute-t-elle avec un clin d'œil.

Cette femme est donc lady Cristal. S'il est une chose que j'ai retenue de mon cours sur la culture royale, c'est que, en dehors des quatre Maisons Fondatrices, tout le monde porte le titre de lord ou de lady.

Ses yeux s'écarquillent et elle agite la main dans les airs.

— Ametrine !

Ces femmes portent des noms bien étranges. Drapée d'un manteau de vison, la comtesse de la Rose nous rejoint en s'appuyant sur sa canne, la tigresse sur ses talons. Quoique son visage soit dissimulé, je sens qu'elle fulmine. Comme elle doit détester la laisse, elle qui se prend pour une rebelle !

— C'est très triste, commente aussitôt la comtesse.

Sa mine réjouie contredit ses paroles.

— Très, répond lady Cristal à voix basse, un rictus aux lèvres. Et si… surprenant.

— En effet, rétorque la duchesse non sans une pointe d'ironie.

Leur ton ne me dit rien qui vaille. Un éclat de trompette retentit, et l'immense porte d'entrée s'ouvre dans un grincement sinistre. Un homme d'âge mur, les cheveux noirs grisonnant aux tempes, apparaît, entouré d'une ribambelle de gardes. Le silence s'abat aussitôt sur la foule, qui s'incline. Cette fois-ci, je me baisse sans qu'on ait besoin de me le dire car ce visage, je le reconnais pour l'avoir vu des centaines de fois sur les couvertures des magazines de Lily.

L'Exéteur.

C'est un homme grand et élancé ; son visage ridé est d'une beauté remarquable. Il porte un uniforme à l'inverse de celui des régimentaires, une veste militaire noire ornée de boutons rouges et décorée du blason de la famille royale à l'endroit du cœur – une flamme surmontée d'une couronne.

— Son Altesse royale vous remercie pour votre soutien, déclare-t-il d'une voix de ténor. Toutefois, l'accès au palais n'est pas autorisé aux mères porteuses. Si vous souhaitez lui présenter vos condoléances, vous devrez les laisser dans la cour. Elles seront évidemment placées sous la protection de ma garde personnelle.

À cette annonce, un bourdonnement de surprise mêlée d'indignation se propage dans l'assemblée. Lady Cristal se renfrogne, les yeux posés sur le ventre de sa mère porteuse. Quant à la comtesse de la Rose, elle semble terrifiée.

— Les *laisser* ici ? siffle-t-elle à la duchesse. Toutes seules ?

La duchesse ne détache pas son regard de l'Exéteur. Un rictus calculateur lui retrousse les lèvres.

— Très rusé, murmure-t-elle.

Elle tire sèchement sur ma laisse et me glisse à l'oreille :

— Vous avez intérêt à vous tenir à carreau. Autrement, vous serez châtiée. Compris ?

Les dents serrées, je hoche la tête. La duchesse soutient mon regard quelques instants en dépit de mon voile, puis elle détache le bracelet de son poignet pour le nouer autour du mien. Les autres femmes suivent son exemple ; beaucoup avec une grande hésitation.

Un flot de silhouettes noires s'engouffre à l'intérieur du palais par l'immense porte d'entrée après une révérence à l'Exéteur. Entre-temps, les gardes se déploient tout autour de nous, le visage impassible, fusil à la main. Ils me paraissent encore plus imposants que les soldats de la duchesse. Nous nous réfugions les unes auprès des autres tandis qu'ils resserrent le cercle tout autour de nous. Je bouscule accidentellement la fille enceinte et lui écrase le pied.

Elle se caresse le ventre sans un mot.

— Désolée. Est-ce que ça va ?

— Il donne des coups, murmure-t-elle en relevant la tête.

Elle a de grands yeux marron qui ressortent d'autant plus que son visage est d'une maigreur maladive. Un sourire imperceptible étire ses lèvres.

— Et c'est bon signe ?

J'ignore tout de la grossesse. Je me rappelle vaguement ma mère à l'époque où elle était enceinte d'Hazel. En ce temps, je craignais surtout que la venue au monde de cette créature n'affecte ma vie. Je ne me souciais pas vraiment de l'épreuve que traversait ma mère. En outre, elle avait toujours l'air réjouie. Elle était resplendissante. Rien à voir avec le zombie qui me fait face.

— Il sent ma peur, dit-elle en berçant tendrement son ventre. Il sait que je n'aime pas être à l'extérieur.

— Comment peut-il sentir ta peur ?

— Tu verras quand ton tour viendra.

On me saisit brusquement par le coude.

— Fawn ? demande une jeune fille voilée en me scrutant.

— Non. Moi, c'est Violet.

Comme c'est réconfortant de pouvoir enfin prononcer mon prénom à voix haute après tout ce temps !

— Tu n'aurais pas croisé une fille aux cheveux châtains avec des taches de rousseur ? Tu viens de Westgate ?

— Non. Désolée. Je viens de Southgate. Fawn, c'est ton amie ?

— C'est ma sœur, répond la fille, les yeux embués de larmes. Je n'arrive pas à mettre la main sur elle.

Elle se tourne vers la tigresse et lui agrippe le poignet.

— Tu n'aurais pas vu une fille aux cheveux châtains avec des taches de rousseur ?

La tigresse se dégage brutalement.

— Bas les pattes !

La jeune fille se tourne vers une autre mère porteuse, en quête de sa sœur. Entre-temps, la tigresse me surprend à la dévisager. Elle me foudroie du regard.

— Qu'est-ce qu'il y a ?

— Je ne comprends pas ta réaction. Inutile d'être si hargneuse. Elle te demandait juste un renseignement.

La tigresse éclate d'un rire sans joie.

— C'est moi qui ne te comprends pas ! À vrai dire, je ne comprends aucune de vous. Vous vous comportez comme des mauviettes. Vous redoutez vos maîtresses. C'est nous qui concevons leurs enfants. C'est nous qui avons le pouvoir.

— Peut-être. Mais cette vie, on ne l'a pas choisie. On nous l'a imposée.

— Violet !

Je m'interromps net.

— Raven ?

Je me fraie un chemin en direction de la voix.

La hardiesse de Raven inspire d'autres filles, qui se mettent à leur tour à crier les prénoms de leurs proches.

Le groupe s'agite en tous sens comme une chenille géante. On se bouscule, on trébuche et on se piétine, on se faufile dans la foule en jouant des coudes. J'appelle Raven, je crie son nom à pleins poumons. Soudain, elle se matérialise devant moi. Je me jette dans ses bras et l'enlace.

— Violet ! Tu vas bien ?

— Ça va, et toi…

Une salve de détonations transperce les airs. Les gardes ont fait feu pour rétablir le calme dans nos rangs. L'effet est immédiat. On se recroqueville les unes contre les autres, tel un troupeau de biches apeurées. J'attrape la main de Raven de peur de la perdre.

— Est-ce que la duchesse te traite convenablement ? s'enquiert-elle.

— Je ne sais pas. Elle est très lunatique. Le premier jour, elle m'a giflée sans raison. Le lendemain, elle m'a offert un violoncelle. En revanche, la nourriture est délicieuse. (Raven pouffe de rire.) Et toi ?

Son sourire s'efface. Elle lâche un petit cri dédaigneux.

— C'est tendu. La comtesse de la Pierre et moi n'allons pas nous entendre. En tout cas, c'est très mal parti.

— Qu'est-ce que tu veux dire par là ?

— Ne t'en fais pas pour moi, Violet, réplique Raven avec un sourire espiègle. Je vais lui faire regretter de m'avoir achetée. Crois-moi, elle s'en mordra les doigts.

— Raven, je t'en prie, ne prends pas de risques inutiles. Tu ne sais pas encore de quoi cette femme est capable.

J'admire le courage de ma meilleure amie, mais nous ne sommes plus à Southgate, et ce n'est pas comme s'il était question de jouer un mauvais tour à une gardienne. Ce n'est pas un jeu. Aujourd'hui, Raven risque gros.

Elle se renfrogne brusquement.

— Je sais. Tu as vu le médecin ?

— Non. Pas encore.

— Quand tu auras eu tes premières séances, tu comprendras, dit-elle en crispant les mâchoires. Je ne sais pas. Peut-être que ce sera différent pour toi, ajoute-t-elle avec un soupir. Si ça se trouve, la duchesse n'a pas la même approche. Mais la comtesse... Crois-moi, Violet, il y a quelque chose de profondément tordu chez cette femme.

— Raven, tu me fais peur.

Elle me presse la main.

— Tout va bien se passer. Ne te fais pas de soucis pour moi.

Je suis sur le point de protester quand une nouvelle volée de coups de feu retentit. Nos maîtresses jaillissent du palais dans la confusion.

— Je ne veux pas te quitter, dis-je à Raven.

— Moi non plus. Mais on se reverra très bientôt, me rassure-t-elle. On fait toutes les deux partie des Maisons Fondatrices.

— Tu as raison, dis-je d'un ton que je veux confiant.

On vient nous récupérer une à une. Les femmes se dirigent sans attendre vers leur voiture après avoir remis leur mère porteuse en laisse.

— Il ne faut surtout pas qu'elle me surprenne en train de te parler, me glisse Raven en se raidissant.

La comtesse de la Pierre descend les marches d'un pas lourd. Difficile de ne pas remarquer son énorme silhouette, reconnaissable entre mille. Raven me lâche la main et se fond dans la foule.

La duchesse surgit près de moi.

— Alors, on s'est bien tenue en mon absence ?

Elle détache le bracelet de mon poignet et l'accroche au sien.

— Oui, milady, dis-je en fixant mes pieds.

— Bien. Rentrons.

Je regarde le paysage défiler par la vitre de la voiture. La forêt est une masse confuse.

Je tâche de trouver un sens aux propos de Raven. Que se passe-t-il à la Maison de la Pierre ? À quelles expérimentations le médecin la soumet-il ?

La duchesse interrompt le fil de mes pensées.

— Vous avez rencontré des camarades ?

Je me mure dans le silence.

— Répondez. Vous avez l'air troublée.

Je me compose un masque impassible.

— Non, milady, je n'ai vu personne.

Elle me dévisage d'un air amusé. Puis elle ôte l'épingle qui fixait la toque à sa chevelure, et place le chapeau sur ses genoux.

— Vous êtes vraiment une piètre menteuse, remarque-t-elle. Vous pouvez à présent soulever votre voile. La période de deuil est terminée.

Inutile de me le dire deux fois. Je me débarrasse prestement du crêpe.

— De qui portions-nous le deuil, milady ?

La duchesse se caresse la commissure des lèvres.

— La mère porteuse de l'Électrice est morte hier matin.

Le monde s'écroule. L'air quitte mes poumons comme si je venais de recevoir un coup de poing dans le ventre. Dahlia. C'est à Dahlia qu'elle fait allusion.

— Vous l'avez croisée, vous vous rappelez ? Le soir de votre arrivée, elle était présente au dîner. Une créature si frêle. Espérons que Son Altesse royale sera plus prudente à l'avenir. Le titre ne protège pas de tout.

Les mots se bloquent dans ma gorge. Mes pensées s'embrouillent. Dahlia était si jeune, si chétive…

Je finis par articuler :

— Comment est-elle morte, milady ?

La duchesse esquisse un sourire abominable.

— Dire qu'il suffit d'une goutte d'extrait de plante… pour détruire un homme. C'est une grande leçon d'humilité, vous ne trouvez pas ? Nous ne sommes pas grand-chose, dans le fond. Une gorgée de vin et puis… plus rien. La vie ne tient vraiment qu'à un fil.

Le sang martèle mes tempes tandis que je mesure la portée de ses paroles.

— Pourquoi ?

La duchesse hausse les sourcils.

— L'Électrice semble oublier une chose : je suis là depuis beaucoup plus longtemps qu'elle. De surcroît, j'appartiens à l'une des quatre Maisons Fondatrices. Contrairement à elle, qui descend d'une vulgaire famille de négociants du Commerce. Elle croit pouvoir modifier les règles à sa guise, en toute impunité. Non seulement elle jette un discrédit sur le trône mais elle fait honte à son titre. Or hier, elle a appris à ses dépens que personne n'est invulnérable.

Je la regarde, abasourdie. Un sourire insupportable ourle ses lèvres.

— Bienvenue au Joyau.

11.

Au palais, Annabelle m'attend pour me conduire à ma chambre.

Entourée de ses gardes dont les corps massifs me mettent mal à l'aise, la duchesse me détache. Le contact de ses mains sur mon cou me hérisse. Son parfum me donne froid dans le dos, et j'esquisse un mouvement de recul. Le décor du palais me paraît déformé. Irréel. Lorsque Annabelle m'escorte dans l'escalier, je suis encore sous le choc.

Les mots tournent en boucle dans ma tête : Dahlia est morte. La duchesse a assassiné Dahlia.

J'appartiens à une meurtrière.

À la place de Dahlia, ç'aurait pu être moi. Après tout, l'Électrice avait commencé par enchérir sur moi. Si elle avait remporté les enchères, ce serait ma dépouille et non celle de Dahlia qui serait étendue au Palais royal en ce moment. Ce serait mon deuil que porterait l'ensemble de la royauté aujourd'hui.

Qu'est-ce qui a poussé la duchesse à commettre pareille atrocité ? Dahlia n'avait rien fait de mal. L'Électrice, en l'achetant, a signé son arrêt de mort.

Lorsque nous parvenons dans mon petit salon, la colère a pris le pas sur la stupeur. Je m'élance dans ma chambre en bousculant Annabelle. J'arrache le voile de ma tête et le jette par terre. Mon cuir chevelu me tire, mais la douleur n'est rien. Je suis anesthésiée. Je traverse la salle de bains en trombe et me rue dans mon dressing tout en m'acharnant sur la fermeture éclair de ma robe noire. Annabelle cherche à me donner un coup de main.

— Non ! dis-je en la repoussant d'un geste un peu trop violent. Je ne veux pas de votre aide. Je ne veux pas de tout ça !

La fermeture se déchire. Le bruit est agréable, à tel point que je force un peu plus sur le tissu, le lacère volontairement. Je prends plaisir à détruire ce qui appartient à *cette femme* sous son propre toit qui plus est.

Et j'ai trois armoires pleines à craquer de vêtements.

Je fonds sur l'une d'elles, l'ouvre en grand. Je saisis un robe cousue de perles et la met en pièces en suivant les coutures ; une pluie de perles de toutes les couleurs dégringolent par terre en rebondissant. Je me débarrasse du vêtement en lambeaux et attrape une autre robe, dont j'arrache les manches en dentelle et la jupe de soie. J'ai envie de saccager l'armoire entière, toutes ces tenues ridicules à fanfreluches et à froufrous. Je veux les réduire en un tas de chiffons.

Mon visage est ravagé par les larmes, mon souffle haché. Je suis pathétique, impuissante. J'ai l'impression d'être une gamine en train de piquer une crise de nerfs. Je m'effondre sur la pile de velours et de mousseline, de drap d'or et de satin, et donne libre cours à mes sanglots. Si seulement ma mère était là ! J'aimerais qu'elle m'enlace, que son odeur familière m'enveloppe, et qu'elle me rassure.

Le collier de chien est toujours à mon cou. Résolue à m'en débarrasser, je tire dessus avec brutalité et m'égratigne la peau.

Une petite main se place sur la mienne pour l'immobiliser. En un clin d'œil, le collier se détache.

Annabelle me caresse les cheveux et me pose la tête sur ses genoux en me berçant tendrement. Je porte les yeux sur son visage couvert de taches de rousseur.

— Elle est morte, dis-je d'une voix étranglée.

Une grosse larme s'échappe de mon œil et roule sur ma joue pour aller se perdre dans ma chevelure.

Annabelle hoche la tête. Elle le savait déjà. Voilà pourquoi elle était si tendue ce matin.

— Elle s'appelait Dahlia.

Il est crucial qu'Annabelle sache que Dahlia était une personne, et non pas un numéro de lot, sans nom, sans passé.

— Elle venait de Northgate. Elle m'a tenu compagnie dans la salle d'attente juste avant la Vente. Elle était... gentille...

Ma voix se brise, les larmes inondent mon visage et Annabelle me berce tendrement.

Le jour suivant, je refuse de quitter ma chambre. Plutôt mourir que de faire plaisir à la duchesse. Je ne suis pas une poupée qu'elle peut vêtir à sa guise et exhiber devant ses amies. D'autant plus que l'une d'elles pourrait bien chercher à m'assassiner pour venger la mort de Dahlia.

Cette pensée mûrit en moi et me glace le sang. À l'heure qu'il est, il se peut qu'on mijote un plan pour me tuer. Je songe au dîner, à la manière dont ces femmes se tiraient dans les pattes. Dans un frisson, je prends conscience que la duchesse est à son désavantage par rapport aux autres. Qui me dit que l'Électrice, la comtesse de la Pierre et la duchesse de la Balance ne sont pas, en ce moment même, en train de comploter mon meurtre ?

Il faut faire quelque chose. Je ne vais pas rester assise ici, les bras croisés, à attendre qu'on vienne m'exécuter dans mon sommeil.

Annabelle essaie de me tirer de ma torpeur. Elle m'apporte à manger, me propose une partie d'Halma, me pousse à jouer un peu de violoncelle, mais je repousse toutes ses tentatives. Je ne veux rien toucher qui appartienne à la duchesse. Dahlia est morte. Quant à Raven, j'ai un affreux pressentiment. Bien qu'elle soit restée très évasive, je sens qu'elle est en danger. Or je suis pieds et poings liés, j'ignore comment intervenir. Je songe à la mère porteuse sur le point d'accoucher, je revois ses yeux immenses, son visage émacié, la tendresse avec laquelle elle caressait son ventre distendu. Je refuse de finir comme elle. Son destin ne sera pas le mien.

Je préférerais mille fois me tuer à la tâche dans un champ ou respirer l'air nauséabond d'une usine, ou encore travailler comme aide cuisinière, récurer les plats jusqu'à ce que mes mains soient à vif. Ma vie aurait pu suivre bien des chemins. Mais il aura suffi d'un test sanguin pour tout balayer.

Je repense à la rebelle qui fut exécutée sous mes yeux. Peut-être que c'est elle qui avait raison. Elle savait pertinemment à quoi ressemblerait sa vie si elle se pliait à la loi. Or elle a préféré prendre son destin en main. C'est sans doute pour cette raison qu'elle semblait si sereine à la fin. « Ce n'est que le début », a-t-elle déclaré juste avant de mourir. Elle a sans doute vécu la mort comme une libération.

Je réfléchis ainsi pendant des heures. À force, je suis prise d'une migraine atroce. Je pleure toutes les larmes de mon corps, tant et si bien que mes yeux, boursouflés, ne s'ouvrent plus qu'à moitié. Mes pensées sont stériles. Comment m'évader de cette pièce, de ce palais, du Joyau ? Je n'en ai pas la moindre idée. Lorsque enfin je m'endors, c'est pour rêver de

Southgate, de Raven, et d'une époque où la royauté n'était rien de plus que des images en couverture d'un magazine people.

Le matin suivant, ma couverture se rabat brusquement, me tirant du sommeil en sursaut.

— Annabelle !

Seulement ce n'est pas elle qui se penche au-dessus de mon lit.

C'est la duchesse.

— Levez-vous.

Annabelle se tient sur le seuil, visiblement paniquée. Elle m'implore du regard. Je songe à résister, mais tenir tête à la duchesse, ce n'est pas comme se rebiffer contre Annabelle.

Je me mets debout et me place face à la duchesse. Bien qu'elle soit plus petite que moi, son autorité m'accable.

Elle désigne un fauteuil.

— Asseyez-vous. Il est temps que nous ayons une petite discussion, vous et moi.

Elle décoche un regard à Annabelle, qui s'incline et s'éclipse en fermant la porte, me laissant seule avec ce monstre.

Je me perche sur le siège tandis qu'elle s'installe sur le sofa et m'examine en silence.

— Il y a deux écoles concernant les mères porteuses. La première considère votre personnalité comme un obstacle au développement du fœtus.

L'autre veut qu'elle soit un atout pour l'enfant. Heureusement pour vous, je suis de la seconde école. Je vais donc avoir besoin de votre coopération, durant les mois que nous allons passer ensemble. Je ne suis pas stupide, je ne m'attends pas à ce que vous m'aimiez, et je ne compte pas remplacer votre mère. Cependant, vous et moi, nous devons former un partenariat. Le Joyau peut être à la fois un paradis et un enfer. À vous de choisir dans lequel des deux vous voulez vivre, mais je pense que vous préférerez la première option.

Je la dévisage d'un air impassible en attendant qu'elle précise sa pensée.

— Vous avez vu ce qui arrive quand vous coopérez. Je vous ai offert un violoncelle. Continuez sur cette voie et je ferai en sorte que votre vie ici soit la plus agréable possible. Une vie agréable ne serait pas pour vous déplaire, n'est-ce pas ?

Elle m'adresse un sourire infect.

— Qu'attendez-vous de moi ?

Son sourire s'évanouit.

— Vous m'avez l'air d'une fille plutôt intelligente. La conversation lors du dîner n'a pas dû vous échapper totalement.

Je me repasse mentalement la scène. Ce qui m'a le plus frappé, ce sont les sarcasmes incessants, l'expression de Raven, et le moment odieux où l'Électrice a forcé Dahlia à exhiber son don.

— L'Électrice a récemment fêté la naissance de son premier enfant, un garçon. Le futur Exéteur. Auquel je fiancerai ma fille. À vous de faire en sorte que cela soit possible. Ma fille doit être belle, mais l'apparence n'est pas tout, comme me le prouve mon fils jour après jour. Elle devra être perspicace, rusée, et solide. Avoir de l'ambition, de la détermination, et du courage. Je veux qu'elle soit irrésistible. Évidemment, toutes ces qualités viendront plus tard. Pour qu'elle se distingue des autres bébés, vous allez devoir la faire grandir vite. Plus vite que la normale.

Je secoue la tête.

— Je ne comprends pas.

La duchesse perd patience.

— Savez-vous combien de filles ont obtenu cent pour cent de réussite au troisième Augure, dans toute l'histoire de la Vente aux Enchères ?

— Non.

— Sept. Une tous les cinquante ans environ. Je me suis longuement renseignée sur les Enchères. En fait, le dernier résultat parfait fut décroché par la mère porteuse acquise par ma mère. Autrement dit, celle qui m'a portée. (Elle semble fière, comme si le résultat obtenu par sa mère porteuse était en partie lié à elle.) Le problème, c'est que ma mère ne savait pas comment encourager le potentiel de sa mère porteuse. Moi si. Cela fait très longtemps que je vous attends. J'ai eu le temps de me pencher sur la question.

— En résumé, vous attendez de moi que je vous donne une enfant en un temps record, une fille belle et courageuse et tout le tralala. Comment être sûre que ce soit une fille, pour commencer ?

La duchesse se rembrunit.

— Vous n'êtes peut-être pas aussi intelligente que je le croyais. Dans le Joyau, les femmes n'ont droit qu'à deux enfants, une fille et un garçon. Or j'ai déjà un garçon.

— Mais l'Électrice… Au dîner, elle a dit qu'elle ferait de sa fille l'héritière du trône, au détriment de son fils.

— Pour que cela arrive, encore faut-il qu'elle *ait* une fille, non ?

J'ai l'impression d'avoir avalé un glaçon. Voilà pourquoi elle a tué Dahlia. Afin d'empêcher l'Électrice d'avoir une fille.

— Du coup, vous avez prévu de liquider toutes les mères porteuses que l'Électrice achètera ?

Un silence pesant accueille ma remarque.

— Est-ce ainsi que vous souhaitez entamer notre partenariat ?

Nouveau silence.

— Bien, reprend-elle. Ne soyez pas si dramatique ! Personne d'autre ne mourra. D'ailleurs, le sacrifice de Dahlia n'était pas vraiment nécessaire. Jamais l'Exéteur ne consentira à ce qu'une femme lui succède. Mais je me suis dit qu'une petite leçon ne ferait pas de mal à l'Électrice, sa tête avait beaucoup trop enflé ces derniers temps.

Quelle femme épouvantable ! Elle a empoisonné une innocente par pure malveillance.

— L'Électrice a pourtant déclaré être capable de convaincre l'Exéteur de changer d'avis.

La duchesse hausse un sourcil.

— Ah bon ? Et comment a-t-elle l'intention de s'y prendre ?

Je marque un temps d'hésitation. D'après mes souvenirs, cette conversation s'est déroulée au moment où la duchesse s'était absentée de la salle à manger.

Son regard se durcit.

— Parlez.

Je la défie du regard.

En un éclair, elle se tient face à moi, les doigts enroulés autour de mon cou. Pareils à des griffes d'acier, ils se fichent dans ma peau jusqu'à ce que je ne puisse quasiment plus respirer. Plus j'essaie de me libérer, plus elle me comprime la gorge. Elle est d'une force surprenante.

— Écoutez-moi bien, menace-t-elle. Je vous ai permis de pleurer votre amie. Je vous ai laissée saccager une armoire entière de robes qui m'ont coûté les yeux de la tête. De vous apitoyer et de bouder. Tout ce qui se passe dans votre tête, je le sais. Je suis au courant de vos moindres faits et gestes dans cette demeure. Ici, c'est moi qui commande. Je ne vous permettrai pas de me manquer de respect. Vous m'avez bien comprise ?

J'essaie de répondre mais seul un sifflement s'échappe de ma gorge. Ses ongles s'enfoncent dans ma peau et ma vue se brouille. Mes mains s'engourdissent et je cesse peu à peu de me débattre. Ma tête devient de plus en plus légère…

D'un seul coup, tout redevient net. La duchesse m'a lâchée. Je m'effondre contre le dossier, le souffle saccadé, la gorge en feu. L'air emplit mes poumons et j'en prends de pleines gorgées, manquant m'étouffer. Il me faut quelques secondes pour recouvrer le contrôle de mon corps et faire cesser les tremblements qui agitent mes membres. Quand je relève la tête, la duchesse me scrute, le visage impénétrable.

— Vous m'avez bien comprise ?

Je hoche faiblement la tête.

— Oui… milady.

— Bien. Revenons-en à nos moutons. Qu'a dit l'Électrice ?

— Elle a dit… qu'elle connaissait une manière de convaincre son mari, dis-je en rougissant. Qu'une femme pouvait se servir de son corps pour arriver à ses fins.

Elle écarquille les yeux et part d'un rire cynique.

— Vraiment ? Je lui souhaite bien de la chance.

Une étrange expression lui voile le visage. Pendant quelques instants, elle me paraît presque vulnérable.

— Enfilez votre robe de chambre. Nous allons rendre visite au médecin.

— Maintenant ?

— Oui.

Je me décompose sur place. La duchesse ne semble rien remarquer. Avec des gestes mécaniques et saccadés, je passe ma robe de chambre. Mon corps est comme une coquille vide, et mon pouls résonne bruyamment à mes oreilles.

Je ne suis pas prête à rencontrer le médecin. Il est encore trop tôt.

Nous remontons le couloir, traversons une vaste galerie ornée de peintures. Nous tournons à droite puis à gauche, et descendons un petit couloir lambrissé de chêne. Il débouche sur une grille dorée. C'est un ascenseur. Southgate en possédait un, plus rudimentaire. La duchesse tire la grille et nous pénétrons dans la cabine. Le plancher est tapissé d'une épaisse moquette bleue. Elle actionne un levier. Les portes se referment sur nous et l'ascenseur s'enfonce dans le sol, nous plongeant dans l'obscurité.

Je me recroqueville contre la paroi. Si seulement je pouvais disparaître ! À Southgate, on nous a assuré que l'insémination n'était pas une opération douloureuse. Mais comment en être certaine ?

Je ne veux pas porter l'enfant de la duchesse.

La lumière baigne mes pieds, remonte le long de mes jambes et éclaire bientôt l'ensemble de la cabine. L'ascenseur ralentit avant de marquer l'arrêt.

Les portes s'ouvrent sur une sorte de clinique, semblable à celle de Southgate, quoique plus petite. Un plateau couvert d'instruments argentés est disposé près d'un lit d'hôpital.

Mes pieds sont arrimés au sol. Une boule énorme s'est formée dans ma gorge.

La duchesse m'agrippe par le coude et me tire hors de l'ascenseur. Elle salue un homme penché sur un bureau à un angle de la salle, sur notre gauche.

— Docteur Blythe.

— Bonjour, milady. Vous êtes pile à l'heure.

Le docteur Blythe est un homme d'âge mûr. Des rides se dessinent au coin de sa bouche et de ses yeux. Il a la peau foncée, les joues et l'arête du nez parsemées de taches de rousseur, ce qui est peu commun sur un visage si vieux. Ses cheveux noirs crépus sont striés de mèches grises et ramenés en arrière. Dans son regard noisette, je décèle une chaleur peu commune chez un médecin. Il me regarde comme une personne et non pas comme un simple échantillon dans une éprouvette.

Il m'accueille par un sourire.

— Bonjour.

Son attitude à mon égard finit de me décontenancer. Je suis sur le point de m'évanouir.

Son sourire s'efface.

— Milady, j'espère que vous avez prévenu votre mère porteuse que ceci était juste un examen préliminaire ? Elle me paraît un peu… pâle.

Un examen préliminaire. Ces trois mots dansent dans ma tête ; le soulagement me submerge.

— Je n'ai pas jugé cela nécessaire.

Le médecin secoue la tête.

— Milady. Nous en avons déjà parlé. Vous avez accepté de suivre mes instructions. J'insiste.

Cet homme me plaît d'emblée. J'ai beaucoup d'estime pour tous ceux qui tiennent tête à la duchesse.

Elle semble réticente.

— Soit. Mais j'attends votre compte rendu dès ce soir.

Le médecin s'incline.

— Comme prévu, milady.

Elle regagne l'ascenseur. Les portes se ferment et il remonte lentement. Le docteur attend qu'il ait disparu pour reprendre la parole.

— Je suis le docteur Blythe. Dorénavant, c'est moi qui vais m'occuper de vous.

Je serre la main qu'il me tend ; elle est chaude et douce.

— Comment vous appelez-vous ? demande-t-il ensuite. (J'hésite.) Vous pouvez me le dire, ne craignez rien.

— Violet.

— Quel joli prénom. Qui l'a choisi ?

— Mon père. À cause de la couleur de mes yeux.

Le docteur Blythe m'adresse un sourire bienveillant.

— En effet, ils sont d'une couleur peu ordinaire. Je n'ai jamais rien vu de semblable.

— Merci.

— Dans quel centre étiez-vous affectée ?

— Southgate.

— Le docteur Steele dirige-t-il toujours le centre ?

J'acquiesce.

— Un homme très étrange. Excellent praticien certes, mais... Bref, mettons-nous au travail, Violet, voulez-vous ? Je vous l'ai dit, ceci n'est qu'un examen préliminaire. Je vais vous demander d'ôter votre chemise de nuit. Vous pouvez garder vos sous-vêtements. J'ai à votre disposition une robe de chambre, si cela vous met plus à l'aise.

Il se tourne le temps que je me déshabille. La robe de chambre est en serviette-éponge blanche et ne comporte pas de ceinture. Je l'ajuste autour de mon torse tout en jetant un regard nerveux au plateau où sont alignés les ustensiles.

Il m'indique le lit.

— Asseyez-vous, je vous en prie.

Je me détends peu à peu. L'examen est identique à ceux que je subissais toutes les semaines à Southgate. Il m'inspecte les oreilles, le nez, les yeux et la gorge, prend ma température et ma tension, tout en griffonnant des notes sur un calepin. Il vérifie mes réflexes. Puis il me pose les questions embarrassantes sur mon cycle menstruel.

— Les médecins de Southgate ne vous ont-ils pas transmis mon dossier médical où tous ces détails sont consignés ?

Un sourire illumine son visage.

— Je préfère être rigoureux.

Après avoir inscrit quelque chose sur son papier, il applique des électrodes sur mes tempes, l'intérieur de mes poignets et s'apprête à écarter les pans de ma robe de chambre.

— Puis-je ?

Je le regarde, stupéfaite.

— Vous êtes le premier à me demander la permission.

Avec un sourire, il colle deux électrodes de part et d'autre de mon ventre, une juste au-dessous de l'élastique de ma culotte, une autre sur ma poitrine, au-dessus de mon cœur. Il soulève mes jambes l'une après l'autre pour en placer deux autres au creux de mes genoux et sur la plante de mes pieds. Pour finir, il en fixe une à ma nuque et une dernière à la base de ma colonne vertébrale.

— Je suppose que vous avez déjà subi une échographie de l'utérus et du cerveau ? (Je hoche la tête.) Eh bien, nous poussons les examens un peu plus loin, à présent que vous pénétrez dans la phase… pratique de votre grossesse.

— Je vais devoir employer les Augures ?

— Oui, mais ne vous en faites pas. Il n'y aura qu'un test par Augure.

Il s'approche du mur et appuie sur un bouton rouge. Un grand écran plat s'abaisse près du lit. Il tire un tabouret à lui, s'assied, et tapote sur le coin de l'écran, qui s'allume. Des carrés de différentes couleurs apparaissent. Il l'oriente vers lui, de manière à ce que je ne puisse pas le voir.

— Violet, vous êtes une jeune femme très spéciale.

Je refrène l'envie de lever les yeux au ciel. Il effleure un endroit de l'écran et son visage se retrouve baigné d'une lumière jaune.

— Les mères porteuses intriguent la communauté médicale depuis des siècles, depuis le tout début de la Vente aux Enchères. J'imagine que vous connaissez votre propre histoire ?

— La royauté s'essoufflait, dis-je, répétant ce qu'on m'a rabâché à Southgate. Les bébés naissaient malformés, avant de mourir. Certaines femmes ne pouvaient pas en avoir du tout. C'est grâce aux mères porteuses que la royauté survit et que se perpétue le sang royal. Les Augures, ces pouvoirs que nous possédons, permettent de réparer les dommages chromosomiques des embryons royaux.

— Exactement. La lignée est très importante pour les familles de la royauté. Malheureusement, ses membres sont en nombre limité... (Il tapote à nouveau sur l'écran.) C'est le docteur Osmium Corre, le médecin le plus célèbre de l'histoire de la Cité solitaire, qui a découvert les premières mères porteuses.

Je lâche un profond soupir. Tous les médecins de Southgate l'adulaient. Ils l'évoquaient à tout bout de champ. Le sujet amusait beaucoup Raven. Pour se moquer, elle imaginait qu'ils avaient érigé chez eux des autels en son honneur.

— C'est lui qui a identifié la curieuse mutation génétique présente chez les jeunes filles du Marais, le cercle le plus pauvre, leur conférant d'étranges pouvoirs qu'on a nommé « Augures » par la suite. Une mutation qui leur permettait de porter les fœtus des femmes du Joyau et donc de perpétuer les lignées. Dès lors, finies les malformations et les morts subites du nourrisson. Chacun des trois Augures est lié à un certain aspect du développement. Par exemple, le premier, la Couleur, permet de modifier l'aspect physique de l'enfant.

Il saisit une grosse bille bleue sur le plateau et me la tend. Elle est plutôt lourde et sa surface est très lisse.

— Faites en sorte qu'elle devienne rouge, je vous prie.

Un : voir l'objet tel qu'il est. Deux : se le représenter mentalement. Trois : le plier à sa volonté.

L'image se forme dans ma tête et des marbrures rouges mangent aussitôt la surface bleue. En moins d'une seconde, la bille est corail. Une douleur sourde palpite à la base de mon crâne, sous l'oreille gauche. Par réflexe, je me masse la nuque.

— Très bien ! me félicite le docteur Blythe en pianotant sur son écran. Le premier Augure influe sur la couleur de la peau, des cheveux, des yeux... C'est le plus facile des trois.

À mon sens, l'intérêt des Augures était avant tout de permettre aux mères porteuses de donner naissance à un enfant sain. Jamais l'idée ne m'avait effleurée qu'ils puissent servir à d'autres fins, notamment celle de créer un bébé *sur mesure*. Il faut dire que l'on s'est bien gardé de nous le préciser à Southgate. Les consignes de la duchesse, ses attentes très pointues, prennent sens.

— Maintenant, je vais vous demander de modeler cette même bille pour en faire une étoile.

Je ferme les yeux. Mes doigts s'enroulent autour de la sphère. La paume parcourue de picotements, je la façonne selon l'image qui s'est formée dans ma tête. La bille se ramollit, devenant élastique comme de la pâte à sel. Lorsque je rouvre la main, l'objet est devenu d'un rouge translucide. À mesure que l'étoile se précise dans mon esprit, la bille s'étire pour adopter la forme voulue. Mon mal de crâne s'amplifie.

— Excellent, commente le docteur en entrant de nouvelles données sur son écran. Le deuxième Augure, la Forme, affecte, vous l'aurez compris, le physique de l'enfant : la longueur des jambes, les traits du visage, la forme du menton et des yeux. Il influence aussi la taille des organes, ce qui est crucial pour la santé du bébé. Pour cette raison, beaucoup de femmes portent plus d'importance à cet Augure qu'aux deux autres.

Le médecin me prend l'étoile des mains et la pose sur le plateau. Ma colonne se raidit, mon crâne tambourine de plus belle. Je sais ce qu'il va me demander ensuite.

Il me donne une fine branche où pousse un bouton. J'en caresse les contours.

— Vous allez me demander d'accélérer la croissance de cette fleur ?

Avec un sourire, il hoche la tête. J'inspire à fond.

L'énergie qui parcourt cette plante est moins vive que celle du citronnier car il s'agit d'une branche coupée. Bientôt, elle mourra. Je saisis les fluides qui l'animent encore et les entremêle les uns aux autres comme si je tissais une toile. Le bourgeon s'épanouit brutalement en une rose aux pétales fuchsia. Au même instant, une pression s'exerce sur ma rétine. Mais pour une fois, mon nez ne saigne pas.

Je dépose la rose sur le plateau. L'énergie de la branche fredonne encore dans mes veines. Elle frémit ainsi pendant quelques secondes avant de se volatiliser pour de bon.

Le médecin m'interroge du regard.

— Comment ça va ?

Je hausse les épaules.

— Ça va, dis-je, ignorant la migraine qui s'est épanouie dans mon crâne en même temps que la fleur sur sa branche.

— Vous avez été plus rapide que ce à quoi je m'attendais. Je suis très impressionné.

— Je surpassais tout le monde à Southgate au troisième Augure, dis-je non sans une certaine fierté.

— Pas seulement à Southgate. À la Vente aussi. Vous êtes celle qui a obtenu le meilleur score à cet Augure.

Je tire sur un fil qui pend à ma robe.

— À en croire la duchesse, il est rare qu'une fille atteigne cent pour cent de réussite à cet Augure.

— La duchesse a raison. Cependant, le classement de la Vente est cumulatif. Il prend en compte les trois Augures réunis. Le lot 200 était doué dans les trois, surtout pour son jeune âge. Quel gâchis. Elle aurait dû porter un enfant.

À l'évocation de Dahlia, les larmes me montent aux yeux.

— Vous la connaissiez bien ? On m'a dit que vous aviez violemment réagi à la nouvelle de sa mort.

J'ignore sa question.

— Ça arrive souvent… qu'on assassine des mères porteuses ?

Sa bouche se crispe.

— Vous n'avez rien à craindre. Il ne vous arrivera rien. La duchesse veille à votre sécurité.

Il tapote à nouveau l'écran en s'éclaircissant la voix.

— Le troisième Augure, la Croissance, est très complexe. Parfaitement maîtrisé, il peut jouer sur l'intelligence, la créativité, l'ambition... En un mot, influencer la personnalité de l'enfant.

— Complexe, dans quel sens ?

L'idée qu'on puisse customiser un enfant comme un objet me paraît vraiment saugrenue.

— Ça ne marche pas à tous les coups. Nous ignorons pourquoi, mais parfois l'enfant naît avec les qualités suggérées par la mère. D'autres fois, le résultat est décevant. Autrement dit, on n'est jamais à l'abri des mauvaises surprises. Souvent, les femmes ne tentent même pas le troisième Augure, trop aléatoire. Mais lorsqu'il marche, il donne lieu à des prodiges. Généralement au détriment des deux autres Augures. C'est un pari risqué.

— C'est pour ça que la duchesse m'a achetée ? Parce que j'ai obtenu d'excellents résultats au troisième Augure ?

— Elle vous en a déjà parlé ?

— Disons qu'elle m'a dressé la liste exhaustive des qualités qu'elle désire trouver chez son enfant. Mais moi, j'ignore comment ça marche.

— Ce n'est pas tout, Violet. Elle veut que sa fille naisse *en premier*. Elle croit que, étant donné vos aptitudes, son enfant naîtra en moins de neuf mois. Et qu'il sera... plus précoce que les nourrissons habituels. Vous pouvez accélérer le développement cérébral aussi bien que physique.

Son discours me fait tourner la tête.

— En combien de temps voulez-vous que je mette au monde ce bébé ?

— Trois mois. C'est notre but. Soit un mois par trimestre.

Trois mois ! C'est invraisemblable. La crise d'hystérie me guette.

— Mais c'est de la folie pure !

Le médecin se contente de sourire.

— Nous verrons en temps voulu.

— On ne nous a jamais rien dit sur l'usage qu'on faisait des Augures. Pourquoi ?

Le médecin pianote sur son écran avant de m'ôter les électrodes du corps.

— Violet, on vous garde volontairement dans l'ignorance à Southgate. On ne vous autorise même pas à vous regarder dans un miroir. Moins vous en savez, moins vous développez une identité propre. Et plus vous êtes faciles à contrôler.

— Alors pourquoi me le dire maintenant ?

— Parce que votre coopération est essentielle au processus. Et parce que désormais, vous êtes isolée dans cette demeure. Vous ne reverrez ni votre famille ni vos amies. Vous ne quitterez plus jamais le Joyau.

Il appuie sur le bouton rouge et l'écran remonte.

— Lorsque vous aurez donné naissance à la fille de la duchesse, vous serez stérilisée et expédiée dans un centre identique à Southgate, où vous resterez jusqu'à la fin de vos jours, entourée d'autres mères porteuses. Une maison de retraite, en quelque sorte.

Expédié dans un autre institut ? Autrement dit, je ne serai jamais à même de mener ma propre vie, même après avoir rempli mon devoir en portant l'enfant d'une autre.

— D'après la duchesse, les membres du Joyau n'ont droit qu'à deux enfants. Une fille et un garçon. Est-ce que je contrôle aussi le sexe du bébé ?

— Non. C'est au médecin de gérer cela.

— Pourquoi sont-ils limités à deux enfants ?

— Afin de préserver la pureté du sang et l'exclusivité de leur groupe, je suppose. Le garçon transmet le titre tandis que la fille permet la formation des alliances entre les différentes Maisons via le mariage. Les alliances se font et se défont à une vitesse vertigineuse dans le Joyau, soupire-t-il. La duchesse est très déçue par son fils. Du coup, elle reporte tous ses espoirs sur sa fille.

Le médecin se tourne pendant que je me rhabille. Ses paroles se bousculent dans ma tête. Il va falloir que je donne naissance à un bébé en trois mois ? Si la duchesse s'imagine que je coopérerai, elle se fourre le doigt dans l'œil.

12.

Le lendemain matin, je suis en train de siroter mon café dans mon salon, encore perturbée par la séance de la veille, quand la duchesse se présente à ma porte.

— Venez avec moi.

Ça y est, elle va me ramener à la clinique pour que le médecin procède à l'insémination. Affolée, je demande :

— Où allons-nous, milady ?

D'un regard, Annabelle me met en garde. De toute évidence, ma question agace la duchesse.

— Je désire vous montrer quelque chose. Levez-vous.

Je lui emboîte le pas, le cœur au bord des lèvres. Mais au lieu de me conduire à l'ascenseur, la duchesse s'engage dans un couloir annexe, face à l'escalier principal. Ouf ! nous n'allons pas à la clinique.

Nous parvenons bientôt devant une porte à double battant dont les poignées, dorées, représentent des ailes. Elle pivote sur elle-même et me dévisage.

— Le docteur Blythe est très optimiste. Il pense que vous allez pouvoir me donner entière satisfaction. Ce qui me ravit. Alors...

Elle ouvre la porte d'un geste théâtral et un parfum très particulier, un mélange de bois, de tissu poussiéreux et de térébenthine m'emplit les narines. Le décor qui s'offre à moi me coupe le souffle.

C'est une salle de concert. Des rangées et des rangées de sièges tapissés de velours rouge descendent jusqu'à une avant-scène. De part et d'autre, de lourds rideaux carmin ornés de pompons dorés. Émerveillée, je m'avance le long de l'allée d'un pas lent ; mes pieds s'enfoncent dans la moquette lie-de-vin tandis que je caresse les accoudoirs des fauteuils. Le plafond voûté est rehaussé de feuille d'or, et de petites lampes baignent la salle d'une lumière feutrée. En levant la tête, j'aperçois un balcon où sont disposés davantage de sièges. C'est l'endroit rêvé pour jouer de la musique ; cette salle ferait presque de l'ombre au Royal Concert Hall.

À cet instant, deux valets surgissent sur la scène, l'un transportant une chaise et un pupitre, l'autre mon violoncelle.

— Vous pouvez venir jouer ici aussi souvent qu'il vous plaira, déclare la duchesse. J'espère que cela vous fera... plaisir.

Je doute qu'elle se soucie vraiment de mon plaisir, mais peu m'importe. Mes doigts me démangent déjà. L'acoustique doit être incroyable dans cette salle.

— Puis-je jouer maintenant, milady ?

— Bien sûr.

Sur ces paroles, elle s'en va, aussitôt remplacée par Annabelle qui nous a sûrement suivies jusqu'ici. Je m'approche de l'estrade.

C'est la première fois que je monte sur une scène. Avec un frisson d'excitation, je balaie du regard les rangées de fauteuils vides. Ce décor éveille en moi un espoir fou. Les seules photos qui m'intéressaient dans les magazines de Lily étaient celles des concerts. Je m'installe sur la chaise et ferme les yeux, serrant les genoux autour du violoncelle. Je m'imagine dans le Royal Concert Hall. La salle est comble, les spectateurs en costume d'apparat attendent tous avec impatience que je commence à jouer. Je perçois presque le froissement des programmes qu'ils feuillettent ainsi que le bourdonnement des conversations. Le bruit de fond cesse à l'instant où je brandis mon archet. D'un geste, j'ai obtenu le silence de toute la salle. J'entonne les premières notes d'une suite en *do* majeur. À la fin du morceau, un tonnerre d'applaudissements retentit. J'enchaîne avec une deuxième pièce de mon répertoire. Puis avec une troisième suivie d'une quatrième. Je joue pendant des heures. Dans cet amphithéâtre, je cesse d'être mère porteuse. Je me glisse dans la peau d'une musicienne, une professionnelle aussi acclamée que Stradivarius Tanglewood.

Quand, euphorique, je repose mon archet, l'après-midi touche à sa fin. Annabelle m'applaudit discrètement. Le bruit résonne dans l'immense salle vide.

Fini ?

— Pour aujourd'hui, oui.

C'est beau.

— Merci, dis-je, enchantée. J'espère que tu ne t'es pas ennuyée.

Annabelle secoue la tête en souriant. Elle tire une cordelette près de la porte des coulisses. Une minute plus tard, les deux valets rejaillissent sur scène pour récupérer mon violoncelle et le rapporter dans ma chambre.

Je rejoins Annabelle dans l'assistance.

— Qu'est-ce qu'on fait ?

Un petit tour ?

— De la demeure ?

Annabelle acquiesce.

— Avec plaisir.

Le palais me réserve bien d'autres surprises.

Le dernier étage est réservé aux études et aux salles de lecture. On y trouve aussi une pièce où sont disposées de nombreuses urnes. Annabelle m'apprend qu'elles contiennent les cendres des précédents ducs et duchesses du Lac, ce que je trouve tout à fait morbide. Elle m'assure toutefois que tous les palais du Joyau possèdent une salle mortuaire. Elle me fait visiter d'autres galeries où sont exposées des œuvres d'art, et l'aile réservée aux invités. Pour une raison que j'ignore, elle préfère éviter l'aile est.

— Qu'est-ce qu'il y a au-delà de ses portes ?

Les appartements des hommes.

— La chambre du duc ?

Et celle de Garnet.

— Je vois, dis-je en repensant au très séduisant fils de la duchesse. Tu crois qu'il y est en ce moment ?

Non. À l'école, de retour ce soir.

— Ah bon, dis-je en triturant le bouton de mon corsage. Il est beau, tu ne trouves pas ?

Annabelle pique un fard.

T beau.

Elle souligne le mot deux fois et je pouffe de rire.

Le rez-de-jardin est un vrai labyrinthe. Annabelle me conduit à la salle de réception avec son parquet rutilant et ses immenses portes-fenêtres. Le plafond est décoré d'une fresque géante : un ciel bleu parsemé de nuages laiteux où volètent des colibris. Je découvre ensuite le grand salon avec vue sur le lac, puis une vaste galerie où trônent des sculptures de marbre blanc. Nous dépassons une porte d'où émane une odeur âcre désagréable.

Annabelle fait la grimace.

Fumoir du duc.

— À ce propos, où est le duc ? Je ne l'ai jamais vu. Je ne sais même pas ce qu'il fait.

Annabelle esquisse un sourire narquois.

Il fait ce que D lui ordonne.

J'éclate de rire.

Nous finissons le tour du propriétaire par la bibliothèque. Je tombe aussitôt sous le charme. Elle est énorme, haute de plafond et percée de fenêtres à vitraux. Un parfum merveilleux de vieux papier, de colle et de cuir y flotte. Des échelles en bois coulissent le long des étagères et un escalier doré en colimaçon mène à la mezzanine, où se trouvent davantage d'ouvrages.

Au centre de la salle, un coin lecture ouvert sur le reste de la pièce est aménagé, meublé de fauteuils club et d'une imposante table circulaire. Elle est incrustée de pierres. En les examinant de plus près, je m'aperçois qu'il s'agit en fait des armoiries des différentes Maisons, rangées selon un schéma bien particulier. Je reconnais l'emblème de la Maison du Lac, un cercle barré de deux tridents.

— Qu'est-ce que ça représente ?

Maisons royales du Joyau.

— Toutes ?

Sous mes yeux, des centaines d'armoiries au bas mot, disposées en cercles concentriques, séparés les uns des autres par de fines lignes argentées. Au centre, la flamme surmontée d'une couronne du Palais royal. Autour, les emblèmes des quatre Maisons fondatrices. Quant aux autres…

— Voilà pourquoi je perdais le fil en cours. Il y a trop de Maisons. Comment toutes les mémoriser ? C'est impossible.

Annabelle refrène un sourire. Elle m'indique l'emblème central.

Exéteur.

— Je l'avais repéré. Et les quatre qui l'entourent sont les Maisons fondatrices, n'est-ce pas ?

Elle acquiesce avant de pointer le cercle suivant qui contient une quarantaine d'armoiries.

Maisons du 1er tiers.

Dans le deuxième cercle, une centaine d'emblèmes.

2e tiers.

Et enfin vient le cercle extérieur, où se déploient le plus grand nombre d'emblèmes.

3e tiers.

— Oui, mais… celui-ci ressemble à s'y méprendre à celui-là, dis-je en comparant un emblème du deuxième cercle à un autre, très similaire, du troisième.

Le premier, un ovale rouge barré de deux lignes blanches. Le second, un ovale blanc barré de deux lignes rouges.

Annabelle secoue la tête, pointant le premier.

Maison de la Flamme.

Puis, indiquant le second :

Maison de la Lumière.

— D'accord. Puisque tu as l'air de t'y connaître… à quoi correspond celui-ci ?

Je désigne un cercle argenté barré de deux plumes dorées, dans le premier tiers.

Maison de la Plume.

— OK. C'était une question facile. Et celui-là ?

Dans le troisième tiers, un rectangle vert barré de deux volutes luminescentes.

Maison du Voile.

Je secoue la tête.

— J'abandonne. Tu es trop forte.

Annabelle affiche un sourire penaud.

Elle me fait faire le tour des rayons pour me montrer les ouvrages d'art, les fictions, et les recueils pour enfants. Je découvre une étagère entière de partitions de musique ; je les passe fébrilement en revue et finis par mettre la main sur certaines de mes pièces favorites. Je repère également des morceaux inconnus que je souhaiterais déchiffrer.

— J'ai le droit de les emprunter ?

Bien sûr.

Je sélectionne une pile de partitions et m'installe par terre en étalant les pages couvertes de portées et de notes sur le tapis pour faire le tri.

Une voix nasillarde m'interrompt subitement.

— Que faites-vous ?

Levant les yeux, je vois une fille qui n'est autre que celle que j'ai aperçue derrière la fenêtre, le jour des funérailles de Dahlia. Elle examine les feuilles éparpillées tout autour de moi d'un air désapprobateur.

— Je m'appelle…

Annabelle lève la main pour me couper. J'oubliais. Je n'ai pas le droit de dire mon prénom.

La fille me toise en silence.

— Vous avez plutôt intérêt à ranger cette pagaille.

— Qui êtes-vous ? dis-je sèchement.

Un rictus suffisant déforme sa bouche. Elle a le menton en pointe, le nez légèrement crochu, et les yeux un peu trop rapprochés.

— Je n'ai pas à répondre à vos questions. Vous n'êtes qu'une mère porteuse.

Mes joues s'enflamment. Je me remets à farfouiller parmi les partitions en faisant comme si elle n'était pas là. Son ombre se projette sur les feuilles. Elle reste plantée près de moi pendant un long moment. Je continue mon tri. D'accord, la duchesse a le droit de me donner des ordres. Mais pas cette fille. Non mais, pour qui se prend-elle ?

L'ombre s'éloigne finalement et je relève le nez.

— Qui était-ce ?

La nièce de D.

— Elle est de visite ?

Elle vit ici.

— Elle n'est pas très aimable !

Annabelle partage mon avis.

Les domestiques la détestent.

Elle pose son index sur ses lèvres en me décochant un clin d'œil. Son geste m'arrache un sourire.

Annabelle me regarde feuilleter les partitions pendant quelques minutes, après quoi elle se rend compte que je vais en avoir pour un petit moment. Elle se désigne d'un geste de la main et écrit :

Livres d'art.

— D'accord. Je t'y rejoindrai.

Je perds vite la notion du temps. Ayant réuni une liasse de partitions d'un décimètre d'épaisseur, je décide que c'est assez pour aujourd'hui. Cette section de la bibliothèque recèle de nombreux trésors. Je reviendrai plus tard. Après avoir replacé le reste sur l'étagère, je pars à la recherche d'Annabelle. La salle est si vaste que je me perds parmi les rayons et finis par me retrouver face à une petite porte entrebâillée. La lumière filtre par l'embrasure, dessinant un rai doré sur la moquette. À l'intérieur, on est en train de feuilleter un livre – je distingue le froissement des pages qu'on tourne. Piquée par la curiosité, je pousse la porte.

Je me retrouve dans une petite pièce aux murs couverts de très vieux livres reliés et de parchemins jaunis par le temps. Sur la table qui trône en plein milieu se penche une silhouette familière.

— Lucien !

Il lève la tête, surpris.

— Bonté divine ! Quelle bonne surprise. Vous n'avez pas le droit d'être ici, vous savez. Si jamais on vous surprend… Venez.

Il me saisit par le bras et me ramène dans la bibliothèque. Je glisse un coup d'œil au parchemin qu'il examinait, une sorte de plan. Il referme la porte derrière nous.

— Lucien, que faites-vous ici ?

— Je venais transmettre un message à la duchesse.

— Un message de l'Électrice ?

Il acquiesce.

— La duchesse possède l'une des plus vastes bibliothèques du Joyau. Elle m'a gentiment autorisé à parcourir certains ouvrages avant que je retourne au Palais royal. (Son visage se rembrunit.) Comment ça se passe ?

J'accueille sa question par un silence éloquent. Lucien semble comprendre.

— Asseyons-nous un instant.

Il m'entraîne dans un coin de la bibliothèque où se trouvent une petite table et deux fauteuils. Les clés accrochées à sa ceinture cliquètent.

Il m'invite à m'asseoir avant de s'installer face à moi. Puis il saisit son trousseau et ôte un objet de son porte-clés. Une sorte de diapason. L'index sur la bouche, il frappe le diapason contre le bois et le lâche. L'objet s'élève de quelques centimètres en émettant un ronron.

— Qu'est-ce que c'est ?

Le diapason lévite en tournant sur lui-même.

— Ce dispositif brouille les micros. Il va nous permettre de parler sans qu'on épie notre conversation, m'explique Lucien. Cela fait si longtemps que je vis dans le Joyau. Je préfère prendre mes précautions.

Je croyais que Lucien était né dans ce cercle.

— Depuis quand vivez-vous ici ?

— Depuis l'âge de dix ans.

— Ah bon ? Vous venez de quelle partie de l'Île ?

Le visage lisse de Lucien se crispe.

— Parlons plutôt de ce qui nous intéresse. Comment allez-vous ?

— Difficile à dire. Je suppose que je ne suis pas à plaindre par rapport à d'autres, dis-je en songeant à Dahlia, un pincement au cœur. Vous aviez eu le temps de lier connaissance avec elle ?

Inutile de prononcer son nom. Lucien a très bien compris à qui je faisais allusion.

— Un peu, répond-il d'une voix chagrine. Elle avait l'air adorable.

— Elle l'était.

— Vous veniez du même centre ?

— Non. Je l'ai rencontrée dans la salle d'attente, juste avant la Vente.

Un ange passe.

— C'est la duchesse, dis-je dans un murmure. C'est elle qui l'a... empoisonnée.

— Je sais...

Je me redresse, stupéfaite.

— Vous étiez au courant ?

— Ce n'était pas difficile à deviner.

Il esquisse une grimace.

— Est-ce que l'Électrice s'en doute ? demandé-je, affolée. Si d'aventure elle l'apprend, elle voudra sans doute… se venger ?

Il me tapote la main.

— Non. Le poison que la duchesse a employé est indétectable. L'Électrice ne peut rien prouver. Et en accusant l'une des Maisons fondatrices, elle risquerait de se mettre beaucoup de monde à dos. Étant donné son origine sociale, elle ne peut pas se permettre de perdre le peu d'alliés qu'elle a. Le jeu n'en vaut pas la chandelle. Et puis, elle n'aura qu'à acheter une autre mère porteuse l'année prochaine, conclut-il avec amertume.

— Dans quel monde vit-on ? Comment se fait-il que personne ne sache ce qui se trame. Ou fasse comme si de rien n'était ?

La mort de Dahlia est passée quasiment inaperçue. À Southgate, si une pensionnaire était décédée, la nouvelle se serait répandue comme une traînée de poudre. On en aurait cherché les causes. On aurait ouvert une enquête !

Lucien me lance un regard compatissant.

— La mort d'une mère porteuse n'intéresse pas grand monde.

Pensif, il effleure les veinures de la table.

— J'ai vu le médecin pour la première fois hier.

Lucien lève la tête.

— Comment s'est passée la consultation ?

— La duchesse désire que sa fille soit la prochaine Électrice.

Il lâche un soupir.

— Comme toutes les autres femmes du Joyau qui n'ont pas encore de fille et qui ont acheté une mère porteuse cette année.

— À la différence près que la duchesse me croit capable d'accomplir des miracles. Elle veut que j'accélère le processus pour donner naissance à sa fille en un temps record. Ça me semble complètement tiré par les cheveux ! Vous avez déjà entendu parler d'une telle chose ?

Lucien s'est figé. Il affiche une expression impénétrable, comme s'il cherchait à dissimuler ses pensées.

— Lucien… Vous m'inquiétez. Dites-moi la vérité.

Il plonge son regard dans le mien. Son iris est bleu cobalt.

— J'aimerais vraiment vous aider, avoue-t-il d'un ton inquiétant. Mais d'après ce que vous me dites là, on dirait que je vais avoir moins de temps que prévu.

— Moins de temps pour quoi faire ?

— Pour mettre la machine en branle. Pour m'assurer que vous êtes digne de confiance.

— Vous pouvez me faire confiance !

Lucien esquisse un sourire.

— Oui, je vous crois sur parole. Je peux vous aider à vous évader, chuchote-t-il en se penchant en avant.

Les mots flottent quelques instants entre nous.

— À m'évader du palais ?

— Non. Du Joyau.

Des bruits de pas résonnent non loin de nous. Ensemble, nous sursautons. En un éclair, Lucien a raccroché le diapason à son trousseau. Quelques secondes plus tard, Annabelle apparaît au bout de l'allée, un livre à la main. En apercevant Lucien, elle s'incline. Lucien se lève.

— On vous a promue, remarque-t-il en la saluant. Vous êtes la nouvelle femme de chambre de la mère porteuse ?

Les joues cramoisies, Annabelle hoche la tête.

— Votre mère doit être fière de vous.

Annabelle acquiesce à nouveau. Mon cœur cogne dans ma poitrine ; je tâche d'afficher un air désinvolte tandis que Lucien se tourne face à moi.

— Ce fut un plaisir de vous croiser, 197. Nous nous reverrons bientôt, j'en suis sûr.

Dans son regard brille une promesse.

Pourtant, en l'entendant s'adresser à moi par mon numéro de lot, je tressaille. Lucien retourne dans la pièce où je l'ai surpris plus tôt sans me laisser le temps de répondre. La porte se referme derrière lui, et le verrou est tiré.

Annabelle m'interroge du regard.

— C'est lui qui m'a préparée pour la Vente.

Notre échange me laisse dubitative. D'un côté, j'aimerais rester plantée là, à attendre que Lucien reparaisse pour lui demander des précisions. Mais mieux vaut éviter d'attirer l'attention. Je n'ai sans doute pas le droit de lui parler. S'il assure que nous nous reverrons, je le crois. En attendant, je vais devoir prendre mon mal en patience.

— J'ai fini, dis-je. J'aimerais retourner dans ma chambre à présent.

Le trajet qui me sépare de ma chambre me semble plongé dans la brume.

M'évader du Joyau…

Lucien vient de me proposer la liberté.

13.

Le dimanche matin, je me réveille de bonne heure.

Voilà une semaine que je vis au palais du Lac.

Liberté. Depuis ma conversation avec Lucien, ce mot vague et séduisant tourne en boucle dans ma tête. Au début, il me semble étranger. Mais plus je me le répète, plus il se précise. J'ai désespérément envie de croire Lucien, de croire qu'il existe un moyen de m'enfuir. Pourtant, je redoute tant d'être déçue que je tempère mon enthousiasme. Si jamais je m'aperçois qu'il m'a menti, ou qu'il s'est trompé, ou que tout ça est le simple fruit de mon imagination…

Mes pensées se tournent vers ma famille. Dans le Marais, le dimanche est le jour de repos. Ochre va pouvoir faire la grasse matinée, et Hazel ne va pas aller à l'école. Je me demande ce qu'ils font aujourd'hui. J'espère qu'ils en profitent. Qu'ils sont heureux. Que penseraient-ils s'ils me voyaient, vautrée dans tout ce luxe ? Ils me considéreraient sans doute comme une petite chanceuse.

Qui sait ? Lucien pourra peut-être me ramener auprès d'eux. Je pourrais retrouver ma mère, voir grandir Hazel. Être libre de mes actes. Choisir ma vie.

Il faut absolument que je revoie Lucien. Qu'il me jure que je n'ai pas rêvé, que tout cela est bel et bien réel.

Je me redresse dans mon lit et sonne Annabelle.

Elle entre et vient déposer le plateau du petit déjeuner sur la table. Je demande d'une voix teintée d'ironie :

— Alors, Annabelle, quel est programme des réjouissances ? Qu'est-ce que me réserve la duchesse aujourd'hui ?

Rien.

— Rien ?

Annabelle me glisse un sourire.

Fête hier soir.

D ne se sent pas bien.

— Ah, je vois, dis-je en prenant une gorgée de café. J'ai quand même rendez-vous avec le médecin ?

Annabelle me fait signe que non.

— Qu'est-ce qu'on va bien pouvoir faire pour tuer le temps ?

Elle réfléchit un instant.

Jardin ?

— Il y a un jardin ?

Annabelle me répond par un grand sourire.

Jardin, c'est un euphémisme.

À cette époque de l'année où les arbres revêtent leur livrée d'automne, le parc brille de mille feux. Un tapis de feuilles mortes jonche les allées gravillonneuses bordées de statues. Les pelouses sont parsemées de bassins pour les oiseaux et de fontaines. Plus on s'éloigne de la façade du palais, plus la nature reprend le dessus. Les arbres deviennent plus touffus, débordant sur les sentiers. Au centre du parc, je découvre un labyrinthe géant constitué de haies de deux mètres de haut. Je finis par m'y perdre en poursuivant Annabelle tandis que nous jouons à un mélange de chat perché et de cache-cache. Je la pourchasse en riant jusqu'à ce qu'on soit toutes deux à bout de souffle. Au cœur du labyrinthe se dresse une grande serre où les jardiniers font pousser les plantes qui décorent la demeure. À l'intérieur, une chaleur humide nous enveloppe. Dans l'air flotte une odeur de terre mouillée à laquelle se mêle une centaine de parfums fleuris. J'effleure les pétales fragiles d'une orchidée aux nuances lavande, magenta et crème.

Il semblerait que chaque fois que le Joyau me contrarie, j'y découvre une nouvelle source de beauté.

La semaine suivante, je consulte le médecin tous les jours.

Lucien ne revient pas au palais du Lac.

Dorénavant, c'est Annabelle qui m'escorte à la clinique, et tant mieux. La présence de la duchesse a tendance à me rendre très nerveuse.

Chaque début de consultation se déroule de manière identique.

Je demande d'emblée au médecin s'il a prévu de procéder à l'insémination.

— Non, Violet, répond-il toujours avec un sourire rassurant. Pas aujourd'hui.

Les séances se suivent et se ressemblent. Il pratique les examens de routine. Puis il m'impose une série de tests m'obligeant à recourir aux Augures tout en reliant mon corps à l'écran avec les électrodes. Enfin il me fait subir un examen gynécologique.

Je n'ai jamais supporté ça. Les yeux fermés, j'essaie de m'imaginer en train de jouer du violoncelle. Le contact froid du spéculum m'arrache toujours une grimace.

Au fil des semaines, les tests deviennent plus ardus. Sans grande surprise, le docteur Blythe se focalise progressivement sur la Croissance. Faire bourgeonner des fleurs coupées ne me pose aucun problème ; la faible énergie vitale qui les parcourt est facilement manipulable. Les plantes plus petites, telles que les fougères et les mauvaises herbes, ne sont pas un défi non plus. En fait, ce qui me fatigue le plus, c'est le phénomène de répétition. Pour ne rien arranger, le docteur Blythe décide un jour de commencer à me chronométrer : combien de temps l'exercice me prend-il ? combien de fois puis-je avoir recours à l'Augure avant que mon nez se mette à saigner ? combien de temps puis-je continuer à effectuer le test après cela ?....

— Merci, Violet, dit-il à la fin de chaque séance. Je suis très impressionné.

La duchesse est fidèle à sa parole et mon quotidien (exception faite des heures passées à la clinique) s'avère plutôt agréable. On m'autorise à me promener dans le palais à ma guise, même si Annabelle ne me quitte pas d'une semelle. Mes repas sont de véritables festins. J'ai d'ailleurs l'impression que les cuisiniers connaissent un peu mes goûts et s'adaptent à mes envies. Je me rends chaque jour dans la bibliothèque dans l'espoir d'y croiser Lucien. Mais la salle est le plus souvent déserte. La seule personne à s'y rendre, en dehors des domestiques, est la nièce de la duchesse. Avec Annabelle, nous prenons soin de l'esquiver autant que possible. Un jour, nous tombons nez à nez avec Garnet. Annabelle devient rouge pivoine et court se réfugier dans la section fiction en attendant qu'il soit sorti.

Parfois, assise dans un fauteuil près de la fenêtre de mon salon, j'observe les allées et venues des visiteurs. Annabelle m'apprend qui est qui. La comtesse de la Rose passe très souvent ; d'après Annabelle, les Maisons de la Rose et du Lac sont de grandes alliées. Le Lac était autrefois proche de la Pierre, jusqu'à ce que, il y a trente ans de ça, une violente querelle éclate. Depuis, les deux Maisons se haïssent. Ce qui ne fait que confirmer mes soupçons.

— Vous connaissez les causes de la dispute ?

Annabelle hausse les épaules.

C'est arrivé après la mort du père de D.

— Quel âge avait la duchesse ?

16 ans.

Je compatis un peu. La duchesse et moi avons finalement un point commun : nous avons toutes deux perdu notre père très jeunes.

Lady Cristal, la rouquine, fait également partie des visiteurs fréquents. En revanche, je n'ai jamais plus revu sa mère porteuse, celle qui était sur le point d'accoucher.

La promesse de liberté de Lucien me hante. Elle est si séduisante, si irréelle, qu'il m'arrive parfois de me demander si je n'ai pas rêvé. Je me raccroche néanmoins à cet espoir d'évasion aussi longtemps que possible. Mais chaque jour qui passe sans nouvelles de lui douche un peu plus mon enthousiasme.

— Nous sortons ? Normalement, j'avais rendez-vous avec le médecin, signalé-je, surprise, à Annabelle, un après-midi, alors qu'elle me tend un manteau bleu azur.

D'un signe du menton, elle m'invite à enfiler le vêtement. Au lieu de nous diriger vers l'ascenseur, nous prenons un petit escalier de service jusqu'au rez-de-jardin. Passé la salle de réception, Annabelle me conduit dans le parc par une porte située à l'arrière de la demeure. Nous longeons le sentier, passons devant le labyrinthe et nous enfonçons dans les bois. Depuis la dernière fois, les arbres se sont dénudés ; leurs branches grincent tristement, agitées par la brise de début novembre.

Le chemin débouche sur un chêne majestueux dont le feuillage commence tout juste à changer de couleur.

— Bonjour, me salue le docteur Blythe en surgissant de derrière le tronc massif.

Vêtu d'un costume sombre, il s'appuie sur une canne au pommeau argenté et porte une sacoche noire. Accoutumée à le voir dans le contexte de la clinique, où il porte son éternelle blouse blanche, je suis prise de court.

— Que fait-on ici ?

D'un seul regard, le médecin congédie Annabelle, qui s'incline et s'éloigne au pas de course.

— Violet, aujourd'hui nous allons entamer un nouveau projet. Vous êtes très douée. C'est la première fois que je travaille avec une mère porteuse pourvue de si grandes aptitudes. Et nous avons à peine commencé à les approfondir. Aujourd'hui, j'aimerais vous lancer un défi. C'est bien de se donner un objectif, non ?

Je fronce les sourcils. Qu'est-ce qu'il mijote ? Son discours ne me dit rien de bon.

— Un défi ? Lequel ?

— Faites pousser ce chêne.

Il plaisante ? Je contemple l'arbre dans son ensemble : ses myriades de branches, son écorce rugueuse, ses racines épaisses qui s'ancrent profondément dans le sol. Ce chêne a des centaines d'années au bas mot.

— Comment voulez-vous que je fasse ça ? Je n'ai jamais essayé.

Le médecin hausse les épaules.

— Procédez de la même manière qu'avec les plantes.

— Oui, mais…

Je m'approche de l'arbre à tâtons. Non seulement il est séculaire, mais il est énorme. Je caresse son écorce. À côté de lui, je me sens minuscule, insignifiante. Rien à voir avec le citronnier rachitique de notre petite cour. Cet arbre possède une véritable présence.

J'inspire à fond et retiens mon souffle pendant quelques secondes. Puis je saisis une fine branche située à ma hauteur et enroule mes doigts autour.

Un : voir l'objet tel qu'il est. Deux : se le représenter mentalement. Trois : le plier à sa volonté.

J'attends, en vain. C'est la première fois que je ne ressens rien depuis ma première tentative à Southgate.

Je ferme les yeux et me concentre davantage.

Violet, tu peux le faire.

J'invoque à nouveau l'Augure.

Peu à peu, des picotements me parcourent le bout des doigts. Une image de l'arbre apparaît dans mon esprit. Le chêne y est plus coloré qu'en vrai. Il se dresse en plein milieu d'un champ ; ses branches dansent au vent. J'ignore d'où me vient ce tableau, toujours est-il qu'un lien se crée avec l'arbre.

Je me cramponne à la branche de peur d'interrompre la connexion. Une énergie incroyable anime cet arbre. Elle s'insinue dans mon corps. Sa pureté et sa vigueur me bouleversent.

Tout doucement, je me focalise sur la branche que je tiens et cherche à l'isoler dans mon esprit. À l'instant où le chêne perçoit mon intrusion, une vive douleur me déchire la colonne et le goût du sang m'emplit la bouche. Dans un cri, je m'effondre par terre. Ma paume, qui était en contact avec l'écorce, est en feu.

La terre chancelle sous mon corps. La voix du docteur Blythe me parvient de loin, ses mots sont étouffés. Un filet de sang s'écoule de mon nez pour s'engouffrer dans ma bouche, manquant de m'étouffer. Je le recrache en toussant, le corps secoué de violents spasmes. Penchée en avant, j'attends que la sensation de vertige cesse. Je me sens à la fois vulnérable, épuisée, et envahie par une énergie étrangère. Soudain, je comprends ce qui cloche.

Le chêne est bien plus puissant que moi.

La terre cesse enfin de tourner et la voix du docteur Blythe se précise.

— Violet, ça va ?

Il me tend un mouchoir. Je le presse contre mes narines et redresse le buste en prenant garde de ne pas toucher l'arbre, qui m'effraie à présent.

— Oui, ça va, dis-je d'une voix tremblotante.

J'ai l'impression que ma colonne est disjointe, que l'on m'a brisé toutes les vertèbres une à une. Ma tête m'élance, à croire que mon cerveau a tellement enflé que ma boîte crânienne n'est plus assez volumineuse pour le contenir.

En revanche, mon nez a cessé de saigner. Entretemps, le docteur Blythe m'a débarbouillé le visage, mais mon joli manteau bleu est maculé de sang.

— Que s'est-il passé ? demande le médecin.

Mon regard se pose sur le chêne. J'essaie de me représenter le courant d'énergie qui le traverse.

— Rien. Rien du tout. Je n'ai pas pu...

Le docteur Blythe lâche un soupir.

— C'était un gros défi.

Tandis qu'il m'aide à me mettre debout, la colère m'inonde. C'est la première fois qu'il ne me félicite pas. Je me fiche de ses compliments, pourtant je crois mériter un minimum d'encouragements, surtout aujourd'hui.

— Docteur Blythe ! crie Cora qui arrive du palais en trottinant, Annabelle sur ses talons.

— Bonjour, Cora.

— La duchesse souhaite la voir sur-le-champ.

— Ça tombe bien. Nous avons fini la séance.

En voyant mon manteau éclaboussé de sang, Cora fait grise mine.

— Enlevez ça.

Je lui tends le vêtement, qu'elle confie à Annabelle. Puis elle me considère d'un air affligé.

— Quelque chose ne va pas ?

J'aime bien, moi, ma tenue : une robe bleu marine toute simple par-dessus laquelle j'ai enfilé un gilet en cachemire anthracite.

— Il faudra faire avec, soupire Cora. Nous n'avons pas le temps de vous changer. Venez. Annabelle, tu nettoieras le manteau.

Sur ces mots, elle m'escorte jusqu'au grand salon, tapissé dans les tons bleu roi et argent. La duchesse se prélasse dans un canapé avec sa nièce, qui fait une tête de six pieds de long. En m'apercevant, cette dernière étrécit les yeux.

— La voilà ! s'exclame la duchesse.

Je remarque alors deux autres femmes. Vêtue d'une sublime toilette de satin, le visage très maquillé et des diamants énormes aux oreilles, la première est sans aucun doute de sang royal. Elle tient en laisse la seconde, sa mère porteuse.

À cette vue, mon estomac se noue.

— Cette mère porteuse va me fabriquer une fille exceptionnelle, déclare la duchesse. Une fille remarquable entre toutes. Un parti indéniable pour le futur Exéteur. Une alliance avec ma famille vous profitera à coup sûr. La Maison de la Flamme a tout à y gagner : réputation et richesse.

C'est lady de la Flamme. C'est elle qui possède l'exploitation laitière où travaille Ochre. Le visage de mon frère m'apparaît aussitôt. Je songe à notre dernier dîner en famille, au cours duquel il n'a pas tari d'éloges sur cette Maison et la manière dont elle traite ses employés.

Mes yeux se posent à nouveau sur la laisse.

Lady de la Flamme me jauge de pied en cap d'un air sceptique.

— Vous semblez bien sûre de vous, Pearl. Comment pouvez-vous en avoir la certitude ?

— Je le sais, un point c'est tout.

— Et qu'en est-il des Maisons de la Pierre et de la Balance ? Elles prévoient elles aussi d'avoir une fille cette année. Comme toutes celles qui ont acheté une mère porteuse à la dernière Vente. J'ai moi-même l'intention d'en avoir une. Attention, je ne me fais pas d'illusions : jamais elle n'épousera le fils de l'Exéteur. Mais d'autres que moi ont de l'ambition. Comment pouvez-vous avoir la certitude que l'Exéteur jettera son dévolu sur la vôtre ? Et puis, votre nièce n'est pas de sang royal, ajoute-t-elle en la désignant. Je ne voudrais pas que mon fils se marie au-dessous de son rang. Notre cher Exéteur l'a fait et a su échapper à l'infamie, mais ma Maison est…

— Ma nièce partage mon sang, rétorque la duchesse sans accorder un regard à l'intéressée. Sans oublier que la dot sera conséquente.

— Et ma réputation ? Est-il besoin de vous rappeler que la Maison du Lac n'est plus ce qu'elle était...

Un rictus tord la bouche de la duchesse.

— Que sous-entendez-vous ?

Lady de la Flamme s'empresse de faire machine arrière.

— Rien... Le Palais royal affiche une nette préférence pour les Maisons de la Pierre et de la Balance, ce n'est un secret pour personne. Il me semble que la Maison du Lac a perdu un peu de son aura. Il se peut que l'Exéteur refuse de marier son fils à votre future fille. Qu'il choisisse une autre prétendante au trône...

La duchesse fulmine. Des éclairs jaillissent de ses yeux. Je recule d'un pas. Elle saisit un biscuit sur la table près d'elle et le fait lentement tourner entre ses doigts. Lady de la Flamme porte sa tasse à ses lèvres d'une main tremblante.

— Sapphire, je vous assure que la Maison du Lac n'a rien perdu de son rayonnement. S'il faut vous le prouver, je le ferai volontiers.

Elle trempe le biscuit dans son thé et le croque du bout des dents.

— C'est inutile. Je ne voulais pas vous blesser. Enfin, vous admettrez tout de même que Garnet est un problème...

— Pardonnez-moi. Mon fils vous pose problème ?

— Allons, Pearl, ne faites pas l'innocente. Son comportement est infâme. Il ne se passe pas un mois sans qu'un scandale l'éclabousse et qu'il fasse la une des journaux. Il est trop… trop… imprévisible, dit-elle en prenant des pincettes.

Les lèvres de la duchesse s'ourlent d'un sourire malicieux.

— Un peu de piment ne fait jamais de mal.

— Mais tout le monde sait que vous avez toutes les peines du monde à lui trouver une épouse. Ne vaudrait-il pas mieux attendre qu'il soit marié avant de chercher à caser votre nièce ?

— Sapphire, je suis touchée par votre intérêt pour le bien-être de ma famille. Mais la manière dont je dirige ma Maison ne concerne que moi. Ce ne sont pas vos affaires. Nous sommes ici pour parler de l'avenir de votre fils et non pas de celui du mien.

D'un mouvement gracieux, elle se met debout et vient se placer près de moi.

— Vous ne m'avez pas laissé l'occasion de répondre à votre question. Permettez-moi de le faire à présent. Vous m'avez demandé comment je pouvais être certaine que cette mère porteuse me donnera une fille exceptionnelle.

Elle m'agrippe et m'entraîne jusqu'à une table où une petite plante est posée parmi une collection de miniatures. Le végétal est pourvu de longues tiges avec des feuilles vert pâle ornées de minuscules fleurs en forme de cœur. La duchesse m'adresse un regard appuyé.

— Allez-y. Faites-la pousser.

Je crispe les poings. Me donner en spectacle devant son invitée comme une bête de foire ? La duchesse me dégoûte. À peine quelques minutes plus tôt, j'ai failli m'étouffer avec mon propre sang dans le jardin. J'en tremble encore. Je me sens affaiblie, mon front est brûlant, ma peau moite.

Mais mieux vaut ne pas contrarier la duchesse.

J'enroule mes doigts autour des tiges. Certaines se brisent, quelques fleurs tombent, froissées.

Un : voir l'objet tel qu'il est. Deux : se le représenter mentalement. Trois : le plier à sa volonté.

L'énergie que m'a insufflée le chêne rejaillit en moi. Je la transmets à la plante.

Les tiges se développent et se faufilent le long des étagères, renversant les assiettes en porcelaine et les figurines en cristal qui se brisent par terre. Lady de la Flamme s'écarte d'un bond tirant sa mère porteuse à sa suite. La nièce se réfugie près de la fenêtre, effarouchée.

La plante poursuit sa croissance accélérée.

Elle envahit les murs, détruisant tout sur son passage. Un miroir vole en éclats, un tableau se décroche, des livres tombent des étagères. Cette fois, je n'ai pas envie que l'Augure se tarisse. Je veux saccager le palais tout entier. Ma colère insuffle à la plante une énergie incroyable. J'ai la tête en ébullition.

Contrairement aux autres, la duchesse demeure de marbre, et c'est tout à son honneur. Au bout de quelques instants, le feu qui me consume intérieurement s'éteint, et la plante cesse de pousser. Je lâche les tiges et ravale la bile qui me monte à la gorge. La douleur qui me transperce le dos et la nuque s'atténue aussitôt.

La duchesse se tourne vers lady de la Flamme.

— Satisfaite ?

On frappe à la porte.

— Je vous prie de m'excuser un instant, déclare la duchesse en me saisissant par le coude.

Mes yeux se posent sur la mère porteuse. Elle me regarde d'un air horrifié, à croire que je l'effraie. Étrange… Elle devrait avoir l'habitude, elle qui maîtrise aussi les Augures. Je lui adresse un léger sourire mais elle baisse la tête. La duchesse me conduit dans le couloir.

— Mon Dieu, dit-elle alors que nous rejoignons Cora. Le moins qu'on puisse dire, c'est que c'était… très impressionnant. Peut-être devrais-je augmenter les émoluments de Blythe. J'ai bien cru que Sapphire allait tourner de l'œil. Ma maison n'est « plus ce qu'elle était » ! Quelle idiote, soupire-t-elle en se frottant le front. Toutes ces manigances m'épuisent, Cora. J'ai l'impression de passer mon temps à arranger des mariages en ce moment. Je ne sais pas lequel, de ma nièce ou de mon fils, me donne le plus de fil à retordre. (Elle se tourne vers moi.) Estimez-vous heureuse de ne jamais avoir à connaître cela.

Comme si on me laissait le choix. Je trouve sa remarque d'une infinie cruauté sous des airs anodins. D'autant qu'elle me balance cela avec désinvolture.

— Comment se passent les négociations, milady ? s'enquiert Cora.

— Comme prévu. C'est épouvantable. Il est arrivé ?

— Oui, milady.

— Il était hors de prix. J'espère qu'il en vaut la peine. Ils n'étaient pas aussi chers quand j'étais jeune fille.

— Il va vous plaire, milady, croyez-moi.

La duchesse lâche un nouveau soupir.

— Venez me chercher dans trois minutes en prétextant un message urgent. Nous ne sommes pas encore tombées d'accord, mais j'en ai assez. Je ne vais plus pouvoir tenir très longtemps.

— Bien, milady.

— Et demandez aux cuisiniers de lui préparer un bon repas, ajoute la duchesse en me désignant d'un geste de la main. Elle l'a bien mérité.

— Entendu, milady.

La duchesse regagne le salon. Cora se tourne vers moi.

— Regagnez directement votre chambre.

Elle s'éloigne au pas de charge.

Je reste plantée là quelques instants. Pour la première fois depuis mon arrivée au palais, je suis seule.

14.

Le cœur battant à tout rompre, je m'élance à travers les couloirs.

Maintenant que je suis seule, j'ai envie d'explorer plus avant la demeure. Quelques servantes sont en train d'astiquer les fenêtres donnant sur le parc. Je passe devant elles, l'air de rien, veillant à ne pas attirer l'attention. Bientôt, une odeur désagréable m'indique que j'approche du fumoir du duc. Alertée par des martèlements de bottes, je m'engouffre dans une pièce sur ma droite et, par l'entrebâillement, je vois passer un couple de régimentaires se dirigeant vers la bibliothèque. J'attends quelques instants qu'ils s'éloignent. J'en profite pour promener mon regard dans la pièce. Il s'arrête sur un petit portrait ovale de la duchesse, posé sur un secrétaire.

Une image se forme dans ma tête et j'appuie l'index sur la miniature.

Un : voir l'objet tel qu'il est. Deux : se le représenter mentalement. Trois : le plier à sa volonté.

Des zébrures verdâtres hideuses se dessinent sur son visage, gâtant la carnation délicate de la duchesse. C'est la première fois que je réalise cet Augure avec une telle précision. Que les séances du docteur Blythe me plaisent ou non, il est évident qu'elles m'ont fait progresser. Un grand sourire étire mes lèvres. La duchesse affiche à présent une laideur à la hauteur de ses actes.

Ravie de mon coup, je décide de laisser le portrait en l'état. Ainsi, le palais gardera une trace de mon passage.

Je reviens sur mes pas, longe la bibliothèque, emprunte un couloir sur ma gauche, puis un autre sur ma droite, et rejoins le hall d'entrée. Je dépasse la salle à manger sur la pointe des pieds, et finis par me retrouver dans un couloir que je n'ai jamais pris avant. Constitué de verre, il relie le corps de logis à l'aile est.

Tout d'abord, cette partie du palais me semble identique au reste de la demeure. Mais plus je m'enfonce, plus le décor s'épure. Le papier peint disparaît des murs au profit d'une peinture terne dans les tons beige et mauve. Les tableaux, aux cadres sobres, représentent des paysages impressionnistes.

Je poursuis ma visite en direction de l'est à la recherche d'une porte qui donne sur le parc. Le silence profond qui règne ici me rend nerveuse. Mes propres bruits de pas me paraissent très bruyants.

Soudain, des voix viennent perturber la quiétude absolue des lieux.

— C'est trop injuste !

— Je sais, Mary, mais tu n'y peux rien. C'est comme ça.

Ce sont deux servantes qui discutent. J'ignore où elles sont, mais elles se rapprochent. Vite, je cherche une cachette. La porte sur ma gauche est fermée à clef. Ainsi que celle sur ma droite.

— La muette a deux ans de moins que moi. C'est moi qui aurais dû obtenir son poste. Camériste de la mère porteuse, c'est quand même une sacrée promotion !

La muette. Elle fait allusion à Annabelle.

Je remonte le couloir en toute hâte, essayant toutes les portes. Elles sont verrouillées.

— Peut-être que cette mère porteuse n'est pas la bonne, commente la deuxième. Celle de l'Électrice est morte. Et ce n'est pas la seule. On raconte que deux ou trois autres ont passé l'arme à gauche depuis la Vente. Si la duchesse en rachète une l'année prochaine, tu auras peut-être ta chance. Ça m'étonnerait qu'elle choisisse la même femme de chambre deux fois de suite.

Elles ne sont plus très loin. Je reviens sur mes pas. À vrai dire, je suis complètement perdue. Non seulement j'ignore où je suis, mais je ne sais plus d'où je viens. Ce palais est un véritable dédale.

— Apparemment, celle-là est spéciale. La duchesse en est folle, elle lui lèche les bottes ! Il faut dire que je commençais à croire qu'elle n'allait plus jamais acheter de mère porteuse. Elle a quand même participé à la Vente dix-neuf années de suite sans jamais rien ramener !

Je m'arrête. Qu'est-ce que c'est que ces histoires ? Les servantes racontent vraiment n'importe quoi. La duchesse est loin de me lécher les bottes. Bien au contraire.

— Tu l'as déjà vue ? demande la seconde à la première.

Les bruits de pas sont tout proches désormais. Parvenue au bout du couloir, je m'engage dans un étroit corridor. C'est un cul-de-sac. Je suis prise au piège. Deux portes se présentent à moi. C'est ma dernière chance.

— Une seule fois, répond la dénommée Mary. J'étais en train de faire le ménage dans la bibliothèque. Elle a des yeux d'une couleur très étrange.

La première est fermée à clef.

— C'est ce que j'ai entendu dire. Et elle était sympa ?

Les paumes moites, je saisis la poignée de la seconde porte. Comment vais-je justifier ma présence en ces lieux, sans chaperon qui plus est ?

Pitié, pitié, pitié…

La poignée tourne. Après quelques secondes d'hésitation, je m'élance dans la pièce et referme la porte le plus discrètement possible.

Un froissement de jupes, des claquements de talons. Je m'appuie contre le panneau en attendant qu'elles soient passées...

— Je n'en sais rien. Ce n'est pas comme si on avait fait la causette. Sa femme de chambre, ce n'est pas moi.

— Heureusement que Carnelian sera bientôt mariée. On n'aura plus à la supporter. Ce sera déjà ça.

— Le plus tôt sera le mieux, rétorque Mary.

Le bruit de leurs pas diminue et les voix s'atténuent.

Elles sont parties.

Je lâche un profond soupir, la main pressée contre mon cœur.

« Violet ! m'écrié-je. Tu n'es qu'une imbécile ! Ne me fais plus jamais ça. »

Un rire hystérique jaillit de mes lèvres. Quelques secondes plus tard, je me retourne pour inspecter la pièce. J'ai atterri dans un petit salon. Face à moi, une autre porte et un sofa devant lequel est placée une table basse. Les rayons du soleil de fin d'après-midi s'insinuent par l'unique fenêtre. Sur le mur près de moi est suspendu un portrait à l'huile d'un homme en tenue de chasse accompagné d'un superbe chien.

Je suis encore en train de pouffer lorsque la porte opposée s'ouvre.

Mon cœur remonte dans ma gorge. Trop tard pour se cacher. Une silhouette pénètre dans la pièce et, d'un seul coup, mon univers chavire. Je me fiche qu'il me surprenne. De toute façon, même si je voulais m'enfuir, je ne pourrais pas. Mes pieds sont enracinés.

Dans l'embrasure se tient un garçon. Non. Un jeune homme de l'âge de Garnet environ. Musculeux, il a une tignasse châtain ébouriffée, et un visage carré. Ses lèvres sont légèrement retroussées, comme s'il retenait un sourire. Le col de sa chemise est déboutonné et il fourre une main dans sa poche.

Mais ce sont ses yeux vert-de-gris qui me clouent sur place. En me voyant, il m'adresse un regard singulier, un regard dont on m'a privée depuis mon arrivée. Il me contemple comme une personne, et non pas comme un meuble. C'est encore mieux que ça : il me dévore des yeux. Mes jambes se mettent à trembler.

— Bonsoir, dit-il d'une voix veloutée, plus mélodieuse qu'un instrument – même la résonance de mon violoncelle semblerait dure en comparaison.

Il m'interroge du regard. Les mots me font défaut.

— Je ne vous ai pas entendue entrer, continue-t-il. Si je vous ai fait attendre, veuillez m'en excuser.

Je le fixe, muette comme une carpe. Ses lèvres s'étirent en un sourire franc, et ma poitrine se comprime, ma respiration se hache.

— Vous êtes nerveuse. Ce n'est rien, ne vous en faites pas. Je sais que vous n'êtes pas là depuis très longtemps. Le Joyau peut paraître impressionnant au départ.

C'est à peine si j'arrive à hocher la tête, ce qui est mieux que rien. Comment ce garçon sait-il qui je suis ?

Il ferme la porte derrière lui. La pièce me semble soudain très étriquée.

— Vous ne voulez pas vous asseoir ? me propose-t-il d'un ton très galant.

Je suis statufiée. Je voudrais parler mais mes lèvres refusent de s'ouvrir. À la place, je me contente de l'observer. Je retrace les traits de son visage, l'ourlet de sa bouche, le vert-de-gris de ses yeux ; j'apprécie la grâce de ses gestes. Il part d'un rire léger et mon cœur gonfle comme un ballon.

— Je sais que vous n'avez jamais eu de compagnon, toutefois vous pouvez vous confier à moi. Je suis là pour vous.

L'espoir s'épanouit en moi. Il est là pour *moi* ?

— Pourquoi ? dis-je d'une voix enrouée.

Embarrassée par le son que je viens d'émettre, je rougis comme une tomate.

Il semble satisfait d'avoir obtenu un mot de moi.

— Votre mère ne vous a-t-elle jamais expliqué ce qu'était un compagnon ?

Je secoue la tête.

— L'une de vos amies en a certainement déjà eu un ?

Je réfléchis un instant à la question.

— Est-ce que tous les compagnons vous ressemblent ?

Il éclate de rire.

— Oui et non. Pas tout à fait, mais en gros, oui.

— Alors non, c'est sûr que non.

Il prend un air songeur.

— Asseyons-nous.

— Hum… d'accord.

M'avançant vers le sofa, je me cogne le tibia contre le coin de la table basse.

— Ça va ? s'enquiert-il aussitôt.

— Oui, dis-je dans un souffle, tâchant d'ignorer la douleur qui me transperce la jambe.

Suis-je toujours aussi maladroite ? J'ai l'impression que mes membres se sont déconnectés du reste de mon corps, qu'ils ne répondent plus à ma volonté, qu'ils ne savent plus comment fonctionner.

— Parlez-moi un peu de vous.

Cela fait des lustres qu'on ne m'a pas proposé ça.

— Que voulez-vous savoir ?

Il bascule en arrière dans le canapé et étend un bras sur le dossier. Je suis captivée par son corps. J'admire ses mains et ses bras, sa peau claire et ses muscles saillants. Si seulement mes joues cessaient de me brûler. Il faudrait que je puisse ouvrir la fenêtre.

— Tout ce qui vous passe par la tête. Qu'est-ce que vous aimez le plus ?

— Jouer de la musique.

Son regard s'éclaire.

— Vraiment ? De quel instrument jouez-vous ?

— Du violoncelle.

— C'est l'un de mes préférés ! Figurez-vous que j'ai assisté à un concert de Stradivarius Tanglewood au Royal Concert Hall, l'année dernière.

Ma nervosité se volatilise.

— Vous l'avez vu en chair et en os ?

— Je constate que vous êtes une fan.

— Une *fan* ? C'est réducteur. Stradivarius Tanglewood est le violoncelliste le plus talentueux du siècle ! Comment ne pas l'idolâtrer ?

Fan est un mot si futile. À Southgate, à force d'écouter ses disques, j'ai bien failli casser le gramophone. Je le vénère. C'est l'un des artistes qui m'ont le plus inspirée.

— Vous n'y êtes pas allée ? Ça m'étonne. C'était un concert sublime.

— Je n'en doute pas un instant. Est-ce qu'il a joué le menuet en *ré* mineur ?

Il a l'air aux anges.

— Oui. Quoique j'aie une nette préférence pour le prélude en *sol* majeur. Je sais, c'est un morceau relativement simple, mais…

— C'est l'un de mes favoris aussi ! Enfin, c'est le premier que j'ai appris à jouer, dis-je en tempérant un peu mon enthousiasme.

— Peut-être qu'il donnera un nouveau concert dans quelques mois. J'aimerais beaucoup vous y conduire. Même si, je l'avoue, je lui préfère Reed Purling.

Ma mâchoire manque se décrocher.

— Reed Purling ? Vous plaisantez ? Purling n'arrive pas à la cheville de Tanglewood. Sa technique, son style, son phrasé toujours si maladroit… Il est aussi expressif qu'une poignée de porte… (Ce sujet a suscité nombre de disputes avec mon prof de musique, à Southgate.) C'est comme si vous compariez un diamant finement taillé à un morceau de quartz brut.

Il s'esclaffe.

— Vous êtes la première fille du Commerce que je rencontre qui possède une telle culture, un tel amour de la musique. (Il approche lentement sa main de mon visage et l'effleure.) J'ai hâte d'apprendre à vous connaître.

Mon cœur bat la chamade, si fort, à vrai dire, que c'en est gênant. Le contact de ses doigts sur ma peau provoque une décharge qui se répand dans mes veines. Je suis sur un petit nuage.

Un mot de son discours me fait soudain tiquer.

— Une fille du Commerce ? Que voulez-vous dire ?

Il écarte sa main, le regard soudain méfiant.

— Comment ça, ce que je veux dire ? Vous venez du Commerce, n'est-ce pas ?

Un désespoir sombre s'abat sur moi. Ma vision s'embue. Les couleurs s'évanouissent de la pièce.

Évidemment. J'aurais dû m'en douter. Il m'a prise pour une autre. Je ne suis même pas censée être là.

Il étudie mon expression.

— Vous n'êtes pas originaire du Commerce ?

Ma gorge se noue. Je secoue lentement la tête.

— Du Marais, articulé-je.

Il sursaute comme s'il avait reçu un coup.

— Non, lâche-t-il en se pinçant l'arête du nez. Je vous en prie, ne me dites pas que vous êtes la mère porteuse.

Ses paroles me font l'effet d'une gifle. Lorsqu'il pose à nouveau les yeux sur moi, son regard a changé. Il me considère maintenant comme tous les autres. Comme un objet et non plus comme une personne. Ce n'est plus moi qu'il voit.

Il est interdit de me parler, il le sait.

— Qu'est-ce que vous fichez ici ? siffle-t-il en jetant des coups d'œil furtifs tout autour de nous, comme si on nous épiait.

— Je… je…

Il me saisit le bras.

— Vous devez déguerpir. Sur-le-champ.

On frappe soudain à la porte par laquelle je suis entrée. Nous nous figeons net, tous deux en proie à la panique.

— Un petit instant, lance-t-il d'une voix d'un calme remarquable au vu des circonstances.

Il pose l'index sur sa bouche et m'attire dans un coin de la pièce, me pousse dans un placard et referme la porte. À l'intérieur, il fait noir comme en pleine nuit et une odeur de naphtaline sature l'air. Je m'accroupis et colle mon œil contre le trou de la serrure.

Il se lisse les cheveux, arrange sa chemise, et va ouvrir la porte.

— Bonsoir, fait-il d'un ton désinvolte.

— Bonsoir, répond une voix nasillarde que je reconnais aussitôt.

La nièce de la duchesse.

Non. Ce n'est quand même pas pour *elle* qu'il est là !

— Ma tante est insupportable en ce moment. Navrée pour mon retard.

— Ce n'est rien, réplique-t-il avec indulgence. Entrez, je vous en prie.

J'aperçois la robe mauve de la nièce, mais il se tient devant elle, m'empêchant de voir son visage.

— Vous voulez quelque chose à boire ?

— Non.

Ils sortent de mon champ de vision. Un silence gêné s'ensuit.

— Vous n'allez pas me faire la conversation ? s'impatiente la nièce.

— Si. Bien entendu… Pardonnez-moi, je suis un peu dans la lune. Parlez-moi de vous.

Cela me hérisse de l'entendre lui poser la même question qu'à moi.

— N'êtes-vous pas censé me faire des compliments ? Toutes mes amies qui ont eu des compagnons m'ont raconté qu'ils les couvraient de compliments.

Je relève une très légère hésitation avant qu'il ne réponde :

— Vous êtes très belle.

Un froufrou de tissu s'élève et la nièce apparaît face à moi. J'éprouve un soupçon de satisfaction en la voyant. Elle n'est vraiment pas jolie.

— Approchez-vous, lui ordonne-t-elle.

Mes mâchoires se crispent. Je n'aime pas du tout le ton qu'elle emploie. On dirait qu'elle s'adresse à un esclave. Le jeune homme réapparaît devant moi.

— C'est la première fois que j'ai un compagnon.

— On m'en a informé. Votre tante désire mettre toutes les chances de votre côté. C'est pour cette raison qu'elle m'a engagé.

La fille pousse un petit cri de dédain.

— Ma tante n'a que faire de moi. Elle est impatiente de me marier le plus vite possible pour se débarrasser de moi.

Le jeune homme hausse les épaules.

— Je ne saurais dire. Milady ne se confie pas à moi.

La nièce triture un volant de sa robe.

— Alors… vous allez m'apprendre à plaire aux hommes ?

Quoi ? Non. Hors de question. C'est dans ce but qu'il est là ?

Il esquisse un sourire enjôleur.

— Mon rôle est de vous apprendre à attirer les regards des hommes, à leur donner envie de vous séduire.

La nièce écarquille ses petits yeux et entrouvre la bouche.

— Quand commence-t-on ?

Il part d'un éclat de rire.

— Bientôt. Nous ne sommes pas pressés. Aujourd'hui, ce sont juste les présentations.

Je pousse un soupir de soulagement.

— Ah bon, dit-elle visiblement désappointée. Dans ce cas, je m'appelle Carnelian, Carnelian Silver, ajoute-t-elle en tendant la main. Mais cela, vous le saviez déjà.

Carnelian. Quel prénom stupide. Il lui va comme un gant.

— Enchanté, Carnelian. Je m'appelle Ash Lockwood, répond-il en effleurant sa main du bout des lèvres.

Ash… J'articule son prénom en silence dans l'obscurité de mon placard et j'ébauche un sourire.

— Nous avons le droit de nous embrasser, n'est-ce pas ? Mon amie Chalice qui avait un compagnon m'a raconté qu'ils se touchaient, s'embrassaient et bien plus.

Elle le mange du regard.

Ash jette un coup d'œil en direction du placard où je suis. À moins que ce ne soit le fruit de mon imagination.

— Nous aurons amplement le temps de discuter des détails de mes prestations plus tard, réplique-t-il. À présent, je suppose qu'il est l'heure d'aller vous habiller pour le dîner ?

— Nous aurons le plaisir de vous y voir ?

— Oui. Aussi vais-je devoir me changer également.

Carnelian l'examine de la tête aux pieds.

— Vous êtes parfait tel que vous êtes, remarque-t-elle d'une voix presque timide. Peut-être que ma vie ici sera moins pénible maintenant que vous êtes là.

Elle se dirige vers la porte et attend qu'Ash la lui ouvre.

— Je suis ravi d'avoir fait votre connaissance, Carnelian Silver.

— Le plaisir est partagé, Ash Lockwood. À très bientôt.

Il referme la porte, s'y adosse et ferme les yeux pendant quelques secondes. Puis il traverse la pièce et ouvre mon placard à la volée.

— Vous savez à quel point c'était difficile pour moi de faire mon boulot tout en vous sachant cachée là ? !

— Ce n'était pas ma faute.

Mes jambes sont engourdies. Je me mets debout tant bien que mal et perds l'équilibre. Ash me rattrape par le coude et mon pouls s'accélère.

— Filez. Dépêchez-vous. Et pas un mot à qui que ce soit. Vous ne m'avez pas vu, vous ne m'avez pas parlé. Compris ?

Il semble terrifié.

— À qui voulez-vous que j'en parle ? Personne ne m'adresse la parole. Personne ne m'écoute.

Un éclair de compassion voile son regard.

— Allez-vous-en.

Je rejoins la porte d'un pas chancelant et m'arrête, la main sur la poignée.

— Je ne… je ne sais pas où aller. Je ne connais pas bien le palais.

Ash laisse échapper un soupir.

— Moi non plus. Désolé. Je ne peux pas vous aider.

Je le dévisage quelques instants tout en me demandant si on se reverra.

— Qu'est-ce qu'il y a ?

— Vous êtes différent des autres…

Mes joues s'empourprent. Je me suis mal exprimée. Les mots ont jailli de mes lèvres sans que je les contrôle. Et je passe pour une gourde.

Il part d'un rire jaune, se laisse choir sur le sofa et enfouit la tête dans ses mains.

— Je vous en prie, partez.

Rouge de honte, je me dépêche de sortir avant de me ridiculiser davantage.

15.

Troublée, je rebrousse chemin et finis par me repérer. Je retraverse le couloir en verre, tourne à gauche, à droite, encore à droite puis à gauche...

Le décor défile, flou ; tout me paraît légèrement différent. Sans que je sache comment, j'atterris devant la salle de réception, l'esprit accaparé par une paire d'yeux vert-de-gris.

J'emprunte l'escalier de service jusqu'au deuxième étage et tombe nez à nez avec Annabelle, qui est dans tous ses états.

— Je me suis baladée dans les couloirs, dis-je d'une voix faussement innocente. Je n'ai pas le droit ?

Seule ?

— Oui.

NON, INTERDIT.

— Ah ! Je suis désolée.

Je tâche de prendre un air contrit. Annabelle pose la main sur son cœur. Une goutte de sueur perle à son front. Elle a l'air complètement paniquée.

— Annabelle, je suis navrée, dis-je avec une réelle sincérité cette fois.

Jamais sans permission.

— Ou bien je serai punie ?

Annabelle me fait signe que non avant de pointer son index sur son buste. Mon estomac se vrille.

— C'est toi qui seras punie...

Elle hoche la tête.

— Je comprends. Excuse-moi. Je ne le referai pas, c'est promis.

Comme j'ai été égoïste de ne pas songer qu'elle en pâtirait la première, si jamais on me prenait la main dans le sac.

La duchesse m'attend dans ma chambre.

— Où étiez-vous passée ? aboie-t-elle.

— Nous nous promenions dans le parc. Dans le labyrinthe, dis-je au cas où elle nous y aurait cherchées.

— Nous dînons en famille ce soir, précise-t-elle, sans relever ma réponse. Votre présence est requise. Habillez-la en conséquence, ajoute-t-elle à l'attention d'Annabelle. Qu'elle soit dans la salle à manger à dix-neuf heures trente.

Annabelle s'incline.

— Je vais enfin rencontrer le duc ?

Annabelle est en train de lacer mon corsage. Pour l'occasion, elle m'a sélectionné une robe argentée avec une jupe Liberty brodée de minuscules saphirs.

Elle acquiesce.

— À quoi ressemble-t-il ?

Annabelle fait une moue qui en dit long. Le duc ne doit pas être particulièrement intéressant. Elle m'installe face à la coiffeuse et me boucle les cheveux avant de les relever en chignon.

Le visage d'Ash m'apparaît pour la centième fois en une heure. La manière dont il s'est adressé à moi, dont il m'a regardée. J'ai eu l'impression de redevenir une femme, l'espace de quelques minutes... Comme si j'avais enfin pu reprendre mon souffle après une trop longue période d'apnée.

Je scrute mon reflet dans le miroir : des joues rose, un léger sourire, des yeux étincelants... j'ai l'air aux anges.

Je n'ai jamais vraiment songé à embrasser un garçon. Il me suffit à présent d'imaginer les lèvres d'Ash pour que tout un tas d'images se bousculent dans ma tête.

Je pouffe de rire. Annabelle m'interroge du regard et je m'efforce de reprendre mon sérieux.

C'est stupide, j'en ai bien conscience. Jamais je n'aurai l'opportunité d'échanger un baiser avec lui. Je ne le reverrai probablement pas.

Un cri m'échappe. Je viens de me rappeler la conversation qu'il a eue avec Carnelian. Ash assistera lui aussi au dîner, ce soir.

Annabelle m'observe d'un air à la fois perplexe et inquiet.

— C'est l'épingle. Elle m'a piquée.

Annabelle se remet à fixer mon chignon avec une extrême prudence de peur de me faire mal.

J'ai l'impression que mes poumons rétrécissent de moitié tandis que mon cœur s'emballe. Annabelle apporte la touche finale à ma tenue et me tamponne les poignets de parfum. Examinant mon reflet, je pousse un soupir ravi.

— C'est parfait, dis-je d'une voix étranglée.

Ma robe luit comme le clair de lune. Annabelle a orné ma chevelure d'épingles à tête de saphir. Mes lèvres sont soulignées de rose, et mes yeux d'un khôl mauve pâle qui fait ressortir mon iris. Je me demande si Ash me trouvera jolie.

Redescends sur terre, Violet. Peu importe ce qu'il pense. Ça ne changera rien. C'est une histoire impossible.

Parvenue dans le hall d'entrée, j'ai envie de retourner me réfugier dans ma chambre. Faut-il vraiment que j'assiste au dîner ? Je suis dans un état second. Devant la porte de la salle à manger, Annabelle marque un arrêt pour retoucher une dernière fois ma toilette.

OK ?

Je hoche la tête en silence, une boule dans la gorge. Elle m'indique la porte du menton avec un sourire.

Bon appétit.

Elle adresse un signe au valet. Il ouvre la porte en annonçant :

— La mère porteuse de la Maison du Lac !

Mon ventre se liquéfie tandis que je pénètre à l'intérieur.

La salle est exactement comme dans mes souvenirs.

Un mobilier de chêne ciré, des murs bruns, un éclairage aux chandelles. La seule différence, ce sont les personnes assemblées là. À ma gauche, la duchesse en robe de soie bleu nuit, flanquée de deux hommes en costume. Elle porte une coupe de champagne à ses lèvres d'une main gantée. À ma droite, lady Cristal (la rouquine), Carnelian et – mon cœur fait un soubresaut – Ash.

Il me semble encore plus beau que tout à l'heure. Je rougis jusqu'à la racine des cheveux.

À mon apparition, tous se tournent vers moi. Tous à l'exception d'Ash, qui semble soudain très occupé à servir un verre à Carnelian.

J'avais presque oublié qu'elle serait là, elle aussi. Je remarque avec une pointe de jalousie sa robe, un très beau vêtement brodé de perles, ainsi que sa coiffure sophistiquée.

— Approchez, m'ordonne la duchesse.

— Voilà donc la mère porteuse ? demande le plus grand des deux hommes, un personnage efflanqué au teint cuivré et au nez épaté.

Ses yeux noirs, ronds comme des billes, sont surmontés de sourcils broussailleux. Il m'examine sous toutes les coutures tout en avalant une gorgée de whisky.

— Je commençais à me demander si j'allais la voir un jour.

— Mon cher, vous avez été si pris ces derniers temps, réplique la duchesse. Qu'en pensez-vous ?

Il hausse les épaules.

— Vous êtes mieux placée que moi pour en juger, ma chère. Je m'en remets à vous. En tout cas, elle est plus jolie que celle qui a mis Garnet au monde.

J'en déduis qu'il s'agit du duc. Je n'aime ni son ton, ni la façon qu'il a de m'étudier sous ses épais sourcils. Son regard me met très mal à l'aise.

— Mon épouse m'a rapporté que vous aviez de grands projets pour celle-ci, commente le second homme, un type ventru aux joues rubicondes.

Son veston est si tendu que les boutons sont sur le point de sauter.

— En effet, milord, répond la duchesse. J'ai attendu un certain temps avant de mettre la main sur une mère porteuse pareille. Ma fille sera unique.

— *Notre* fille, rectifie son mari.

Elle lui adresse un sourire forcé.

— Oui, pardonnez-moi. Notre fille.

La porte s'ouvre et le valet annonce :

— Garnet, fils de la Maison du Lac !

Garnet entre en fanfaronnant, quoique plus calme que la dernière fois. Au moins, il n'est pas ivre mort ce soir. Sa tignasse blonde est lissée en arrière, ses habits immaculés ; sa veste épouse à merveille la carrure athlétique de ses épaules.

Mon regard navigue de Garnet à Ash. Ce sont tous deux des jeunes hommes très séduisants. Ash possède toutefois une beauté beaucoup plus naturelle que Garnet, qui a des traits absolument parfaits : des lèvres pleines, un nez droit, le teint albâtre. On le croirait tout droit sorti d'un des magazines people de Lily. D'ailleurs, il ne ressemble pas le moins du monde à ses parents. J'en déduis que sa mère porteuse était très douée pour la Forme et la Couleur.

Il salue le duc et la duchesse d'un geste du menton tout en acceptant une coupe de champagne qu'un valet lui offre.

— Mère, Père. Suis-je en retard ?

La duchesse crispe la bouche. À cet instant, une cloche retentit, coupant court à la discussion.

— Asseyons-nous, déclare jovialement le duc.

Je m'installe à la droite de la duchesse. Le duc prend place à sa gauche. Garnet s'assied à côté de son père, lady Cristal près de moi. Puis viennent son mari, Carnelian et Ash, qui se retrouve quasiment face à moi.

Il ne m'accorde pas un seul regard. À croire que je suis invisible.

Son indifférence me cause une douleur presque physique. Dépitée, je me focalise sur ma serviette, que j'étale soigneusement sur mes genoux.

Qu'est-ce qui me prend ? Ma réaction est disproportionnée, je ne le connais même pas. Pourquoi son indifférence m'atteint-elle à ce point ?

Un valet place une salade de pousses d'épinard, de betteraves et de chèvres chauds devant moi, mais l'appétit me boude. Ma bouche est sèche comme du papier de verre.

— Pearl, votre nièce me décrivait sa vie dans le Commerce, commente lady Cristal tandis qu'un valet lui sert du vin rouge. Une histoire tout à fait divertissante. Saviez-vous qu'elle *aidait* son père à l'imprimerie ? ajoute-t-elle d'un ton railleur.

De toute évidence, la duchesse et son amie ont pris pour cible Carnelian, n'hésitant pas à se payer sa tête devant toute la tablée. La nièce devient écarlate.

— Une fois seulement, précise-t-elle à l'intention de sa tante. Et c'était exceptionnel. Son apprenti était malade et il avait besoin d'aide.

— Eh bien, je suis sûre que cette expérience vous a forgé le caractère, réplique la duchesse d'une voix doucereuse.

Lady Cristal camoufle un éclat de rire en prenant une gorgée de vin.

— Je constate que vous lui avez enfin trouvé un compagnon, remarque le fils de la duchesse, la bouche pleine. Au fait, je m'appelle Garnet, ajoute-t-il en tendant la main à Ash.

Celui-ci la lui serre poliment.

— Ash Lockwood.

— Il est canon, tu ne trouves pas, cousine ? commente Garnet en remuant les sourcils. Il a dû vous coûter un bras, Mère.

Les narines de la duchesse se dilatent. Ash intervient alors avec tact.

— Carnelian m'a montré la bibliothèque avant le dîner. Vous avez une collection de livres très impressionnante, milady.

— Merci, monsieur Lockwood.

— Ma femme est obnubilée par le passé, commente le duc. J'avoue ne pas comprendre son engouement.

— Je ne m'attends pas à ce que vous compreniez, mon cher, murmure la duchesse. Les seuls livres que vous lisiez sont les registres de comptes.

— Il faut bien que quelqu'un s'occupe des finances, rétorque le duc en lançant un regard appuyé à lord Cristal. N'est-ce pas, Beryl ?

— En effet, répond ce dernier.

— La Maison du Lac est l'une des quatre Maisons fondatrices, riposte la duchesse d'une voix cassante. Mes ancêtres ont participé à l'édification du Grand Mur, sans lequel cette île aurait été engloutie par l'océan depuis longtemps. Je suis une descendante directe de la première Électrice, qui a fondé la Cité solitaire et établi les cinq cercles, parmi lesquels notre précieux Joyau. C'est non seulement un honneur pour moi, mais un devoir de préserver la littérature de leur époque. Cela dit, je comprends que ça ne passionne pas ceux dont la lignée ne remonte pas si loin.

Lady Cristal se trémousse d'embarras sur son siège. Le duc crispe les doigts autour de sa fourchette.

— Voyons, Mère, ne rabaissez pas Père sous prétexte que c'est un parvenu ! s'exclame Garnet, vidant son verre d'un trait. Vous auriez fait pareil si vous étiez née dans la Maison du Cristal.

Il tend son verre à un valet pour qu'il le remplisse.

— Merci, fils, dit le duc, laconique.

Carnelian choisit ce moment-là pour prendre la parole.

— Maman répétait que l'important, ce n'est pas la famille dans laquelle on naît, mais ce que nous décidons de faire de notre vie.

— Votre mère avait toujours de grandes idées, réplique la duchesse. Qu'il n'est pas besoin de mentionner à ma table.

Un silence glacial s'abat sur la salle. Gênée, j'enfourne quelques feuilles d'épinard dans ma bouche. Ce dîner est encore pire que le précédent. Au moins, la dernière fois, Raven était là. Ainsi que Lucien.

— Vous avez entendu parler de la dernière de lady de la Clef ? s'enquiert lady Cristal sur le ton de la confidence.

La duchesse tend l'oreille.

— Non. Dites-moi tout.

— Comme vous le savez, elle a acheté sa première mère porteuse cette année. Eh bien, apparemment, elle l'emmène partout ! Dans les boutiques, aux déjeuners mondains... Elle est même venue prendre le thé chez moi avec elle. Je me demande ce qui lui passe par la tête.

— C'est d'un vulgaire, commente la duchesse. Vous croyez qu'elle cherche à parader ?

Les deux femmes partent d'un ricanement malicieux. De leur côté, le duc, lord Cristal et Garnet débattent d'un nouvel impôt que l'Exéteur prévoit d'instaurer dans la Ferme. Pendant ce temps, Carnelian est en train de raconter à Ash ses projets pour le week-end. Je vis un grand moment de solitude.

— Quel lot a-t-elle acheté ? s'enquiert la duchesse.

— Le 102, répond lady Cristal.

— 102 ? Et elle se pavane avec elle comme si elle avait acquis le fin du fin ? C'est tout à fait ridicule !

— Je ne vous le fais pas dire. Quelqu'un devrait lui remettre les pendules à l'heure.

— D'ailleurs, commente la duchesse, ce n'est même pas une question de sécurité. Personne ne s'en prendrait à une mère porteuse d'une Maison du troisième tiers. Seulement, c'est d'un manque de classe évident !

— Peut-être est-ce une tactique pour attirer l'attention de l'Électrice, suggère lady Cristal.

Les deux femmes partent d'un nouvel éclat de rire.

— Et je suppose qu'elle désire aussi avoir une fille ?

— Cela va sans dire. Mais je ne peux pas croire que l'Exéteur envisage un jour une alliance avec la Maison de la Clef.

— À ce propos, reprend la duchesse, avez-vous trouvé votre tenue pour le bal de l'Exéteur ?

— Oui. Je craignais que l'Électrice lui fasse annuler la soirée à la suite du décès de sa mère porteuse. J'aurais été très déçue !

En l'entendant évoquer la mort de Dahlia de manière si désinvolte, je me hérisse. Sait-elle qu'elle s'adresse à son assassin ? Quand bien même, je doute qu'elle s'en soucie.

Les valets emportent nos assiettes et nous servent le plat suivant, un gigot d'agneau avec une sauce à la menthe, accompagné de pommes de terre en robe des champs. Bien que ce soit délicieux, je n'arrive pas à apprécier la nourriture. Je préférerais dîner dans ma chambre avec Annabelle plutôt que d'écouter ces femmes parler des mères porteuses comme si nous étions de simples paires de chaussures.

Mes yeux se reportent trop souvent sur Ash. Je relève le moindre détail. Son sourire énigmatique. La couleur de son iris, passant du gris au vert au gré de la variation d'intensité des bougies. Carnelian a beau l'assommer avec ses babillages, il est d'une patience d'ange ; pas une seule fois il ne donne l'impression de s'ennuyer ni ne l'interrompt. Ses doigts s'enroulent autour de son verre de vin et je songe au frisson que j'ai ressenti quand ils m'ont effleurée. Qu'est-ce qui ne tourne pas rond chez moi ? Ce n'est qu'un garçon. Oui mais un garçon d'une beauté incroyable, qui aime la musique, qui s'est adressé à moi avec bienveillance pendant quelques minutes et qui m'a fait tourner la tête...

J'engloutis une gorgée de vin.

Les paroles de la duchesse me ramènent brutalement sur terre.

— L'Électrice n'est pas la seule malchanceuse. Vous savez ce qui est arrivé à lady de la Cloche...

— Oui, murmure lady Cristal. À ce qu'on raconte, elle a retrouvé sa mère porteuse noyée dans sa baignoire. Elle est désormais hors compétition. Elle peut dire adieu à une alliance avec le Palais royal. Au mieux, elle devra attendre encore un an avant de pouvoir acquérir une autre mère porteuse.

La duchesse hausse les épaules.

— Ça lui apprendra à ne pas prendre les précautions nécessaires. Il faut se montrer ultra vigilant par les temps qui courent, dit-elle en avalant une bouchée d'agneau. C'est précisément pour cette raison que je refuse que ma mère porteuse prenne des bains. On n'a jamais vu personne se noyer dans une douche, n'est-ce pas ?

— Ah, la saison de la chasse a donc débuté ? s'exclame Garnet à l'autre bout de la table. Que les mères porteuses soient sur leurs gardes !

Il a les joues en feu et le regard aviné.

— À votre place, je surveillerais mes arrières, poursuit-il en s'adressant à moi. Cette année promet d'être meurtrière. La main du futur Exéteur est en jeu.

Mon visage se vide de son sang. Ash, que j'observe toujours du coin de l'œil, s'est raidi. La duchesse abat sa paume sur la table. Tout le monde sursaute.

— Sortez sur-le-champ ! ordonne-t-elle d'une voix si froide que je sens la température de la pièce baisser de quelques degrés.

Garnet finit son verre.

— Avec plaisir, dit-il en se mettant debout et en gratifiant la duchesse d'une révérence exagérée.

Puis il pivote sur lui-même et sort.

Après son départ, la salle baigne dans un silence embarrassant. La duchesse reste debout, les mâchoires crispées.

— Personne n'ignore à quel point je me suis montrée patiente. J'ai attendu dix-neuf ans. J'ai pris toutes les précautions nécessaires à assurer la sécurité de ma mère porteuse. Rien ne lui arrivera. Je ne le permettrai pas.

Le dessert arrive bientôt. Un cheese-cake aux framboises que j'essaie de savourer sans grand succès. Combien de mères porteuses ont été assassinées depuis la Vente aux Enchères ? Je songe à Raven et à Lily.

— Dites-moi, monsieur Lockwood, depuis combien de temps exercez-vous la fonction de compagnon ? s'enquiert la duchesse.

Je fixe mon assiette, l'oreille tendue.

— Trois ans, milady. Depuis l'âge de quinze ans.

— Dans quel cercle êtes-vous né ?

— La Fumée, milady.

Je redresse brusquement la tête. La Fumée ? Je croyais qu'il venait du Commerce ou du Joyau. Certainement pas d'un cercle plus pauvre… Ce qui nous fait un point commun, en quelque sorte. Cette pensée diffuse une onde de chaleur dans ma poitrine avant que je me ravise. Je ne suis pas censée lui porter le moindre intérêt.

— Dans quel quartier vit votre famille ? demande le duc.

— À l'est, milord.

— Nous possédons quelques usines dans cette partie de la Fumée. Rappelez-moi votre nom de famille ?

— Lockwood, milord. Mon père fabrique des meubles pour le compte de Joinder's Woodworks.

— C'est une filiale de la Maison de la Pierre, n'est-ce pas ?

— Oui, milord.

— Mon cher, intervient la duchesse, il faut que nous trouvions, dans l'une de nos usines, un emploi plus convenable pour le père de ce jeune homme.

— Je vous remercie, milady. C'est très aimable à vous, dit Ash, tendu.

— Comme je le faisais remarquer à lady Cristal un peu plus tôt, je suis surprise de constater que la procréation naturelle continue de produire pareilles... merveilles de la nature ! Vos parents doivent former un très beau couple.

La duchesse le mange des yeux tout en sirotant son vin.

Lady Cristal s'empresse de changer de sujet.

— Carnelian chérie, dites-moi, quel numéro de lot votre mère a-t-elle utilisé pour vous porter ?

La question semble mettre la nièce mal à l'aise.

— Elle ne se souciait pas du classement. Elle m'a toujours dit que ce qui l'intéressait, c'est que je sois en bonne santé.

— Je suis sûre qu'elle a acheté la meilleure mère porteuse qu'elle pouvait se permettre de se payer.

— Beryl, laissons ces dames parler fanfreluches. Que diriez-vous d'un petit cognac dans mon fumoir ?

À cet instant, la porte s'ouvre et James, le majordome, entre en s'inclinant.

— Pardonnez-moi, milady, mais un message urgent vient de nous parvenir de la Maison du Cristal, annonce-t-il en se tournant vers la personne concernée. Madame, votre mère porteuse est en train d'accoucher.

— Ciel ! s'exclame-t-elle. Mais l'accouchement était prévu dans deux semaines !

La salle est en proie à une vive agitation. Les domestiques écartent les chaises et se dépêchent d'apporter les manteaux. Le duc et la duchesse félicitent leurs invités.

— Tout va bien se passer, ma chère, la rassure la duchesse. Garnet est arrivé deux semaines et demie plus tôt que prévu et il... En tout cas, il était en bonne santé. Prenez ma voiture, elle est plus rapide que la vôtre.

— Oh, merci, merci ! s'exclame lady Cristal en lui faisant la bise.

Son mari serre la main du duc et le couple s'en va en trombe.

— Ma chère, je vais me retirer aussi, déclare le duc.

Et sans même un regard à sa femme, il quitte la salle à grands pas.

La duchesse se renverse dans sa chaise.

— Ce sera tout pour ce soir, lance-t-elle en agitant la main. Sortez.

Je m'exécute de bonne grâce. Ash et Carnelian me précèdent dans le hall d'entrée. La domestique de Carnelian s'y trouve déjà, mais je ne vois pas Annabelle.

— Votre femme de chambre ne va pas tarder, m'annonce la servante. Elle est en train de servir Garnet dans la bibliothèque.

Sa voix, je la reconnais. C'est celle de Mary, la femme dont j'ai surpris la conversation dans l'aile est.

— Merci.

— Comment s'est déroulé le dîner, mademoiselle ? demande-t-elle à Carnelian.

— Un vrai calvaire, marmonne-t-elle. M. Lockwood peut-il m'escorter jusqu'à ma chambre ?

— Ce ne serait pas convenable, réplique Ash en lui baisant la main. Nous nous verrons demain.

Carnelian lui répond par un sourire avant de suivre sa femme de chambre.

Je me retrouve seule avec Ash dans le hall d'entrée désert.

Prenant conscience de cela en même temps que moi, Ash a un mouvement de recul comme pour fuir mon contact. Les mots me manquent, pourtant j'aimerais dire quelque chose, n'importe quoi. Il s'éloigne de quelques pas, puis marque un arrêt et se retourne.

— Vous menez une drôle de vie, vous, les mères porteuses. Je ne m'en étais jamais vraiment rendu compte avant ce soir.

Sans que j'aie le temps de rebondir, Ash pivote sur ses talons et disparaît.

16.

— Faut-il vraiment que ce soit si serré ?

Quelques jours après le dîner, on m'informe que j'accompagnerai la duchesse et sa famille au bal annuel de l'Exéteur. Seulement, j'ignorais que pour me rendre au bal, je devrais renoncer à respirer pendant toute une soirée.

Annabelle lève les yeux au ciel en finissant de lacer mon corset. C'est la première fois que j'en porte un et c'est l'une des expériences les plus désagréables qui soient. On n'exagère pas quand on dit qu'il faut souffrir pour être belle. J'effleure les baleines qui me scient le buste.

Annabelle me met dos au miroir et me fait enfiler un nuage de jupons avant de me passer ma robe, prenant garde à ne pas abîmer ma coiffure. Puis elle recule de quelques pas pour admirer son œuvre, et frappe dans ses mains avec enthousiasme.

— Maintenant j'ai le droit de me regarder ?

La préparation a duré des heures ! J'en ai ras le bol. Annabelle rit en silence et me fait pivoter sur moi-même pour que je découvre mon reflet dans la glace.

Je pousse un cri de surprise.

— Oh, Annabelle !

Ma toilette lavande et or tombe gracieusement jusqu'au parquet ; le bustier est très ajusté ce qui, je l'admets à contrecœur, souligne ma silhouette. Peut-être un peu trop d'ailleurs. J'ai l'impression que ma poitrine va déborder de mon corsage. Je n'ai pas l'habitude de porter des tenues si suggestives. Mes cheveux tombent en boucles d'un côté de ma tête, retenus par des épingles, et mon visage est plus maquillé que de coutume, surtout les yeux.

Annabelle apparaît derrière moi dans le miroir. Elle est ravie.

— Il n'y a pas de quoi être si fière, dis-je, un sourire en coin. C'est parfait, reprends-je plus sérieusement. La duchesse sera enchantée.

Annabelle me conduit dans le hall d'entrée où la fontaine étincelle gaiement sous la coupole, où filtre une lumière vespérale. Ash et Carnelian sont déjà là. Mon cœur bondit dans ma poitrine à la vue du jeune homme.

— J'ignorais que vous veniez, lance Carnelian, vêtue d'une robe rose plus sophistiquée que la mienne, avec ses mancherons en dentelle et une jupe bouffante.

— Et moi j'ignorais que *vous* veniez, rétorqué-je du tac au tac.

Ash ne m'adresse pas un regard mais un sourire espiègle se dessine sur ses lèvres.

Le duc et la duchesse ne tardent pas à nous rejoindre, Cora dans leur sillage.

— Nous sommes en retard, s'agace la duchesse sans un salut. Où est Garnet ?

Elle nous scrute un à un comme si nous le cachions dans notre poche. Puis elle pousse un soupir exaspéré.

— Je me demande pourquoi je prends la peine de demander. Allons-y.

Sous sa cape de velours, sa robe bleu nuit scintille. Elle enfile sa main gantée au bras du duc et l'entraîne sur le perron. Annabelle me drape les épaules d'un manteau pendant qu'Ash fait de même avec Carnelian.

— Où est Garnet ? murmuré-je.

Annabelle hausse les épaules.

Deux voitures sont garées dans l'allée. L'air est frais, le ciel d'un bleu profond. J'ajuste mon manteau autour de mon buste. Le duc et la duchesse se dirigent vers la première voiture ; Cora nous guide, Ash, Carnelian et moi, vers la seconde.

Le trajet jusqu'au Palais royal semble durer une éternité. Carnelian partage ma banquette tandis qu'Ash est installé face à nous. Les yeux fixés sur le paysage, je fais mon possible pour ignorer Carnelian, qui ne cesse de poser des questions stupides et pouffe de rire dès qu'Ash a le malheur d'ouvrir la bouche. Quant à lui, impossible de faire comme s'il n'existait pas. Du coin de l'œil, j'observe les contours de son élégante silhouette.

Les demeures sont encore plus sensationnelles de nuit que de jour. Elles chatoient comme des pierres précieuses. Le Royal Concert Hall brille de mille feux, habillé de lumières rose et or. Ash mentionne le concert de Stradivarius Tanglewood à Carnelian qui me fait grimacer en répondant :

— Qui ça ? Son nom ne me dit rien.

La voiture pénètre dans la forêt, où l'obscurité nous enveloppe d'un coup. Je lève les yeux. Des milliers d'étoiles constellent le ciel noir. Je songe à la dernière soirée que j'ai passée chez ma mère. Une idée m'avait alors réconfortée. Je m'étais dit que nous aurions beau être séparées physiquement, Hazel et moi serions toujours sous le même ciel. Et cela quelle que soit la distance qui nous séparerait.

Je songe bientôt à Lucien. Peut-être vais-je le revoir ce soir. Quelle idiote je suis ! J'aurais pu y penser avant. Je me suis tellement focalisée sur Ash que tout le reste a cessé d'exister. C'est décidé : ce soir, je trouverai un moyen d'entrer en contact avec Lucien. Seule.

Nous dépassons les buissons en forme de créatures où des guirlandes lumineuses clignotent, et débouchons dans la cour avec la fontaine en son centre.

Le Palais royal flamboie comme de l'or en fusion. Ses dômes, ses tourelles et ses pointes se dressent, lumineux, perçant la nuit et baignant la place d'une lueur rougeoyante. Le chauffeur gare la voiture devant l'immense escalier, où des valets sont postés. Ils nous ouvrent la portière et nous aident à descendre. Dans le sillage du duc et de la duchesse, nous montons lentement les marches. Dans le hall, un serviteur nous débarrasse de nos manteaux et un valet nous escorte le long d'un couloir drapé de tentures riches, où sont accrochées de gigantesques peintures à l'huile. Des fragments de musique me parviennent aux oreilles.

Comme j'ai hâte de revoir Raven ! Près d'un mois s'est écoulé depuis notre dernière rencontre, le jour des funérailles de Dahlia. J'ai l'impression que cela fait un siècle. Elle a dû accompagner au bal sa propriétaire, la comtesse de la Pierre.

Nous atteignons une porte majestueuse ornée de moulures aux détails exquis. De part et d'autre, deux valets l'ouvrent d'un geste théâtral. Juste à l'entrée, un serviteur nous accueille en frappant trois fois sa canne contre le parquet.

— Le duc et la duchesse du Lac !

La salle de bal est bondée d'hommes en costume trois pièces et de femmes arborant de somptueuses toilettes. Les danseurs tournoient sur une valse qu'un petit orchestre joue depuis une estrade près des fenêtres. À l'opposé, l'Exéteur et l'Électrice trônent. Ils forment un couple fort étrange : tandis que l'Électrice, pareille à une poupée de porcelaine, rit aux éclats, son époux affiche un air impassible. Un verre de vin à la main, il observe ses invités sans ciller.

La duchesse s'avance sur la piste. Sur son passage, les danseurs s'écartent en s'inclinant. Le duc attrape deux flûtes de champagne sur un plateau pour en offrir une à sa femme. J'aperçois la duchesse de la Balance, la peau couleur café. Son regard s'arrête sur la duchesse à qui elle décoche un coup d'œil assassin. À ses côtés, la pièce montée se tient docile et silencieuse. Je promène mon regard sur la salle à la recherche de Raven et de Lucien. Normalement, la monstrueuse comtesse de la Pierre est repérable entre mille.

Un immense lustre illumine la salle. Des lampions évoluent tout autour, semblables à des planètes autour du soleil. Les murs sont couverts de papier peint or, cuivre et bronze ; le parquet en chêne brille comme un bijou. Profitant du passage d'un autre serviteur, Ash saisit deux verres, un pour lui, l'autre pour Carnelian.

— C'est incroyable ! s'exclame-t-elle en admirant le plafond. Vous êtes déjà venu ici ?

— Quelques fois, répond Ash d'une voix teintée d'amertume.

Je me demande ce que lui évoque cet endroit pour qu'il prenne soudain un air si sombre.

— Je rêve de me rendre à un bal depuis que je suis toute petite, s'épanche Carnelian sans remarquer son trouble. Mais ma tante s'y est toujours opposée.

— C'est pour cela que je suis là, réplique Ash. Vous aviez besoin d'un cavalier. Une jeune fille ne sort pas sans qu'on l'escorte.

— Garnet m'a accompagnée à une fête, un jour. Lors de la Nuit la plus longue. Dans le Commerce. Ça n'était rien en comparaison de cette soirée.

Je continue de fouiller l'assemblée du regard. En même temps, j'épie les va-et-vient des serviteurs dans l'espoir qu'un plateau de petits fours croise mon chemin… Rien que d'y penser, j'en ai l'eau à la bouche. La nourriture ici est succulente.

Je reporte les yeux sur la duchesse. Elle est en pleine conversation avec la comtesse de la Rose. Quant au duc, il a disparu.

Soudain, la musique change et Ash offre son bras à Carnelian.

— M'accorderez-vous cette danse ?

Elle pique un fard.

— Volontiers.

Il l'entraîne sur la piste. Une jalousie incontrôlable me saisit en le voyant enrouler son bras autour de sa taille et coller son visage au sien.

La comtesse monopolise l'attention de la duchesse. J'en profite pour rafler une flûte de champagne. J'en avale une pleine goulée. Les bulles me picotent le nez, m'arrachant une petite grimace.

Un couple est annoncé à la porte. La femme tient sa mère porteuse en laisse. Juste avant de pénétrer dans la salle, elle la détache de son poignet et la tend au valet comme on confierait un chien à l'entrée d'un magasin. Je détourne la tête, écœurée.

De jeunes couples évoluent sur la piste. Les garçons sont dans l'ensemble très séduisants. Je me demande si ce sont des compagnons ou des enfants du Joyau dont les traits si parfaits furent façonnés par une mère porteuse. J'étudie la foule. Les membres de la royauté affichent une arrogance désinvolte. Ils se jaugent les uns les autres avec mépris. En tout cas, ils ont tous l'air de s'ennuyer à mourir.

Les mères porteuses se distinguent facilement des autres jeunes filles. Nous nous tenons toutes comme des potiches à proximité de notre maîtresse, l'air très mal à l'aise. Près de moi, la tigresse, la tête auréolée de tresses nouées en un immense chignon, fait le pied de grue. Elle pose les yeux sur ma flûte de champagne et plisse les yeux. Je la vide d'un trait et pose le verre sur un plateau. Je surprends la pièce montée qui fixe les danseurs d'un air rêveur. Toujours aucun signe de Raven ni de Lucien.

Je commence à m'impatienter quand, soudain, les paroles de la duchesse me font tendre l'oreille.

— Très bientôt, dit-elle à la comtesse. Le docteur Blythe est très satisfait des résultats.

La comtesse éclate de rire.

— Oui. Sapphire ne s'est toujours pas remise de ce qu'elle a vu chez vous lors de sa dernière visite. À ce qu'elle raconte, votre mère porteuse aurait détruit toute une collection de cristal.

La duchesse hausse les épaules.

— Des babioles. Rien d'irremplaçable. Cela en valait la peine. J'espère que cette histoire parviendra aux oreilles qu'il faut.

— J'ai surpris la duchesse de la Balance dire à lady...

— Les propos d'Alexandrite ne m'intéressent pas, rétorque la duchesse. Elle n'est personne. Cela fait à peine deux ans qu'elle a épousé le duc ; elle ne vient pas d'une Maison fondatrice. Non, c'est surtout Ebony dont je me méfie.

Ebony. La maîtresse de Raven. Je me rapproche discrètement de la duchesse.

— Oui. Elle fait beaucoup de mystères, acquiesce la comtesse. Ce qui n'est pas bon signe.

— Tout ira bien du moment que ma fille naît en premier, réplique la duchesse. C'est l'essentiel. C'est ce qui fera d'elle un être à part avant même son premier souffle. L'Exéteur ne pourra pas ignorer cela.

— Et l'Électrice ? s'enquiert la comtesse.

— C'est lui qui détient l'autorité. Elle aura beau se croire notre égale, elle ne l'est pas et ne le sera jamais. (La duchesse se retourne et pose un regard glacial sur le trône où est assis l'Exéteur.) Ametrine, n'oubliez jamais que je le connais mieux que personne.

La comtesse de la Rose paraît soudain très mal à l'aise. Elle se met à danser d'un pied sur l'autre.

Je me sens également gênée. J'ai l'impression de m'incruster dans une conversation très intime.

— Dites-moi, reprend la comtesse, changeant de sujet. Comment se passent les arrangements pour le mariage ?

La duchesse émet un grognement.

— Duquel parlez-vous ? La Maison de la Plume devrait me donner une réponse cette semaine. Au moins, Garnet possède un titre. Carnelian... (Elle glisse un regard vers la piste de danse, où Carnelian fait tache au bras d'Ash.) Soyons honnêtes, elle ne présente aucun avantage pour un homme. Je me trompe ?

— Le compagnon que vous lui avez trouvé est tout à fait charmant, répond la comtesse. Voilà des années que je n'en ai pas vu de si agréable à l'œil.

— En effet.

Elle couve Ash d'un regard avide. Troublée, j'attrape une autre flûte de champagne sur un plateau et la vide à moitié. Je me sens la tête très légère. Un plateau de toasts au saumon fumé vient me narguer. J'en fourre un dans ma bouche tandis que la duchesse garde les yeux rivés à la piste. Je dissimule mon verre dans les plis de ma jupe.

Le morceau s'achève et Ash ramène Carnelian parmi nous.

— Comme c'était amusant ! s'exclame-t-elle. M. Lockwood m'a promis que nous peaufinerions ma technique cette semaine.

— Très sage idée, rétorque la duchesse.

— Vous formez un couple charmant, dit la comtesse d'un ton moqueur.

Je lève les yeux au ciel. Surprenant ma réaction, Ash esquisse un sourire puis se tourne vers la duchesse.

— Me feriez-vous l'honneur de m'accorder cette danse, milady ?

Elle accepte et Ash l'escorte jusqu'à la piste.

Parfait. Déjà que quand il batifole avec Carnelian, ça me révulse, alors le voir danser avec la duchesse me file carrément la nausée. Je finis ma flûte à l'instant où la tigresse en porte une à ses lèvres – elle a aussi volé un verre subrepticement. J'arque un sourcil. Elle me répond par un haussement d'épaules avant d'en prendre une pleine gorgée.

À cet instant, on me rentre dedans. Je lâche ma flûte et manque bousculer Carnelian. Ma coiffure se défait en partie.

Un cri de surprise m'échappe, et je chancelle, légèrement pompette.

— Garnet ! s'indigne la comtesse de la Rose.

Son nœud papillon est de travers, ses joues écarlates. On dirait qu'il n'a pas eu la main légère avec le champagne. Il est flanqué de quatre comparses, tous plus saouls les uns que les autres et qui, voyant la comtesse, tâchent de faire bonne figure, sans grand succès.

Garnet en revanche ne cherche même pas à camoufler son état.

— Mes plus plates excuses, milady, s'exclame-t-il en lui adressant une révérence pompeuse. Je ne vous avais pas vue.

— Vous pourriez vous tenir ! s'emporte la comtesse. Vous ne croyez pas que votre mère a déjà assez de soucis en tête en ce moment ?

— Vous faites sans doute référence à mon mariage imminent ? Enfin, à l'absence de propositions ? rétorque Garnet en pouffant de rire. Qui eût cru que ce joli minois (il indique son visage) serait si difficile à refourguer ?

— Vous êtes un porc, commente Carnelian, la mine dégoûtée.

— Et vous, cousine, êtes une cause perdue. (Garnet saisit une flûte de champagne.) Je vous parie dix mille diamants qu'elle me trouve une femme avant de vous dégoter un mari.

Le visage de Carnelian se décompose.

— Je n'ai pas cet argent.

— Pas faux, lâche-t-il en se tournant vers ses amis. Filons dans le parc avant que ma chère mère ne quitte la piste de danse.

— Garnet, l'interrompt un de ses acolytes en me désignant du menton. Tu ne t'excuses pas ?

— M'excuser ? Pour quoi ? réplique Garnet, en posant sur moi son regard éméché. Ah ! ce n'est que la mère porteuse de ma mère. Venez.

Ensemble, ils se fraient un passage parmi l'assemblée en jouant des coudes, dans de grands éclats de rire. J'effleure le côté de ma tête, où les épingles ont glissé.

— Tout va bien ? s'enquiert une voix familière.

Je pivote sur moi-même et me retrouve face à Lucien. Je m'apprête à lui répondre avant de me raviser. Du menton, Lucien me fait comprendre que la question ne s'adresse pas à moi.

— Oui. Garnet fait encore des siennes, voilà tout. Charmant, comme à son habitude, répond la comtesse, outrée. Il a gâté la coiffure de la mère porteuse.

— C'est embarrassant ! s'exclame Lucien en m'examinant. Ne vous en faites pas, je vais arranger ça en un éclair. Vous, me lance-t-il sèchement. Venez avec moi.

Je le suis à travers la foule, tête baissée. Lucien quitte la salle et emprunte un couloir. Il brandit son trousseau et déverrouille la porte d'un petit cabinet de toilette. Un immense miroir recouvre un pan de mur entier. En face, un lavabo et un comptoir en pierre recouvert de maquillage, d'épingles à cheveux et de flacons de parfum.

Il ferme la porte.

— Lucien ! Où étiez-vous…

Il pose son index sur ses lèvres et je laisse ma phrase en suspens. Il décroche le diapason de son porte-clefs et le cogne contre le comptoir. Le dispositif s'élève de quelques centimètres en produisant un faible bourdonnement.

Alors seulement il se détend.

— Vous êtes magnifique.

Sa remarque me flatte.

— Merci. Je me suis rendue maintes fois à la bibliothèque dans l'espoir de vous y croiser. Où étiez-vous passé ?

— Il n'est pas très prudent de se rencontrer deux fois de suite au même endroit.

— Quand vous avez dit pouvoir me sortir d'ici, vous étiez sérieux ?

— Oui. Mais nous n'avons pas le temps de nous étendre. Le moment n'est pas idéal. (Lucien examine ma chevelure. Il s'empare de la boucle rebelle.) J'avais élaboré tout un plan pour me retrouver en tête-à-tête avec vous. Mais le fils de la duchesse m'a offert une opportunité en or.

Nos regards se croisent dans la glace. Il brandit un diapason similaire à celui qui flotte dans les airs. Il le dissimule soigneusement dans ma coiffure.

— Une fois de retour au palais, cachez-le dans un endroit sûr. Vous en aurez besoin demain à minuit, me glisse-t-il à l'oreille. À présent, je vais vous ramener auprès de votre maîtresse.

Il raccroche le premier diapason à son porte-clefs et regagne le couloir en silence. Le temps de digérer ce qu'il m'a confié, je le suis, consciente de dissimiler dans ma chevelure un lourd secret.

17.

À notre retour dans la salle de réception, la duchesse est encore sur la piste.

— Retournez auprès de la comtesse et attendez-y sagement votre maîtresse, m'ordonne Lucien d'un ton sec, à présent que nous sommes en public.

Je le regarde s'éloigner. Il se faufile à travers la foule. En l'apercevant, l'Électrice lui fait signe de la rejoindre. Il se penche vers elle et elle lui glisse quelques mots à l'oreille. La curiosité me dévore.

— Violet ?

Je sursaute. Raven se tient près de moi, à moitié dissimulée derrière une colonne. Elle porte une magnifique robe rouge sang. À ses poignets pendent des bracelets en or.

— Raven !

Je m'approche d'elle avec discrétion.

— Chut ! Il ne faut pas qu'elle nous surprenne, dit-elle en agitant son menton vers l'arrière.

Je reconnais le dos énorme de la comtesse de la Pierre. Elle est en train de bavarder avec lady de la Flamme.

— Je t'ai cherchée partout, ajoute Raven.

Une fois passé le choc de nos retrouvailles, je remarque à quel point elle est fine. Voire maigre. Ses pommettes sont plus saillantes qu'avant ; des cernes noirs soulignent ses yeux.

— Tu vas bien ?

— Tu es belle, répond-elle, ignorant ma question. Exactement comme dans mes souvenirs. (Elle devient pensive.) Tu sais, parfois je me demande si je n'ai pas tout imaginé. Ma vie à Southgate, notamment. Ça ne t'arrive jamais ?

— Non. Qu'est-ce que tu racontes ?

Mais c'est comme si elle ne m'avait pas entendue.

— Il y avait une fille. C'était notre amie. Une jolie blonde écervelée. Comment s'appelait-elle ?

Une boule se forme dans ma gorge.

— Lily. Elle s'appelait Lily.

Raven pousse un soupir de soulagement.

— Oui. Lily. Il me semble que je n'étais pas toujours tendre avec elle.

Elle se frotte le bras d'un air songeur. Je m'aperçois que les bracelets sont en fait des menottes, reliées par une chaînette.

— Qu'est-ce que c'est que ça ? dis-je, épouvantée.

Raven m'adresse un sourire qui me donne froid dans le dos.

— Elle ne me porte pas dans son cœur. Je me suis rebellée. Du coup, elle s'est mis en tête d'effacer ma mémoire. Me faire subir un lavage de cerveau en quelque sorte. Mais je ne la laisserai pas faire. Je ne t'oublierai pas. Tu as ma parole, d'accord ? Je ne t'oublierai pas.

— Raven, tu me fais peur.

— Et toi, tu ne m'oublieras pas non plus. N'est-ce pas, Violet ? reprend-elle en s'écartant.

— Bien sûr que non, dis-je, les larmes aux yeux. Jamais de la vie.

Raven se dépêche de rejoindre sa maîtresse qui se retourne pile à cet instant pour attraper un petit four sur un plateau.

Une main se cramponne à mon bras. Je bondis.

— Vous devriez être auprès de votre maîtresse à l'heure qu'il est, chuchote Lucien sur le ton de l'avertissement. Je vais vous raccompagner.

Je le suis sans rechigner. Le visage émacié de Raven, les menottes à ses poignets, sa crainte que je l'oublie. Autant d'images qui me hantent à présent.

— La voilà, milady, s'exclame Lucien en me remettant à la comtesse de la Rose. Sa coiffure est parfaite. On n'y voit que du feu.

La valse s'achève et les couples quittent la piste. Ash et la duchesse seront là d'une seconde à l'autre. Cependant, la brève apparition de Raven continue de me tourmenter.

— Tenez, dit Lucien en me tendant une flûte de champagne. Buvez cela. Inutile de vous morfondre. Tout ira bien.

Je perçois le double sens de ses propos et je me demande s'il est au courant pour Raven. Mais sans que j'aie le temps d'approfondir la question, il a esquissé une révérence et s'est fondu dans la foule.

— Vous êtes un danseur émérite, monsieur Lockwood, le complimente la duchesse tandis qu'ils nous rejoignent.

— C'est parce que j'ai une excellente cavalière, milady.

Carnelian fait la moue. La duchesse balaie l'audience du regard.

— Il va falloir que je mette la main sur mon mari. Ametrine, nous reparlerons avant la fin de la soirée.

— Bien sûr, répond la comtesse.

La duchesse me toise. Je remercie Lucien en silence. Le verre a le mérite de m'occuper les mains. De surcroît, l'alcool excuse le rouge de mes joues et les larmes qui menacent de jaillir de mes yeux à tout instant. Elle m'arrache la flûte des mains.

— Je vous interdis de boire sans ma permission, siffle-t-elle, en se débarrassant du verre.

Soudain, un coup retentit et la musique cesse. L'Électrice et l'Exéteur se mettent debout et la foule se tait. Les hommes s'inclinent, les femmes se ploient jusqu'au sol. Ma robe forme une flaque tout autour de moi tandis que j'ébauche une révérence. Mon corset s'imprime dans mes hanches.

— Merci d'être venus si nombreux, déclare l'Exéteur. Vous êtes tous chers à notre cœur et essentiels à la pérennité de notre grande et belle Cité. Pour vous remercier, je tiens à porter un toast en votre honneur.

L'Exéteur et sa femme lèvent leur flûte. Les invités se redressent et les imitent aussitôt.

— Une année excitante s'annonce pour notre famille, poursuit-il. Puis-je vous présenter à tous... mon fils et l'héritier du trône, le futur Exéteur.

Une nourrice coiffée d'un chapeau blanc apparaît sur l'estrade. Elle se place entre l'Exéteur et l'Électrice, un bébé dans les bras. Il est vêtu d'un habit cousu d'or. Son visage minuscule est tout plissé. Une pluie d'applaudissements accueille sa venue. À cet instant, il se met à pleurer. Une longue note soutenue qui fait grimacer l'assemblée. L'Exéteur adresse un regard acéré à la nourrice qui emporte aussitôt le bébé. Ses cris se perdent dans les applaudissements.

— À présent, place au divertissement ! s'écrie l'Électrice. Il y a tant de mères porteuses ici réunies ce soir. Que diriez-vous de voir qui est la plus talentueuse d'entre toutes ?

Ces gens ont une fâcheuse tendance à poser des questions qui n'en sont pas.

Le doute m'envahit. Je soupçonne soudain la duchesse de m'avoir offert le violoncelle pour que je me prépare sans le savoir à cette soirée. Si ça se trouve, sachant que l'Électrice proposerait ce concours saugrenu, elle souhaitait mettre toutes les chances de son côté. Je n'ai aucune envie d'y participer. Affolée, je jette un coup d'œil dans sa direction, mais ses yeux ne quittent pas l'Exéteur.

— La mienne est une danseuse, Votre Majesté, dit la duchesse de la Balance. La meilleure qui soit.

Près d'elle, la pièce montée devient pâle comme un linge.

Enchantée, l'Électrice bat des mains.

— Merveilleux ! Qu'elle s'avance !

La jeune fille est escortée sur la piste de danse, juste devant l'estrade royale. Je me prends de pitié pour elle. Les invités s'agglutinent tout autour pour ne pas manquer une miette du spectacle. Tremblant comme une feuille, elle implore sa maîtresse des yeux. En réponse, celle-ci la menace du regard. Je n'ose pas imaginer le châtiment qu'elle recevra si jamais elle ne se montre pas à la hauteur ce soir.

La jeune fille marque un arrêt à la limite de la piste de danse et ôte ses escarpins. Puis elle dégrafe sa robe qui dégouline par terre. À la surprise générale, elle se retrouve en jupon et corset.

— Mon Dieu ! s'exclame l'Électrice.

La duchesse de la Balance semble ravie de l'émoi suscité.

— Sa jupe est trop longue. Elle l'empêche de danser.

L'Électrice glousse.

— Je vois. Vous faut-il un morceau en particulier ?

— Non, Votre Majesté, réplique la duchesse avec un air supérieur. Elle danse sur absolument tout.

L'Électrice s'adresse à l'orchestre.

— Jouez un nocturne.

Un violon entonne un solo, une suite de notes mélancoliques à laquelle s'ajoutent bientôt celles du second violon, de l'alto et du violoncelle. Je note que l'alto est légèrement désaccordé, le *la* un tantinet trop aigu.

La pièce montée ferme les yeux, lève les bras en l'air, et se met à danser.

Elle est superbe. Son corps se meut avec une grâce incomparable, à croire que ses articulations sont élastiques. Ses membres s'étirent et se plient à des angles improbables. J'ai l'impression qu'à travers sa chorégraphie elle nous raconte une histoire. Je retrouve chez elle les sentiments qui m'animent quand je joue du violoncelle.

Le morceau s'achève et la pièce montée se courbe une dernière fois pour adopter une posture finale d'une finesse et d'une beauté incroyables. L'Électrice applaudit aussitôt. Le public l'imite à son tour. Je partage l'enthousiasme général. Son numéro m'a galvanisée. J'ai eu l'impression de partager un rêve qui n'était pas le mien. C'était sublime.

La pièce montée fait une profonde révérence puis ramasse ses vêtements et ses souliers en toute hâte pour aller rejoindre sa maîtresse.

— Époustouflant ! s'exclame l'Électrice. N'est-ce pas, mon chéri ?

Les applaudissements retombent.

L'Exéteur approuve.

— C'est le spectacle le plus agréable qui soit, ajoute l'Électrice en gratifiant la duchesse de la Balance d'un sourire réjoui. Alexandrite, je crois que vous avez acquis de loin la mère porteuse la plus talentueuse de la promotion.

Celle-ci frétille de plaisir.

— Je vais devoir vous contredire sur ce point, Votre Majesté, intervient la duchesse.

La foule émet un cri de surprise. Un frisson me remonte le long de la nuque. La duchesse du Lac n'a pas détaché les yeux de l'Exéteur, qui esquisse un léger sourire.

J'ignore si l'Électrice a remarqué ces signes de connivence entre son époux et ma maîtresse. Toujours est-il qu'elle n'en laisse rien paraître.

— Vous prétendez que votre mère porteuse peut surpasser celle d'Alexandrite ?

La duchesse irradie l'arrogance.

— Sans l'ombre d'un doute.

— J'adore l'esprit de compétition ! s'enflamme l'Électrice. Voyons tout de suite de quoi votre recrue est capable ! Qu'en pensez-vous, mon chéri ?

L'Exéteur tapote son verre du bout du doigt.

— Quel talent a-t-elle, Pearl ? demande-t-il.

Un éclair passe dans les yeux de la duchesse.

— Elle joue du violoncelle, Votre Altesse.

L'Exéteur hoche la tête.

— Faites-la monter sur scène, ordonne-t-il à ses valets.

Une main de fer m'agrippe le bras.

— Ne me décevez pas, grogne la duchesse. S'il vous plaît, ajoute-t-elle.

On me conduit devant l'orchestre. La tension est palpable dans la salle. Le défi exalte les convives. Chacun espère en secret me voir échouer, je m'en doute. L'estrade se rapproche et, en grimpant les quelques marches, je me prends les pieds dans ma jupe. Des éclats de rire balaient l'audience. Je ne sais plus où me mettre.

Un vieillard moustachu me confie son violoncelle à contrecœur. J'enroule les doigts autour du manche et saisit l'archet de l'autre main.

Prenant une profonde inspiration, je me tourne face au public. L'Exéteur et l'Électrice ont quitté leur trône. Ils se tiennent maintenant au pied de l'estrade, à moins de cinq mètres de moi. La duchesse est à quelques pas à peine de l'Exéteur. Le duc est à côté d'elle, bien que légèrement en retrait. Non loin d'eux, j'aperçois Carnelian et Ash, côte à côte. Et derrière eux, un océan de visages, des centaines de paires d'yeux braqués sur moi. L'archet tremble dans ma main. Je n'ai jamais joué devant autant de monde. Quand je répète dans la salle de concert de la duchesse, mon audience imaginaire est toujours bienveillante, encourageante. L'ambiance est si différente, ce soir. Hésitante, je prends place sur la chaise et ajuste ma jupe pour que le violoncelle se cale bien entre mes cuisses. Son contact me rassérène quelque peu. Je pose ensuite le manche contre mon épaule.

— Avez-vous un compositeur de prédilection, Votre Altesse ? s'enquiert la duchesse.

Sa question s'adresse visiblement à l'Exéteur.

Pourtant c'est son épouse qui répond à sa place.

— Qu'elle nous joue son morceau favori.

Un murmure parcourt l'assemblée. Certains esquissent un sourire narquois. Ils sont nombreux à ne pas porter l'Électrice dans leur cœur, c'est évident. Quoi qu'il en soit, ça n'est pas mon problème. Pour l'heure, je dois donner le meilleur de moi-même. Mon morceau favori ?

Je n'ai pas à réfléchir longtemps. Le public s'efface de mon champ de vision, mon esprit s'affûte et je me focalise sur mon instrument. Je sais précisément ce que je vais jouer. Du même coup, mes craintes se dissipent.

Le prélude en *sol* majeur. Mon tout premier morceau. Je parie que la duchesse préférerait que je joue une pièce plus moderne, plus impressionnante, histoire de leur en mettre plein la vue. Mais ce prélude a une signification toute particulière pour moi. Il me rappelle Raven, Lily, et toutes les filles qui ont quitté le Marais en même temps que moi. Il fait resurgir des images de mon passé : Southgate, le réfectoire, ma chambre riquiqui, le gâteau d'anniversaire d'Hazel avec son nom écrit au sucre glace. Il m'évoque une époque révolue où l'amitié avait encore un sens.

Je glisse l'archet sur les cordes. Les notes se succèdent avec fluidité. Une cascade de sons qui me transportent ailleurs. La musique me propulse dans une petite salle de musique où les seuls visages qui me contemplent sont ceux des pensionnaires de Southgate. Des filles qui savourent ce moment, tout simplement. Ces souvenirs brûlent en moi comme la flamme d'une chandelle. Les notes montent de plus en plus haut et je me sens libre comme l'air. Je me trouve à présent dans un lieu où rien ni personne ne peut m'atteindre ni me faire du mal. La quinte finale résonne à travers la salle. Un sourire m'éclaire le visage et une larme roule le long de ma joue.

Un silence total accueille ma prestation.

Je relève le menton et croise des yeux vert-de-gris. Cette fois-ci, Ash ne détourne pas la tête, et moi non plus. Son regard enflammé me donne le sentiment d'exister à nouveau. C'est *moi,* Violet, qu'il regarde et non pas le lot 197. J'ai la sensation qu'il perçoit mon âme.

L'Exéteur se met à applaudir. Le public suit son exemple si bien que le bruit devient bientôt assourdissant. Pourtant je me sens étrangement détachée de cette scène ; les applaudissements me parviennent comme étouffés. Un éclair doré a capté mon attention. Un autre visage se détache de la foule anonyme. Le seul qui puisse me détourner de celui d'Ash.

Celui de Raven.

Je ne vois plus qu'elle, perdue parmi cette myriade de têtes inconnues. Ses mains menottées sont pressées contre sa poitrine. Elle semble heureuse, sincèrement heureuse. Nos yeux se verrouillent ; je croise les deux doigts de ma main droite et les pose sur mon cœur, un geste qui symbolise le respect parmi les pensionnaires de Southgate. Ma façon à moi de lui signaler que, quoi qu'il arrive, jamais je ne l'oublierai.

18.

À mesure que la nuit progresse, l'atmosphère se détend et le bal tourne à l'orgie.

Le champagne coule à flots, l'orchestre s'enflamme et les danseurs se trémoussent avec frénésie sur la piste. Les éclats de rire augmentent de plusieurs décibels et les discussions se font tonitruantes.

À la suite de ma performance, on couvre la duchesse de compliments, ce que je trouve complètement absurde. Qu'a-t-elle fait pour mériter ça, si ce n'est avoir sorti son portefeuille et m'avoir achetée ?

La tête basse, les mains croisées devant elle, Raven reste prostrée près de la comtesse de la Pierre.

Il règne ici une chaleur suffocante. Du reste, le champagne commence sérieusement à me monter à la tête. Je laisse errer mon regard sur la salle. La duchesse est en train de danser avec le duc. Carnelian et Ash ont mystérieusement disparu. Lucien est en grande discussion avec une poignée de valets. Quant à Garnet, il ricane dans un coin avec ses amis en lorgnant un groupe de filles. J'étouffe. Apercevant une porte qui donne sur l'extérieur, je m'éclipse.

L'air saisissant de novembre me revigore aussitôt. Je l'inhale à fond en dépit du corset qui me comprime les poumons. Puis je me passe la main sur le front. C'est agréable d'être enfin seule.

Je me trouve dans un jardin où coule une fontaine. Face à moi, deux silhouettes s'enlacent sur un banc. Sur ma droite, je distingue une haie derrière laquelle je me réfugie, à l'abri des regards et du bruit. Le clair de lune se reflète sur la surface d'un petit bassin. Derrière se dresse un belvédère. Le calme des lieux m'apaise peu à peu. Je m'accroupis au bord de l'eau et, prenant garde de ne pas mouiller ma jupe, je me penche en avant pour en effleurer la surface. Des ridules s'y dessinent, déformant un instant le reflet de la lune.

— Bonsoir.

Surprise, je manque basculer la tête la première dans le bassin. Puis je retrouve mon équilibre et me relève tant bien que mal. Alors, je l'aperçois là, assis sous le belvédère. Ash. Il a ôté sa veste et roulé les manches de sa chemise.

— Bonsoir, dis-je dans un souffle.

Une minute passe. On se scrute sans un mot jusqu'à ce qu'il finisse par briser le silence.

— Que faites-vous ici ?

— Je ne sais pas. J'avais chaud. Et puis, c'est trop bruyant à l'intérieur. J'avais besoin d'un peu de calme.

— Je vous l'accorde. (Il baisse la tête.) Vous ne devriez pas être là.

— Vous avez sans doute raison.

Pourtant il ne me demande pas de partir. Pas plus qu'il ne cherche à s'en aller.

— Votre performance m'a beaucoup touché, reprend-il en croisant mon regard. C'était merveilleux.

Je marque un temps d'hésitation.

— Merci.

— Ils ne comprennent pas, poursuit-il, dirigeant le regard vers le palais. Ils croient que votre talent leur appartient. Comme si l'argent leur donnait tous les droits.

— C'est pourtant le cas, non ? dis-je, amère.

— Non.

Je tâche d'alléger le ton de la conversation.

— N'exagérons rien, je ne suis ni Stradivarius Tanglewood ni Reed Purling.

Ash détourne la tête, l'air songeur.

— C'est la première fois que ça m'arrive, vous savez. De ne pas être d'accord avec un client. C'est défendu.

— Pourtant vous n'avez pas hésité à me contredire le jour de notre rencontre. Pourquoi ?

— Je ne sais pas. Je voulais juste… pour une fois, j'avais envie d'être sincère, j'imagine.

— À vous entendre, c'est une chose terrible.

— Dans mon métier, oui. Ma position me l'interdit.

— Et la mienne m'interdit de parler, tout court. Du coup, vous pouvez vous confier à moi. De toute façon, je ne pourrai rien répéter.

— Vous marquez un point, réplique Ash avec un sourire. Eh bien, pour commencer, je tiens à vous avouer que… je hais les avocats.

J'éclate de rire.

— Pardon ?

— Les avocats. Je déteste ça. C'est visqueux. J'ai l'impression de manger du savon.

— Où est-ce que vous êtes allé chercher ça ? C'est complètement faux. (Je ris encore.) Moi, je hais ce corset, dis-je en pointant mon buste. C'est un supplice. On devrait forcer les hommes à en mettre. Ils comprendraient.

— À mon avis, le duc le porterait moins bien que vous.

Mes joues me brûlent.

— Je ne ressemble à rien, comparée à toutes ces femmes présentes ce soir.

— Ne vous comparez pas à elles ! s'emporte-t-il.

La véhémence de son ton me surprend. Je le dévisage, incrédule.

— Désolé, s'excuse-t-il aussitôt.

— Ce n'est rien. Je n'étais pas en train de me comparer, dis-je en portant le regard sur le palais. Ces gens et moi, nous appartenons à deux mondes différents.

— Deux mondes totalement opposés, vous voulez dire.

Ses mots me piquent au vif. Du moins jusqu'à ce qu'il précise :

— C'est un compliment.

— Vous êtes souvent venu ici ?

— Au Palais royal ? Ce soir, c'est la douzième fois que j'ai l'honneur d'y être convié.

Un sourire m'échappe.

— Pas la peine d'employer un langage si ampoulé avec moi. Je ne suis qu'une mère porteuse, au cas où vous l'auriez oublié.

Ash me renvoie mon sourire.

— L'habitude, j'imagine. (Il marque une pause.) Je m'exprime de manière ridicule, vous ne pensez pas ? Il m'arrive parfois de ne plus m'en rendre compte. Quoi qu'il en soit, personne ne m'écoute !

— Moi si.

Le silence retombe. Mais Ash ne s'en va pas.

— À quoi pensiez-vous quand vous étiez en train de jouer ? Vous aviez l'air ailleurs.

— Je m'imaginais de retour à Southgate, mon ancien pensionnat. Je jouais pour mes amies. Elles aimaient assister à mes répétitions.

Il se lève. J'ai le sentiment que le moment que nous partageons touche à sa fin. Non, pas encore ! Les mots jaillissent de mes lèvres sans que je puisse les retenir :

— Si jamais vous voulez écouter… de la musique, eh bien, il m'arrive de jouer dans la salle de concert du palais. Enfin… pour m'amuser, pas pour donner des concerts à proprement parler…

Ma phrase reste en suspens.

Ash glisse sa main dans ses cheveux, l'air tiraillé. Il quitte l'abri du belvédère et se rapproche de moi. Il est si près, à présent, que la chaleur de son corps m'irradie. Mes doigts me démangent. J'aimerais toucher son visage et faire courir mes doigts le long de son torse. Je voudrais qu'il me touche aussi, qu'il s'empare de mes lèvres et qu'il enfouisse ses mains dans ma chevelure. Un désir irrépressible m'assaille. Une sensation délicieuse.

— Que faisiez-vous dans mon salon ? demande-t-il soudain.

— Je m'étais perdue.

— Vous vous étiez perdue, répète-t-il.

Il plonge son regard dans le mien et secoue la tête. Et sans un mot, il pivote sur lui-même et s'éloigne, me laissant seule et décontenancée.

Le lendemain matin, je me réveille en proie à un mal de crâne épouvantable.

Je me tâte le front dans un grognement. J'ai la bouche sèche et pâteuse. Je n'aurais pas dû boire autant.

Avant de sonner Annabelle, je farfouille dans un des tiroirs de ma coiffeuse. J'en sors un petit coffret émaillé où j'ai caché le diapason la nuit dernière, au retour du bal, pendant qu'Annabelle suspendait ma robe. Il comporte un compartiment secret. Je repousse les bijoux et soulève le fond de la boîte. Le diapason est niché contre le revêtement en velours. Je le prends et en effleure les contours. Vivement ce soir, minuit.

Après avoir remis les bijoux dans la boîte, je la replace au fond du tiroir. Alors seulement, j'appelle Annabelle.

Le petit déjeuner apaise ma migraine. Je passe la journée à traînasser dans mes appartements. Annabelle me bat à plusieurs reprises à l'Halma. J'essaie de me plonger dans un livre, en vain. Mon esprit vagabonde. Je revois Ash sous le belvédère ; je songe au diapason et à ce que me réserve la nuit prochaine.

La porte de mon salon s'ouvre brutalement, se heurtant contre le mur. La duchesse entre, flanquée de ses gardes. Je me lève comme un ressort. Annabelle s'incline.

— Sortez ! lui ordonne-t-elle.

Elle file sans demander son reste.

La duchesse me foudroie du regard.

— Il me semble que je vous ai traitée convenablement ?

— Oui, milady.

— Votre vie sous ce toit n'est pas désagréable. J'ai tenu parole, non ?

J'acquiesce, incrédule. Que me reproche-t-elle au juste ? Est-elle au courant pour Lucien ? M'a-t-elle surprise en compagnie d'Ash ?

— Alors comment se fait-il qu'une servante ait trouvé *ça* ?

Elle lâche un objet sur la table basse.

C'est le portrait que j'ai altéré grâce au premier Augure, la Couleur. La peau de la duchesse y apparaît d'un vert maladif. Je frissonne. Mon expression coupable me trahit. Je bégaie quelques paroles inarticulées avant de me taire.

Je n'ai rien à répondre pour ma défense.

— Vous pensiez que c'était drôle, peut-être ?

Je secoue la tête.

— Avez-vous abîmé d'autres objets dans ma demeure ?

Elle est d'un calme étonnant. Des perles de sueur se forment sous mes aisselles.

— Non, milady, soufflé-je d'une voix à peine audible.

Elle arque un sourcil.

— Nous allons voir si vous dites la vérité.

Focalisée sur la duchesse, j'en avais oublié la présence des régimentaires. Deux d'entre eux m'agrippent et me soulèvent de force de ma chaise pour me forcer à m'agenouiller. Un troisième me plaque le menton contre la table basse, à quelques centimètres du portrait. On me bloque les chevilles en posant un pied dessus. Il leur aura fallu cinq secondes pour m'immobiliser. La panique me saisit.

Mon champ de vision se limite à ce qui se trouve devant moi. La duchesse disparaît de ma vue pendant un instant. Je tente de me débattre, ce qui ne fait qu'accentuer la pression exercée sur ma tête et mes pieds. Une douleur me transperce l'épaule.

La duchesse reparaît. D'une main, elle tient mon violoncelle, de l'autre, un marteau. J'ai la sensation que le sol se dérobe sous moi.

— Avez-vous abîmé d'autres objets dans ma demeure ?

Je veux secouer la tête mais je suis bloquée.

— Non, dis-je, les yeux fixés sur le marteau. Non, milady, je vous le jure.

Elle réfléchit un long moment.

— Très bien. Je vous crois.

Alors elle abat le marteau sur l'instrument, laissant un trou béant dans le corps de mon magnifique violoncelle. Les cordes émettent une plainte sinistre.

— Non !

Elle continue de s'acharner contre le violoncelle.

Les cordes lâchent. Elle le fracasse jusqu'à ce qu'il soit en morceaux, méconnaissable. Puis elle jette le manche par terre d'un geste nonchalant.

Les yeux embués de larmes, je la vois esquisser un signe indistinct. Soudain, on me tire le bras en avant et on me cloue le poignet à la table basse en m'écartant les doigts. La duchesse se met à genoux face à moi, son visage à hauteur du mien.

— Je veux que vous vous souveniez de ce qui arrive lorsqu'on me manque de respect, gronde-t-elle en appuyant la masse métallique sur mes jointures.

Un sanglot étranglé s'échappe de ma gorge. J'aimerais être plus courageuse, mais c'est trop dur. La peur m'étreint.

La duchesse brandit le marteau. Je me prépare mentalement à la douleur. À l'instant où elle l'abat sur ma main, je ferme les yeux. Et les rouvre bientôt : le marteau s'est figé à moins d'un centimètre de ma main.

— Si jamais ce genre d'incident se reproduit, je vous briserai les doigts. Suis-je suffisamment claire ?

Je tremble comme une feuille ; mon souffle est saccadé.

— Oui, murmuré-je. Oui, milady.

La duchesse affiche un sourire victorieux, laisse tomber le marteau près de la dépouille de mon violoncelle, et quitte la pièce.

Ce soir-là, à la tombée de la nuit, je me recroqueville sur mon lit, le diapason dans une main.

Il fait si sombre que je ne distingue plus l'horloge sur la cheminée. Je n'ai aucune idée de l'heure qu'il est. Peu importe, je suis trop bouleversée pour trouver le sommeil. Pour la énième fois, je me frotte les doigts de la main gauche. Je revis la scène encore et encore, terrifiée, incapable de me calmer. Je me répète en boucle que tout va bien, que je suis indemne.

Le diapason se met soudain à vibrer. Surprise, je le lâche. Il tombe sur mon couvre-lit avant de se mettre à flotter dans les airs en tournoyant sur lui-même et en émettant un faible bourdonnement. Je le scrute, bouche bée, sans savoir que faire, quand une voix retentit.

— Bonsoir.

— Lucien ? chuchoté-je. Où êtes-vous ?

Sa voix me parvient de loin.

— Au Palais royal. Où voulez-vous que je sois ?

— Mais… mais… comment ?

— Grâce à l'objet que je vous ai remis. Je l'ai appelé « arcane ». C'est moi qui l'ai inventé. Il va nous permettre de communiquer en toute sécurité.

J'examine le diapason de plus près.

— Nous allons parler à travers ce dispositif ?

— Oui. J'en possède un, auquel vous répondez via le vôtre. À eux deux, ils créent une connexion. (Il marque une pause.) Trêve de bavardages, nous avons un sujet plus important à aborder.

Un frisson me parcourt la nuque.

— Tout d'abord, j'ai besoin d'être sûr que vous êtes partante à cent pour cent. Avez-vous réellement envie de vous évader du Joyau ?

— Oui.

— Si jamais on vous arrête, on vous exécutera. Et il est possible que la royauté s'en prenne à votre famille, après votre fuite. Sachant cela, voulez-vous toujours prendre le risque ?

Je me frotte la main gauche une fois encore. Suis-je prête à mettre ma famille en danger pour recouvrer ma liberté ? Je l'ignore. Mais pas question de faire machine arrière. Pas maintenant.

— Oui, dis-je d'une voix étranglée. Quand ?

— Je suis en train de mettre au point un sérum qui vous plongera dans un coma si profond qu'on vous croira morte. Personne n'en doutera – il n'est pas rare que les mères porteuses décèdent des suites de complications médicales. À moins qu'elles ne soient assassinées par des Maisons rivales, comme vous le savez déjà. La duchesse a beaucoup d'ennemis qui rêvent de vous voir morte.

Ses propos me chamboulent.

— C'est sans danger ?

— Que ce soit clair : c'est un plan très risqué. Mais si vous acceptez d'en faire partie, vous devrez suivre mes consignes à la lettre, que ça vous plaise ou non. Compris ?

— Oui.

— Bien. Le Bal d'hiver aura lieu au Palais royal. Il se tient le soir de la Nuit la plus longue, une très ancienne célébration qui remonte à la création de la Cité solitaire. La fête se déroule à la mi-décembre, c'est-à-dire dans quelques semaines.

« Je profiterai de cette occasion pour vous remettre le sérum. Vous le prendrez la nuit suivante. Une fois votre décès constaté, vous serez transportée à la morgue, où je récupérerai votre corps et le cacherai dans un train de marchandises en partance pour la Ferme. À l'arrivée, je vous mettrai à l'abri.

— Où ça ?

Je doute qu'il existe un seul endroit sur cette île qui échappe à la vigilance de la royauté.

— Dans votre intérêt, je ne peux pas vous le révéler. Moins vous en saurez, mieux ce sera. Maintenant, ouvrez grand vos oreilles. Tant que vous vivrez sous le toit de la duchesse, vous lui obéirez au doigt et à l'œil. Mieux, vous serez une élève modèle. Vous vous soumettrez à ses moindres caprices. Je ne veux plus entendre parler de portraits abîmés, de cristal brisé ou de robes déchirées. C'est bien clair ?

Je m'apprête à protester, mais Lucien ne m'en laisse pas l'occasion.

— Il faut qu'elle se persuade que vous êtes dans son camp. Qu'elle vous fasse confiance. C'est notre seule chance de vous sortir d'ici le plus vite possible en limitant les risques.

— D'accord, dis-je à contrecœur.

— J'ai conscience de vous demander beaucoup, ma chérie, mais je ne vous laisserai pas tomber, vous avez ma parole.

— Violet…

— Pardon ?

— Mon prénom, c'est Violet.

— Violet, répète Lucien, un sourire dans la voix.

Je triture l'édredon.

— Pourquoi m'aidez-vous ?

Quelques secondes s'écoulent.

— Il fallait agir, répond-il d'une voix maussade. Personne ne mérite pareille vie. Tout le monde devrait avoir le choix de mener son existence comme bon lui semble.

Je songe à Raven, menottée, qui me jure que jamais elle ne m'oubliera.

— Lucien, je ferai tout ce que vous me direz sans broncher. En retour, puis-je vous demander une faveur ?

Il marque un temps d'hésitation avant de répondre.

— Je vous écoute ?

— Au bal, la nuit dernière, j'ai entrevu ma meilleure amie. Une mère porteuse, comme moi. Je me demandais si... si vous pouviez vous renseigner à son sujet. J'aimerais savoir ce qu'elle fait en ce moment... comment elle va. Tout ce que vous pourrez découvrir. Cela représenterait beaucoup pour moi.

Mon souffle se suspend. Sa réponse met longtemps à venir.

— Dans quelle Maison vit-elle ?

Un soupir de soulagement m'échappe.

— La Maison de la Pierre.

— Ah bon ?

Lucien s'esclaffe.

— Qu'est-ce qui vous fait rire ?

— Excusez-moi. Voyez-vous, le domaine de la Pierre se trouve à l'ouest de la Maison du Lac.

J'absorbe lentement ses paroles et ce qu'elles impliquent.

— Vous voulez dire que…

— Votre amie habite dans la propriété voisine.

19.

Raven est ma voisine.

C'est la première pensée qui me vient le lendemain matin, à mon réveil.

Depuis le premier jour, nous vivons à côté l'une de l'autre sans même le savoir.

Après le petit déjeuner, j'exprime le désir d'aller me promener dans le parc. Avant que je sorte, Annabelle me sélectionne une robe de laine et un manteau avec un col en fourrure.

L'air frais de novembre me vivifie immédiatement. Il transporte les parfums de l'automne, que je hume à pleins poumons. Quelques rares feuilles quasiment mortes s'accrochent encore aux branches des arbres qui bordent les allées. Mais la plupart sont tombées. Elles craquent sous mes semelles tandis que je me dirige vers le mur ouest, à l'opposé du grand chêne. Le mur mitoyen avec la propriété de la comtesse de la Pierre.

Quand je quitte le sentier pour m'engouffrer dans le bois, Annabelle s'assied sur un banc et sort un livre.

Mon souffle produit une légère vapeur blanche. Je scrute le mur qui me sépare de Raven. Si seulement je trouvais un moyen d'entrer en contact avec elle, un signal, n'importe lequel, qui puisse l'informer de ma présence. Si j'en avais la force et le courage, je me hisserais le long du mur en m'aidant du lierre et, une fois en haut, je hurlerais son nom au vent.

Le lierre… Une idée germe dans mon esprit.

J'empoigne la plante grimpante et invoque le troisième Augure.

La connexion se produit très vite. Je perçois le courant qui anime le lierre et stimule progressivement sa croissance. Une pousse minuscule naît au creux de ma main. Elle se faufile entre mes doigts et le long du mur. Le lierre est facile à manipuler ; je le façonne à ma guise. Une légère douleur me presse l'arrière du crâne. Si légère à vrai dire qu'elle ne perturbe pas ma concentration.

Et même si mon dos commence à me faire souffrir, il n'est pas question que j'abandonne en cours de route.

La plante atteint bientôt l'arête du mur, mais je poursuis mon effort, encourageant son ascension. Elle s'enroule autour des piques menaçantes avant de donner naissance à un bourgeon qui s'épanouit en une fleur éclatante.

J'ai créé une violette.

Une goutte de sang s'écoule de mon nez et s'écrase par terre. Au sommet du mur, la fleur oscille au vent, insignifiante et pourtant si éloquente. Pourvu que Raven l'aperçoive et saisisse le message.

Après cela, j'erre à travers le bois pendant un long moment avant de retourner auprès d'Annabelle d'un pas traînant. En m'apercevant, elle range son livre et se lève, désignant le palais du menton.

— C'est l'heure de rentrer ?

RDV avec docteur.

— Bonjour, Violet, me salue le docteur Blythe quand je pénètre dans la clinique. Vous avez passé un bon week-end ?

Sois docile, Violet.

— Excellent, merci. Et vous ?

Il part d'un rire léger.

— Oh, normal. Rien d'extraordinaire. Je suppose que vous vous rappelez l'objectif de la semaine dernière ?

— Oui. Vous voulez que je fasse pousser le chêne.

— Oui.

— Je ne suis pas sûre de pouvoir. Le chêne est trop puissant comparé à moi.

Le médecin hausse les épaules.

— Nous verrons.

Il place les électrodes sur les différentes parties de mon corps avant d'abaisser l'écran du plafond.

Seulement, cette fois, au lieu de me faire pratiquer le premier Augure, il prend une seringue sur son plateau et y fixe une grosse aiguille. Je me ratatine.

— Pourquoi cette seringue ?

— Vous êtes très douée, Violet. Je vous crois vraiment capable de réaliser l'objectif que la duchesse et moi nous sommes fixé. Mais le temps presse. Ce produit va permettre d'accélérer le processus. Ôtez votre robe, je vous prie, et allongez-vous sur le ventre.

— Qu'est-ce que vous allez me faire ?

— Allongez-vous, je vous prie.

Ma gorge se noue. Une chape de plomb s'abat sur mes épaules. Chaque geste requiert un effort inouï de ma part. Je fais glisser mon peignoir par terre et m'étends à plat ventre sur les draps qui sentent le citron et l'ammoniac. Le médecin place sa main glacée au bas de mon dos. Je m'aperçois qu'il n'a pas mis d'électrode à cet endroit, contrairement à d'habitude.

— Respirez profondément, Violet. Détendez-vous.

Ma parole, il est sérieux ? Comment veut-il que je me détende ? Je tâche néanmoins de suivre ses recommandations en inspirant à fond.

— Bien. Je vous conseille de ne pas bouger. Ça va faire un peu mal.

La seconde d'après, l'aiguille s'enfonce dans mon dos et une douleur fulgurante me transperce, m'arrachant un hurlement. Le médecin m'appuie sur le bassin pour m'empêcher de gigoter. D'instinct, je cherche à me débattre, et la douleur s'amplifie, me déchirant la colonne.

Puis, en un éclair, elle se volatilise.

— Voilà, c'est fini.

Les larmes jaillissent de mes yeux, le mascara coule et forme des marques noires sur les draps blancs. Le souffle saccadé, je me sens vidée.

Le médecin applique une pommade froide sur mon dos.

— Le potentiel des mères porteuses est infini. Mais parfois, vous vous mettez vous-même des bâtons dans les roues. Les doutes, la colère et la peur affectent vos capacités de manière positive *ou* négative. La médecine moderne a fait de grands progrès. Nous avons trouvé le moyen de contrôler ces élans, de les stabiliser. Aujourd'hui, nous allons donc avoir un aperçu de l'étendue véritable de vos pouvoirs, m'explique-t-il d'une voix exaltée. Je vous prierai de rester dans cette position.

Quand bien même je voudrais bouger, j'en serais incapable. Mes membres ne me répondent pas, à croire qu'ils ne m'appartiennent plus. J'entends le docteur Blythe farfouiller dans ses ustensiles.

Après quelques minutes, il réapparaît devant moi. Il brandit un curieux objet argenté ressemblant à s'y méprendre à un pistolet. Sauf que le canon est une sorte de cylindre rempli d'un liquide scintillant.

— Voici ce qu'on appelle un pistolet stimulant. Il va exciter vos pouvoirs, les Augures. Ce qui va libérer votre potentiel.

Il fourre au creux de ma main une graine de la taille d'un gland.

— Vous sentez l'énergie qui court dans ce fruit ?

Évidemment. Une énergie pareille à un pouls, léger et précipité comme les battements d'ailes d'un colibri.

— Oui.

— Excellent, murmure-t-il.

Il brandit le pistolet et le presse contre ma colonne, à l'endroit où il vient de planter l'aiguille.

Un cri sourd m'échappe.

La douleur se propage à travers mes membres. Une myriade de lames me cisaille le cerveau. Mes veines sont en feu. Mes yeux me brûlent. J'ai la peau à vif.

La graine réagit instantanément. Elle éclate au creux de ma paume et croît à un rythme incroyable. Mon visage est noyé de larmes. Un liquide chaud et visqueux gicle de mon nez et s'engouffre entre mes lèvres. J'ai la bouche emplie de mon propre sang. Je le recrache en toute hâte, saisie d'une violente toux.

— Allons, allons, dit le médecin en m'épongeant les narines et les yeux avec un gant humide. Tout va bien…

Il s'éloigne et je l'entends pianoter sur l'écran.

— Quand vous serez prête, vous pourrez vous rasseoir.

Un long moment s'écoule avant que ma respiration s'apaise. Je recouvre lentement l'usage de mon corps. Peu à peu, mes membres se désengourdissent et les sensations resurgissent. Le contact des draps contre ma peau, le chatouillis de mes cheveux dans mon cou et sur mes épaules. Avec mille précautions, je roule sur le flanc et redresse le buste.

Le lit est couvert d'une plante grimpante, mis à part bien sûr à l'endroit où j'étais allongée. Le plateau d'instruments chirurgicaux s'est renversé et les instruments jonchent le sol. La plante s'est enroulée à la barre qui relie l'écran au plafond. Une partie des draps est imprégnée de sang. Mon sang. L'énergie du lierre vibre encore en moi. J'ai le corps fourbu, rompu, brisé, et mon cœur bat à tout rompre.

— Vous avez passé le test haut la main, me félicite le médecin en me tendant mon peignoir. Il ne me reste plus qu'à vous prélever un échantillon de sang. Ensuite, vous pourrez partir.

Je ne réponds rien, de peur de rendre tripes et boyaux si jamais j'ouvre la bouche.

C'est à peine si je sens la piqûre de l'aguille dans mon bras.

Et moi qui croyais que cet homme était mon allié. Comment ai-je pu faire preuve d'une telle naïveté ? Il est au service de la duchesse. Il ne se soucie pas le moins du monde de mon bien-être.

Une fois le tube rangé et la seringue et l'aiguille jetées dans la poubelle, le médecin promène son regard à travers la clinique. Elle est envahie par le lierre.

— En vingt-neuf ans d'exercice, je n'ai jamais rien vu de tel.

L'envie me saisit d'arracher une liane, de la lui enrouler autour du cou, et de serrer de toutes mes forces. À cet instant, la voix de Lucien résonne à mes oreilles.

Soyez une élève modèle.

Pourtant les mots jaillissent sans que je puisse les retenir.

— Je vous déteste.

Il croise mon regard. Ses yeux verts sont emplis de tristesse.

— Ça ne me surprend pas.

Je passe le reste de la journée et la suivante au fond de mon lit.

Le moindre mouvement provoque une douleur effroyable. J'ai la sensation que mes os sont sur le point de se briser, comme s'ils étaient en verre. Annabelle a beau m'apporter de la soupe et du thé, je ne peux rien avaler.

Je dois être docile, obéissante, prendre mon mal en patience. Je finirai par m'échapper de cette prison dorée.

En quelques jours, je reprends du poil de la bête, même si mon dos me fait encore souffrir. Un soir, alors que je fais une partie d'Halma sur mon lit avec Annabelle, des coups retentissent à la porte et la duchesse apparaît.

C'est la première fois qu'elle frappe avant d'entrer dans une pièce. La mienne, qui plus est.

— Laissez-nous, ordonne-t-elle à Annabelle qui ramasse le damier et s'empresse de sortir après m'avoir jeté un coup d'œil inquiet.

La duchesse s'approche du canapé et s'y installe. Sa robe scintille à la lueur des braises. Elle a l'air épuisée.

— Je vous en prie, asseyez-vous près de moi, dit-elle d'une voix presque tendre, en posant la main sur la banquette.

Le sofa est petit. Nos genoux se frôlent quand je m'assieds à côté d'elle. L'odeur de son capiteux parfum me donne un haut-le-cœur.

La duchesse chasse les plis de sa jupe.

— J'ai tourné cela dans ma tête maintes fois, et je ne sais pas comment... J'ai quelque difficulté à... (Elle secoue la tête et sourit.) Il est rare que je sois à court de mots ! Ce que j'essaie de vous dire, c'est que vous m'êtes d'une grande valeur. Parfois, j'ai des sautes d'humeur. Je m'en excuse.

Je réponds par le silence. Pour une raison que j'ignore, la duchesse me trouble davantage quand elle dévoile une part d'humanité que quand elle se montre froide et manipulatrice.

— Je vous envie, avoue-t-elle. Vos... pouvoirs sont un don du ciel.

Je la dévisage, incrédule. Elle éclate de rire.

— Vous ne me croyez peut-être pas. Pourtant c'est la vérité. Nous envions toutes les mères porteuses. Vous ne pensez pas que si je pouvais me débrouiller seule, je le ferais ? Je suis riche, certes. J'ai un titre, de l'autorité. Pourtant, vous possédez quelque chose que je n'ai pas. La capacité de procréer.

C'est précisément l'argument avancé par la tigresse le jour des funérailles de Dahlia. Selon elle, c'est *nous* qui avons le pouvoir.

— Aussi, nous vous transformons en marchandises, poursuit la duchesse. Nous vous exhibons, vous habillons comme des poupées et faisons de vous nos animaux de compagnie. C'est ainsi que fonctionne le Joyau. Tout tourne autour du rang social. C'est notre souci majeur. Les ragots, notre monnaie d'échange. (Elle m'adresse un regard perçant.) Vous pouvez le faire, vous savez. J'ai lu le compte rendu du médecin, j'ai vu les résultats qu'a donnés le pistolet stimulant. Vous êtes encore plus douée que je ne l'aurais cru. Avez-vous la moindre idée de ce que nous allons accomplir ensemble ? Vous et moi, nous allons marquer un tournant dans l'histoire.

Je lutte de toutes mes forces pour ne pas lui cracher le fond de ma pensée. La vérité, c'est qu'elle ne joue absolument aucun rôle dans le processus, si ce n'est procurer l'embryon. Nous n'allons rien accomplir *ensemble.*

La duchesse m'étudie longuement, à croire qu'elle peut lire dans mes pensées.

— Je vous ai mise en colère.

J'inspire à fond et réponds en pesant mes mots :

— Je suis dubitative, milady, c'est tout. Je ne comprends pas cette obsession. Celle de vouloir à tout prix être la première. Pourquoi ne pas avoir un bébé normal dans des délais normaux ?

Elle porte les yeux sur les braises et affiche un air pensif. Quelques minutes s'écoulent.

— J'aurais dû être Électrice, vous savez.

J'écarquille les yeux.

— J'avais un mois quand l'accord fut passé entre nos deux familles. Seize ans quand il fut rompu. L'Exéteur et moi... étions très proches. Nous étions faits l'un pour l'autre. Je descendais d'une Maison fondatrice, lui était l'héritier de la couronne. On me destinait à de grandes choses. À une vie pleine de bonheur, murmure-t-elle.

Elle me semble soudain vulnérable. Une larme brille au coin de son œil.

— Que s'est-il passé ? demandé-je d'une voix hésitante.

La duchesse hausse les épaules.

— Les hommes ne sont pas dignes de confiance. Vous avez de la chance, vous n'aurez jamais à en faire les frais. (Elle renifle, triture son bracelet à charms.) À quoi ressemblait votre vie avant Southgate ? Vous étiez heureuse ?

Ces souvenirs, je n'ai aucune envie de les partager avec elle. Je ne veux pas qu'elle touche de près ou de loin à la personne que j'étais avant de venir ici.

— Oui, milady. Très heureuse.

— Racontez-moi.

Je pose les yeux sur le feu et m'imagine que c'est Raven qui se tient à la place de la duchesse. Nous sommes de retour à Southgate, dans le salon et je papote avec elle.

— J'ai un frère cadet et une petite sœur. C'est moi qui m'occupais d'eux quand mes parents travaillaient. Avec ma sœur, nous aimions beaucoup taquiner mon frère.

Voilà qui devrait lui suffire.

— J'avais également une sœur, réplique la duchesse d'une voix songeuse. La mère de Carnelian. Nous ne nous entendions pas.

Je fronce les sourcils.

— Je croyais que les membres de la royauté n'avaient droit qu'à un enfant de chaque sexe ?

— Oui. Mais il arrive que des jumeaux naissent. En temps normal, on élimine l'un des deux. Mais ma mère n'était pas assez forte pour prendre cette décision, et mon père l'a laissée faire. (Un rictus lui déforme la bouche.) Je suppose que vous aimiez votre mère.

— Je l'aime toujours.

Un mince sourire se dessine sur ses lèvres.

— Bien entendu.

Elle pose sur moi un regard impénétrable.

— Tout ce que je souhaite, c'est le bonheur de ma future fille. Je ferai tout ce qui est en mon pouvoir pour lui bâtir une vie meilleure que la mienne.

Est-ce si difficile à comprendre ? (Elle part d'un rire jaune.) On me prendrait presque pour une sentimentale, c'est affreux. À l'heure qu'il est, mon père se retourne sans doute dans sa tombe.

Brusquement, elle se met debout, et toute trace de douceur s'efface de son visage.

— Je veux que vous vous sentiez comme chez vous ici. Dans ce but, je vous autorise à aller et venir dans le palais à votre guise, sans chaperon. Votre nouveau violoncelle vous sera livré demain. J'espère que cela vous convient.

Elle se coule jusqu'à la porte et se fige, la main sur la poignée.

— L'espoir est une chose précieuse. Pourtant on ne commence à l'apprécier que quand toute lueur s'est envolée.

Après son départ, je m'effondre dans le canapé, complètement abasourdie par cette discussion.

Quelle mouche a donc piqué la duchesse ?

20.

Comme promis, mon violoncelle arrive le jour suivant.

Apparemment, Annabelle est déjà au courant de mon nouveau traitement de faveur. Quand je lui annonce que je me rends à la salle de concert pour y tester mon nouvel instrument, elle se contente de sourire en hochant la tête sans chercher à m'accompagner.

Je joue pendant une vingtaine de minutes, mais j'ai la tête ailleurs. Le médecin et la duchesse ont l'air très satisfaits des résultats obtenus par le pistolet stimulant. *Trop* satisfaits, à vrai dire. Il vaudrait mieux que j'en informe Lucien le plus tôt possible.

Raven faisait-elle allusion au pistolet quand elle m'a demandé si j'avais déjà vu le médecin ? La comtesse de la Pierre la soumet-elle à des expérimentations ?

Je dois m'assurer que ma violette est toujours là.

J'abandonne mon violoncelle sur la scène, dévale les escaliers et m'élance dans le parc. Je n'ai pas pris la peine d'enfiler un manteau, et le vent pénètre ma robe et soulève ma chevelure, me glaçant jusqu'aux os. Je me dirige jusqu'au mur ouest de la propriété, et contemple la violette bercée par la brise.

Mon souffle se suspend. Une autre fleur est entrelacée à la mienne. Une fleur de lys. Mais au lieu d'être blanche, elle est noire comme le jais.

Une bouffée d'espoir enfle dans ma poitrine. Raven a vu ma violette, a saisi mon message, et y a répondu.

Je fais pousser une seconde violette près de la première. *Elle sait que je ne suis pas loin.*

Je me dépêche de regagner la salle de concert.

S'il apprenait que j'envoie des messages à Raven, Lucien me tancerait vertement. Peu importe. Seules Raven et moi pouvons comprendre la signification de ces fleurs. Le principal, c'est que nous puissions communiquer. Me voilà rassurée sur son sort. Je sais du moins qu'elle est encore en vie.

Je m'installe sur scène et hume l'odeur du velours des fauteuils et de la cire d'abeille. Je cale le violoncelle entre mes cuisses et fais deux ou trois gammes pour vérifier qu'il est accordé.

Je commence par une sarabande en *ré* mineur puis enchaîne avec une suite sur le même ton. Tant que je joue, mon esprit se focalise sur les notes. J'oublie momentanément mes tourments, la souffrance physique occasionnée par le pistolet stimulant, et les exigences de la duchesse. Tant que je joue, le lot 197 n'existe pas. Je suis Violet, tout simplement.

Les propos d'Ash, le soir du bal, me reviennent en mémoire. Les membres de la royauté se prennent pour les maîtres du monde. Ils croient que parce qu'ils nous ont achetées, ils possèdent aussi notre talent. Ma musique, en l'occurrence.

À la fin de mon troisième morceau, des applaudissements retentissent dans les coulisses. Je me retourne, étonnée.

Juste derrière le rideau se tient Ash. Il cesse d'applaudir et fourre les mains dans ses poches.

Je devrais m'en aller. Sur-le-champ. Je ne peux pas lui parler. Pas ici. N'importe qui pourrait nous surprendre. C'est trop dangereux.

Mais mon cerveau a beau me mettre en garde, mon corps n'en fait qu'à sa tête. Comme une automate, je pose mon violoncelle et traverse la scène pour le rejoindre.

Derrière le rideau, il fait chaud et sombre. Nos corps se frôlent presque. Un jet d'adrénaline s'instille dans mes veines. J'ai la tête qui tourne et la peau parcourue de fourmillements.

— Qu'est-ce que vous faites là ? dis-je sans même le saluer.

Il a roulé les manches de sa chemise. L'envie me prend de lui effleurer les avant-bras.

— Je suis venu vous écouter. J'ai cru que vous me l'aviez proposé.

— Ah oui…

Il semble très nerveux.

Sa proximité me trouble, et les mots me manquent. Entre nous, l'air est chargé d'électricité.

Je finis par retrouver l'usage de la parole :

— Et ça vous a plu ?

— Beaucoup.

Il esquisse un pas vers moi. Je sais qu'il ne faut pas. Que c'est mal. Pourtant, en cet instant, la raison n'a pas de poids.

Il baisse la tête.

— Je pense tout le temps à vous, m'avoue-t-il à voix basse.

Nous sommes si proches que l'ourlet de ma robe effleure la pointe de ses mocassins.

— Ah bon ? dis-je.

Il s'esclaffe.

— Et moi qui croyais que ça crevait les yeux !

— Je n'ai pas beaucoup d'expérience dans ce domaine.

— Ça ne m'étonne pas plus que ça.

— À vrai dire, je n'en ai aucune.

— Pour être tout à fait honnête, je ne suis pas non plus un expert en la matière.

Je fronce les sourcils.

— Je croyais que vous passiez votre temps à batifoler avec Carnelian ?

À peine ai-je prononcé son nom que je le regrette. Ash s'assombrit.

— Vous parlez sans savoir.

— Je pensais juste que…

— Que je suis un coureur de jupons ? soupire-t-il.

— Non. C'est seulement parce que… je vous ai vus ensemble.

Ses yeux lancent des éclairs.

— Ça vous arrive de faire des choses contre votre volonté ? Parce que la duchesse vous l'ordonne, tout simplement ?

— Tout le temps.

— Lui avez-vous déjà désobéi ?

Songeant à mon violoncelle, éventré dans ma chambre, je fais la grimace.

— Je sais… Il y a toujours un prix à payer, reprend-il en m'effleurant le dos de la main. Voulez-vous que je parte ?

Soyez une élève modèle, murmure Lucien dans un coin de ma tête.

Mais je chasse sa voix.

— Non. Restez.

Un sourire naît sur son visage.

— Je peux vous poser une question ?

Mon cœur gonfle au point d'éclater. J'inhale son parfum, un mélange de savon et de linge propre.

— Tout ce que vous voulez.

— Comment vous appelez-vous ?

Un feu d'artifice explose dans ma poitrine.

— Violet, dis-je dans un murmure.

Il ferme les yeux et s'en imprègne. Comme si je venais de lui remettre la clef d'une chambre secrète.

— Violet, chuchote-t-il.

L'instant d'après, sa bouche s'empare de la mienne.

Ses lèvres me caressent d'une manière surprenante, excitante, et je découvre une nouvelle facette de moi-même, une Violet insoupçonnée. Une infinité de sensations inconnues me traversent. Comme si, avant qu'on m'embrasse, je ne me connaissais pas vraiment.

Ash s'écarte. Il recueille mon visage au creux de ses mains et appuie son front contre le mien.

— Ce n'est pas prudent.

— Non.

— C'est trop risqué ici.

— Oui.

Que ce soit dans cette salle, dans le palais ou dans l'ensemble du Joyau, d'ailleurs.

— Vous pouvez me retrouver dans la bibliothèque dans un quart d'heure.

Je pourrais le retrouver sur la lune s'il me le demandait.

— Oui.

— Rendez-vous vers les étagères du fond, côté est, près des fenêtres. Cherchez les *Essais sur la pollinisation croisée* de Cadmum Blake.

Ses consignes énigmatiques me font pouffer de rire.

Un sourire retrousse ses lèvres.

— Faites-moi confiance. (Son visage redevient grave.) Réfléchissez-y bien. C'est à vous de décider. Si vous choisissez de ne pas venir, je le comprendrai.

Sur ces mots, il disparaît par la porte des coulisses.

Je risque non seulement de décevoir Lucien, mais de m'attirer les foudres de la duchesse. Si jamais elle venait à l'apprendre... Je préfère ne pas penser au châtiment qu'elle m'infligerait. Les enjeux sont trop importants. Je ne devrais pas. J'ai promis à Lucien qu'il pouvait compter sur moi. Que je serais sage comme une image.

Mais la tentation est trop forte. Quitte à m'enfuir pour vivre cachée du monde le restant de mes jours, autant faire une dernière chose pour moi. C'est sans doute égoïste, irrespectueux ou irréfléchi. Tant pis. Plus tard, quand je repenserai à Ash, j'aurai la satisfaction de me dire que, pour une fois dans ma vie, j'ai fait un choix.

La tête dans les nuages, je rapporte mon violoncelle dans ma chambre.

Le ciel s'est assombri. Dans la cheminée, le feu combat le froid de novembre. Quand j'entre dans la bibliothèque, deux valets sont en train d'allumer les lampes. Ils s'interrompent brièvement pour m'adresser une révérence. Ash m'a donné rendez-vous dans la partie est de la salle, du côté des fenêtres. Le trajet le plus rapide implique de couper par le centre.

Je m'en approche avec précaution, consciente du moindre de mes pas et du son qu'ils produisent.

Soudain, je suis ramenée sur terre par une odeur âcre qui me fait retrousser le nez.

Assis dans un fauteuil, le duc fume un cigare, un registre ouvert sur ses genoux, un verre de whisky posé sur une petite table à côté. Les yeux bouffis, il griffonne une note sur le livre tout en marmonnant : « Satanée bonne femme. »

Je me fige net. C'est la première fois que je croise le duc dans cette salle.

Il lève la tête.

— Ah. C'est vous.

Embarrassée, je me contente de m'incliner face à lui.

Il tire longuement sur son cigare et recrache un nuage de fumée qui empeste.

— Alors ?

J'écarquille les yeux. Alors quoi ?

Il ricane.

— Vous n'êtes pas très futée, vous.

Il tapote son cigare contre un cendrier en cristal et agite la main dans les airs.

— Vous n'êtes pas venue chercher un livre ? demande-t-il en haussant la voix comme s'il parlait à une demeurée.

— Si, milord.

— Dans ce cas, que faites-vous plantée là ? Allez-y.

Il vide son verre d'un trait et plonge de nouveau le nez dans son registre. Je fais une courte révérence et me dirige au pas de course vers les fenêtres. Ce coin de la bibliothèque est désert, et je comprends aussitôt pourquoi : le rayon est consacré à des sujets ennuyeux, des essais sur les plantes, l'élevage et les méthodes d'irrigation. Je me demande pourquoi la duchesse possède ce genre de livres. J'effleure la tranche des bouquins jusqu'à ce que je tombe sur le bon : les *Essais sur la pollinisation croisée* de Cadmum Blake.

— Vous êtes en retard.

Je sursaute. Ash est adossée à une étagère de l'autre côté de l'allée, les bras croisés, l'air amusé.

— Bonsoir, réponds-je dans un souffle.

Il esquisse quelques pas vers moi.

— Vous n'avez pas eu de mal à trouver, j'espère ?

— Non… Mais je suis tombée sur le duc, signalé-je en faisant la grimace.

— Je savais bien que j'avais senti l'odeur fétide de son cigare, réplique-t-il en plissant le nez. Quelque chose me dit qu'un jour ou l'autre la duchesse finira par l'assassiner dans son sommeil.

Je pouffe de rire mais il reste de marbre. J'espère qu'il n'est pas sérieux.

— Pourquoi m'avoir donné rendez-vous ici ?

Nous sommes peut-être à l'abri des regards, mais le duc n'est pas loin. Sans parler des valets et des va-et-vient potentiels. Il suffit que quelqu'un veuille emprunter un livre. La salle de concert me semblait plus intime.

Un sourire canaille étire sa bouche.

— Vous savez garder un secret ?

— Oui.

Il me rejoint, pose la main sur l'exemplaire des *Essais sur la pollinisation croisée* de Cadmum Blake et le tire à lui. L'étagère s'entrouvre, révélant l'entrée d'un passage.

Des lumignons s'allument à l'intérieur, illuminant des murs de pierre.

Il me faut quelques instants pour me remettre de ma surprise.

— Où mène ce passage ?

Ash me prend la main et un frisson de plaisir me parcourt.

— Venez, lance-t-il en m'entraînant à l'intérieur.

L'étagère se referme derrière nous.

Il pose un doigt sur ses lèvres et me serre fort la main, me guidant le long du tunnel sinueux. Nous croisons une série d'embranchements si bien que je perds bientôt mes repères.

À un moment donné, le sol s'élève. Nous parvenons à une porte en bois lisse.

Ash tourne la poignée et un rai de lumière grise se faufile à l'intérieur du passage. Il m'invite à passer en premier.

Je reconnais immédiatement le petit salon. C'est l'endroit où Ash et moi nous sommes rencontrés.

Je me rappelle le canapé, la table basse, le fauteuil près de la seule et unique fenêtre qui donne sur le lac. À l'extérieur, des gouttelettes ruissellent le long des carreaux.

Un bruit sec me fait tourner la tête. Ash vient de refermer le passage secret, dissimulé derrière le portrait du chasseur accompagné de son chien.

Je jette des coups d'œil aux deux portes visibles. La première est celle par laquelle je suis entrée et sortie de la pièce la première fois. L'autre mène sans doute à sa chambre. Mes oreilles me brûlent.

Un silence embarrassant nous enveloppe. Ash glisse ses doigts dans ses cheveux et se racle la gorge.

— Vous voulez quelque chose à boire ?

— Hum… volontiers.

Dans la pénombre de la salle de concert et l'obscurité du passage, tout me paraissait plus sécurisant. À la lumière grise et froide du salon, je ne sais plus comment me comporter. Je m'assieds sur le canapé tandis qu'Ash nous sert du thé.

— Voilà, dit-il en me tendant une tasse et en s'installant à côté de moi.

Le tic-tac de l'horloge sur le manteau de la cheminée résonne bruyamment dans la pièce. J'avale une gorgée du liquide chaud.

— Peut-être que nous devrions commencer par des présentations en bonne et due forme. Ash Lockwood, enchanté.

— Violet Lasting.

— Qu'est-ce qui vous fait sourire ?

— Rien… c'est juste que je repense au moment précis où j'ai cru que Violet Lasting avait cessé d'exister pour toujours.

— Quand cela ?

Je plonge le nez dans ma tasse.

— À la cérémonie d'adieux. Sur le quai de la gare, à Southgate. Avant qu'on nous envoie dans le Joyau.

Je revois la scène comme si c'était hier : cet homme gras avec son énorme rubis au doigt, les visages des autres pensionnaires, les gardiennes…

— Avant la Vente aux Enchères ?

— Oui. Le matin même.

— Vous deviez être terrifiée.

Je hausse les épaules.

— Comment était-ce ?

— À votre avis ? dis-je d'une voix amère. Ils m'ont forcée à me tenir seule sur une estrade. À tour de rôle, des femmes proposaient des sommes mirobolantes. Ils ont remplacé mon nom par un numéro de lot. M'ont arrachée à ma famille. Ils m'ont tout pris.

Un long silence s'abat entre nous. Je prends une autre gorgée de thé. Ce n'est pas comme ça que j'avais imaginé notre tête-à-tête. Si seulement nous pouvions changer de sujet.

— Navrée, Ash. Je ne voulais pas évoquer ces souvenirs…

— Ils m'ont arraché à ma famille aussi.

Je lève la tête. Son visage est grave. Une mèche rebelle lui barre le front. J'ai très envie de la repousser et de glisser la main dans ses cheveux.

— La différence, c'est que je les ai laissés faire, ajoute-t-il.

— Pourquoi ?

— Ma petite sœur était malade. Un jour, j'ai fait l'école buissonnière pour l'emmener à l'hôpital. Nous avons attendu toute la journée qu'un médecin nous reçoive. C'est là que Mme Curio m'a repéré. (Il ébauche un sourire d'une tristesse infinie.) « Je parie que toutes les filles sont folles de vous », m'a-t-elle dit. Je ne comprenais pas le sens de sa remarque.

— Qu'est-il arrivé à votre petite sœur ?

— Elle souffre de la pneumoconiose des houilleurs. C'est une maladie commune dans la Fumée. C'est traitable à condition d'en avoir les moyens. Ce qui n'était pas notre cas. De retour chez nous, Mme Curio m'y attendait. Elle m'a annoncé qu'il y avait une manière d'aider Cinder, ma petite sœur. Elle me proposait un travail suffisamment rétribué pour non seulement payer le traitement de ma sœur mais aussi mettre ma famille à l'abri du besoin. À une seule condition : que je ne revoie jamais les miens. (Il déglutit avec peine.) Le lendemain, je suis parti avec elle.

Il pose sa tasse sur la table et adopte un ton plus formel.

— Je suis vraiment désolé. Ce n'est pas une conversation appropriée. Je n'aurais pas dû… Je n'ai pas l'habitude de me dévoiler autant. C'est interdit. Je vous présente mes excuses.

— Nous transgressons beaucoup de règles aujourd'hui.

Il se détend un peu.

— Il semblerait, oui.

— C'est très courageux, le sacrifice que vous avez fait pour votre sœur.

— Je n'avais pas vraiment le choix.

— Quand bien même. À votre place, je ne sais pas comment j'aurais réagi.

— Je n'en crois pas un mot.

Il a raison. Si Hazel avait été envoyée à Southgate et que j'aie pu prendre sa place, je l'aurais fait sans hésiter.

— Quel âge aviez-vous quand on vous a séparée des vôtres ? demande-t-il.

— Douze ans.

Je me revois en train de faire la queue au bureau de tests, agrippée à la main de ma mère. Je sens à nouveau les doigts froids du médecin s'enfonçant dans mon bras. L'odeur poignante de l'antiseptique. La brûlure de la piqûre.

— Le test sanguin est obligatoire pour toutes les filles qui atteignent la puberté. Le soir même, ils sont venus me chercher.

Je chasse cette pensée d'un clignement de paupières et plonge le nez dans ma tasse. Le thé a refroidi.

— Parfois, j'ai l'impression que les souvenirs que j'ai conservés de ma vie d'avant ne m'appartiennent plus, reprend Ash. Que celui que j'étais alors a cessé d'exister.

— C'est faux.

— Difficile de se rappeler qui on est quand on passe son temps à jouer un rôle.

— Je suis sûre qu'il y a des moments où vous pouvez redevenir vous-même.

Son visage se radoucit.

— Vous n'êtes pas ici depuis très longtemps.

Je pars au quart de tour.

— Peut-être, mais ça ne signifie pas que je ne comprends pas ce que vous voulez dire. En plus, vous avez plus de liberté que moi. Vous avez le droit de vous exprimer. On vous traite avec respect.

— Vous pensez vraiment qu'on peut parler de respect ? La duchesse qui me dévore des yeux en plein repas ? Carnelian qui me traite comme son esclave ? Vous croyez qu'ils se demandent si je suis fatigué, si j'ai faim ou bien si je déteste danser ? Ils ne me respectent pas, Violet. Ils me possèdent.

J'accueille ses propos par un silence. Nous sommes tous deux perdus dans nos pensées.

— Non, dis-je subitement en me levant. (Ash m'interroge du regard.) Ils ne nous possèdent pas. Autrement nous ne serions pas ici tous les deux. Vous ne m'auriez pas rejointe dans la salle de concert, et je ne vous aurais pas suivi ici.

— C'est une manière très optimiste de voir les choses.

— Vous n'êtes pas d'accord ?

— Eh bien, voilà trop longtemps que je vis dans le Joyau. J'ai du mal à voir le bon côté des choses.

Il place une main sur ma nuque et, du pouce, il me caresse le bas du visage.

— En revanche, je peux vous dire ceci, poursuit-il. À mon réveil, ce matin, j'ai eu l'impression de pouvoir enfin respirer comme avant. Comme si un poids énorme s'était levé de ma poitrine. Pour la première fois depuis des années, j'avais le sentiment d'être à nouveau moi-même.

— Que s'est-il passé de spécial ce matin ?

Un sourire se dessine sur ses lèvres.

— J'ai décidé de venir vous trouver.

Le silence nous enveloppe, un silence très agréable. Ash écarte sa main de mon cou pour la poser sur le dossier du canapé.

— Qu'est-ce qui vous manque le plus ?

— Ma famille, dis-je en reposant ma tasse froide. Surtout Hazel, ma petite sœur. Elle a beaucoup grandi en quelques années. C'est presque une adulte à présent, ajouté-je avec tristesse. Elle ressemble à s'y méprendre à notre père.

— Et vous, à qui ressemblez-vous ?

Je pars d'un rire léger.

— À personne. Mon père disait souvent pour plaisanter que ma mère avait dû fauter avec le facteur.

Une sensation aigre-douce s'épanouit dans ma poitrine.

Ash entortille une de mes mèches autour de son index.

— C'est un homme bien, votre père ?

— Il est mort, réponds-je d'une voix inaudible.

Sa main se fige.

— Violet, je suis… vraiment désolé.

— Ce n'est rien. Ça fait longtemps. De l'eau a coulé sous les ponts.

— Quel âge aviez-vous ?

— Onze ans.

Il déroule ma boucle.

— Que s'est-il passé ?

Mon regard se porte au loin, sur le lac :

— Il rentrait de l'usine un soir, très tard. Il travaillait dans la Fumée. Il y avait une bagarre devant une taverne près de la gare ; deux hommes s'acharnaient contre un troisième. Mon père a voulu les séparer, dis-je, une boule dans la gorge. L'un des agresseurs l'a poignardé. Le temps que les régimentaires le ramènent à la maison, il était décédé.

Je ferme les yeux et l'image de son corps inanimé apparaît dans mon esprit. C'est la dernière que j'ai de lui. Mon père livide, les habits et la peau imbibés d'un mélange de sang et de boue, gisant sans vie sur la table de la cuisine. Les plaintes de ma mère résonnent encore à mes oreilles. Un son atroce, presque inhumain. J'ai emmené Ochre et Hazel dans la chambre pour les épargner, mais même là nous l'entendions gémir. Je nous revois tous les trois, blottis les uns contre les autres sur le lit, à pleurer toutes les larmes de notre corps jusqu'au lever du jour. Et le lendemain matin, la dépouille de Père avait disparu.

Une larme roule le long de ma joue. Je m'empresse de la chasser, gênée.

— Navrée, Ash. Ça faisait longtemps que je ne m'étais pas remémoré cette nuit-là.

— Il est mort en voulant aider son prochain, murmure Ash. Une vraie leçon de courage et d'altruisme.

— Je suppose.

— Je suis vraiment désolé, Violet.

Nous nous taisons quelques instants.

— Parlez-moi de votre famille, dis-je.

— Que voulez-vous savoir ?

— Je ne sais pas. Vous étiez proche de votre père ?

Ash part d'un rire sans joie.

— Non. Pas du tout. Nous n'étions pas sur la même longueur d'onde. J'étais trop différent de mes deux frères aînés, Rip et Panel, des jumeaux. Ce sont des voyous. Ils passent leur temps à faire les quatre cents coups, à s'attirer des ennuis. Ils chahutent beaucoup. Moi, je préférais le calme. Si nous avions eu une bibliothèque à la maison, je me serais sans doute contenté de lire au coin du feu.

— C'est pour ça que vous étiez seul dans le jardin, la nuit du bal ? Le bruit vous gênait ?

Ses doigts s'entrelacent aux miens. Son toucher me galvanise.

— En partie. Et aussi pour ne plus vous dévorer du regard.

— Arrêtez ! dis-je en rougissant.

— C'est la vérité, insiste-t-il en se rapprochant de moi. Violet, si nous ne cessons pas tout de suite, je crains de ne jamais avoir la force d'arrêter.

Moi aussi. Sauf que je vais bientôt m'enfuir du Joyau. Et en quittant le Joyau, je laisserai Ash derrière moi.

Je chasse cette pensée de mon esprit. J'aurai amplement le temps d'y songer plus tard. Pour l'heure, il est ici avec moi. Et rien ne viendra gâcher ce moment.

Je me penche vers lui. Il effleure ma joue et des picotements me parcourent la peau.

— Vous allez encore m'embrasser ?

Il esquisse un sourire.

— Oui, Violet. Je vais encore vous embrasser.

Ses lèvres s'écrasent sur les miennes. Je l'enlace et nous basculons sur le canapé.

21.

— Vous êtes prête, Violet ?

Le docteur Blythe a décidé qu'il était temps de retenter l'expérience avec le chêne. Le soleil de fin de journée filtre à travers le feuillage.

Depuis mon tête-à-tête avec Ash, le temps s'écoule de la plus étrange des manières. Tantôt les minutes paraissent durer des heures, tantôt elles passent à la vitesse de l'éclair. Je suis dans les nuages. Il m'arrive de me retrouver à un endroit sans savoir comment.

Sa question me ramène brutalement à la réalité.

— Oui. Je suis prête.

J'ôte mes gants et les glisse dans la poche de mon manteau.

— Vous êtes un peu distraite aujourd'hui, Violet. Vous êtes nerveuse, et c'est normal. Mais après la séance de lundi, vous allez être surprise par vos progrès.

Ça m'étonnerait. Bien que je me prépare à essuyer un nouvel échec, je m'exécute de bonne grâce, un sourire forcé aux lèvres. Repérant un nœud dans l'écorce, je pose la main dessus et le palpe. Il se présente sous la forme d'une spirale, comme une coquille d'escargot.

J'invoque le troisième Augure en me répétant la formule.

L'arbre apparaît dans ma tête. Ses branches dénudées se détachent sur un ciel blanc, d'où tombent des flocons de neige ; ils fondent au contact du sol. C'est un tableau d'une triste beauté. J'ignore pourquoi, mais il me donne le mal du pays.

Comme la fois précédente, l'énergie du chêne se faufile en moi. Sauf qu'aujourd'hui sa violence ne me prend pas au dépourvu. Une connexion se crée. Son flux palpite au creux de ma main et s'instille dans mes veines.

L'arbre semble me reconnaître. Je le sens réagir à mon toucher, se caler sur les battements de mon cœur. Mes jambes se dérobent sous moi et je m'écroule à genoux sans lâcher le tronc pour ne pas perdre le contact. Mon énergie se mêle à celle de l'arbre. Je n'ai jamais éprouvé une émotion si vive. Je suis submergée par un chagrin si tendre que j'ai envie de pleurer. J'ai le sentiment d'être à la fois jeune et très vieille, comme si j'étais hors du temps.

Je me concentre sur les courants qui animent le chêne, semblables à d'épais cordons. Je tâche de les tirer. À ma grande surprise, l'un d'eux se met à remuer. Je le rapproche mentalement de ma paume et, à l'instant où des chatouillis me parcourent les doigts, le contact se rompt et m'échappe. Au même moment, mon corps est saisi d'un soubresaut qui se répercute le long de ma colonne vertébrale.

Je bascule en arrière ; le sang gicle de mon nez et forme une petite flaque au pied de l'arbre. Le lien s'est cassé trop brutalement. Désorientée, je gratte la terre avec mes ongles cherchant une racine pour rétablir la connexion.

Le docteur Blythe applaudit.

— Bravo, Violet !

Il me tend un mouchoir pour que je m'essuie le visage. Je reporte ensuite mes yeux sur le tronc. Au centre du nœud, à l'endroit où ma main était posée, une feuille minuscule a poussé.

Le médecin s'agenouille près de moi en ouvrant sa sacoche.

— Le pistolet stimule vos pouvoirs. Cependant il vous affaiblit physiquement. Les effets secondaires peuvent être très graves en cas d'abus. Je voulais m'assurer que votre corps avait eu le temps de s'en remettre. À vrai dire, Violet, vous avez un pouvoir si fort, si naturel, qu'une seule dose de pistolet stimulant vous aura permis d'accomplir des miracles. Vous avez surpassé de loin mes attentes. Au cours de ma carrière, j'ai travaillé avec nombre de mères porteuses, dont pas une ne vous arrivait à la cheville. (Il étale sous mes narines une pommade qui sent l'eucalyptus. Les saignements cessent immédiatement.) La duchesse a eu raison d'être patiente. J'ai le pressentiment que notre tâche sera d'une grande simplicité.

Il m'aide à me relever et nettoie mon visage avec une compresse imbibée d'alcool.

— Voilà. Vous êtes comme neuve.

J'ai l'impression que ma peau va se déchirer tant elle est fine. Que mes organes flottent librement dans mon corps, s'efforçant de retrouver leur place originelle. L'énergie de l'arbre vibre encore en moi.

— Ce sera tout pour aujourd'hui, déclare le médecin en me tapotant l'épaule. Nous reprendrons demain.

Sur ces paroles, il s'engage dans le sentier sinueux en direction de la demeure. Je reste près de l'arbre un moment, scrutant la feuille que j'ai créée. Je la prends entre mes doigts et l'effleure du pouce.

— Désolée, dis-je au chêne.

J'essaie d'imaginer un enfant grandir en moi à la vitesse où cette feuille a jailli du tronc, mon ventre gonfler de manière brutale. Un frisson désagréable me saisit.

Non, tu n'as rien à craindre. Lucien va te sortir d'ici.

Un nuage voile le soleil et l'air se rafraîchit subitement. Je frémis. Je me dirige vers le mur ouest et contemple les fleurs entrelacées. Ma première violette a commencé à se flétrir.

Je vais lui envoyer un autre message. Tant que je serai là, Raven saura que je ne l'ai pas oubliée. Avec l'hiver qui approche, il serait suspect de faire pousser une autre violette. En fouillant dans ma poche, je trouve un ruban rose pour les cheveux, effiloché aux deux extrémités. Raven déteste cette couleur. Aussi, j'invoque le premier Augure et la surface satinée devient bleue. Je fais pousser une branche de lierre, j'y accroche le ruban et je la fais grimper le long du mur jusqu'à ce qu'elle soit passée de l'autre côté.

Puis j'enfile mes gants et rejoins le palais. En passant devant la fenêtre de la salle de réception, un mouvement attire mon attention. Avec mille précautions, je m'approche du carreau et jette un coup d'œil à l'intérieur. Mon cœur se pétrifie.

Ash et Carnelian dansent ensemble. Il la tient par la taille ; leurs visages se frôlent. Elle a la main posée sur sa nuque. Il a beau la guider avec grâce, Carnelian le suit avec maladresse, raide comme un bâton.

Même si je ne devrais pas les épier, je n'arrive pas à détourner les yeux.

Soudain, le temps ralentit. Il se penche vers elle et pose ses lèvres sur sa bouche. Une douleur aiguë me vrille les intestins et je m'agrippe à la fenêtre pour ne pas vaciller. Mes ongles raclent la vitre et je m'écarte d'un bond contre le mur, priant pour qu'ils ne m'aient pas aperçue. Mon cœur cogne contre mes côtes, mon corps tremble comme une feuille au vent.

Je m'élance en courant dans le jardin. Je dérape à quelques reprises sur le gravier avant d'atteindre le labyrinthe, où je m'engouffre. J'avance au hasard, me perdant parmi le dédale de haies. La scène me hante. Ash embrassant Carnelian.

Parvenue à un cul-de-sac, je m'effondre par terre, à bout de souffle. Quelle idiote ! Une gamine qui ne connaît rien à l'amour, voilà ce que je suis. Tout du long, alors qu'il me courtisait, il l'embrassait elle aussi.

Je le hais. Mais je me déteste davantage encore. Comment ai-je pu croire un seul instant que ce genre de bonheur était possible ? Que j'y avais droit ? Résultat, j'ai désobéi à Lucien, trahi sa confiance, et tout cela pour rien.

Les minutes s'égrènent. Je reste avachie par terre, la tête enfouie entre mes genoux. Les larmes jaillissent de mes yeux et s'insinuent dans mon manteau, le vent joue avec mes mèches rebelles.

— Violet ?

Je sursaute. Mais je ne bouge pas d'un cil ni ne relève la tête.

Je l'entends s'asseoir près de moi ; la chaleur de son corps me caresse la peau.

— Violet, je suis vraiment désolé. Laisse-moi t'expliquer. (Silence.) Regarde-moi, je t'en prie.

— Non.

Si jamais je le vois, je risque de me remettre à sangloter. Or il n'est pas question que je pleure devant lui.

Il pousse un long soupir.

— Ce que tu as vu fait partie de mon travail, Violet. Je n'ai pas le choix. Je suis obligé de… l'embrasser. Mais ce n'est pas mon désir. Je croyais que tu comprenais ça. (Il remue.) Peux-tu seulement imaginer à quel point ma vie me dégoûte ? Je passe mon temps à mentir. Je mens à ces filles, leur dis tout ce qu'elles ont envie d'entendre. Le pire, c'est qu'elles se fichent que je leur raconte des histoires. Elles n'en ont rien à faire de moi. Je suis transparent. Elles ne me voient pas, elles ne me connaissent pas. À leurs yeux, je suis un objet, un accessoire, un faire-valoir à leur bras lorsqu'elles se rendent à un bal. Je n'ai peut-être pas connu la Vente aux Enchères, mais je passe de main en main. On m'achète puis on me revend. C'est une spirale infernale.

Je lève la tête et nos regards se nouent. Les mots restent coincés dans ma gorge. Je sais précisément ce qu'il éprouve. Il a raison. Qui suis-je pour le juger ou le blâmer ?

Ash m'adresse un sourire irrésistible. Un sourire énigmatique.

— Je peux te confier un secret ?

J'acquiesce.

— Le jour où on s'est rencontrés, je t'ai entendue rire. C'est ça qui m'a attiré dans le salon.

Le rire hystérique qui m'avait saisie après que j'avais échappé aux deux servantes.

— Et tu te tenais là, rouge comme une pivoine et radieuse. Tu étais la fille la plus belle que j'aie jamais vue de ma vie. Et tu m'as regardé avec une telle stupéfaction…

Il repousse une mèche qui me barre le visage et la cale derrière mon oreille.

— Ensuite j'ai buté dans la table basse, dis-je en grimaçant.

Ash s'esclaffe.

— Oui. Mais à ce moment-là, tu m'as redonné le sentiment d'être… une personne à part entière. Avec toi, Violet, je n'ai pas la sensation d'être transparent. Tu me vois vraiment. Est-ce que ça a un sens ?

Pourquoi faut-il que ça arrive maintenant ? Près de moi se trouve le seul garçon qui me comprendra jamais. Et je vais devoir le repousser. Parce que c'est la bonne chose à faire. Parce qu'il le faut. Parce que j'ai promis à Lucien d'être exemplaire.

C'est injuste. C'est trop dur.

Non seulement je vais devoir le quitter, mais je vais aussi lui mentir.

— Violet ?

Dans quelques semaines à peine se tiendra la Nuit la plus longue. Autrement dit, nous ne disposons que de très peu de temps.

J'attrape le col de son manteau et l'attire à moi pour écraser ma bouche sur la sienne. Lui et moi, nous sommes pareils. Nous vivons tous deux sous le joug de la royauté, nous sommes pieds et poings liés. Notre avenir ne nous appartient pas. En revanche, nous pouvons choisir d'être ensemble pour le peu de jours qu'il nous reste. D'abord surpris, il se décontracte vite ; ses doigts s'enfouissent dans ma chevelure et nous nous laissons tomber à la renverse sur le tapis d'herbe froid.

Le lendemain matin, assise dans mon fauteuil favori près de la fenêtre de mon salon, j'observe les va-et-vient incessants dans l'allée du palais.

La demeure est en proie à une vive agitation ; des valets s'affairent, transportant de petites tables, des mètres de tissu et des brassées de fleurs.

J'interroge Annabelle.

— Que se passe-t-il ?

Elle baisse la tête et pique un fard.

— Allons, parle !

Elle hausse les épaules.

G est fiancé.

— Garnet ?

Elle opine du chef.

— À qui ?

Maison de la Plume.

— Ah.

Fiançailles demain.

— Qu'est-ce qu'en pense Garnet ?

Annabelle esquisse un sourire ironique et hausse les sourcils.

— Tu m'étonnes, dis-je en éclatant de rire. Je parie qu'il est furieux.

La porte s'ouvre à la volée et la duchesse pénètre dans la pièce.

— Venez avec moi !

Je jette un coup d'œil en direction d'Annabelle. Pâle comme un linge, elle semble inquiète.

— Où allons-nous, milady ? la sollicité-je en la suivant à travers les couloirs.

Elle ne dit rien. Une fois devant l'ascenseur, j'ai la réponse à ma question.

Dans la clinique, le docteur Blythe nous tourne le dos. Mon estomac se noue. Pourvu qu'il n'utilise pas encore le pistolet stimulant.

— Comment vous sentez-vous aujourd'hui ? demande-t-il.

— Bien.

— Le temps s'est un peu refroidi. Pas de nez qui coule, pas de toux, pas de maux de gorge ?

— Non. Rien à signaler.

Pourquoi la duchesse reste-t-elle ?

— Vous en avez encore pour longtemps, docteur ? s'impatiente-t-elle.

Elle m'attrape par le bras et s'y cramponne comme si j'allais m'enfuir. Pour aller où ?

— Je suis presque prêt, milady.

— Vous avez dit que le timing était crucial.

— Ce ne sera pas un problème, milady.

Il se retourne, un sourire étrange aux lèvres, et s'approche de moi d'un pas mesuré.

— N'ayez pas peur.

C'est alors que je remarque les étriers ajoutés au bout du lit.

Je ne vois la seringue qu'au dernier moment. Trop tard.

Une brûlure me transperce la jugulaire, et je sombre dans le néant.

22.

Un faible bourdonnement me parvient.
J'essaie d'ouvrir les yeux mais mes paupières sont lourdes comme des pierres. J'ai la langue gonflée, la gorge nouée. Je peine à déglutir.

— Elle se réveille, docteur.

La voix de la duchesse transperce la brume qui me noie. Un objet est enfoncé dans mon bras. Je tente de l'arracher mais je ne peux pas bouger.

— Ne vous en faites pas, milady. Nous avons presque fini.

Le docteur Blythe. La clinique. L'aiguille. Les étriers.

Tout resurgit d'un seul coup et je force mes paupières à se soulever. Tout d'abord, une lumière vive m'aveugle. Mais très vite, ma vision s'accommode.

Mes bras sont retenus par des bracelets de contention. Une sangle placée autour de mes épaules me maintient également attachée au lit. Une perfusion est fixée au creux de mon coude. Mes jambes sont relevées, écartées et couvertes d'un drap blanc qui me cache le bas du corps.

Ma poitrine est comprimée, je peine à reprendre mon souffle.

Le visage de la duchesse apparaît dans mon champ de vision.

— Du calme, dit-elle en tamponnant mon front avec un gant mouillé. Vous risquez de faire de l'hyperventilation.

L'air qui entre dans mes poumons est trop rare ; je n'ai pas assez d'oxygène. Mon cœur bondit dans ma cage thoracique. Il bat trop vite, beaucoup trop vite.

— Qu'est-ce qui... m'arrive ? demandé-je dans un halètement.

— Respirez à fond.

La voix du docteur Blythe me parvient de sous le drap.

— Détendez-vous. Tout va bien.

— Je ne sens pas mes jambes...

Je suffoque. Des taches blanches brouillent ma vue. Mon cœur est sur le point d'exploser.

— Milady, il y a un masque à oxygène juste à votre gauche. Pourriez-vous le placer sur le bas de son visage ?

Un objet dur en plastique se plaque sur ma bouche et mon nez. Je prends une grande goulée d'un air d'une pureté incroyable. Les battements de mon cœur ralentissent aussitôt après.

— Vous voyez ? Tout va bien, commente la duchesse en appliquant le linge sur mon front. Vous n'auriez pas dû vous réveiller si tôt, me reproche-t-elle ensuite.

Comme si c'était ma faute.

— Voilà. C'est fini, déclare le docteur Blythe en surgissant de derrière le drap, le visage couvert d'un masque chirurgical bleu. Il l'ôte après avoir retiré ses gants dans un bruit de latex qui me fait grimacer.

— Tout s'est bien déroulé, milady.

— Excellent ! Bon, ce n'est pas le tout, j'ai des fiançailles à organiser.

Elle s'en va.

Les portes de l'ascenseur s'ouvrent et se referment. Le médecin retire délicatement mes pieds des étriers. Mes jambes pendouillent sur le bord du lit.

— Je vous ai administré un léger sédatif, m'apprend-il en prenant mon pouls. Les effets devraient commencer à s'estomper, ajoute-t-il en passant une lampe stylo devant mes pupilles avant de griffonner une note sur l'écran. Je pense que nous pouvons défaire cela.

Il dénoue les liens qui me retiennent au lit. J'essaie de me redresser, mais la pièce se met à tanguer.

— Restez allongée, Violet.

En attendant que les vertiges cessent, je fixe le plafond. Je ressens une morsure au niveau du bras quand le médecin retire la perfusion.

— Vous préférez garder le masque à oxygène ?

Je secoue la tête. Je n'ai qu'une envie, déguerpir d'ici. Des larmes me picotent le coin des yeux. Le médecin m'enlève le masque. Des fourmillements me parcourent les orteils. J'aimerais lui demander ce qu'il m'a fait subir pendant mon sommeil, pourtant la question reste coincée au fond de ma gorge. La réponse, je ne suis pas sûre de vouloir l'entendre. Le médecin m'observe sans un mot.

Peu à peu, la sensation d'engourdissement s'atténue ainsi que les vertiges. Lentement, je me glisse au bord du lit et redresse le buste. Mon corps est ankylosé, mes gestes maladroits.

Le docteur sourit.

— Un peu d'eau, peut-être ?

Je hoche la tête. Il saisit un verre et porte la paille à ma bouche. J'en prends une petite gorgée ; mes lèvres sont sèches. La fraîcheur de l'eau me fait du bien.

— Vous aurez probablement des contractions cette nuit, m'annonce-t-il subitement. Mais demain, ce ne sera plus qu'un mauvais souvenir, je vous le promets. Nous connaîtrons les résultats dans environ une semaine.

— Les résultats de quoi ? dis-je d'une voix rauque.

Il me presse la main.

— Dans une semaine, nous saurons si vous êtes enceinte.

ENCEINTE.

Ce mot résonne étrangement dans ma tête. Plus je me le répète, moins il a de sens. Cette nuit-là, étendue sous ma couette, les yeux levés sur le ciel de lit qui me surplombe, je palpe mon ventre, comme si je pouvais déjà sentir un changement ; un faible pouls, ou une bosse. Rien. Il n'y a rien.

Pitié, faites que ça n'ait pas marché...

J'ai l'impression qu'on m'a inoculé un virus mortel. On m'a inséminée contre ma volonté. J'avais beau savoir que ça finirait par arriver, ça ne rend pas l'expérience moins traumatisante.

La bonne nouvelle, c'est que j'ai cessé de pleurer. J'ai versé toutes les larmes de mon corps jusqu'à ce qu'il n'en reste plus une goutte. J'ai appelé Lucien encore et encore via l'arcane, sans succès. Pour finir, désemparée par son silence, j'ai jeté l'objet contre le mur. À l'heure qu'il est, le diapason est de retour dans sa cachette.

Je fais mon possible pour ne pas penser à Ash. Comme j'ai été bête d'hésiter à le fréquenter en secret ! À présent, la page est tournée. Notre temps ensemble est révolu.

On frappe quelques coups timides à la porte. Annabelle hasarde sa tête à l'intérieur de ma chambre. Elle gribouille quelque chose sur son ardoise mais je ne prends pas la peine de tourner la tête. À la place, je continue de scruter le plafond, le regard dans le vide.

L'ardoise apparaît au-dessus de moi.

D est là.

Sans un mot, je me redresse et ramène les genoux contre ma poitrine. Annabelle me presse la main et s'éclipse. La duchesse entre à pas de velours comme pour me ménager.

— Comment vous sentez-vous ?

— Bien, milady, dis-je, les dents serrées.

Elle s'assied sur le lit.

— Ce doit être difficile pour vous, je le sais.

— Non. Vous n'avez pas idée.

— Allons, ne faites pas l'enfant. Inutile de rester allongée là à bouder comme si vous ne vous y attendiez pas. D'après le docteur, la procédure s'est très bien passée.

— Oui, milady.

— Si jamais vous avez besoin de quoi que ce soit, n'hésitez pas à demander.

Mes yeux lancent des éclairs.

— J'aimerais qu'on me laisse tranquille, milady.

— Pourquoi me regardez-vous comme si j'étais votre ennemie ? s'emporte-t-elle. Pourquoi n'êtes-vous pas reconnaissante de tout ce que je vous offre ? Des vêtements dignes d'une princesse, les plats les plus raffinés qui soient, un nouveau violoncelle, des bijoux, des bals… Je *m'efforce* de prendre soin de vous. De vous rendre heureuse.

— Vous m'avez privée de ma vie et de mon corps et vous vous attendez en plus à de la reconnaissance de ma part ?

Je suis une boule de rage. Il faut absolument que je me calme ou ça risque de mal finir.

— Quelle vie ? Vous préféreriez vivre dans la misère ? Crever de faim dans un taudis du Marais ?

— Oui, figurez-vous ! Je préférerais mille fois vivre dans ces conditions, entourée de ma famille. Mener ma propre vie, être maîtresse de mes actes. Je ferais n'importe quoi pour connaître la liberté.

— Mais je vous ai donné la liberté !

— Errer dans l'enceinte du palais sans chaperon, ce n'est pas ce que j'appelle la liberté !

Nous nous regardons dans le blanc des yeux, furieuses l'une et l'autre. La duchesse inspire profondément.

— Ce n'est pas moi qui ai établi ces règles, dit-elle. Ce n'est pas moi qui vous ai arrachée à votre famille. Pas plus que je n'ai institué la Vente aux Enchères. D'autres que moi se seraient montrées beaucoup moins généreuses, croyez-moi.

Je détourne la tête. Elle laisse échapper un long soupir.

— Saviez-vous que l'Électrice désire abolir la Vente aux Enchères ?

Je reporte les yeux sur elle. L'espoir renaît dans ma poitrine.

— Vraiment ?

Elle ricane en voyant mon expression.

— Ne vous méprenez pas. Elle ne souhaite pas mettre un terme à la pratique de l'insémination. Juste à la Vente aux Enchères. Elle éprouve pour les mères porteuses le plus profond mépris.

— Pourquoi ?

— Rappelez-vous qu'elle n'est pas de sang royal. Elle était capable de porter ses propres enfants. Mais en épousant l'Exéteur, elle a dû y renoncer. Toutes les femmes du Joyau sont stérilisées juste avant le mariage afin d'éviter les grossesses malencontreuses. Vous vous souvenez des deux écoles concernant les mères porteuses ? Je suis de celles qui pensent que votre personnalité est essentielle. Beaucoup ne sont pas de cet avis. Or l'Électrice a adopté le second point de vue. Elle a prévu de « perfectionner » les mères porteuses.

— Comment ça ?

— À quoi bon les préparer ? À quoi bon dépenser des sommes folles et risquer de se retrouver avec un enfant qui ne correspond pas à nos attentes, et tout cela parce que notre mère porteuse n'est pas parfaite, ne fait pas assez d'efforts, ou nous déteste ? Après tout, nous avons juste besoin de votre corps. Le pistolet stimulant déclenche les Augures. L'Électrice partage l'opinion selon laquelle votre esprit ne nous est d'aucune utilité.

Je pousse un cri d'indignation.

— Vous voulez dire qu'elle a l'intention de... lobotomiser les mères porteuses ?

— Précisément.

J'ai envie de vomir.

— Elle ne peut pas faire ça !

— Bien sûr que si. Elle est Électrice. L'Exéteur se fiche de la question. Comme tous les hommes du Joyau, il part du principe que c'est une histoire qui ne concerne « que les femmes ». (La duchesse lève les yeux au ciel.) Si elle frappe aux bonnes portes et obtient le soutien nécessaire, rien ne pourra l'empêcher de faire passer une nouvelle loi.

— Qu'est-ce qu'elle attend pour le faire ?

— Jusque-là, les tests ne sont pas concluants. Mais une fois qu'ils le seront… (Elle hausse les épaules.) Fini les instituts. Fini les compensations versées aux familles. Dès qu'une fille sera prête à être inséminée, elle se volatilisera tout simplement et on n'entendra plus jamais parler d'elle. (Elle plante son regard dans le mien.) Vous avez conscience que d'autres que moi vont chercher à marier leur future fille au fils de l'Exéteur. Il faut que *ma* fille soit la future Électrice. Alors, seulement, nous pourrons l'empêcher de concrétiser son projet.

Je n'aime pas sa manière de nous mettre dans le même camp.

— Pourquoi la haïssez-vous tant ? Parce qu'elle a épousé l'Exéteur à votre place ?

Elle devient livide.

— Vous parlez sans savoir. Il faut empêcher cette femme de faire passer de nouvelles lois. Elle n'appartiendra jamais à ce cercle, ce cercle que ma famille a bâti. C'est une roturière sans manières. Hors de question qu'elle laisse sa marque dans notre Cité.

— Mais… à supposer que vous réussissiez à fiancer votre fille au fils de l'Exéteur, elle sera trop jeune pour intervenir. Ce ne sera qu'un bébé.

Un rictus tord la bouche de la duchesse.

— Ceci n'est pas votre problème. Contentez-vous de la mettre au monde le plus vite possible. C'est votre seule tâche.

— J'en suis bien consciente, milady.

Son sourire s'agrandit.

— Tant mieux.

— À vous entendre, tout n'est que manipulations et manigances dans le Joyau. Y a-t-il des gens qui s'apprécient quand même ? Et vous, n'aimeriez-vous pas, dans le fond, avoir une fille pour le seul plaisir d'en avoir une ?

Elle reste impassible.

— J'ai aimé plus que vous ne pouvez l'imaginer.

Je me retrouve soudain face à une autre personne. La métamorphose est stupéfiante.

Prenant conscience qu'elle en a trop dit, elle se lève et lisse sa robe.

— Mon fils est enfin fiancé, vous avez dû en avoir vent. La fête se tiendra demain soir. Vous y assisterez. Pour l'occasion, vous donnerez un bref concert.

Elle balaie ma chambre du regard, cherchant comment achever la conversation.

— Bonne nuit, dit-elle finalement sans croiser mon regard.

Elle ordonne ensuite à Annabelle :

— Je veux qu'elle soit époustouflante, demain soir.

23.

Annabelle ne déçoit pas.

À dix-huit heures cinquante-cinq, je me présente devant la salle de réception vêtue d'une toilette vert d'eau qui ne laisse pas le valet indifférent. Le corsage est échancré, mes épaules dénudées, la jupe tombe par terre en plusieurs couches successives, et l'ourlet est brodé de cristaux. Mon cou est habillé d'un collier de diamants assorti à une paire de boucles d'oreilles qui font ressortir mes yeux.

Par la porte s'échappe un bourdonnement de voix accompagné de notes de musique. Le valet s'incline puis m'ouvre la porte en m'annonçant.

— La mère porteuse de la Maison du Lac !

Mon apparition passe quasiment inaperçue. Seules les personnes situées à l'entrée tournent la tête vers moi.

La salle est noyée d'éclats de rire. Les messieurs sont sur leur trente-et-un et les femmes portent de somptueuses toilettes bariolées. Garnet se tient raide comme un piquet près d'une fille de mon âge ; il affiche une mine lugubre. Avec ses boucles blondes et ses grands yeux bleus, la jeune fille me rappelle Lily. Lady et lord Cristal félicitent Garnet. Je me demande comment se porte leur bébé. À l'heure qu'il est, leur mère porteuse a sans doute été expédiée dans un centre. Ce qu'ils appellent dans leur jargon « maison de retraite ».

Apercevant la duchesse, je me dirige vers elle. Elle porte une robe dorée avec des mancherons en dentelle. Elle est en train de converser avec l'Électrice. Je me place à côté d'elle.

— Ma parole, elle est splendide ! s'exclame l'Électrice.

Elle est elle-même vêtue d'une robe de velours carmin ornée d'un énorme dragon, une robe trop volumineuse pour sa petite stature. Sa bouche est soulignée d'un rouge à lèvres vermeil. Une fois encore, j'ai l'impression de me trouver face à une enfant portant les vêtements de sa mère. J'ai toutes les peines du monde à l'imaginer en train de torturer des jeunes filles, leur découper des parties de cerveau. Enfin, ce n'est pas comme si elle faisait ça elle-même. Non, elle doit payer des scientifiques pour se salir les mains à sa place.

— Pearl, vous avez l'intention de tenter une insémination bientôt ?

— Quand le médecin la jugera prête, Votre Majesté, ment la duchesse.

— N'attendez pas trop longtemps. La mère porteuse de lady du Miroir est déjà enceinte. Ainsi que celle de lady de l'Étoile. À votre place, je ne tarderais pas trop.

La duchesse prend une gorgée de champagne.

— Je ne me fais aucun souci, Votre Majesté. Merci de vous préoccuper de mon intérêt.

L'Électrice me coule un étrange regard en coin. Je me compose un sourire.

Lucien apparaît soudain à ses côtés pour lui offrir une coupe de champagne. Mon cœur bondit.

— Merci, Lucien, s'écrie l'Électrice. Ce champagne-ci provient de ma propre cave. Ne le prenez pas mal, très chère Pearl. Je suis devenue très difficile en matière de boisson. Aussi ai-je préféré apporter mes propres bouteilles.

Je suppose que je ferais comme elle, si ma mère porteuse avait été empoisonnée.

— Bien entendu, Votre Majesté, réplique la duchesse d'une voix mielleuse.

Une nouvelle arrivée est annoncée à la porte.

— Oh ! Lapis ! hurle l'Électrice en agitant la main en direction d'une femme à la chevelure auburn. Toutes mes félicitations ! La Maison de la Plume doit être ravie. Quelles heureuses fiançailles !

Lady de la Plume s'incline face à l'Électrice.

— Oui, Votre Majesté. Ma fille n'aurait pu rêver meilleure union.

Tous les regards se portent sur le nouveau couple. Garnet choisit justement cet instant pour se gratter à un endroit très inapproprié. J'étrangle un éclat de rire. Lady de la Plume s'empourpre.

— En effet, commente l'Électrice avec un rictus. Garnet est un parti en or. À ce propos, voilà Carnelian !

Mon cœur se met à battre si vite que j'en ai le tournis. Carnelian et Ash nous rejoignent.

Je n'ose pas relever le nez de peur de me jeter à son cou. J'ai l'impression que ça fait une éternité que je n'ai pas vu son visage. Je concentre mon attention sur le collier de rubis de Carnelian.

— Vous êtes la prochaine sur la liste, très chère, fait remarquer l'Électrice.

Carnelian s'incline.

— Oui, Votre Majesté. Il me tarde.

L'orchestre entonne une valse et l'Électrice, enthousiaste, bat des mains.

— C'est l'un de mes morceaux favoris. Il faut absolument que je danse. Veuillez m'excuser, mesdames. Je pars à la recherche de mon mari.

La fête se poursuit. Les couples dansent et les gens rient beaucoup. Le champagne coule à flots. Sauf que ce soir, la duchesse m'annonce tout de suite la couleur : interdiction de boire une seule goutte. Apparemment, la comtesse de la Pierre ne figure pas sur la liste des invités. Autrement dit, ce n'est pas aujourd'hui que je reverrai Raven. Pourvu qu'elle ait découvert mon ruban. Je passe la majeure partie de la soirée collée au buffet où se trouve une pile de macarons de toutes les couleurs. J'évite de regarder en direction de la piste, où Ash fait danser Carnelian. J'espère que Lucien trouvera bientôt un prétexte pour m'entretenir en aparté.

Au bout de quelques heures, la duchesse demande le silence. Elle se tient à un bout de la salle, entourée de son époux et du couple de fiancés.

— Merci à tous d'être venus célébrer avec moi cette grande occasion ! Portons un toast au jeune couple, Garnet de la Maison du Lac et Coral de la Maison de la Plume.

Tout le monde s'exécute en les félicitant.

— À présent, poursuit la duchesse, ma mère porteuse vous a réservé une petite surprise. Elle va se produire devant vous. Je vous propose de me suivre dans la salle de concert.

Un valet m'entraîne le long d'un couloir annexe. Il compte probablement me faire entrer par les coulisses. Soudain, Lucien apparaît devant nous et nous barre la route.

— Madame la duchesse exige que j'escorte en personne la mère porteuse. Vous pouvez disposer.

Le valet marque un temps d'hésitation puis s'incline.

— À votre service.

Après son départ, Lucien me décoche un sourire.

— Allons-y, dit-il en m'offrant son bras. Comment vous portez-vous ?

Les mots s'emmêlent dans ma bouche. Lucien s'arrête brusquement. Il pose son doigt sous mon menton, me force à lever la tête et scrute mon visage.

— C'est arrivé, n'est-ce pas ?

Je hoche la tête.

— Quand cela ?

— Hier, dis-je d'une voix éteinte.

— Donc vous n'avez pas encore les résultats.

Je fais signe que non.

Lucien me caresse la joue.

— Ne vous en faites pas. C'est loin d'être idéal, mais ce n'est rien d'insurmontable. La Nuit la plus longue approche à grands pas.

Je me triture les mains.

— Lucien, êtes-vous au courant du projet de l'Électrice ? Elle a l'intention de lobotomiser les mères porteuses !

Il fronce les sourcils.

— Qui vous a raconté cela ?

— La duchesse.

Il serre les dents.

— Oui, je suis au courant. Mais nous n'avons pas le temps de nous focaliser là-dessus. En outre, nous ignorons si les tests seront un jour concluants. Pour l'heure, concentrons-nous sur vous. Notre priorité, c'est de vous mettre à l'abri. Gardez bien cet objectif en tête.

— Mais les autres filles, Lucien. Je ne peux pas…

Il s'arrête devant la porte menant aux coulisses et pose les mains sur mes épaules.

— Écoutez-moi, Violet. Il ne s'agit pas seulement de vous. L'enjeu est beaucoup plus important que vous ne le soupçonnez.

Un frisson me balaie.

— Qu'est-ce que vous insinuez ?

Il m'adresse un sourire mystérieux.

— Il suffit d'un caillou pour déclencher une avalanche. Je ne vais pas abandonner les autres mères porteuses, n'ayez crainte. Mon action bénéficiera à tous ceux qui sont sous le joug de la royauté. Mais pour ce faire, je dois commencer par vous aider *vous*.

Il ouvre la porte et me pousse dans les coulisses sans me laisser le temps de poser d'autres questions. J'entends les bavardages des spectateurs qui prennent place dans la salle. Mon violoncelle et mon pupitre sont déjà installés sur scène.

— Vous êtes prête, Violet ? demande Lucien.

Toutes mes interrogations s'évanouissent d'un coup, remplacées par le trac.

— Oui.

Il dépose sur mon front un baiser délicat.

— Bonne chance.

Je prends une profonde inspiration et avance sur scène sous une pluie d'applaudissements.

Rien à voir avec le bal de l'Exéteur. Le public est ravi. Aucune animosité ne flotte dans l'air. L'atmosphère est tellement plus agréable. Les spectateurs sont sincèrement enthousiastes à l'idée de m'entendre jouer, et non pas impatients de me voir échouer. Je m'assieds et cale l'instrument entre mes jambes. Puis je balaie la salle du regard. Tous les sièges sont occupés.

C'est mon rêve devenu réalité.

La duchesse a choisi elle-même le programme de ce soir. Je tourne la première page et m'aperçois qu'elle a sélectionné en guise de préambule le prélude en *sol* majeur – sans doute pour remémorer à ses convives ma performance de la dernière fois. Sourire aux lèvres, je commence à jouer.

Je sens tout de suite que quelque chose ne va pas. Au fil du morceau, au lieu de se détendre, mon estomac se tord. À la fin du prélude, je réponds aux applaudissements par un sourire poli. C'était loin d'être ma meilleure performance, mais le public n'a rien remarqué.

Passant à la pièce suivante, je tends le bras pour tourner la page. Le geste déclenche une douleur au bas de mon dos. La duchesse a choisi un prélude en *ré* mineur. Je brandis l'archet et le pose sur les cordes.

Au bout de quelques mesures, la douleur devient insupportable. De violentes crampes d'estomac me saisissent et mon dos s'embrase. Soudain, une substance liquide s'écoule entre mes cuisses. Je sursaute et mon archet dérape sur le *la*, produisant un crissement désagréable. Je le lâche.

Je pose les yeux sur mes genoux et découvre une tache rouge vif. Elle s'épanouit sur ma robe vert d'eau comme si j'avais recours au premier Augure. Sauf que cette fois, je n'ai pas invoqué mon pouvoir.

Un fracas retentit : mon violoncelle m'a échappé des mains. Dans les coulisses, j'entrevois une robe blanche qui se rue vers moi. Je presse les mains contre la tache et le sang visqueux colle à mes doigts. Mon pouls martèle mes tympans, couvrant le chahut de la salle.

— À l'aide, dis-je dans un murmure avant de m'effondrer.

Des mains douces me rattrapent juste avant que ma tête cogne contre la scène.

Les sons resurgissent à flots.

— Allez chercher le médecin ! hurle Lucien.

Des cris confus résonnent à travers la salle ; les gens se précipitent sur scène. Mais tout me semble flou. Une nouvelle crampe me tord les boyaux.

Lucien m'étend avec délicatesse sur la scène avant de tâter mon front. Un gémissement m'échappe.

La duchesse se penche sur moi.

— Le médecin s'est absenté, dit-elle. Il est actuellement dans le Commerce.

Elle a le visage livide, le regard épouvanté. C'est la première fois que je la vois perdre contenance.

— Nous allons envoyer quelqu'un chercher le nôtre.

C'est la voix de l'Exéteur ; elle provient de ma droite.

— Nous n'avons plus le temps. Il faut contenir l'hémorragie ! s'exclame Lucien. Milady, où se trouve votre clinique ? (La duchesse me fixe, immobile.) Milady !

Elle sursaute.

— Suivez-moi.

Lucien me recueille dans ses bras ; il est d'une force étonnante. Il descend de la scène et traverse la salle de concert. Tout autour de moi, une valse de visages inquiets noyés d'un halo doré. L'un d'eux se détache nettement de la masse. Celui d'Ash, bouleversé.

Une douleur fulgurante me transperce l'abdomen. Je lâche un hurlement.

— Nous y sommes presque, mon sucre d'orge, chuchote Lucien à mon oreille. Tenez bon.

— Ça fait mal.

— Je sais.

J'entends les portes de l'ascenseur s'ouvrir. L'obscurité m'enveloppe, suivie de la lumière vive de la clinique. Lucien m'allonge sur le lit et je me roule dans la position du fœtus, les mains imprégnées de sang.

— Comment va-t-elle ? s'enquiert la duchesse d'une voix étranglée. Est-ce qu'elle va s'en sortir ?

Penché sur moi, Lucien me soulève le bras et enfonce une aiguille dans ma peau.

Mes paupières s'alourdissent. Le visage de Lucien se brouille et devient celui d'Ash. J'essaie de lui caresser la joue mais mon bras pèse une tonne. Quand il ouvre la bouche, c'est la voix d'Ash que je perçois, très lointaine.

— Dormez.

Le noir m'engloutit.

24.

Quelque chose de frais et humide me caresse le front.

Mes paupières clignotent et j'entrouvre les yeux.

Je suis dans ma chambre. La duchesse est penchée au-dessus de moi, un linge à la main.

— Docteur, appelle-t-elle en s'asseyant sur le lit. Elle revient à elle. Comment vous sentez-vous ?

J'ai la bouche sèche, les lèvres collées. Ma langue est enflée. La duchesse attrape un broc posé sur la table de nuit, verse de l'eau dans un verre et me le tend.

— Tenez, dit-elle d'une voix douce.

J'en aspire de petites gorgées. Un filet d'eau dégouline sur mon menton. La duchesse l'essuie aussitôt. La porte s'ouvre soudain et le docteur Blythe entre en trombe.

— Elle a repris connaissance ? demande-t-il en se précipitant à mon chevet.

La duchesse s'écarte avec un sourire tandis qu'il me prend le pouls.

— Je suis content de revoir enfin la couleur de vos yeux, remarque-t-il.

— Que m'est-il arrivé ? dis-je d'une voix éraillée.

— La première tentative échoue neuf fois sur dix, m'apprend le docteur. Toutefois, votre corps a réagi de manière anormalement violente. Vous avez failli mourir. Dorénavant, nous allons devoir faire preuve d'une extrême prudence.

— Nous avons déjà pris du retard, proteste la duchesse.

— Si nous la perdons, réplique le médecin, tout cela n'aura plus d'importance.

Je suis prise de vertiges.

— Alors je ne suis pas enceinte ?

Le médecin ouvre sa sacoche.

— Vous ne l'êtes plus.

Il sort un thermomètre et le glisse sous ma langue.

— Comment allons-nous procéder ? demande la duchesse.

— Nous devons laisser passer un cycle entier avant de faire une nouvelle tentative. Autrement dit, il faut attendre au minimum quatre ou cinq semaines pour laisser le temps à son corps de récupérer.

— Soit, rétorque la duchesse. À condition que vous restiez au palais. Je vais vous faire préparer une chambre sur-le-champ.

— Je suis à votre service, milady.

L'idée que le médecin vive sous le même toit est loin de me réconforter. Au moins, je bénéficie d'un sursis d'environ un mois. Or la Nuit la plus longue a lieu dans cinq semaines et demie. Avec un peu de chance, Lucien me remettra le sérum avant qu'ils ne retentent une insémination.

Le médecin ôte le thermomètre de ma bouche.

— Où est Lucien ? dis-je.

Il fronce les sourcils ; la duchesse semble confuse. C'est vrai, je ne suis pas censée le connaître.

— Il est rentré au Palais royal, évidemment, répond le médecin.

— Il m'a sauvé la vie, ajouté-je dans l'espoir que ce prétexte suffise à justifier mon intérêt soudain pour le confident de l'Électrice.

— En effet, acquiesce le docteur en rangeant son thermomètre dans sa sacoche. Heureusement pour vous qu'il était là. Pour le moment, je vous recommande vivement de vous reposer si vous voulez vous rétablir vite.

Épuisée, je hoche la tête.

La duchesse se tourne vers le médecin.

— Je vais envoyer un domestique chercher vos affaires.

Elle applique une dernière fois le linge humide sur mon front avant de quitter la pièce.

— Je connais quelqu'un qui a très hâte de vous voir, me confie le médecin avec un sourire de connivence.

Il ouvre la porte et s'éclipse tandis qu'Annabelle surgit.

— Annabelle, dis-je d'une voix faible.

Elle s'agenouille au pied de mon lit, me prend la main et la pose contre sa joue.

— Tout va bien, murmuré-je. Je suis simplement fatiguée.

Elle hoche la tête, mais des larmes jaillissent de ses yeux.

— Oh, Annabelle, ne pleure pas, je t'en prie. Je suis saine et sauve.

Elle m'embrasse le dos de la main.

— J'ai besoin de dormir un peu. Tu peux rester près de moi ?

Annabelle grimpe sur le lit. Je pose la tête sur son épaule.

— Merci.

Elle dépose un baiser sur mes cheveux.

Je reste alitée pendant quelques jours.

Le médecin vient me rendre visite tous les matins, la duchesse tous les après-midi. Je passe la majeure partie de mon temps à lire et à jouer à l'Halma avec Annabelle.

Le compte à rebours s'est enclenché. Chaque jour qui passe me rapproche un peu plus de la Nuit la plus longue et donc de ma liberté. Je les coche un à un dans ma tête. Personne ne me fera plus de mal. Ni la duchesse ni le docteur.

Je songe à l'étrange discours de Lucien, juste avant mon concert. L'enjeu est immense, selon lui. Il ne s'agit pas seulement de moi... Qu'est-ce que ça implique ? Qu'il est en train de fomenter une révolte contre la royauté ? En aidant les mères porteuses à s'évader, il ébranle les fondations du Joyau. Sans nous, les membres de la royauté ne pourront pas se reproduire. Sans nous, ils sont condamnés à disparaître. Cela suppose non seulement qu'il libère et cache toutes les jeunes filles détenues dans les instituts du Marais, mais aussi les mères porteuses qui vivent dans le Joyau. Et s'il cherche en effet à renverser la royauté, je ne veux pas aller me cacher. Je veux participer activement. La duchesse ne mérite qu'une chose : de se retrouver à son tour en laisse, de savoir ce qu'on ressent quand les rôles sont inversés.

Je suis passée à deux doigts de la mort. À l'heure qu'il est, d'autres mères porteuses sont en danger. Si Lucien réussit à m'extraire du Joyau, il pourra les libérer elles aussi, le moment venu. Il prend de gros risques pour moi, pour notre cause. L'enjeu est colossal. Fini les incartades. Je dois lui obéir. Ce qui veut dire, plus de rendez-vous secrets et plus de baisers volés dans le parc. À compter de ce jour, je serai irréprochable.

Prenant conscience de cela, j'ai dit adieu un millier de fois à Ash dans ma tête. Comme si, à force de répéter la scène, la séparation serait plus facile.

C'est mieux ainsi. De toute façon, nous allions devoir nous quitter. Le plus tôt sera le mieux, non ? Je me persuade que c'est un mal pour un bien.

J'espère que Raven est en bonne santé. Si seulement j'avais pu la revoir aux fiançailles de Garnet. D'un autre côté, je suis soulagée qu'elle n'ait pas assisté au concert. Elle m'aurait vue me vider de mon sang sur scène.

Le vendredi suivant, le médecin déclare que je peux me lever et me promener dans le palais.

— J'aimerais beaucoup aller prendre l'air, Annabelle.

Elle m'emmitoufle dans un épais manteau de laine, enroule une écharpe autour de mon cou, puis nous sortons dans les jardins. Je fais mine d'errer sans but, au hasard des allées, en attendant qu'Annabelle s'assoie sur un banc. Alors, je me dirige vers le mur ouest.

Nos trois fleurs sont mortes. Je pose la main contre le mur et murmure : « Tu me manques. » À ma place, que ferait Raven ? Elle reprocherait sûrement à Lucien de mettre autant de temps à la sortir de cet enfer.

Un éclair argenté attire mon regard. J'écarte des feuilles mortes et découvre une nouvelle branche à laquelle est accrochée une petite breloque, un terrier argenté. Enfants, Raven et Crow avaient un chien qu'ils avaient baptisé Danger. Il était si petit qu'ils pensaient que son prénom le rendrait plus téméraire. Leur mère l'a vendu à un magistrat le jour où ils n'eurent plus les moyens de le nourrir.

J'embrasse la breloque et la fourre dans ma poche. Raven se souvient toujours de moi. Faute de mieux, j'arrache un bouton de mon manteau, l'accroche à la branche que Raven a fait pousser jusqu'à moi, et la renvoie par-dessus le mur.

Ensuite, je m'enfonce dans le bois. Comme c'est bon d'être dehors, de prendre un grand bol d'air frais. J'ai l'impression de me nettoyer de l'intérieur. J'emprunte un sentier inconnu sans me soucier de la direction que prennent mes pas. Le chemin débouche sur un petit étang où nagent des poissons multicolores. Une silhouette se tient face à moi, assise sur un banc, de l'autre côté du plan d'eau. Je m'arrête en poussant un cri de surprise.

Ash.

En m'apercevant, il se dresse d'un bond. Vêtu d'un manteau brun et d'une écharpe grise, il se fond parfaitement dans le décor.

— Violet ?

— Salut.

— Est-ce que… ça va ?

— Oh oui, dis-je d'un ton étrangement formel. Tout va bien. Merci.

L'espace qui nous sépare semble à la fois s'étendre et se rétrécir.

— J'étais tellement inquiet. On raconte que… tu as failli mourir.

Je hausse les épaules.

— Ça va mieux, maintenant.

Je voudrais me retourner et m'en aller, mais mes pieds, ancrés dans le sol, ne me répondent plus. Je n'arrive pas à détacher les yeux de lui.

— Pourquoi tu me regardes comme ça ? demande-t-il.

— Comme quoi ?

Ash fronce les sourcils.

— Comme si tu avais peur de moi.

— Non, tu te trompes… (Je pivote sur mes talons.) Il faut que je rentre.

— Attends. La dernière fois que je t'ai vue, tu te vidais de ton sang. Et là, tu m'adresses à peine deux mots ? Qu'est-ce qui te prend ?

Je m'éloigne d'un pas chancelant. Je laisse derrière moi la promesse de réconfort, la chaleur de ses bras. Je me suis juré d'avoir une conduite exemplaire. Il faut que je l'oublie.

— Violet, arrête.

Mon corps lui obéit sur-le-champ quoique mon cerveau me hurle de déguerpir. Les feuilles mortes se froissent sous ses semelles tandis qu'il me rejoint. Sa main se pose sur mon épaule.

— Que se passe-t-il ?

Je chasse sa main et virevolte face à lui.

— On ne peut plus se voir.

Lucien serait fier de moi. Pourtant, un chagrin infini m'envahit.

Éberlué, Ash demeure immobile comme une statue pendant quelques instants. Puis il se réveille brusquement et recule d'un pas. Son regard se pose sur l'étang, le banc, les arbres, à croire qu'il cherche dans le paysage un indice de ce qu'il doit faire, de ce qu'il doit dire. Il ferme les yeux un moment. Quand il les rouvre, son masque se fendille et une souffrance crue se peint sur ses traits. Puis il se ressaisit.

— Comme tu voudras.

— Je suis vraiment désolée.

Si seulement je pouvais revenir sur mes paroles. Je n'aime pas cette facette d'Ash. Ce masque courtois qu'il se compose, ces manières guindées. C'est le personnage qu'il s'invente pour les membres de la royauté et non pas l'homme que je connais.

— Excuse-moi, je dois rentrer aussi. Carnelian a sans doute terminé ses cours d'étiquette et de bonnes manières.

Il passe devant moi en m'effleurant. Par réflexe, je le rattrape par le coude.

— Ash, attends…

Il dégage brutalement son bras, irradiant la colère.

— Non. Ne me dis pas ce que je dois faire. Tu viens de perdre ce privilège.

J'ai l'impression de me noyer. La scène se déroule au ralenti ; les images sont floues, boueuses. Ma poitrine est comprimée, ma respiration superficielle.

Alors, je prends conscience de ce que je viens de faire. Je trouve injuste qu'il m'en veuille alors que tout ce que je souhaite, c'est aider les autres mères porteuses. C'est tellement frustrant de ne pas pouvoir lui expliquer cela. J'abats mes paumes contre son torse, et il recule en titubant.

— Tu penses que c'est *facile* pour moi ?

Je lève la main, m'apprêtant à lui assener un autre coup. Mais il me saisit le poignet.

— Et pour moi ? siffle-t-il. As-tu la moindre idée…

Il m'attire vers lui. Nos visages se retrouvent à quelques centimètres l'un de l'autre.

— À t'entendre, tout ce que nous partagions était pour moi très banal, s'emporte-t-il. Le sexe, oh oui j'en connais un rayon ! Je suis expert en mensonges aussi. Mais ça ? (Il resserre sa main autour de mon bras.) Chaque fois que je passe du temps avec toi, je risque ma peau. Tu comprends ? Si jamais on nous surprend, on m'enverra sur l'échafaud.

Mes membres se ramollissent. Ma rage se volatilise d'un coup.

— Pardon ?

— Allons, Violet. Qu'est-ce que tu t'imaginais ? Tu n'es là que depuis quelques semaines, d'accord, mais tu sais comment fonctionnent ces gens.

— Alors… pourquoi m'avoir embrassée ?

— Parce que quand tu me regardes, j'ai l'impression d'être de nouveau un être humain ! Tu ne me connais pas bien, Violet, mais sache que j'étais brisé avant de te rencontrer. Et je refuse de redevenir cet homme-là.

Il me serre si fort que mes doigts se sont engourdis. S'en apercevant, il me lâche et glisse les mains dans ses poches. Le sang se remet à circuler dans mes doigts.

— Et même si on ne nous prend pas en flagrant délit, ajoute-t-il d'une voix plus calme, je ne serai jamais en mesure de te présenter à ma famille. Je n'aurai jamais l'occasion de marcher main dans la main avec toi le long des ruelles de la Fumée ; pas plus que je ne pourrai te conduire auprès du commissaire de la Paix pour faire de toi mon épouse. Dès que Carnelian sera fiancée, je partirai. On me vendra à une autre famille et le cycle infernal qu'est ma vie continuera comme si tu ne l'avais jamais affecté. Et pourtant si. Jamais je ne t'oublierai. (Il examine mon poignet.) Je ne voulais pas te faire mal. Je suis vraiment désolé.

Ma résolution vacille. Quel genre de personne ai-je envie d'être ? Lucien m'a sauvé la vie et je lui serai loyale pour le restant de mes jours. Ash n'a rien à voir avec cela. Ash, c'est une partie de ma vie qui n'appartient qu'à moi. Mais il y a des priorités. Des choses autrement plus importantes que lui et moi. Sauver les mères porteuses, par exemple. Détruire la royauté. L'amour que j'éprouve pour lui vaut-il vraiment la peine de risquer tout le reste ?

Quand je plonge mes yeux dans les siens, j'y devine tout ce pourquoi Lucien se bat. Car à quoi bon vivre sans amour ? Ash et moi, nous n'aurions jamais dû nous rencontrer. Pourtant, nos chemins se sont croisés. Surtout, nous avons choisi d'être ensemble.

Quand je serai loin d'ici et que je repenserai à ces dernières semaines, il me restera un grand regret, celui d'être passée à côté d'une belle histoire, de ne pas avoir eu le courage de dire : « Je veux passer le maximum du temps qu'il me reste avec toi. »

Pas question.

— Ash, ne t'en va pas, dis-je en esquissant un pas vers lui. J'ai eu tort. Je suis désolée. Reste avec moi.

Il ne bouge pas d'un iota.

— Je ne sais pas, Violet. J'ignore si je peux te faire confiance. Tu es si changeante.

— J'essaie d'être raisonnable. Je suis ballottée entre mon sens du devoir et mes sentiments envers toi. Je suis humaine, Ash. Je ne suis pas parfaite. J'ai voulu faire ce qui est juste, mais tu sais quoi ? Je n'en ai plus rien à faire. Et si tu ne peux pas me pardonner un instant d'hésitation, tu as raison, peut-être que je ne te connais pas bien. Mais ne va pas croire que je ne veux plus de toi, car c'est le contraire. J'ai du mal à exprimer mes sentiments, voilà tout. Je voudrais passer le reste de ma vie avec toi. Mais nous savons tous deux que c'est impossible. En revanche, je veux profiter de toi le plus longtemps possible.

On se dévisage longuement. Je cherche désespérément autre chose à ajouter.

Un sourire se dessine lentement sur ses lèvres.

— Pour quelqu'un qui ne sait pas exprimer ses sentiments, c'était plutôt pas mal.

Mes joues me brûlent.

— Tu m'as fait sortir de mes gonds.

— Ah bon ? Moi, je t'ai fait sortir de tes gonds ?

— OK, c'est peut-être moi qui ai mis le feu aux poudres, mais…

Ash pose son index sur mes lèvres.

— Tu as le droit de mettre un terme à notre histoire.

— Je sais. Mais je ne veux pas. Toi aussi, tu me donnes l'impression d'être vivante. Dans ce lieu qui nous dépouille peu à peu de notre identité, tu m'aides à me rappeler qui je suis. Qui j'étais.

Il enroule un bras autour de mon bassin et m'attire contre lui. J'éprouve un vif soulagement.

— Ne me fais plus jamais ça. À partir de maintenant, on se dit tout.

— Promis.

Une pointe de culpabilité me gagne, mais je tâche de l'ignorer. Certains mensonges sont nécessaires.

— Je ne plaisante pas, Violet. Parce que je ne peux pas…

— Ash, je t'en prie, tais-toi et embrasse-moi.

J'ai la peau en feu, le cœur qui palpite. Il est si proche de moi et pourtant pas assez.

Il me décoche un sourire canaille et presse tendrement ses lèvres contre les miennes. Sauf que je ne veux pas de tendresse.

Je passe les bras autour de son cou et le serre de toutes mes forces pour que nous ne fassions plus qu'un. Notre baiser devient avide. Jamais je n'oublierai la sensation que j'éprouve en cet instant, dussé-je vivre une centaine d'années.

Ash et moi, nous étions faits l'un pour l'autre. C'est le destin qui l'a mis sur mon chemin.

25.

Les quatre semaines suivantes sont les plus heureuses de ma vie depuis mon arrivée au Joyau. Heureuses car le médecin a promis de ne pas procéder à une nouvelle insémination. Heureuses aussi parce que la duchesse, occupée à organiser le mariage de Garnet, me laisse en paix. Blythe m'encourage à m'exercer sur le chêne une fois par semaine. Mais sans l'impulsion du pistolet stimulant, je n'arrive à rien de concret.

Je communique avec Lucien tous les dimanches soir à minuit via l'arcane. Je lui jure que je me tiens à carreau, ce qui n'est pas tout à fait un mensonge : aux yeux de la duchesse, j'ai une conduite exemplaire. Il est soulagé d'apprendre qu'on a repoussé ma prochaine insémination. Lucien est une tombe. J'ai beau insister, il ne veut pas me dire où je vais atterrir après mon extraction, pas plus qu'il ne veut me faire part des détails de son grand projet. En revanche, il m'assure que le plan se met lentement mais sûrement en place et qu'il organisera l'évasion d'autres filles après la mienne. J'aimerais juste être plus utile.

Je vois Ash en cachette presque tous les jours. Pour fixer nos rendez-vous, il me laisse un message dans les *Essais sur la pollinisation croisée.* Rien n'est plus facile pour moi que de me rendre seule dans la bibliothèque sous prétexte d'aller y chercher un livre, et me glisser ensuite dans le passage secret. Nos rencards secrets ne durent jamais plus d'une heure, voire moins. Ils correspondent grosso modo aux horaires des leçons de Carnelian. Nous parlons de notre vie d'antan : notre maison, notre famille, nos amis. Je lui apprends à jouer à l'Halma. Certains jours, nous nous faisons la lecture. D'autres, nous nous contentons de rester étendus sur son canapé sans rien dire. Heureux d'être ensemble, tout simplement.

Raven et moi entrons en contact aussi souvent que possible en utilisant le lierre comme moyen de communication. Nous nous donnons des babioles qui n'ont de sens qu'à nos yeux. Un morceau de dentelle. Une mèche de cheveux. Une bille de mon jeu d'Halma. Le ressort d'une montre.

Mais pour nous, ces objets sans intérêt veulent tout dire. Ils signifient : « Je suis là. Je tiens bon. »

Un après-midi nuageux de décembre, je suis allongée avec Ash sur le canapé, ma tête sur son torse, ses doigts dans ma chevelure. Ma jupe est déployée comme un éventail sur nous et je sens son cœur battre contre ma joue.

Plus qu'une semaine avant la Nuit la plus longue. Dans sept jours, je quitte le Joyau pour toujours. Si seulement je pouvais le lui avouer. Je déteste lui mentir. Chaque fois qu'il évoque l'« année prochaine », qu'il songe au temps qu'il nous reste ensemble, ou qu'il se réjouit du fait que Carnelian soit si dure à caser, la culpabilité me ronge. À une ou deux reprises, je suis tentée de cracher le morceau. Mais alors, la voix de Lucien résonne à mon oreille, et je me ravise.

— Qu'est-ce qui ne va pas ? s'inquiète Ash.

Au fil des semaines, il a appris à me cerner. Il est devenu très sensible à mes changements d'humeur. Je lève le menton et plonge mon regard dans le sien.

— Je n'arrive pas à m'imaginer sans toi.

C'est la réponse la plus honnête que je puisse lui donner.

Ash pose un baiser sur mon front.

— Voyons le bon côté des choses : cet après-midi, Carnelian a essuyé un nouveau refus de la part d'un prétendant potentiel. L'héritier de la Maison des Feuilles. On dirait que tu vas devoir me supporter encore quelque temps.

Quand il fait ce genre de remarques, je me sens encore plus coupable.

— Imagine que le médecin réussisse et que je tombe enceinte ? Tu ne voudras plus de moi.

Ash se rembrunit. Il est rare que nous mentionnions ma grossesse éventuelle.

— Violet, quand bien même tu aurais les pieds palmés et un troisième œil au milieu du visage, je ne te quitterais pas. Du reste, ce n'est pas comme si je n'étais pas au courant de... ton rôle au sein de cette maison.

Je roule les yeux.

— On t'a appris l'art de l'euphémisme dans ton école des compagnons, ou bien ça te vient naturellement ?

Ash affiche un sourire espiègle.

— Un peu des deux, je crois.

Je triture l'un des boutons de sa chemise. Je suis tentée de l'ouvrir pour rouler mes doigts sur sa peau. Ces dernières semaines, nous nous sommes beaucoup rapprochés. Pourtant, nous n'avons pas encore franchi le pas. Mais maintenant qu'il ne me reste plus que quelques jours avec lui, ça me semble plus urgent que jamais.

Nous pourrions le faire, Ash et moi. Ici, sans attendre. C'est le moment idéal. Nous sommes seuls. Étendus sur le canapé. C'est censé se faire allongés, non ? Mon souffle se suspend. Je me demande si c'est douloureux.

— À quoi penses-tu ? murmure Ash.

Le rouge me monte aux joues. Je déboutonne lentement son col et effleure sa peau. Elle est douce comme celle d'un bébé. Ses muscles se contractent soudain.

— Violet, qu'est-ce que tu fais ?

— Hum…

Je suis trop timide pour appeler un chat un chat. Aussi me contenté-je de m'attaquer au bouton suivant. Ma main tremble, mais c'est normal d'être nerveuse, non ? Après quelques tentatives infructueuses, je finis par venir à bout du deuxième bouton.

Sa main se referme sur la mienne.

— Qu'est-ce qui te prend ? demande-t-il avec douceur.

— C'est évident, non ?

— Disons que j'ai ma petite idée, répond-il sans lâcher mes doigts.

— Et… ?

Mon cœur bat à tout rompre.

— Violet, je ne pense pas que ce soit raisonnable.

J'ai l'impression que mon univers s'écroule. Ash est en train de me rejeter.

En un éclair, Ash se redresse. Il recueille mon menton dans sa paume. Honteuse, je n'ose pas croiser ses yeux.

— Hé. Regarde-moi.

La mort dans l'âme, je relève la tête.

— Tu l'as déjà fait ?

— Oui, dit-il d'un ton calme.

Le visage de Carnelian apparaît dans ma tête. Je m'empresse de le chasser.

— Mais tu ne veux pas le faire avec moi.

— Ce n'est pas le problème, Violet. Tu sais très bien que j'en ai très envie.

Je hausse les épaules. Comment pourrais-je en avoir la certitude ? Je ne connais rien aux garçons. Ni aux choses de l'amour.

— Non, je n'en sais rien. Tout ça est très nouveau pour moi.

Il esquisse un sourire.

— Pour moi aussi, tu sembles l'oublier.

— Alors, pourquoi pas ? Il y a quelque chose qui te dérange chez moi ?

Ash lâche un rire triste.

— Non. Tu es parfaite.

Je le questionne du regard. Il détourne les yeux comme s'il regrettait ses paroles.

— Peu importe, dit-il.

Sur ces mots, il se met debout et s'approche de la fenêtre. Il reboutonne sa chemise.

— Ash. Parle-moi.

— Crois-moi, réplique-t-il d'une voix amère. Il vaut mieux pour toi que tu restes dans l'ignorance.

Je m'assieds droite comme un I.

— Détrompe-toi. Je veux tout savoir de toi.

Un silence flotte entre nous. Je n'ose pas l'interrompre.

Il pivote face à moi, l'air grave.

— Un compagnon n'a pas le droit de coucher avec sa cliente. En revanche, il n'est pas rare que la maîtresse de maison... nous témoigne un certain intérêt.

Dans mon esprit, le visage de la duchesse vient se substituer à celui de Carnelian.

— Quoi ? !

— Je ne te parle pas de la duchesse, s'empresse d'ajouter Ash, lisant dans mes pensées. Non. Son attention est accaparée par quelqu'un d'autre.

Ouf ! J'éprouve un profond soulagement.

— Pas la duchesse, répété-je.

— Non. Par contre, les autres jeunes filles pour lesquelles j'ai joué le rôle de compagnon...

Ses mâchoires se crispent.

— Tu as couché avec leurs mères ? dis-je du bout des lèvres.

— Oui. Je n'ai pas eu le choix. Je leur appartiens. Elles ont... payé pour mes services. C'est ainsi que je pourvois aux besoins de ma famille. Que je maintiens ma petite sœur en vie. (Il se laisse choir dans le fauteuil, la tête enfouie dans ses mains.) Je t'ai dis que je ne suis pas fréquentable, murmure-t-il. Je te dégoûte, sans doute ? Je me dégoûte moi-même.

Je ne sais que répondre. Imaginer Ash en train de coucher avec ces harpies me donne un pincement au cœur. Je songe à celles que je connais, notamment la comtesse de la Rose avec ses cheveux gris et son visage fripé. La comtesse de la Pierre avec ses bras tout flasques et ses petits yeux cruels... et un frisson me parcourt.

Ash pousse un soupir. Je m'aperçois qu'il est en train de m'observer.

— Je comprends très bien ta réaction, dit-il.

— Quoi ? Non, Ash. Tu te méprends.

Je me jette à ses pieds.

— Accorde-moi juste quelques instants pour absorber ça, d'accord ? Je ne... m'y attendais pas, c'est tout.

Je lui prends la main et la serre très fort. Son expérience est-elle pire que la mienne ? Tous deux, nous avons enduré des épreuves épouvantables, quoique très différentes.

— Ash, ce que ces gens t'ont fait faire n'affecte en rien celui que tu es. Tu es un homme bien. Ne laisse rien ni personne te convaincre du contraire, le supplié-je en collant mon front contre sa joue. Moi, je te vois tel que tu es vraiment, n'oublie jamais ça. Je te connais. Nous possédons une chose qu'ils ne peuvent pas nous prendre. Peu importe ce qu'ils nous contraignent à faire.

Il m'attire sur ses genoux et je lui baise le front. Puis il écarte un peu le visage, plonge son regard dans le mien et mon cœur tressaute dans ma poitrine.

— Violet. Je crois... je crois que je t'aime.

Je me désagrège en un millier de molécules. C'est incroyable à quel point ces quelques mots peuvent ébranler.

— Je crois que je t'aime aussi.

26.

Troublée, j'emprunte le passage secret qui me ramène à la bibliothèque.

Je ne voulais pas partir, mais à cette heure-ci, Carnelian a sans doute fini sa leçon et Annabelle va commencer à me chercher. J'effleure le mur en pierre tandis que l'aveu d'Ash résonne à nouveau dans ma tête. Il m'aime.

Perdue dans mes pensées, je pousse l'étagère coulissante et me glisse hors du tunnel.

— Qu'est-ce que vous faites là ?

Je pivote sur moi-même. Carnelian est tapie dans un recoin sombre, un rictus aux lèvres, la main sur la tranche d'un livre.

— Vous cherchiez de la lecture pour la nuit ?

Mon cœur cogne dans ma poitrine.

— Je me promenais, dis-je d'un ton que je veux désinvolte.

— C'est étrange, réplique-t-elle en faisant un pas dans ma direction. Je suis ici depuis une bonne demi-heure et je ne vous ai pas aperçue.

— Je croyais que vous aviez une leçon d'étiquette.

Elle plisse les yeux, l'air méfiant.

— Comment se fait-il que vous sachiez ça ?

Bon sang ! Quelle imbécile. Je tente de me raccrocher aux branches.

— Annabelle a dû le mentionner.

Mes joues s'empourprent de manière incontrôlable.

— Et puis, la bibliothèque est immense, ajouté-je. On peut s'y trouver en même temps sans forcément se croiser.

Carnelian fait un autre pas vers moi. Un mètre à peine nous sépare. Une fossette se creuse sur son menton.

— Je ne sais pas ce que vous mijotez. Mais j'ai la ferme intention de le découvrir.

Une boule se forme dans ma gorge.

— Je ne « mijote » rien. J'aime les livres, c'est tout.

Carnelian laisse échapper un petit cri méprisant.

— C'est ce que nous verrons.

— Il y a un problème, mesdemoiselles ?

Ensemble, nous sursautons. Garnet surgit de derrière une étagère.

— Garnet ? s'étonne Carnelian. Qu'est-ce que vous faites là ? Vous n'aviez pas rendez-vous avec le tailleur ? Il devait prendre vos mesures pour le costume du mariage.

Garnet feint la surprise.

— Vraiment ? Ça m'est complètement sorti de la tête. (Il m'examine.) Ne seriez-vous pas en train de tourmenter la mère porteuse, chère cousine ? Prenez garde. Il ne faudrait pas que Mère vous y prenne.

— Elle ne me fait pas peur, rétorque-t-elle en levant le menton.

— Ne mentez pas, Carnelian, lâche-t-il avec dédain. D'ailleurs, où est passé le compagnon qu'elle vous a acheté ? J'ai entendu dire que vous ne le lâchiez pas d'une semelle.

Carnelian devient cramoisie jusqu'aux oreilles. Elle semble sur le point de fondre en larmes. Honteuse, elle pivote sur ses talons et s'éloigne, non sans m'avoir jeté un dernier regard empli de haine.

— Elle a toujours été très susceptible, commente-t-il en haussant les épaules. Au fait, je me présente. Garnet.

— Je sais.

Il s'esclaffe.

— Évidemment, dit-il en m'adressant une révérence exagérée. Voulez-vous que je vous raccompagne jusqu'à vos appartements ?

— Non, merci. Je connais le chemin.

Garnet a beau être amusant, je préfère rester sur mes gardes. À vrai dire, je me méfie de lui. Lady de la Flamme ne l'a-t-elle pas qualifié de personnage… imprévisible ?

— J'insiste, répond-il en me prenant par le coude et en m'entraînant hors de la bibliothèque. Dites-moi tout : qui de mon père ou de ma mère haïssez-vous le plus ?

— Je vous demande pardon ?

Je n'arrive pas à croire qu'il me pose cette question. Comme si j'allais lui répondre avec sincérité !

— Je parie sur ma mère, poursuit-il, ignorant mon indignation.

Dans le hall d'entrée, un garde s'arrête pour nous saluer. Je sens qu'il me scrute.

— Mon père est ennuyeux à mourir. Il est incolore, inodore. En revanche, difficile d'ignorer ma mère.

Je me mure dans le silence. Moins j'en dirai, mieux je me porterai.

— Elle est encore pire depuis que Carnelian vit sous notre toit. Pauvre gamine ! D'abord, son père qui meurt. Ensuite, sa mère qui se suicide. Une histoire très choquante. Un scandale dont la Maison du Lac n'est pas sortie indemne.

— La mère de Carnelian s'est donné la mort ? !

Garnet acquiesce.

— Je n'ai jamais vraiment eu l'occasion de la connaître. Ma mère la méprisait. Voyez-vous, ma tante était une femme étrange. Étrange et mélancolique. Carnelian lui en veut beaucoup, même si je sais qu'elle lui manque. Cette histoire l'a énormément marquée. Le décès brutal de ma tante l'a rendue très aigrie. Du coup, les gens fuient sa compagnie.

— Pourquoi Carnelian en voudrait-elle à sa mère ?

— Elle lui reproche de l'avoir abandonnée.

Tout prend sens. Carnelian se sent très seule. Complètement livrée à elle-même. La duchesse ne l'apprécie pas. Les membres du Joyau passent leur temps à la tourner en ridicule. Il ne lui reste plus qu'Ash... pas étonnant qu'elle s'accroche à lui comme si sa vie en dépendait, et lui voue une telle adoration. Il est le seul dans le palais à lui témoigner de l'égard.

Un élan de compassion m'envahit – même si je n'ai nulle envie de plaindre Carnelian, qui s'est toujours montrée revêche envers moi.

— Pourquoi la duchesse méprisait-elle votre tante ?

— Parce qu'elle s'est enfuie du Joyau. Vous avez accès aux journaux dans le Marais, n'est-ce pas ? Tante Opale était la brebis galeuse de la famille. Elle n'avait pas l'étoffe d'une aristocrate. Elle n'était pas faite pour vivre dans cette opulence. Elle s'est enfuie avec un homme du Commerce qui dirigeait une imprimerie. Ma mère n'a pas eu la vie facile. Sa sœur qui se fait la belle, l'Exéteur qui rompt leurs fiançailles. Et puis... moi qui ai eu le malheur de naître ! Nous y sommes.

Nous avons atteint ma chambre. Garnet frappe à la porte qui s'ouvre aussitôt.

— Annabelle ! s'écrie-t-il en l'enlaçant par la taille.

Rouge écarlate, elle s'incline tant bien que mal.

— J'ai ramené la mère porteuse à bon port. (Annabelle baisse la tête en signe de remerciement.) Je suis enchanté d'avoir enfin fait votre connaissance – de manière officielle. Je suis sûr que nos chemins se recroiseront très bientôt. Un petit conseil : évitez Carnelian autant que possible, ajoute-t-il avec un clin d'œil avant de s'éloigner dans le couloir. Je crois qu'elle vous a dans le collimateur.

Cette nuit-là, j'ai toutes les peines du monde à trouver le sommeil.

Les détails qu'Ash m'a révélés au sujet de sa profession et la manière dont on le traite au sein du Joyau me tourmentent. Beaucoup ne comprendraient pas son choix. Mais moi si. Ils se sont approprié son corps. Comme ils se sont rendus maîtres du mien.

Au milieu de cette tempête, Ash et moi nous sommes trouvés. Nous avons transgressé leurs lois. Nous nous aimons.

Soudain, je décide que ça ne peut plus attendre. Les jours me sont comptés. Si j'en ai vraiment envie, je vais devoir le faire maintenant.

Je rejette ma couverture et me glisse dans le couloir en catimini.

La nuit venue, le palais se métamorphose. Des ombres inquiétantes et des formes étranges hantent les corridors. Malgré cela, je pourrais faire le trajet les yeux fermés. La demeure est plongée dans un silence angoissant. Une fois dans la bibliothèque, je me faufile entre les rayons qui, dans l'obscurité, ressemblent à des sentinelles montant la garde. La porte secrète s'ouvre dans un grincement. Je m'élance dans le passage et déboule dans le petit salon. Les fenêtres sont dépourvues de rideaux, et le clair de lune habille le mobilier et le parquet d'une lueur irisée. Je traverse la pièce à pas de loup jusqu'à la porte de la chambre, que je pousse doucement.

C'est la première fois que j'y pénètre.

Les rideaux sont tirés, mais je distingue sa silhouette sous la couverture bleu pâle. Sa poitrine se soulève au gré de sa respiration. Je m'approche de son chevet sur la pointe des pieds. Je pose la main sur son épaule et le secoue légèrement.

— Ash…

Il émet un gémissement.

— Ash, répété-je en le secouant un peu plus fort.

Il ouvre les yeux. En m'apercevant, il laisse échapper un cri et se redresse, torse nu, cheveux ébouriffés. Un frisson de désir mêlé d'appréhension s'empare de moi.

— Violet ? J'ai failli avoir une attaque ! Qu'est-ce que tu fabriques ici ?

— Je… je…

Les mots me manquent. Sa peau luit, éclairée par la lumière argentée qui se faufile par la porte entrouverte.

Ash repousse ses couvertures. Il porte un bas de pyjama en coton.

— Violet.

Il se lève et place ses mains sur mes bras comme pour me calmer.

Suis-je en train de trembler ? Je suppose que oui. Ses doigts me brûlent la peau.

— Est-ce que tout va bien ? Il s'est passé quelque chose ?

— Je… je t'aime.

Surpris par mon aveu, il met quelques secondes à réagir. Un sourire retrousse lentement ses lèvres et il m'attire contre lui.

— C'est pour me dire ça que tu es venue ?

Un sanglot étranglé m'échappe. Son souffle chaud me chatouille l'oreille tandis qu'il murmure :

— Je t'aime aussi.

La panique me gagne et mon cœur martèle mes côtes tandis que je le serre dans mes bras. Je palpe ses omoplates, suis le dessin de sa colonne vertébrale. Son parfum m'enveloppe. J'appuie la joue contre son torse. Il pose la main sur mon bassin ; de l'autre il caresse ma chevelure qui tombe en cascade sur mon dos.

Je lève mon visage vers lui et nos bouches s'effleurent.

Bientôt, nos lèvres se cherchent avec plus d'avidité et un désir ardent s'épanouit en moi. Mes mains quittent son dos pour se placer sur son ventre. Je remonte le long de son torse, de son cou et je caresse son visage, consumée par le désir.

Nous nous sommes progressivement rapprochés du lit et nous basculons sur le matelas. Je me retrouve à califourchon sur lui, les cheveux déployés autour de nous. Il les rassemble d'une main.

— Violet, arrête.

Mais je ne peux pas. Je sens qu'il est sur le point de céder lui aussi. Ses mains s'enfouissent dans mes cheveux et les muscles de ses bras se tendent. Je me colle contre lui.

— Violet, arrête, m'implore-t-il.

Il me fait rouler sur le dos.

— Je suis désolée.

Des larmes jaillissent de mes yeux.

Il me caresse le visage, embrasse ma chevelure.

— Ne dis pas ça, murmure-t-il. Tu sais bien que j'en ai envie.

— Alors pourquoi on ne le fait pas ?

— J'ai peur de te faire mal. Je n'ai jamais...

— J'en ai envie, dis-je d'une voix étranglée. Tu es tout ce dont j'ai envie.

Ash hésite. Je fais courir mes doigts le long de son torse et referme mes lèvres sur son épaule.

Il se penche sur moi et me baise le cou, le décolleté... Ses mains descendent le long de mes bras, me caressent la taille et agrippent ma chemise de nuit. Je prends conscience du peu de tissu qui nous sépare. Deux fines couches de soie et de coton.

Ses lèvres frôlent ma gorge.

— Tu en es sûre ?

Je n'ai jamais été si résolue de ma vie. Dévorée par l'envie, j'enroule un bras autour de son bassin et l'attire tout contre moi. Un faible grognement lui échappe et sa bouche fond sur la mienne.

L'acte n'est pas indolore. Mais cette douleur-là n'est rien en comparaison de ce qu'on m'a fait subir par le passé. Elle est différente. Agréable. Elle en vaut la peine. Et cette fois, je ne suis pas seule.

27.

À mon réveil, le lendemain matin, je me sens métamorphosée.

Je me redresse dans mon lit. J'aurais voulu rester avec lui, la nuit dernière, mais c'était trop risqué. Je pose les doigts sur mes lèvres et esquisse un sourire en me remémorant la scène. Son corps, ses caresses…

Légère comme le vent, je me glisse hors du lit et traverse la chambre, surprise par les sensations étranges et merveilleuses qui me parcourent. J'ai l'impression de flotter. Ma peau irradie une chaleur et une lumière surnaturelles comme si je m'étais transformée en un mini soleil.

Je suis sur un petit nuage.

En pénétrant dans mon salon, un cri de stupeur m'échappe : dans les vases dispersés ici et là, les fleurs s'épanouissent d'un seul coup sous mes yeux. Les boutons se déploient, les pétales grandissent et prennent des teintes plus vives que jamais. C'est forcément mon bonheur qui les influence. J'ignore comment, mais je ne vois pas d'autre explication. J'ai dû déclencher un Augure par inadvertance. Je me prépare à ressentir la douleur qui suit en général l'usage d'un de ces pouvoirs, mais non. Je n'éprouve que des picotis agréables dans la poitrine et le ventre.

Annabelle surgit pour m'apporter mon petit déjeuner. En apercevant les plantes luxuriantes, elle ouvre des yeux ronds. Certains végétaux continuent de pousser.

— Bonjour !

Annabelle pose le plateau sur la table et me verse une tasse de café. Je m'installe dans mon fauteuil favori pour le siroter. Il est anormalement amer.

— Annabelle, puis-je avoir un peu plus de sucre ?

D'habitude, je n'ai pas besoin de le lui demander. Elle le fait à la perfection.

Le rouge aux joues, elle ajoute une autre cuillerée de sucre dans ma tasse. J'ai déjà la tête ailleurs. Je suis de retour dans la chambre d'Ash. Allongée dans son lit, contre lui. Il m'effleure la peau ; son souffle chaud me caresse l'oreille…

Le café est toujours trop amer. Je repose la tasse. Mes doigts sont parcourus de fourmillements.

— Annabelle, je me sens bizarre…

Ma langue s'engourdit ; je peine à former mes mots.

Annabelle apparaît devant moi, le visage coupable. La pièce se met à tanguer. Le décor devient flou.

Elle m'a droguée.

Au lieu d'utiliser son ardoise, elle articule silencieusement : « Je suis désolée. »

Je bascule en avant dans ses bras, et le noir m'avale.

Je cligne des yeux.

Où suis-je ?

Ma vision s'accommode peu à peu. Je suis étendue dans mon lit, dans ma chambre. On m'a changée. Je suis en chemise de nuit.

Le médecin dort dans un fauteuil à mon chevet, le menton baissé. J'allume la lampe et il se réveille brusquement en jetant des coups d'œil tout autour de lui.

— Bonjour, dit-il en étouffant un bâillement.

— Qu'est-ce que vous faites là ?

— Je voulais être présent au moment où vous reprendriez connaissance, explique-t-il. Annabelle n'a pas eu la main légère sur le somnifère. Elle craignait que vous ne vous réveilliez pendant la procédure, comme la dernière fois.

La procédure. Mon estomac se vrille. Je palpe le creux de mon coude et sens une petite boursouflure à l'endroit où était la perfusion.

— Vous avez recommencé, dis-je d'une voix éteinte.

— Oui. En espérant que, cette fois, il n'y aura pas de complications. Mais juste au cas où, je veux que vous restiez allongée pendant quelque temps. Jusqu'à ce que nous sachions si cette tentative a porté ses fruits. Vous aurez quelqu'un auprès de vous vingt-quatre heures sur vingt-quatre.

— Quoi ? Non, je vous en prie...

Le docteur Blythe me tapote l'épaule.

— Ne vous en faites pas. La duchesse va vous dorloter. Vous ne verrez pas le temps passer.

Le temps s'écoule avec une lenteur extrême.

Fidèle à sa parole, le médecin s'arrange pour qu'il y ait toujours quelqu'un à mon chevet. Annabelle, Cora et une poignée de servantes se succèdent dans ma chambre. La nuit, elles dorment à tour de rôle sur un matelas à quelques pas de mon lit.

D'une manière ou d'une autre, Lucien finira par découvrir ce qui se trame. Ash a dû en entendre parler aussi. Par contre, comment faire parvenir un message à Raven ?

Si seulement je pouvais transmettre une note à Ash. Il faut qu'il sache que je ne l'oublierai pas, quoi qu'il arrive.

Je l'aime. Il m'aime.

Au fil des jours, je m'accroche à cette pensée. Elle m'aide à tenir le coup. Je me remémore l'expression de ma mère le jour où je lui ai rendu l'alliance de mon père. Aujourd'hui, je pense mieux la comprendre. Comme ça a dû lui coûter de vendre sa propre alliance, d'affronter la mort de mon père et de vivre sans lui, jour après jour.

Une fois partie, j'aurai au moins la consolation de savoir qu'Ash est en vie. Qu'il continuera d'exister.

Chaque jour qui passe me rapproche un peu plus de la Nuit la plus longue. Je commence à craindre que la duchesse ne m'autorise pas à assister au bal d'hiver. Le docteur Blythe me rend visite deux fois par jour, en milieu de matinée et juste avant le dîner. Chaque fois que je lui demande si j'ai enfin le droit de quitter mon lit, il me répond non.

Parfois, Cora me fait la lecture. À d'autres moments, Annabelle me propose une partie d'Halma. Un après-midi, la duchesse m'envoie un quatuor à cordes pour me divertir. Cela s'avère plus frustrant qu'autre chose. Le violoncelliste est médiocre.

On m'autorise tout juste à me lever pour aller aux toilettes et prendre une douche.

Le temps presse.

La veille du bal d'hiver, je décide de prendre le taureau par les cornes.

— Appelle la duchesse, Annabelle. Dis-lui que je veux la voir. Maintenant.

Ses yeux s'ouvrent grand. Elle marque un temps d'hésitation.

— Je me fiche du protocole, ajouté-je. Il faut à tout prix que je la voie.

La duchesse surgit dans la chambre vingt minutes plus tard, le regard assassin. Elle claque la porte derrière elle.

— Pour qui vous prenez-vous ? Vous ne me faites pas quérir, est-ce clair ?

— Je suis vraiment navrée, milady, mais... (Je prends une grande inspiration pour me donner du courage.) Étant donné que c'est moi qui porte potentiellement la future Électrice de la Cité solitaire, il me semblait que vous pourriez m'accorder quelques minutes de votre temps précieux.

Elle me dévisage, les yeux étrécis.

— Que voulez-vous ?

— Je veux quitter ce lit. Je me sens bien. Je ne veux pas qu'on monte la garde à mon chevet nuit et jour. Et j'aimerais aller au bal d'hiver demain.

La duchesse hausse un sourcil.

— Et pourquoi accéderais-je à vos requêtes ?

— Parce que... parce que nous formons une alliance, au cas où vous l'auriez oublié. Vous avez besoin de mon entière coopération. Vous voulez que je fasse de mon mieux pour que ce bébé grandisse le plus vite possible, n'est-ce pas ? Eh bien, voilà ce que je vous demande en contrepartie.

La duchesse fait la grimace. Une minute s'écoule avant qu'elle ne réponde :

— Très bien. Je vais demander au docteur de vous autoriser à vous lever. À condition que vous promettiez de nous informer de la moindre douleur.

— Évidemment, milady.

— Annabelle se chargera de vous trouver une robe pour le bal.

— Merci, milady.

Elle marque un temps d'arrêt devant la porte, la main sur la poignée. Un sourire lui étire les lèvres.

— Vous êtes une petite maligne. J'ai eu raison de vous acheter.

À votre place, milady, je ne parlerais pas trop vite.

Je demande à Annabelle de me conduire à l'extérieur.

Nous nous promenons dans le parc, bras dessus bras dessous. Elle va me suivre comme mon ombre, c'est évident. Tant pis. Il faut que j'aille jeter un coup d'œil au lierre via lequel je communique avec Raven. Voilà une semaine que je ne lui ai pas donné signe de vie. La dernière fois remonte au jour où Ash m'a avoué les tenants et aboutissants de sa profession.

Tant pis si Annabelle me surprend à collecter un objet envoyé par Raven. D'une part, elle ne comprendra pas. De l'autre, je serai bientôt partie. Je l'attire vers le mur ouest. Le lierre a été arraché par endroits. J'ignore si ce fut toujours le cas ou si on est venu pendant que j'étais confinée dans ma chambre. Quelqu'un aurait-il pu subtiliser les témoignages d'affection que Raven m'a envoyés ? Quelqu'un dans le palais serait-il au courant de nos échanges ?

Je repère l'endroit exact où les cadeaux de Raven m'attendent habituellement.

Rien.

Je farfouille dans la plante sous le regard perplexe d'Annabelle.

Toujours rien.

Je suis prise d'un terrible pressentiment.

Quelque chose se prépare. Quelque chose de terrible.

28.

La Nuit la plus longue correspond au solstice d'hiver, le jour le plus court de l'année. Elle commémore aussi le moment le plus sombre de notre histoire, juste après la naissance de la Cité solitaire, quand l'océan menaçait d'engloutir l'Île. C'est à cette époque que remonte l'édification du Grand Mur. En ce temps-là, l'électricité n'existait pas encore. Aussi, la tradition veut que, chaque année, à l'occasion de la Nuit la plus longue, l'on éteigne toutes les lampes électriques pour s'éclairer à la chandelle. À vrai dire, ça ne fait pas une grande différence pour les habitants du Marais, où peu de foyers possèdent l'électricité.

Tous les ans, sur les coups de minuit, on procède à l'échange des cadeaux. Une année, mon père m'avait offert un harmonica. C'était à mes yeux le plus beau cadeau du monde, même si je ne savais pas en jouer. Cette nuit-là, il m'a promis qu'il m'apprendrait. Ce fut la dernière Nuit la plus longue que nous avons célébrée ensemble. Mon père fut tué quelques jours plus tard.

La coutume exige aussi qu'on porte du blanc afin de fêter l'hellébore à cinq pétales qui fleurit durant les mois d'hiver.

J'étudie mon reflet dans le miroir tandis qu'Annabelle me coiffe. Je porte une longue robe-bustier ivoire. À mon cou scintille un collier de diamants et de rubis. Annabelle noue mes boucles en un chignon élaboré. Elle pique ensuite dans ma chevelure des épingles ornées de petites fleurs blanches et rouges, et adresse un sourire à mon reflet, dans la glace.

J'examine mon visage. Quelque chose a changé. Je ne suis plus la jeune fille qui se contemplait, dubitative, le soir de son arrivée, juste avant le premier dîner. J'ai affronté tant d'épreuves en si peu de temps que je me suis métamorphosée. La vie m'a enhardie. J'ai grandi.

Annabelle drape mes épaules d'un manteau de fourrure blanc puis elle m'escorte jusqu'au vestibule.

En descendant, j'aperçois Ash au pied de l'escalier. Il porte un gilet et une cravate noirs surmontés d'une queue-de-pie blanche. Je ne peux m'empêcher de nous imaginer à nouveau seuls dans sa chambre, nus l'un contre l'autre, dans l'obscurité.

Ash m'accorde un très bref coup d'œil avant de détourner la tête, un vague sourire aux lèvres. Vêtue d'une robe de dentelle, Carnelian m'observe d'un œil mauvais, bras croisés. Je me méfie d'elle. Le duc passe une longue cape sur les épaules de la duchesse. Garnet est adossé à un pilier. En me voyant, il émet un sifflement d'admiration qui me fait rougir jusqu'à la pointe des oreilles. La duchesse ébauche une grimace et se palpe les tempes comme en proie à une migraine.

— Garnet, je t'en prie, ne fais pas tant de bruit, gémit-elle en prenant le bras que lui tend le duc. Allons-y.

Nous sortons dans la nuit et un froid de canard nous enveloppe aussitôt. De minuscules flocons de neige tombent du ciel avec nonchalance. Dans la voiture, je repense à mon dernier trajet jusqu'au Palais royal. J'ai le sentiment étrange que ma vie est un éternel recommencement.

— Avez-vous déjà été au Palais royal ? me demande Garnet.

Je le fixe pendant quelques instants sans savoir s'il plaisante ou s'il est sérieux.

— Oui… Vous m'avez d'ailleurs bousculée lors du bal de l'Exéteur.

Carnelian émet un petit ricanement.

— Vraiment ? s'étonne Garnet en fronçant les sourcils. Quoi qu'il en soit, le bal de l'Exéteur n'est rien en comparaison de ce que vous allez voir ce soir. Le bal d'hiver est un événement incomparable. Vous allez tomber des nues.

À notre arrivée au Palais royal, on nous conduit dans une extension, une immense véranda entièrement constituée de baies vitrées. Des milliers de chandelles y scintillent, baignant la verrière d'un halo doré presque irréel. Les silhouettes blanches fourmillent dans la salle, semblables à des flocons de neige délicats. Les femmes, pareilles à des mariées, sirotent du champagne au bras de leurs cavaliers. Des bouquets d'hellébore et de houx dégoulinent des lustres où brûlent les bougies. Le sol est constitué d'un marbre bleu turquin, et des sculptures de glace colossales trônent ici et là, renvoyant la lumière vacillante des chandelles.

Garnet n'a vraiment pas exagéré. Le spectacle est absolument sublime.

Un grand coup retentit. Mon regard se pose à l'autre bout de la salle, où l'Exéteur et l'Électrice se tiennent sur une estrade de cristal. Ils brandissent leur verre pour porter un toast.

— Bienvenue au bal d'hiver pour célébrer avec nous la Nuit la plus longue, déclare l'Exéteur.

Le bal d'hiver est beaucoup plus exubérant que celui de l'Exéteur.

Disons qu'il commence de la manière dont le dernier s'est achevé. Je me tiens à distance de la piste de danse, où Ash n'en finit pas de faire tournoyer Carnelian. Mon regard balaie la salle à la recherche de Raven. J'ai besoin de voir son visage, histoire de m'assurer qu'elle est saine et sauve.

Elle est introuvable. En revanche, je repère Lucien sur l'estrade, en pleine discussion avec l'Électrice. Je me demande quel prétexte il va invoquer pour se retrouver en tête-à-tête avec moi et me remettre le sérum. Je patiente sagement près d'une sculpture en glace représentant un cheval ailé, ravie de passer inaperçue. Ce soir, la duchesse me lâche du lest. J'ai l'impression qu'elle cherche à prouver qu'elle me fait confiance. N'est-ce pas ce que Lucien désirait tout du long ?

Danse après danse, je demeure dans l'ombre du Pégase à attendre que Lucien vienne me trouver. J'ai beau passer en revue les visages, Raven n'est nulle part. La salle ressemble à une fourmilière géante : les gens se mêlent, papotent et rient à gorge déployée. Perdue dans mes pensées, j'ignore les conversations jusqu'à ce qu'un éclat de rire familier, pareil à celui d'une enfant, attire mon attention.

— Ce n'était pas faute de vous avoir mise en garde, Ebony ! s'exclame l'Électrice. Ne vous avais-je pas dit qu'elle vous donnerait du fil à retordre ? Pourtant vous n'avez rien voulu entendre, résolue que vous étiez à acquérir le lot le plus entêté de la Vente.

De l'autre côté de la sculpture, les contours de sa silhouette m'apparaissent, déformés par la glace.

— J'ai toujours aimé les défis, réplique la comtesse de la Pierre d'une voix glaçante. Si je réussis à dompter celle-là, ce sera ensuite un jeu d'enfant avec les autres.

C'est à Raven qu'elles font allusion. Immobile, je tends l'oreille pour distinguer leurs paroles, noyées dans les éclats de rire et la musique.

— Ne soyez pas trop dure. Rappelez-vous ce qui s'est passé avec la dernière, soupire l'Électrice. Vous avez eu raison de ne pas l'emmener ce soir. Si seulement il existait une manière plus simple de les soumettre…

— La grandeur ne s'atteint qu'au prix d'un dur effort, Votre Majesté, rétorque la comtesse de la Pierre. Si nous parvenons à nos fins, vous serez l'Électrice la plus révérée depuis Diamante la Grande, qui a lancé la première Vente aux Enchères. Vous marquerez un tournant dans l'histoire de notre Cité.

Flattée, l'Électrice pouffe de rire. Mon estomac se noue.

— Oui. Je vais prouver à ce cercle de prétentieux que le sang ne fait pas tout. Et la duchesse tombera si bas qu'elle devra ensuite se mettre à genoux pour obtenir ne serait-ce qu'une invitation à une garden-party du troisième tiers. Saviez-vous qu'elle m'avait menti aux fiançailles de son fils ? Elle m'a assuré qu'elle n'avait pas encore tenté d'insémination. Sauf que, juste après, sa mère porteuse a fait une fausse couche sous nos yeux.

— Prudence, Majesté. Prudence. Vous ne savez pas de quoi Pearl est capable. Pour le moment, elle n'a encore rien tenté.

— Oui oui, je sais. Allons, cessons de broyer du noir. C'est la Nuit la plus longue. J'ai envie de danser. Lady du Voile a récemment acquis un compagnon fort charmant... Pensez-vous qu'il m'accordera une danse ?

Dans un gloussement, elles s'éloignent. Leurs propos me rendent perplexe. Je suis aussi pétrifiée que la sculpture près de moi. Si le but de l'Électrice est bel et bien de lobotomiser les mères porteuses, il semblerait qu'elles se servent de Raven comme d'un cobaye. Ne m'a-t-elle pas raconté que la comtesse cherchait à lui effacer la mémoire ?

L'orchestre entonne une nouvelle danse. La duchesse quitte alors la piste pour rejoindre lady Cristal, Carnelian et Ash. D'un geste, elle me somme d'approcher avant de prendre une flûte de champagne sur le plateau d'un serviteur qui passe.

— Je n'aime pas mettre la charrue avant les bœufs, Iolite. Mais il se peut que j'aie une excellente nouvelle à annoncer dans les prochains jours, dit-elle, les joues en feu.

Elle me tapote le ventre mais je n'y fais pas attention. Perdue dans mes pensées, j'imagine Raven attachée à une table d'examen, soumise à des expérimentations barbares. Ils n'ont pas le droit. Comment osent-ils torturer une jeune fille ? Raven est trop coriace, trop courageuse… elle a voulu tenir tête à la comtesse et voilà le résultat.

— Oh ! s'écrie lady Cristal. Pearl, c'est merveilleux !

— Du calme, du calme, répond la duchesse en éclatant de rire. Rien n'est encore sûr. Mais cette fois-ci, le docteur Blythe est très optimiste. Elle est restée alitée toute la semaine. Mieux vaut prévenir que guérir.

Ash serre les dents.

— Tiens ! s'exclame la duchesse en désignant quelqu'un du doigt. Voilà lady de la Lumière avec son fils. Venez, Carnelian, voyons voir si nous pouvons trouver quelqu'un qui voudra bien me débarrasser de vous.

Carnelian s'apprête à prendre le bras d'Ash quand la duchesse lui file une tape sur la main.

— Un peu de jugeote, ma fille ! Vous n'allez pas vous présenter escortée de votre compagnon !

Lady Cristal affiche un sourire narquois.

Carnelian se laisse entraîner par la duchesse en adressant un regard piteux à Ash. Après leur départ, nous demeurons seuls, côte à côte, sans oser nous regarder.

— Il faut que je te voie, souffle-t-il. Seule. Maintenant.

Le son de sa voix me fait frémir de délice. Il s'éloigne sans attendre ma réponse. Je patiente quelques instants avant de lui emboîter le pas, tout en veillant à laisser quelques mètres entre nous. Les yeux rivés au sol, je me fraie un chemin à travers la foule et sors par une porte qui débouche sur un couloir. Ash disparaît à un angle et je presse le pas pour le rattraper.

Je m'engage dans un corridor annexe, plus étroit. Parvenu au milieu, Ash pousse une porte et s'engouffre dans une pièce. Quelques secondes plus tard, je tourne la poignée en toute hâte et entrebâille la porte. Il fait noir comme dans un four. Les doigts d'Ash s'enroulent autour de mon poignet et il m'attire à l'intérieur.

— Ash, je…

Sans me laisser le temps de finir ma phrase, il écrase ses lèvres sur ma bouche et mon corps réagit instantanément. Il effleure l'échancrure de ma robe, dans mon dos, et un frisson de désir me parcourt la colonne.

— C'est une très mauvaise idée, dis-je, haletante.

— Je sais, réplique-t-il en m'embrassant le cou. Mais j'en avais trop envie…

Je ramène sa bouche contre la mienne. Mon sang tambourine dans mes veines tandis que je fais courir mes doigts sur son torse. Sous sa chemise, ses muscles se tendent.

Un cri étouffé retentit et la lumière s'allume. Nous sursautons. Lucien se tient dans l'embrasure, les yeux écarquillés, la bouche entrouverte.

Quant à moi, je suis paralysée.

Lucien se ressaisit vite, referme la porte et pivote face à nous, le visage blême.

— Qu'est-ce que ça veut dire ? siffle-t-il en nous dévisageant.

Accablée par la honte, je baisse la tête.

Un silence embarrassant flotte entre nous.

— Violet, lâche Lucien d'une voix glaciale.

Pour une fois, je ne suis pas particulièrement heureuse de l'entendre prononcer mon prénom. Je me force à croiser son regard, où je décèle de la colère et de l'incrédulité, mêlées d'un sentiment encore pire. La déception.

— Ciel, Violet ! Auriez-vous perdu la tête ?

Ash nous observe tour à tour.

— Une petite minute… Vous vous connaissez ?

J'hésite. Je ne sais pas à qui répondre en premier. Tous deux ont droit à des explications.

Lucien ignore tout bonnement Ash.

— Réfléchissez un peu, Violet ! Ce n'est pas un jeu. Vous êtes complètement inconsciente ! Avez-vous seulement idée du guêpier où vous vous êtes fourrée ? C'est un compagnon, Violet. *Un compagnon.*

— Je sais tout ça. Mais je ne lui ai rien dit. Ne le mêlez pas à notre affaire.

— Votre affaire ? s'étonne Ash. Qu'est-ce que c'est que ce charabia ?

— Il vaut mieux que vous sortiez, rétorque Lucien.

Je me rends compte que c'est sans doute ma dernière occasion de lui dire adieu. Car je ne le reverrai plus jamais seul.

— Ash... je vais partir.

— Violet ! s'écrie Lucien, hors de lui.

Trop tard, les mots sont sortis.

— Il ne le répétera pas.

— À quoi ça rime ? dit Ash. Vous pouvez m'expliquer ?

— Avec l'aide de Lucien, je vais m'enfuir du Joyau. Je m'en vais... je m'en vais demain.

Cet aveu me procure un vif soulagement. Mais Ash a l'air si dépité que ce sentiment laisse aussitôt place dans mon cœur à une tristesse infinie. D'abord, je déçois Lucien. Ensuite, je blesse Ash.

— Je ne comprends pas, articule-t-il lentement.

— Je suis vraiment désolée, dis-je d'une voix imperceptible.

Ash cligne des yeux.

— Comment ? Comment penses-tu pouvoir...

— Lucien a mis au point un sérum...

Lucien proteste mais je l'interromps d'un geste de la main et poursuis :

— Je lui mens depuis plus d'un mois. Je vous en prie, laissez-moi finir.

— Plus d'un mois ? Voilà plus d'un mois que dure cette histoire ? ! s'indigne Lucien.

— Le sérum me donnera l'apparence d'une morte, dis-je en toute hâte. Lucien emportera mon corps en dehors du Joyau et me cachera… quelque part. Je n'en sais pas plus.

— Voilà précisément pourquoi je ne vous ai pas révélé le lieu en question, rétorque Lucien.

En entendant ces mots, Ash prend un air consterné.

— Tu m'aurais laissé croire que tu étais *morte* ?

— J'ai promis.

Mes yeux s'embuent de larmes.

— Et les promesses que tu m'as faites à moi, tu les as déjà oubliées ? À moins qu'elles n'aient jamais compté. Depuis le début, tout ce que tu m'as dit n'était qu'un tissu de mensonges ? J'étais juste là pour te divertir un temps avant que tu ne te volatilises dans la nature pour toujours ?

— Bien sûr que non ! Je t'interdis de penser ça. Quel autre choix avais-je ? Qu'aurais-tu voulu que je fasse ?

— Tu aurais pu me faire confiance.

— Mais c'est le cas.

— Allons, ça suffit, nous interrompt Lucien en s'interposant entre nous. Vous feriez mieux de sortir, répète-t-il à Ash en lui adressant un regard dur.

Ils se regardent en chiens de faïence.

— Pourquoi l'aider ? Qu'est-ce que vous avez à y gagner ? Et ne faites pas l'innocent, car vous et moi savons pertinemment que personne ne fait rien gratuitement dans le Joyau.

Lucien affiche un rictus dédaigneux.

— Je n'ai pas à me justifier auprès d'un compagnon de bas étage.

— Lucien, je vous en prie..., interviens-je.

— Des bruits courent à votre sujet, reprend Ash. Votre laboratoire. Vos expérimentations. C'est comme ça que vous la considérez, n'est-ce pas ? Comme un autre de vos rats de laboratoire ?

— Ash, tu te trompes...

Je me fige net.

Qu'insinue Ash ? À quelles expérimentations fait-il allusion ?

— Vous ne savez rien de moi, gronde Lucien. Elle a besoin de protection. Il faut à tout prix l'extraire d'ici.

— Violet est plus forte que vous ne le croyez, riposte Ash.

— Elle joue un rôle crucial. D'une importance que vous ne pouvez pas soupçonner. Violet va partir, que ça vous plaise ou non. Ce qu'elle fera ensuite ne vous regarde pas. Alors, soyez gentil. Rendez-nous service et allez-vous-en.

Ash se tourne vers moi.

— C'est tout ? C'est comme ça que tu veux qu'on se quitte ?

J'ouvre la bouche mais aucun son n'en sort. Je ne sais pas comment lui dire adieu.

— L'enjeu est capital. Votre amourette n'est rien en comparaison, commente Lucien d'un ton acéré.

Si Violet ne quitte pas cet endroit rapidement, et je veux dire *sur-le-champ*, elle mourra.

Ash et moi le dévisageons, bouche bée.

— Comment ça ? dis-je d'une voix étranglée.

La peur s'instille au creux de mon ventre.

— Vous voulez vraiment savoir ce qui arrive aux mères porteuses après la naissance du bébé ? lance Lucien en soutenant le regard d'Ash.

Quelques secondes s'écoulent sans que personne parle.

— Elles meurent. Toutes sans exception. Elles meurent en couches.

Ma vision se brouille. J'ai l'impression d'assister à cette scène à distance, derrière un écran invisible. À croire que je suis en train de contempler la vie d'une autre mais certainement pas la mienne.

— Non, vous faites erreur, dit Ash d'une voix atone.

Toute sa colère s'est volatilisée d'un coup.

— Enfin, vous connaissez suffisamment bien les coulisses de la royauté, lâche Lucien d'un ton désabusé. Mieux que Violet en tout cas. Vous croyez vraiment qu'ils se donneraient la peine de construire des maisons de retraite pour des mères porteuses qui ne leur sont plus d'aucune utilité ? Si Violet ne quitte pas le Joyau, elle mourra. C'est ce que vous désirez ?

Ash ne répond pas tout de suite. Si seulement je pouvais lire dans ses pensées.

— Il vaut mieux que je m'en aille, finit-il par dire.

— En effet, réplique Lucien. Ce n'est pas trop tôt.

— Non ! m'écrié-je, retrouvant soudain ma voix. Ash, je t'en supplie…

Mais aucun mot ne saurait le retenir auprès de moi.

Parvenu à la porte, il marque une pause.

— Ce serait plus facile de t'oublier. D'oublier les semaines que nous avons partagées. Ce serait plus facile de te haïr. Mais en vérité, je vais sans aucun doute t'aimer jusqu'à la fin de mes jours.

Et sur ces paroles, il disparaît.

Un sentiment de panique se faufile le long de mes vertèbres. Les larmes ruissellent sur mes joues. Sans prendre la peine de les essuyer, je me tourne face à Lucien.

— Je vais vraiment mourir ?

Il pose la main sur mon épaule pour me réconforter.

— Si vous mettez au monde son bébé, oui.

— Je ne comprends pas… Comment se fait-il que toutes les mères porteuses meurent ? Il doit bien y avoir une raison ?

Lucien hausse les épaules.

— Peut-être que votre corps n'est pas compatible avec le fœtus. Ou bien peut-être que c'est lié aux Augures. Personne ne sait vraiment. À vrai dire, personne ne s'en soucie assez pour en chercher la cause.

— Pourquoi ne m'avoir rien expliqué avant ? Comment avez-vous pu me cacher ça, Lucien ?

Il pousse un long soupir.

— C'était pour vous protéger. À quoi bon vous avouer cela ? Ça n'aurait fait qu'envenimer la situation et nous avions déjà assez de soucis sur les bras.

J'aimerais m'asseoir, mais la pièce est vide.

— Vous m'avez beaucoup déçu, Violet. Je n'arrive pas à croire que vous ayez eu une aventure avec un compagnon. Vous avez *trahi* ma confiance.

Je secoue lentement la tête. Ash est parti. Jamais plus je n'entendrai son rire, pas plus que je ne sentirai son cœur battre contre ma peau.

— Il ne dira rien.

— J'espère bien. Car s'il devient une menace, nous devrons prendre les mesures nécessaires. Un compagnon disparaît facilement. Et personne ne s'en préoccupe.

— Je vous interdis, dis-je d'une voix menaçante.

— Je n'ai pas d'ordre à recevoir de vous, jeune fille. Rappelez-vous votre promesse. Vous avez juré de m'obéir en toutes circonstances – ni questions ni plaintes.

— Pourquoi faites-vous cela pour moi ? Pourquoi voulez-vous à tout prix me sauver ? Je ne comprends pas. Pourquoi moi, pourquoi maintenant ? Ash aurait-il raison ? Auriez-vous quelque chose à y gagner ?

Lucien serre les mâchoires.

— J'avais une sœur, Azaela, avoue-t-il d'une voix troublée. Elle était mère porteuse. J'ai tenté de la sauver. J'ai orchestré son extraction ; le plan a fonctionné. Tout du moins au début. Et puis, un jour, elle s'est fait arrêter. (Il secoue la tête et me tourne le dos.) Il y a quelques mois de cela, elle était la seule chose qui comptait à mes yeux. Le reste était sans importance. Du moment qu'Azaela était en sécurité, je me fichais du sort des autres mères porteuses. Mais, une fois à l'abri, ma sœur a commencé à se rebeller. Elle ne tenait plus en place. Elle voulait mettre un terme à la Vente aux Enchères, au supplice que subissent d'innocentes jeunes filles. Elle était persuadée que les mères porteuses pouvaient tirer parti de leurs pouvoirs. Les employer pour renverser la royauté. Finalement, l'amour que je lui vouais n'a plus suffi, et son esprit de révolte l'a emporté sur tout le reste.

Je demeure immobile quelques instants, comme médusée. Utiliser les Augures pour faire tomber la royauté ?

Lucien se passe la main sur le front.

— Elle m'a écrit une note avant de mourir. « Ce n'est que le début. » (Ces mots me font tiquer.) Sa mort m'a réveillé. Je ne peux plus fermer les yeux, Violet. Une fois qu'une fissure apparaît sur une façade, une centaine d'autres se révèlent. Alors, les murs qui furent érigés avec une extrême prudence se mettent à s'écrouler un à un.

« Je passais en revue les portraits de la Vente quand je vous ai vue. (Il plante son regard dans le mien.) Vous lui ressemblez tellement. Je devais choisir une mère porteuse pour mener ma bataille. J'ai donc opté pour une fille me rappelant ma sœur, la raison de mon combat, dit-il avec un sourire. Quand j'ai fait votre connaissance, vous me l'avez rappelée de bien d'autres manières encore. Elle était têtue comme une mule mais elle avait le cœur sur la main.

— Vous croyez que je peux vous aider à améliorer le système ? dis-je, incrédule.

Lucien pousse un soupir.

— Je pense que vous pouvez nous aider à *mettre un terme* au système. Mais ce n'est pas moi qui puis vous expliquer comment. Pour cela, vous allez avoir besoin de ça.

Lucien me prend la main et glisse une bague à mon doigt, une grosse topaze ovale sertie de minuscules diamants.

— Le sérum se trouve à l'intérieur. La pierre recèle un compartiment secret. (Il me montre une petite agrafe, dissimulée parmi les diamants.) Buvez-le demain à minuit.

J'effleure le bijou de l'index.

— Merci, Lucien.

Il dépose un baiser sur mon front.

— Nous allons réussir. Faites-moi confiance. À présent, retournons auprès de la duchesse.

29.

Le lendemain matin, je me réveille le cœur lourd.

Aujourd'hui, c'est le jour J. Ce soir, je prendrai le sérum. Je laisserai derrière moi Ash et Raven ; car si je reste ici, je suis condamnée à mourir.

Je contemple le plafond en attendant qu'Annabelle m'apporte mon petit déjeuner.

Toutefois, lorsque la porte s'ouvre, au lieu de ma femme de chambre, c'est le docteur Blythe qui se présente devant moi.

— Bonjour, Violet, me salue-t-il d'une voix guillerette, posant sa sacoche noire sur ma table de chevet. Vous vous êtes bien amusée hier soir ?

Si je me suis « amusée » ? Non, docteur. Absolument pas.

— Oui, merci, dis-je machinalement.

— C'est un grand jour pour nous ! s'exclame-t-il en se frottant les mains.

Il sort une aiguille et une seringue de son sac ainsi qu'une lamelle de verre divisée en deux. De chaque côté, un cercle tracé au feutre. Il enfonce l'aiguille dans mon bras et prélève un échantillon de sang. Voilà un moment qu'il ne m'a pas fait de prise de sang. J'ai un mauvais pressentiment.

— Un grand jour, répète-t-il en déposant quelques gouttes de sang d'un côté de la lamelle. Si l'autre cercle devient vert, c'est que le test est positif. S'il demeure blanc, ce sera négatif.

Mes poumons se contractent et mon cœur remonte dans ma gorge. Ensemble, nous scrutons la lamelle.

Les secondes passent avec une extrême lenteur.

Une pensée me vient alors. Une pensée si évidente que je m'étonne qu'elle ne m'ait pas effleurée avant.

S'il s'avère que je suis enceinte...

Je me revois dans la chambre d'Ash, blottie dans ses bras.

Et si le bébé n'était pas celui de la duchesse, mais le mien et celui d'Ash ?

Prise de nausées, je bondis hors du lit.

— Excusez-moi, dis-je en me précipitant dans la salle de bains, où j'arrive juste à temps.

J'ouvre le robinet et me rince la bouche avant de me tamponner les lèvres avec une serviette bleue. J'étudie mon reflet dans le miroir. Mon teint est un brin plus pâle que d'habitude ; des mèches noires sont collées à mon front et à mes joues.

J'ai l'air tourmentée. À vrai dire, je suis terrifiée.

Que vais-je faire si ce bébé est le mien ?

Je n'ai jamais voulu tomber enceinte. Déjà que l'idée que l'enfant de la duchesse grandisse en moi me révulsait...

Je pose la main sur mon ventre et le palpe doucement.

Je ne veux pas être enceinte. Mais à supposer que ce bébé soit le fruit de l'amour que je partage avec Ash, comment le détester ?

Je suis saisie de nouvelles nausées.

— Violet ?

Je tressaille. Le docteur Blythe se tient sur le seuil.

— Tout va bien ?

J'esquisse un léger hochement de tête. Il brandit le test de grossesse.

— Négatif, lâche-t-il d'une voix maussade.

La tête me tourne. Pour une fois, le docteur Blythe semble comprendre que j'ai besoin d'un peu d'air.

— Je vais vous laisser seule une minute. Il faut que j'en informe milady sans attendre.

Après son départ, je m'effondre sur le tapis de bain.

Négatif !

Un rire hystérique jaillit de mes lèvres. Je m'appuie contre le lavabo et rit jusqu'à en avoir mal au ventre.

— Annabelle ! dis-je.

La porte de la chambre s'ouvre.

— Bonjour.

La voix de la duchesse me fait sursauter. Elle apparaît dans l'encadrement. Elle porte une robe dorée ; ses cheveux tombent librement dans son dos, une coiffure négligée qui me surprend chez elle et contraste étrangement avec la sévérité de son visage.

Je me relève tant bien que mal.

— Je n'aurais pas dû me faire de faux espoirs, dit-elle.

Je ne réponds rien. Le silence s'étire entre nous pendant quelques minutes.

— Quand ma sœur et moi sommes nées, reprend-elle, mon père a tout de suite jeté son dévolu sur moi. Il a déclaré après coup qu'il avait immédiatement su que j'irais loin dans la vie. J'étais sa favorite. Il a passé le restant de ses jours à me préparer au rôle d'Électrice. Il avait de grands projets pour moi ; il voulait à tout prix que je monte sur le trône. C'était un homme dur mais il m'a enseigné beaucoup de choses. La force. La ruse. L'ambition. La détermination. Toutes les qualités qu'il admirait, je les possède aujourd'hui. Et regardez où cela m'a menée.

Elle esquisse un sourire amer.

La colère m'envahit. Son discours est ridicule.

— Vous appartenez à la royauté. Vous avez tout ce que vous désirez. Qu'est-ce que vous voudriez de plus ?

Ses yeux lancent des éclairs. Sa main s'abat sur ma joue sans que j'aie le temps de m'y préparer et une douleur vive s'épanouit sur ma pommette, s'étendant à mon œil.

— Je suis la femme que mon père a toujours voulu que je sois. Mais ça n'est pas assez… Vous allez devoir faire plus d'efforts. J'ai tout misé sur vous. Ne me décevez pas.

Lentement, je me redresse, roule les épaules en arrière et lui décoche un regard furibond. La douleur s'est presque évanouie. Peu importe. Qu'elle me frappe un millier de fois si elle le souhaite. Je supporterai ses coups sans courber l'échine. Car rien de ce qu'elle fera dorénavant ne m'atteindra. Cette nuit, je prends le sérum et je quitte le Joyau.

Brisant le silence, elle finit par ajouter :

— Je reçois des gens à déjeuner cet après-midi. Annabelle va vous préparer. Présentez-vous devant la salle à manger à quatorze heures.

Annabelle boutonne le corsage de ma robe, une toilette rose pastel cousue de perles. Elle se concentre sur son ouvrage, sentant que je ne suis pas d'humeur à parler.

Je joue avec la topaze à mon doigt. Pour qu'elle passe inaperçue, j'ai enfilé deux autres bagues ainsi qu'un bracelet. De toute façon, personne ne remarquera rien. Je possède tellement de bijoux qu'il est impossible d'en dresser la liste. Je tiens à garder la topaze sur moi jusqu'à l'heure dite. On ne sait jamais, mieux vaut ne pas la perdre de vue. Plus que dix heures avant que je prenne le sérum. Et rien ni personne ne se mettra en travers de mon chemin.

Je me dirige vers la salle à manger d'un pas résolu. Le valet posté là s'incline en ouvrant la porte.

— La mère porteuse de la Maison du Lac ! annonce-t-il.

Sont présentes les mêmes personnes que lors du dîner de famille, à la différence près que la comtesse de la Rose et la tigresse figurent aussi parmi les invités. Je vais me placer près de la duchesse. À ses côtés, le duc a l'air de s'ennuyer à mourir. Garnet est appuyé nonchalamment contre un buffet, un whisky à la main, un sourire narquois aux lèvres. Il brandit son verre pour porter un toast. Carnelian se tient près de lui, l'expression morose.

Et juste derrière elle, j'aperçois Ash.

En le voyant, je suis prise d'un léger vertige, comme si j'avais manqué une marche en descendant l'escalier. Il plonge son regard dans le mien pendant une demi-seconde et sonde mon âme avant de reprendre un air impassible. Bien qu'il s'efforce de faire bonne figure, je devine, à la tension de ses épaules, qu'il bouillonne de colère. Je brûle de lui adresser quelques mots, mais ici, c'est tout simplement impossible.

Je ne pourrai plus jamais lui parler.

La duchesse et lady Cristal me fondent dessus.

— Vous devez être terriblement déçue, dit la seconde à la première d'une voix étouffée. Elle a pourtant l'air en excellente santé. Il n'y a pas de raisons pour que ça ne marche pas !

— D'après le docteur, nous pourrons faire une nouvelle tentative dans très peu de temps, répond la duchesse.

La comtesse de la Rose s'approche d'un pas lourd, appuyée sur sa canne.

— La patience vient à bout de tout, déclare-t-elle. Même si, je dois l'admettre, je commence moi-même à en manquer.

Elle jette un coup d'œil du côté des fenêtres, où la tigresse est postée, les mains serrées dans son dos, la tête basse.

— Le docteur Plume redoute qu'elle ne soit pas compatible du tout. C'est tellement frustrant ! Si seulement ils pouvaient faire le tri avant la Vente aux Enchère afin de nous débarrasser des modèles défaillants.

Lady Cristal acquiesce d'un air compatissant. La tigresse ne relève pas le nez, même si je suis certaine qu'elle n'a pas perdu une miette de la conversation. Je me remémore la rebelle que j'ai vue pour la première fois dans la salle d'attente, le jour de la Vente. Je revois ses tresses entrelacées de fil doré, sa robe extravagante ornée de centaines de pompons colorés. Je songe à elle, le jour de la mort de Dahlia. Elle qui se vantait de maîtriser la situation, elle qui nous traitait toutes de mauviettes. Je me rappelle la fille qui a subtilisé une flûte de champagne au bal de l'Exéteur. Aujourd'hui, les épaules rentrées, elle se fait toute petite, à croire qu'elle voudrait disparaître sous terre.

La porte de la salle à manger s'ouvre et le valet annonce :

— La comtesse de la Pierre et sa mère porteuse !

Mon sang ne fait qu'un tour. Raven ! Raven est là.

— Comment ? siffle lady Cristal entre ses dents.

— Je croyais que vous aviez annulé l'invitation, murmure la comtesse.

— C'est le cas, leur assure la duchesse, ennuyée.

La comtesse de la Pierre est si grosse qu'elle cache entièrement Raven, qui marche dans son sillage. Elle ôte son énorme cape en fourrure et la tend à un domestique.

— Pearl, comme c'est aimable à vous de m'avoir invitée !

Elle fonce sur la duchesse et lui fait la bise.

— Tout le plaisir est pour moi, rétorque-t-elle avec un sourire pincé.

Entre-temps, deux valets s'empressent d'ajouter deux couverts à la table.

La comtesse de la Pierre salue la comtesse de la Rose mais elle accorde à peine un regard à lady Cristal. Elle pose ensuite les yeux sur mon ventre.

— Je constate que votre tentative a encore échoué ?

— Le docteur Blythe est très optimiste. D'après lui, la prochaine…

— Les médecins sont des imbéciles, l'interrompt la comtesse de la Pierre. C'est la mère porteuse qui compte. Un point c'est tout. Il s'agit de tirer le bon numéro.

Elle claque dans ses doigts.

Raven surgit de derrière elle et s'approche d'un pas traînant. À sa vue, ma gorge se noue. De même que la tigresse, elle garde le menton bas et les épaules rentrées. Ses cheveux ont poussé et se déploient devant son visage comme un rideau. Malgré cela, je remarque qu'elle a encore maigri. On lui compte désormais les côtes. Sa robe ajustée souligne sa silhouette. Raven est si maigre à vrai dire, que je ne comprends pas tout de suite ce que signifie la bosse qui dépasse de son ventre.

Jusqu'à ce qu'elle la caresse avec tendresse.

Sidérée, je réprime un cri.

Raven est enceinte !

Ça n'a ni queue ni tête. Quand bien même on l'aurait inséminée juste après la Vente, il est encore trop tôt pour que ça se voie ! Deux mois à peine se sont écoulés depuis notre arrivée au Joyau.

— Vous devez être aux anges, commente lady Cristal.

La comtesse de la Pierre l'ignore royalement.

— La procédure a marché du premier coup. Du premier coup, mesdames !

— Il va peut-être falloir songer à la nourrir un peu, à présent, rétorque la duchesse, crispée.

La comtesse hausse les épaules.

— C'est sa constitution. Elle est très fine de nature.

Je fixe longuement Raven. D'ici quelques mois, ma meilleure amie mourra.

J'aurais préféré ne pas connaître le sort réservé aux mères porteuses. Si seulement Lucien ne m'avait rien dit. Les larmes emplissent mes yeux mais je tâche de les retenir. Hors de question de pleurer ici, en présence de ces femmes.

Une cloche retentit et la duchesse frappe dans ses mains.

— Mettons-nous à table, voulez-vous ?

Je m'assieds près de la duchesse, comme de coutume, tandis que Raven et la tigresse prennent place près de leurs maîtresses respectives. J'essaie de croiser le regard de Raven, mais elle garde le nez plongé dans son assiette. Un gringalet est installé de l'autre côté de la comtesse de la Rose. Comme ces hommes paraissent faibles et pathétiques comparés à leurs femmes. Le duc et lord Cristal semblent bien partis pour s'enivrer, riant aux éclats et s'assenant des tapes joyeuses dans le dos. Lady Cristal jette des coups d'œil inquiets à son mari puis à la comtesse de la Pierre, comme si elle craignait de faire mauvaise impression.

Les valets s'affairent autour de la table, servant le vin et l'entrée. Ash ne m'a pas regardée une seule fois depuis mon apparition. Quant à Garnet, il est occupé à titiller Carnelian, dont les joues passent graduellement du rouge au cramoisi. Raven ne relève toujours pas la tête. Son assiette est intacte ; on dirait qu'elle boude sa nourriture. Elle n'a même pas pris sa fourchette.

Soudain, elle redresse le menton et un cri d'épouvante m'échappe.

Elle qui était si belle ! Raven n'est plus que l'ombre de ce qu'elle était. Ses pommettes ressortent, ses traits sont tirés, son teint grisâtre. Elle me fait penser à un spectre. Je croise son regard mais elle ne semble pas me reconnaître. Ses yeux passent sur mon visage sans s'arrêter. Elle a l'air ailleurs. Absente.

Comme si elle était déjà morte.

30.

Non. C'est impossible. Raven n'est pas partie, je refuse de le croire.

Je prends conscience qu'un lourd silence règne dans la salle. Tous les regards sont braqués sur moi.

Je me tourne vers la duchesse.

— La comtesse s'est enquise de votre santé, dit-elle.

À quelle comtesse fait-elle référence ? Dans le doute, je réponds de la manière la plus évasive possible.

— Je vais très bien, milady.

Au son de ma voix, Raven clignote des paupières et jette des coups d'œil tout autour d'elle, comme si elle émergeait d'un rêve. Dans ses yeux pétille à nouveau l'étincelle de la vie. Quand ils se posent sur moi, un sourire quasi imperceptible retrousse ses lèvres pâles.

Une vague de soulagement me submerge. Raven ne m'a pas quittée tout à fait.

Il faut à tout prix trouver un moyen de la sauver. Je ne peux pas partir en l'abandonnant à une mort certaine.

Le reste du repas ressemble en tout point aux précédents. Les bavardages futiles vont bon train. Les ragots sans intérêt et les remarques sournoises s'enchaînent, ces dernières camouflées par des marques de politesse exagérées. Je tâche de trouver une façon de communiquer avec Raven, qui passe son temps à osciller entre deux états contraires. Par moments, elle est présente et son regard est clair. À d'autres, elle semble détachée de tout et fixe son assiette longuement, la fourchette figée en plein vol.

Peut-être est-ce parce que je ne la quitte pas des yeux. Ou bien c'est parce que je la connais par cœur. Toujours est-il que je perçois la douleur avant qu'elle ne la frappe.

Raven lâche un halètement et glisse une main sur son ventre. De l'autre, elle agrippe la nappe qui vire progressivement au bleu encre. Carnelian s'affole, pousse un cri strident ; lord Cristal écarte brusquement sa chaise et manque basculer en arrière.

Une idée me vient. Je sais ce qu'il me reste à faire.

— Allez chercher le médecin ! hurle une voix.

Profitant de la confusion, Je me lève d'un bond, fais mine de me prendre les pieds dans ma chaise et tombe à genoux par terre. J'invoque une image dans ma tête et des veinures vertes se faufilent le long du tapis. Les femmes lâchent des cris perçants, les hommes font un écart pour esquiver la couleur qui se répand par terre à la vitesse de l'éclair. Entretemps, je me faufile jusqu'à Raven et la renverse de son siège.

J'ôte la bague que Lucien m'a confiée et la glisse à son doigt.

— Garde-la précieusement. Il y a un fermoir caché dans les diamants. À minuit, bois le sérum qui se trouve à l'intérieur.

Raven m'adresse un regard interrogateur.

— Violet ? murmure-t-elle avant de vomir une mare de sang.

Une main battoir me saisit par la nuque et me force à me lever. Face à moi, les yeux froids de la comtesse de la Pierre.

— Éloignez-vous d'elle, m'ordonne-t-elle.

— Mais elle est au plus mal !

Un filet de sang dégouline le long de son menton et arrose son corsage. Son nez s'est également mis à saigner.

La comtesse me projette sur le côté comme une poupée de chiffon.

— Ebony ! s'écrie la duchesse. Ôtez vos sales pattes de ma mère porteuse.

Le tapis est entièrement vert à présent. Tout le monde se fige. La duchesse et la comtesse se défient du regard. L'une est énorme, l'autre fluette, et pourtant je ne saurais dire laquelle est la plus menaçante.

— Sortez de chez moi ! aboie la duchesse.

Un rictus déforme la bouche de la comtesse.

— Comme vous voudrez, Pearl.

Elle attrape Raven par le bras, la force à se mettre debout et l'entraîne sans ménagement hors de la salle. Raven s'éloigne docilement, la bague de Lucien à son doigt.

— Le déjeuner est terminé, déclare la duchesse.

La table est sens dessus dessous. Les verres de vin sont renversés, la nourriture jonche la nappe désormais bleue. Les invités affichent des expressions allant de la perplexité à l'affolement.

— Très cher, pourquoi ne pas conduire ces messieurs à votre fumoir ? Garnet, tu seras gentil de les accompagner.

Ce dernier jette sa serviette sur la table.

— Merci, Mère, mais je préférerais encore m'arracher les yeux.

La duchesse lui décoche un regard acéré.

— Dans ce cas, trouve une manière de te rendre utile. Sans que cela implique une femme de cuisine, si possible.

Déjà, le duc a escorté les hommes vers la porte. Garnet ébauche une révérence.

— À vos ordres, Mère.

— Tout va bien ? me demande la duchesse.

— Oui, milady.

— Demandez à Annabelle de vous emmener faire un tour dans le parc. L'air frais vous fera du bien. Venez, mesdames. Allons nous installer dans le salon.

Je m'incline.

Tandis que la duchesse se dirige en dehors de la pièce suivie de ses convives, la comtesse de la Rose murmure :

— Tu l'as bien éduquée, Pearl !

La tigresse est la dernière à quitter la salle. Elle me lance un regard où je décèle une trace de l'ancienne férocité qui l'habitait. Et un soupçon de jalousie, comme dans la salle d'attente, quand elle avait toisé Dahlia.

Je me demande à quoi ressemble sa vie désormais. Et dire que je ne connais même pas son prénom !

La salle est vide, à l'exception de Garnet, Ash et Carnelian. Celle-ci scrute, effarée, le tapis éclaboussé de sang.

Garnet s'éclaircit la voix et déclare avec son insouciance habituelle :

— Eh bien, je vais aller me trouver une petite aide cuisinière. Je vous verrai ce soir, pour le dîner.

Les valets entrent et se mettent en devoir de nettoyer la pièce. Carnelian tire sur la manche d'Ash.

— Peut-on aller faire un tour de voiture, Ash ? Je n'ai qu'une envie, quitter cette maison pendant une heure ou deux.

Il affiche un sourire si ingénu que je serais sans doute moi-même tombée dans le panneau si je ne le connaissais pas mieux que ça.

— Bien sûr. Je vais demander qu'on nous amène la voiture.

Carnelian pose sa main au creux de son coude, me jette un regard malveillant et, ensemble, ils quittent la salle à manger, me laissant seule. Je contemple le doigt où était glissée la bague de Lucien. Il me paraît étrangement dénudé. Pourvu que Raven ait bien enregistré mes instructions.

Cette nuit-là, étendue dans mon lit, j'écoute les secondes passer une à une sur l'horloge de la cheminée.

À cette heure-ci, Raven devrait être sur le point de prendre le sérum. Je suis certaine qu'elle m'a entendue et qu'elle m'a comprise. Comment Lucien réagira-t-il quand il découvrira son corps à la place du mien à la morgue ?

Contrairement à Raven, j'ai encore un peu de temps devant moi. J'ignore le rôle qu'il compte me faire jouer. Tout ce que je sais, c'est qu'il veut en finir avec la royauté. Mais cela peut attendre. En revanche, pour Raven, les jours sont comptés. Pas question de la laisser tomber au moment où elle a le plus besoin de moi. Si je ne lui cède pas ma place maintenant, elle mourra dans quelques mois. En mettant au monde le bébé d'une autre et après avoir été transformée en zombie.

Je ne suis peut-être pas si différente de Lucien. Il aurait sauvé sa sœur à n'importe quel prix. Pour ma part, je suis prête à sacrifier des milliers de mères porteuses pourvu qu'on épargne ma meilleure amie.

Sans doute suis-je trop égoïste pour mener ce combat.

Je rabats ma couverture, sors de ma chambre à pas de loup et m'élance à travers les couloirs de la demeure, en direction de la bibliothèque.

En un clin d'œil, j'ai rejoint l'est de la salle. Je me fige soudain, le cœur battant, persuadée d'avoir aperçu une ombre. J'attends quelques instants. Elle remue à nouveau. Non, ce n'est qu'un arbre dont les branches oscillent devant la fenêtre.

Je me faufile à travers le passage secret et jaillis dans le petit salon d'Ash. Je m'avance vers sa chambre sur la pointe des pieds, entrebâille la porte sans un bruit et m'approche du lit. Je l'observe pendant une minute, le souffle suspendu. Sa respiration est lente et régulière. Il dort profondément, le bras plié sur son visage.

— Ash…

Il marmonne des sons inarticulés.

— Ash…

Je lui secoue le bras.

— Qu'est-ce…

Il se réveille dans un sursaut. Les cheveux en bataille, il parcourt la pièce d'un regard encore assoupi. En m'apercevant à son chevet, il se pétrifie.

— Qu'est-ce que tu fais là ? !

Je m'assieds au bord du lit.

— Je l'ai donné à Raven.

— Hein ? Qu'est-ce que tu racontes ?

— Le sérum de Lucien. Je l'ai donné à Raven.

Il absorbe mes paroles, et son visage s'éclaire brusquement. Il sait qui est Raven pour m'avoir entendue mentionner son nom à maintes reprises.

— Tu veux dire que la mère porteuse de la comtesse de la Pierre... n'est autre que Raven ?

J'acquiesce.

Ash lâche un juron. Il appuie ses paumes contre ses yeux. J'attends une réaction de sa part mais il se retranche dans le silence.

— Je ne m'en vais pas, dis-je timidement.

— J'ai cru comprendre, rétorque-t-il, le visage enfoui dans ses mains.

— C'était inconcevable, Ash. Je ne pouvais pas l'abandonner. Pas si je pouvais lui sauver la vie.

— Par contre, si toi tu meurs, ce n'est pas grave ? proteste-t-il en relevant brusquement la tête et en me foudroyant du regard.

— Nous ignorons ce que l'avenir nous réserve.

— Au contraire. Nous savons parfaitement ce qui va se passer, Violet. C'est inéluctable. Lucien sait de quoi il parle. Il vit au Palais royal depuis très longtemps. S'il dit que tu mourras en couches, tu peux être sûre que c'est ce qui arrivera.

Il me prend par les épaules et me secoue comme un prunier.

— Je ne veux pas que tu meures, Violet ! Il faut que tu vives ! Ouvre les yeux !

Ses doigts s'enfoncent dans mes bras. Ses traits sont empreints d'un mélange de panique et de rage. Je pose la main sur son visage.

— J'ai fait un choix, Ash. Tout comme le jour où j'ai choisi de te rejoindre dans la bibliothèque.

— Ce sont deux choses très différentes !

Je lui caresse la joue. Sa peau est chaude et veloutée. Et moi qui croyais que jamais plus je n'aurais l'occasion de le toucher.

— C'est ma vie. Ce que j'en fais, c'est mon affaire. Pas la tienne ni celle de Lucien.

Je m'attends à ce qu'il s'insurge, s'emporte et me fasse la morale, mais il relâche son étreinte et finit par me lâcher le bras.

— Tu es une vraie tête de mule.

Je lui souris d'un air navré.

— Tu me pardonnes de t'avoir menti ?

Ash pousse un soupir.

— Je te pardonne de m'avoir dissimulé tes projets d'évasion et l'implication de Lucien. Ç'aurait été trop risqué de me révéler quoi que ce soit. En revanche, il y a une chose qui me reste en travers de la gorge. Comment aurais-tu pu me laisser croire que tu étais *morte* ?

Ma main glisse de sa joue à son torse. Son cœur bat contre ma paume.

— Je suis désolée, dis-je dans un murmure.

— Ça ne change rien.

— Je sais.

Je soutiens son regard un long moment et, prenant mon courage à deux mains, j'ajoute finalement :

— Je peux rester avec toi, ce soir ?

Je comprendrais qu'il me renvoie et choisisse de ne jamais plus m'adresser la parole.

Il tourne la question dans son esprit. Ses traits se détendent bientôt et il m'adresse un sourire en coin, celui que j'affectionne tant, en secouant la tête.

— Tu me conduiras à ma perte, Violet Lasting.

— Ne dis pas ça ! Ce n'est pas drôle.

Ash s'empare de ma main et se rallonge sur son oreiller en m'attirant à lui. Je niche ma tête au creux de son épaule.

— Tu crois que Lucien sera très fâché quand il découvrira que tu as donné le sérum à une autre ?

Un sourire me retrousse les lèvres.

— Il fera sans doute une crise cardiaque.

Ash m'embrasse les cheveux.

— Que s'est-il passé aujourd'hui dans la salle à manger ?

— Tu fais référence aux Augures ?

— Je ne sais pas. C'est comme ça que ça s'appelle ? Je n'ai jamais rien vu de semblable.

Étonnée, je lève le regard vers lui.

— Tu n'as jamais entendu parler des Augures ?

Ash roule les yeux.

— Violet, je ne sais rien des mères porteuses. À l'école des compagnons, on nous a donné pour consigne de vous traiter comme le mobilier. On nous a juste dit que vous possédiez certaines particularités et que, si jamais nous étions témoins de phénomènes étranges, il fallait faire comme si de rien n'était et ne surtout pas le répéter.

Je l'embrasse sous l'oreille.

— Tu es très courageux, tu sais ?

Il me décoche un sourire espiègle.

— Moins que d'autres.

Un coup retentit, suivi du martèlement des bottes sur le parquet. La porte s'ouvre dans un fracas. Une flopée de régimentaires fait irruption dans la chambre, le pistolet brandi. Je lâche un cri et me recroqueville contre la tête de lit. Ash se place devant moi pour faire bouclier de son corps et me protéger. Je tremble de tous mes membres, les yeux rivés à leurs armes.

— Tiens, tiens, tiens... qu'avons-nous là ? s'exclame la duchesse.

Mon sang se fige dans mes veines.

Un silence terrible tombe sur la chambre.

— Ce n'est pas sa faute, s'écrie Ash. C'est la mienne. C'est moi qui...

La duchesse décoche un regard entendu aux régimentaires. À ce signal, deux d'entre eux se jettent sur Ash et le tirent de force du lit tandis qu'un troisième lui assène un coup de crosse en pleine figure. Un filet de sang asperge le couvre-lit bleu pâle.

— Non ! m'écrié-je alors qu'un autre garde me saisit en me tordant le bras dans le dos.

Je suis si choquée que je ne ressens pas la douleur. Le garde abat son pistolet encore et encore sur le crâne d'Ash. En moins d'une minute, son visage se tuméfie et sa pommette se déchire.

— Arrêtez ! hurle Carnelian qui apparaît derrière la duchesse.

Elle fixe Ash d'un air épouvanté.

— Vous aviez promis de ne pas lui faire de mal, ajoute-t-elle, désemparée.

Mon sang se liquéfie d'un coup pour se mettre à bouillonner. C'est à cause d'*elle* qu'on nous a découverts !

— Taisez-vous, imbécile, grogne la duchesse. Qu'est-ce que vous vous imaginiez ? Franchement, Carnelian, même quand vous vous avérez utile, vous me décevez. Emmenez-le au donjon, ordonne-t-elle aux gardes.

Ils traînent son corps inanimé en dehors de la chambre.

— Ash ! hurlé-je.

Je me heurte au silence. Ash a disparu.

C'est sûrement un cauchemar. Je vais me réveiller.

Je me débats entre les mains du régimentaire. La duchesse s'approche lentement de moi.

— Vous m'avez beaucoup déçue, *Violet*.

Stupéfaite, je cesse de gigoter et la contemple, bouche bée.

— Qu'y a-t-il ? ronronne-t-elle. Vous pensiez que j'ignorais votre prénom ?

Quelques instants s'écoulent. Nous nous regardons dans le blanc des yeux. Puis elle lève la main et m'assène une gifle d'une force incroyable. Des étincelles viennent danser devant mes yeux.

— J'avais confiance en vous ! Et c'est ainsi que vous me remerciez ? Espèce de petite *traînée* !

Elle me frappe encore et le sang se mêle à ma salive.

— Ash…

— Le compagnon est un traître. Et vous savez le sort que l'on réserve aux traîtres dans le Joyau, n'est-ce pas, Violet ? (Elle approche son visage du mien ; son regard est glaçant.) Ils sont exécutés.

Elle ordonne ensuite au régimentaire :

— Ramenez-la dans sa chambre et montez la garde devant sa porte. Postez un garde devant chaque issue. Allez, oust ! Hors de ma vue.

Elle pivote sur ses talons et quitte la pièce. Carnelian demeure prostrée dans l'encadrement de la porte, les yeux agrandis par l'horreur.

— Je ne savais pas, murmure-t-elle. Je jure que je l'ignorais. Elle m'a donné sa parole qu'elle ne lui ferait aucun mal.

Le visage ensanglanté d'Ash reparaît dans ma tête. Tout ça, c'est à cause de cette misérable créature ! Mes forces me reviennent d'un seul coup et, dans un cri étranglé, je m'arrache à la poigne du garde pour me ruer sur Carnelian. Effrayée, elle recule en titubant tandis que, mains tendues, je m'apprête à lui tordre le cou.

Un régimentaire fond sur moi et me projette contre le mur. Le choc me coupe la respiration. Je vois trente-six chandelles. Deux autres gardes m'empoignent les bras. Cette fois, je suis trop sonnée pour me débattre. Le souffle bloqué, j'ai l'impression qu'on m'a plaqué un coussin sur le visage et je suffoque. Mes jambes se dérobent sous moi et les gardes me traînent en dehors de la chambre sous le regard hagard de Carnelian. Ils me tirent à travers les couloirs en direction de l'aile est.

L'air se remet lentement à circuler dans mes poumons. Je toussote.

— Ash...

On longe le couloir de verre que j'avais emprunté le jour où j'ai rencontré Ash. Les larmes ruissellent le long de mes joues. Ma respiration se calme peu à peu tandis que la réalité me frappe de plein fouet.

La duchesse va le tuer.

Les gardes me tirent énergiquement, leurs doigts pareils à des crochets ; je chancèle, tâchant de garder le rythme. Ils marchent trop vite pour moi.

— Ash ! hurlé-je dans l'espoir qu'il m'entende, où qu'il soit.

Il faut qu'il sache que je suis à ses côtés, que je ne l'ai pas abandonné, que je l'aime. Deux servantes se blottissent l'une contre l'autre près de la galerie des sculptures, les yeux encore bouffis de sommeil.

Une lampe vacillante à la main, elles m'observent avec curiosité. Peu m'importe. Peu m'importe de réveiller le palais tout entier.

— ASH !

Je hurle son nom encore et encore. Le visage noyé de larmes, je me laisse traîner à travers les couloirs sombres de la demeure. Parvenue devant ma chambre, j'aperçois une silhouette élancée en chemise de nuit blanche, auréolée d'une longue chevelure cuivrée. Annabelle. Je croise brièvement son regard. Elle écarquille les yeux ; ses lèvres s'entrouvrent comme si elle voulait s'exprimer. Mais les gardes m'entraînent de force loin d'elle.

Ils me jettent sans ménagement sur mon lit et quittent la pièce en verrouillant la porte à double tour. Je me redresse et m'élance contre le panneau. Je cogne de toutes mes forces, je gratte, je crie comme une furie en tirant sur la poignée.

Pour me heurter à un silence abyssal.

À bout de souffle, je m'adosse à la porte et me laisse glisser par terre. Ma joue s'écrase contre la moquette verte.

Je nage en plein cauchemar.

Mes paupières se ferment.

Pitié, faites que tout ça ne soit qu'un mauvais rêve !

Malheureusement, c'est bel et bien réel. L'effroi se répand dans mes membres comme du plomb en fusion. Je sombre dans un gouffre où un chagrin et une misère infinis m'enveloppent. Il ne me reste plus qu'à attendre que la mort vienne me faucher. Car jamais je ne quitterai le Joyau. C'est ici que ma vie s'achèvera.

Les minutes passent. Les heures peut-être. Je reste étendue par terre, noyée dans la certitude que ma dernière heure est proche, que tout ce que je suis, tout ce que j'ai jamais été n'existe plus. À un moment donné, un bruit se fraie un chemin jusqu'à mon cerveau et me tire de ma torpeur. Un faible bourdonnement qui semble provenir de ma coiffeuse.

Je me redresse et tends l'oreille.

L'arcane.

Je me lève tant bien que mal, m'approche du meuble, ouvre le tiroir et saisit la boîte à bijoux au compartiment secret. Elle vibre. Je la vide en toute hâte, éparpillant les bijoux sur la coiffeuse. Je soulève le fond du coffret et récupère l'arcane. Il vibre entre mes doigts.

— Lucien ? Lucien, c'est vous ?

Quelques secondes passent. Pas la moindre réponse. Rien que le bourdonnement du diapason entre mes mains.

Puis une voix s'élève. Ce n'est pas celle de Lucien. Sous le choc, je manque lâcher le dispositif.

— Ne vous en faites pas, lance Garnet d'un ton qui n'a plus rien de nonchalant. Nous allons vous sortir d'ici.

Alors l'arcane cesse de vibrer et choit dans un cliquetis sur la coiffeuse.

Remerciements

Tout d'abord, un grand merci à mon merveilleux agent, Charlie Olsen, pour son soutien indéfectible, son enthousiasme sans borne, et pour être aussi *nerd* que moi. Nous nous sommes bien trouvés. À Lyndsey Blessing, qui a travaillé d'arrache-pied pour tout gérer sur le plan international.

À Barbara Lalicki, ma première éditrice, dont la finesse et la perspicacité m'ont permis d'enrichir et de consolider ce roman de manière inimaginable.

Un immense merci à Karen Chaplin pour avoir repris les rênes avec une telle aisance – j'ai hâte de travailler sur la suite de la saga avec toi.

À Rosemary Brosnan et Alyssa Miele, vous qui m'avez accueillie à bras ouverts. À tout le personnel de HarperTeen, qui a rendu cette expérience délicieuse – Susan Katz, Kate Jackson, Andrea Pappenheimer et le service commercial, Sandee Rostan et Olivia DeLeon, et l'équipe de publicité, Diane Naughton, Kimberley VandeWater, Lindsey Blechman, et l'équipe marketing.

Un énorme merci à Barbara Fitzsimmons et Cara Petrus ainsi qu'à toute l'équipe de graphistes pour cette couverture époustouflante. Merci à Josh Weiss et à tous les éditeurs, Gwen Morton, Melinda Weigel et Anne Heausler, pour leur œil affûté et pour avoir su réfréner mon amour des points d'exclamation.

À Jess Verdi, à qui j'ai dédicacé ce livre. Que dire ? Un simple merci ne suffit pas. Je ne m'imagine pas écrire un roman, quel qu'il soit, sans ta présence à mes côtés. Tu as été la première à qui j'ai raconté cette intrigue, l'épaule sur laquelle j'ai pleuré dans les moments difficiles, le pilier sur lequel je me suis reposée, celle qui m'a soutenue sans relâche. La seule avec qui j'aie envie de boire du vin et de regarder *The Vampire Diaries.* J'ai une chance incroyable de te compter parmi mes amis. 1864.

À Riddhi Parekh, Caela Carter et Mary Thompson, mon super groupe de thèse, pour votre sagesse infinie et votre soutien durant mon dernier semestre de folie à la New School.

À mes fabuleux bêta-lecteurs, Corey Haydu, Alyson Gerber et Dhonielle Clayton, pour votre patience. Merci d'aimer Ash autant que moi je l'aime.

Au reste de la promotion 2012 de la New School Writing for Children – Sona Charaopotra, Kevin Joinville, Amber Hyppolite et Jane Moon. Vous avez lu tant de pages qui ne verront jamais le jour ! Un millier de mercis.

À Jill Santopolo, mon incroyable conseillère de thèse, pour m'avoir aidée à faire de cette histoire un roman digne d'être publié. Sans toi, les Augures n'auraient jamais existé.

À mes premiers lecteurs, Maura Smith, Rory Sheridan, Jonathan Levy et Melissa Kavonic, pour leur soutien tout au long de ce chemin semé d'embûches.

À mes amis et ma famille, qui m'ont vue me débattre et trébucher tandis que je cherchais ma voie. Si j'en suis là aujourd'hui, c'est grâce à vous. Merci de m'avoir soutenue. Un merci tout particulier à Ben, Leah et Otto.

À mes parents, Dan et Carol Ewing, pour avoir encouragé mon côté créatif depuis le début. Vous êtes les meilleurs. Et même quand tout n'était pas rose, vous m'avez poussée à continuer. Je suis la fille la plus heureuse du monde. Merci de n'avoir jamais insisté pour que je trouve un « véritable » emploi.

Enfin, à Faetra Petillo. Si seulement tu étais avec moi pour célébrer cette occasion. Tu me manques à chaque instant.

En attendant de découvrir
La Cité du ciel,
la nouvelle duologie
d'Amy Ewing…

Entrez
dans un
nouvel

R

avec d'autres romans
de la collection

LA FAUCHEUSE

de Neal Shusterman

Tome 1

Priez qu'elle ne vienne pas pour vous !

MidMerica, milieu du 3e millénaire. Dans un monde où la maladie a été éradiquée, on ne peut plus guère mourir qu'en étant tué aléatoirement (« glané ») par un faucheur professionnel. Citra et Rowan sont deux adolescents qui ont été sélectionnés pour devenir apprentis Faucheurs ; et, bien qu'ils aient cette vocation en horreur, ils vont devoir apprendre l'art de tuer et comprendre en quoi cette mission est bel et bien une nécessité.

Mais seul l'un des deux adolescents sera choisi comme apprenti à part entière, et lorsqu'il devient clair que la première tâche du vainqueur sera de glaner la vie du perdant, Citra et Rowan se retrouvent dressés l'un contre l'autre bien malgré eux...

Tome 2 : *Thunderhead*
Tome 3 : à paraître à l'automne 2019

Autre roman de l'auteur :
DRY (écrit avec Jarrod Shusterman)

FOLLOW ME BACK

de A.V. Geiger

Tome 1

Follow me. Love me. Hate me.

Agoraphobe, Tessa Hart ne parle à presque personne au quotidien, exception faite des réseaux sociaux où elle nourrit sa passion pour Eric Thorn, le prodige pop-rock de sa génération. Prenez-la pour une folle si vous voulez, mais il est le seul qui semble la comprendre, alors même qu'ils ne se sont jamais rencontrés...

Pris au piège entre son contrat et des fans envahissants au point de lui faire craindre pour sa vie, Eric se crée un faux compte Twitter pour troller l'un de ses plus gros followers, @Tessa♥Eric. Au lieu de ça, la relation qu'ils tissent sur Twitter dépasse vite tout ce qu'ils auraient pu imaginer. Et lorsque les deux se donnent rendez-vous dans la vraie vie, ce qui aurait pu être la plus belle rencontre de tous les temps vire au cauchemar...

Tome 2 : *Follow Me Back 2*

LES BELLES

Livre I

de Dhonielle Clayton

Il faut souffrir pour être une Belle.

Camélia Beauregard est une Belle. Dans le monde opulent d'Orléans, les Belles sont l'objet d'un véritable culte : ce sont elles qui contrôlent la beauté, la denrée la plus précieuse d'entre toutes. À Orléans, les gens naissent gris, ils naissent condamnés, et seules les Belles peuvent grâce à leur talent les rendre beaux.

Mais Camélia ne veut pas se contenter d'être une Belle. Elle rêve de devenir la favorite – la Belle choisie par la reine d'Orléans pour vivre au palais et s'occuper de la famille royale et de la cour – et d'être reconnue comme la plus talentueuse du pays. Pourtant, une fois Camélia et ses sœurs Belles arrivées à la cour, elles découvrent que la position de favorite n'est pas forcément si enviable : derrière les ors du palais, les noirs secrets pullulent…

Après la série best-seller *La Sélection*,
découvrez la nouvelle trilogie événement,
publiée simultanément en France et aux États-Unis.

Livre II à paraître en 2019

ET ILS MEURENT TOUS LES DEUX À LA FIN

de Adam Silvera

« Nous sommes au regret de vous infomer
que vous allez être frappé par une mort prématurée
dans les prochaines vingt-quatre heures.
Toute l'équipe de Death-Cast
est sincèrement désolée de vous perdre.
Vivez pleinement cette journée, ok ? »

Le 5 septembre, un peu après minuit, les services de Death-Cast appellent Mateo Torrez et Rufus Emeterio pour leur annoncer une bien mauvaise nouvelle : c'est aujourd'hui qu'ils vont mourir.

Mateo et Rufus ne se connaissent pas, mais, pour des raisons différentes, ils cherchent tous deux à se faire un nouvel ami en ce jour final. La bonne nouvelle ? Il existe une appli pour ça ! L'appli s'appelle Le Dernier Ami, et grâce à elle, Rufus et Mateo vont se rencontrer pour une ultime grande aventure : vivre toute une vie en une seule journée.

« Sublime et envoûtant. » Lauren Oliver,
auteur best-seller de *Before I Fall*

Autre roman de l'auteur :
Tu ne m'as laissé que notre histoire

LES 100

de Kass Morgan

Tome 1

Depuis des siècles, plus personne n'a posé le pied sur Terre.
Le compte à rebours a commencé...

2:48... 2:47... 2:46...
Ils sont 100, tous mineurs, tous accusés de crimes
passibles de la peine de mort.

1:32...1:31... 1:30...
Après des centaines d'années d'exil dans l'espace,
le Conseil leur accorde une seconde chance
qu'ils n'ont pas le droit de refuser : retourner sur Terre.

0:45... 0:44... 0:43...
Seulement, là-bas,
l'atmosphère est toujours potentiellement radioactive
et à peine débarqués les 100 risquent de mourir.

0:03... 0:02... 0:01...
Amours, haines, secrets enfouis et trahisons.
Comment se racheter une conduite
quand on n'a plus que quelques heures à vivre ?

Découvrez sur SyFy, France 4 et Netflix
la série télé adaptée du roman
par les producteurs de *The Vampire Diaries et Gossip Girl*

Tome 2 : *21e Jour*

Tome 3 : *Retour*

Tome 4 : *Rébellion*

Autre série de l'auteur :
Light Years

ELIZA
ET SES MONSTRES

de Francesca Zappia

Son histoire est un phénomène,
sa vie est un désastre.

Dans la vie de tous les jours, Eliza Mirk est une fille timide, intelligente, un peu étrange et… qui n'a pas d'amis. Dans sa vie en ligne, Eliza est LadyConstellation, créatrice anonyme de La Mer infernale, un webcomic extrêmement populaire.

Avec des millions de followers et de fans à travers le monde, son alter ego est une véritable star. Mais Eliza ne peut s'imaginer aimer le monde réel plus qu'elle n'aime sa communauté numérique.

Puis, un jour, Wallace Warland arrive dans son lycée et Eliza va vite se demander si la vie ne mérite pas d'être vécue hors ligne…

Le nouveau roman écrit et illustré
par Francesca Zappia,
la talentueuse auteure de *Je t'ai rêvé*

Imprimé en France par CPI
en décembre 2018

Composition et mise en pages
Nord Compo à Villeneuve-d'Ascq

FSC
www.fsc.org
MIXTE
Papier issu de
sources responsables
FSC® C003309

L'Éditeur de cet ouvrage s'engage
pour la préservation de l'environnement
et utilise du papier issu de forêts gérées de manière responsable.

N° d'édition : 58186/01
N° d'impression : 150363